РУССКАЯ ЛИРИКА

俄罗斯抒情诗选

顾蕴璞 曾思艺 主编

商务印书馆
The Commercial Press
创于1897

2018年·北京

主编

顾蕴璞　曾思艺

译者（以姓名笔划为序）

飞　白　谷　羽　王立业　王守仁　苏　杭

李　海　吴　笛　王淑凤　杨怀玉　黎　华

汪剑钊　曾思艺　顾宏哲　查良铮　魏荒弩

陈耀球　顾蕴璞

目　　录

前 言

俄罗斯抒情诗的发展历程

曾思艺

　　抒情诗是文学作品中与叙事类、戏剧类并列的一种类型，一般以主观的方式表达诗人个人的情感和思想。抒情诗这一概念源自古希腊，本是由竖琴伴奏演唱的歌曲。这一概念现今指任何较为简短、抒发强烈情感的非叙事形式的诗歌。其突出特点是：强烈的音乐性、丰富的情感、主观的因素、灵动的想象、较短的篇幅(一般是二三十行，偶尔也有一百多行甚至更多的)、生动优美而又最为精炼的语言，或者直抒胸臆，或者借景抒情，或者象征寓意，但都通过抒发诗人的思想感情来展现灵感，表达强烈的个人欢乐、忧伤和沉思默想乃至矛盾复杂的心理情绪，反映生活，思考人生甚至把握时代脉搏。按照其内容的不同，抒情诗可以分为颂歌、情歌、哀歌、挽歌、牧歌等；根据其形式的不同，则更是可以分为多种多样的类型，如罗曼斯、嘎扎勒体、十四行诗、民谣、回旋诗、戏剧独白等。正因为如此，这本《俄罗斯抒情诗选》俄汉对照本，没有选入俄国成就很高的寓言诗(如克雷洛夫以及被布罗茨基评价极高的德米特里耶夫的寓言诗^①）、成就不俗的讽刺诗，而选入的是上面论述中颇为纯粹的抒情诗。

如果从俄国第一位职业诗人西梅翁·波洛茨基算起，至今俄国诗人创作的抒情诗已有三百多年历史。纵观三百多年俄国抒情诗的发展历程，大约可以分为四个阶段。

一、积累阶段
（19世纪以前）

在这一阶段，俄国诗人们从模仿、学习、吸收西方诗歌，逐渐走向创作具有俄罗斯民族特色的抒情诗，为19世纪俄国诗歌的黄金时代的来临，积累了丰富的经验，打下了坚实的基础，做出了相当充分的铺垫。

17世纪中后期，俄国第一位职业诗人西梅翁·波洛茨基（1629—1680）最早使诗歌与神学分离，创造了俄国的音节诗，并出版了俄国文学史上第一部诗集《多彩的花园》（1678），其主题多种多样，富于人生哲理，但最主要的内容是对王权和宗教的颂扬，句法结构则精巧复杂。西梅翁·波洛茨基对抒情诗的贡献主要在两个方面：第一，借鉴西欧的诗歌，创造了俄国的音节诗；第二，创作了俄国诗歌史上较早的哲理诗，尽管这些哲理表达得比较简单（如本书中选入的《酒》），还只是停留于人生经验的简单总结或表面的哲理思索，说教过多，诗味不足，但这种哲理诗具有开拓意义，对以后也有一定的影响（如19世纪著名哲理

---

① 布罗茨基指出："德米特里耶夫……的寓言诗，那是一些多好的诗啊！俄罗斯的寓言绝对是一种令人感到震惊的东西。克雷洛夫，天才的诗人，他诗里的声响能和杰尔查文的相媲美。"详见［美］约瑟夫·布罗茨基、所罗门·沃尔科夫《布罗茨基谈话录》，马海甸、刘文飞、陈方编译，东方出版社，2008年版，第38页。

抒情诗人丘特切夫的《致反对饮酒者》的风格与此近似①），更重要的是他开创了俄国诗歌史上的哲理诗，是后世哲理诗乃至著名的哲理抒情诗的滥觞。

18 世纪的俄国文学尤其是其中的抒情诗，取得了相当不俗的独特成就，而这一成就，在我国至今没有得到应有的认识，译介很少，研究更是滞后，以致人们一如既往地认为 19 世纪的俄国文学似乎是从地底突然冒出来的喷泉一样丰富了人们的视线，其实，没有 18 世纪作家、诗人的诸多探索和走向独创的颇高艺术成就打下良好的基础，作为坚实、良好的铺垫，也就不可能有 19 世纪俄国文学尤其是诗歌的黄金时代。

18 世纪 30 年代，由于 17 世纪彼得大帝的改革和俄国的日趋强大，俄罗斯民族开始觉醒，俄罗斯开始发展自己的新文学（当时的文学主要就是诗歌和戏剧）。向西欧学习，使俄罗斯人意识到了自己的落后，他们开始如饥似渴地学习西方的文化，翻译、模仿西欧的文学，并渴望创作自己的作品。到 18 世纪后期，具有俄罗斯民族特色的诗歌渐渐形成。在这一过程中，产生了几位值得一提的诗人。

特列佳科夫斯基（1703—1769），一位把古典主义和启蒙思想结合起来的诗人，他创作过哀歌《悼念彼得大帝逝世》、颂诗《赞美俄罗斯颂诗》、哲理叙事诗《费奥普基亚》，也写过小巧精致的爱情小唱，并且把法国作家费纳隆（1651—1715）的传奇小说《忒勒马科斯》翻译成叙事诗。他最大的贡献是，最早研究西欧其他民族的诗歌格律，提出了建立俄语重音音节诗歌格律的主张，发表了理论文章《新俄文诗律简论》《俄罗斯诗歌之阿波罗书简》。别林斯基指出："即使康捷米尔和特列佳科夫斯基不是俄国文学

---

① 详见曾思艺《丘特切夫诗歌研究》，人民出版社，2012 年版，第 191 页。

的奠基人，他们的作品在某种程度上也似乎是奠定俄国文学基础的一篇序言。"①

罗蒙诺索夫（1711—1765），俄国著名的科学家、学者、诗人和文艺理论家。他的诗歌体现了俄国公民诗歌歌颂精忠报国的一面，歌颂英雄业绩，为国家的重大事件而创作，颂扬俄国的内外政策，谈论战争与和平，表达对祖国的热爱，主要作品有颂诗《攻打霍丁颂》《与阿那克瑞翁对话》《伊丽莎白女皇登基日颂》。他还创作了著名的哲理诗《晨思上帝之伟大》《夜思上帝之伟大》，在俄国哲理诗的发展上有所推进。米尔斯基认为，这两首诗是罗蒙诺索夫哲学诗歌非常出色的代表，同时亦体现了他这样一种力量，即以广阔宏大的笔触描绘自然之庄严宏伟的画面。② 罗蒙诺索夫所写的理论文章《论俄语诗格律》完成了由特列佳科夫斯基开始的诗体改革，正式确定了俄国诗歌重音诗格律。别林斯基称他为"俄国诗歌之父""俄国文学之父"，并宣称："俄国文学史是从罗蒙诺索夫开始的……罗蒙诺索夫的确是俄国文学的奠基人。他作为一个天才人物，赋予了俄国文学以形式，以倾向。"③

苏马罗科夫（1717—1777），戏剧家、诗人，创作过 9 部悲剧，写下了一定数量的颂诗、哀歌、寓言诗和讽刺诗，其主要成就在于发展了歌谣（песня）这一文学体裁：他打破古典主义强调用理智克服感情的传统，而强调爱情是一种真挚而强烈的感情，不屈服于理智，对个人有重大的作用，从而开创了俄罗斯诗歌中重视爱情的新局面，影响深远。

---

① 《别林斯基选集》，第五卷，辛未艾译，上海译文出版社，2005 年版，第 639—640 页。
② ［俄］米尔斯基：《俄国文学史》，上卷，刘文飞译，人民出版社，2013 年版，第 61 页。
③ 《别林斯基选集》，第五卷，辛未艾译，上海译文出版社，2005 年版，第 188、640、639 页。

　　赫拉斯科夫（1733—1807），苏马罗科夫的学生，侧重写个人的感受，写爱情小唱，把爱情诗写得深情款款，无比温柔，他的诗被称为"温柔心灵的抒情诗"。

　　卡拉姆津（1766—1826），俄国著名的历史学家、小说家和诗人，俄国感伤主义的代表和领袖。其小说《可怜的丽莎》是俄国感伤主义的典型代表，影响很大，其诗歌《百合花》《秋》《忧郁》等语言优美，忧伤而哀怨，体现了感伤主义的特点——捍卫个人的权利，关心普通人的不幸，描写人的内心世界，崇拜大自然。别林斯基指出："卡拉姆津在年轻的、因而还很粗野的社会里唤醒了并培养了作为感觉来看的多情善感，通过这一点，使社会有准备去接受感情。"[1] 米尔斯基则认为："卡拉姆津的诗歌是模仿性的，但很重要，如同他的其余作品一样，其诗歌亦为一个新时期之标识。他是俄国第一人，诗歌于他成了表达'内在生活'的手段。他在俄语诗歌的技术范畴也留下清晰痕迹，如他对传统法语诗歌形式的改进以及对德语诗体新形式的引进。在所有这些领域，他都是茹科夫斯基的先驱，但也仅此而已，他并未替茹科夫斯基彻底松绑，因为后者才是现代俄语诗歌的真正父亲。"[2]

　　德米特里耶夫（1760—1837），俄国感伤主义文学的重要代表和奠基人之一，卡拉姆津的挚友，善用口语入诗，语言优美，格律严谨，擅长抒情诗、讽刺诗、寓言诗、各种体裁的诗体故事。其诗歌对巴丘什科夫、茹科夫斯基、巴拉丁斯基、维亚泽姆斯基等有一定的影响。别林斯基指出，德米特里耶夫的歌柔和到了发腻的程度，可是当时一般的口味就是这样，而"一般地说，在德米特里耶夫的诗作中，照它们的形式和趋势来说，俄国诗歌在向

----

[1] 《别林斯基选集》，第三卷，满涛译，上海译文出版社，1980年版，第6页。
[2] ［俄］米尔斯基：《俄国文学史》，上卷，刘文飞译，人民出版社，2013年版，第84—85页。

朴素和自然，总之——向生活和现实的接近方面迈过了很大的一步"①，并且在谈到茹科夫斯基的贡献时高度评价了卡拉姆津和德米特里耶夫在发展俄罗斯民族文学语言和形式上的功绩："茹科夫斯基也是个非凡的诗人；他已经是在杰尔查文之后出现的，当时的语言本身经过卡拉姆津和德米特里耶夫，已经取得了很大的成就；茹科夫斯基本人推动了语言的前进，他为诗歌做了许多工作"②，"在德米特里耶夫和卡拉姆津的诗里，倾向上、形式上，俄国诗歌都迈进了一大步"③。

18 世纪俄国诗歌的泰斗是杰尔查文（1743—1816），其贡献主要体现在以下几方面。

第一，公民诗歌。其创造性在于，把公民诗歌的两种倾向结合起来，一方面，极力歌颂当时俄国社会的一切重大事件，尤其是俄国的军事胜利，歌颂重要历史人物，赞扬俄国英勇的士兵；另一方面，以强烈的公民责任感，揭露官吏的无能、政府的腐败，如其名作《致君主与法官》的锋芒直指神圣的帝王，先是教诲他们善待民众，保护弱小，但他们置之不理，于是诗人愤怒地宣称他们跟卑微的奴隶没有区别——同样会被死亡带走，并且祈求正义的上帝显灵，审判惩处奸佞，以致叶卡捷琳娜二世称本诗为"雅各宾党人的话"。这样，杰尔查文就独创性地把颂诗变成了公民诗，并且与现实生活紧密相连，就像别林斯基指出的那样，把康捷米尔的讽刺与罗蒙诺索夫的颂歌结合起来："俄国诗歌从它一开始，假如容许这样说的话，就是顺着两条彼此互相平行的河床而向前流动，它们越是往下流，越是时常会合成一股洪流，随后，

---

① 《别林斯基选集》，第四卷，满涛、辛未艾译，上海译文出版社，1991 年版，第 36 页。
② 《别林斯基选集》，第五卷，辛未艾译，上海译文出版社，2005 年版，第 195 页。
③ 《别林斯基选集》，第四卷，满涛、辛未艾译，上海译文出版社，1991 年版，第 43 页。

又分成两股，一直到我们今天它们又汇合成一条大河为止。通过康捷米尔，俄国诗歌表现了对于现实，对于如实的生活的追求，让力量立足于忠于自然的基础上。通过罗蒙诺索夫，俄国诗歌表达了对理想的追求，把自己看作一种神圣而高翔的生活的神谕者，一切崇高伟大事物的代言人。……在杰尔查文这种天才人物身上，这两种倾向经常合流在一起。"①杰尔查文的这种极具创造性的公民诗，对当时和后世产生了颇大的影响。"拉吉舍夫、十二月党诗人雷列耶夫以及18世纪末和19世纪初俄罗斯社会及文学界的一切进步与优秀的人物，都很尊崇杰尔查文的高度的公民精神和表现这些精神时的勇敢态度。拉吉舍夫曾经把自己的著作《从彼得堡到莫斯科旅行记》寄给杰尔查文，雷列耶夫也曾经把自己的一篇《沉思》献给他。杰尔查文的公民诗歌对克雷洛夫和普希金创作中的公民主题都产生了影响。"②

　　第二，哲理抒情诗。俄国的诗歌有表现哲理、探索生命意义的传统，这就是俄国哲理诗。其源头在文人创作中可追溯到西梅翁·波洛茨基。把俄国哲理诗推进一步的，是罗蒙诺索夫。他的名诗《晨思上帝之伟大》《夜思上帝之伟大》，试图把科学知识、激越的感情与哲理诗结合起来，探究自然的规律、宇宙的奥秘，对西梅翁·波洛茨基始创的哲理诗有较大的推进，但情感与哲理还未能很好地融合一体。从杰尔查文开始，把生命的思索与饱满的激情较好地结合起来，并把哲理诗由向外探寻自然规律转向通过人自身的生命来追寻宇宙生命的奥秘。他强调，在卓越的抒情诗中，每句话都是思想，每一思想都是图画，每一图画都是感情，

---

① 《别林斯基选集》，第六卷，辛未艾译，上海译文出版社，2006年版，第566—567页。
② ［苏］布罗茨基主编：《俄国文学史》，上卷，蒋路、孙玮译，作家出版社，1957年版，第141页。

每一感情都是表现，或者炽热，或者强烈，或者具有特殊的色彩和愉悦感。这样，他就不仅从理论上，而且从实践上，把俄国的哲理诗发展成为哲理抒情诗，并初步奠定了俄国哲理抒情诗的基础。杰尔查文的哲理抒情诗最关注现实生活中人的生死问题，感叹人生短暂，青春不再，试图思考生死的奥秘。但他不是像西梅翁·波洛茨基似的直接说出自己的思考，而是把感情与形象灌注于哲理诗中，透过感情与形象显示哲理，写出了现实生活中人人共同感知却又十分害怕的问题，生动形象，摄人心魄，如《悼念梅谢尔斯基公爵》。别林斯基称这首诗是一首出色的颂诗："把思想表现得那么完整、明朗，声调表达得那么端庄，幻想表现得那么奔放，用语又是那么铿锵嘹亮。……有多少雄壮、力量、感情，多少真诚肺腑之言！……是时代的忏悔，时代的哀号，时代的见解和信念的象征……"[1] 米尔斯基也称这首诗为"最伟大的道德颂诗"[2]。杰尔查文的哲理抒情诗对后来的俄国哲理诗，尤其是丘特切夫的诗歌，有着颇大的影响，对此，笔者在《丘特切夫诗歌研究》一书中已有论述[3]，此处不赘。

　　第三，自然风景的描写。俄罗斯的大自然有一种独特的、非同寻常的美，法国作家莫洛亚指出："俄罗斯风景有一种神秘的美，大凡看过俄罗斯风景的人们，对那种美的爱惜之情，似乎都会继续怀念至死为止。"[4] 然而，18 世纪很长一段时间里，由于俄国古典主义统治文坛，而俄国古典主义深受法国古典主义影响，主

---

① 《别林斯基选集》，第五卷，辛未艾译，上海译文出版社，2005 年版，第234—235 页。

② ［俄］米尔斯基：《俄国文学史》，上卷，刘文飞译，人民出版社，2013 年版，第 68 页。

③ 参见曾思艺：《丘特切夫诗歌研究》，人民出版社，2012 年版，第 191—194 页。

④ ［法］莫洛亚：《屠格涅夫传》，江上译，台湾志文出版社，1975 年版，第26—27 页。

要描写义务与情感的冲突，表现公民精神，对自然很少关注，即使描绘到自然景物，也往往是古典主义的假想风景，最多也只能像罗蒙诺索夫一样，把它当作科学认识的对象。18 世纪后期兴起的俄国感伤主义的一大贡献，便是重视自然风景，并且以一种审美的眼光欣赏大自然的一切，同时把它与人的心灵结合起来。该派的领袖卡拉姆津认为："大自然和心灵才是我们该去寻找真正的快乐、真正可能的幸福的地方，这种幸福应当是人类的公共财物，而不是某些特选的人的私产：否则我们就有权利责备老天偏心了……，太阳对任何人都发出光辉，五光十色的大自然对于任何人都雄伟而绚丽……"① 俄国感伤主义以此为指针，在诗歌创作中把自然景物的变化（自然的枯荣）与人的生命的变化结合起来，对生命进行思索，如卡拉姆津的《秋》把自然的衰枯繁荣与人心的愁苦欢欣联系起来，并面对自然的永恒循环，深感人之生命的短暂。不过，他们的自然风景一般还是普遍的风景，俄国的色彩不太明显。受俄国感伤主义尤其是卡拉姆津的影响，杰尔查文在后期的创作中大大增加了对俄国自然风光的描绘，以致自然风景描写在其整个创作中占据着显要的位置，晚期尤甚。杰尔查文的自然风景描写，往往和日常生活的描绘结合起来。别林斯基指出："在他的诗中，常常碰到以俄国的才智和言辞的全部独创性所表现出来的纯粹俄国大自然的形象和图画。"② 库拉科娃更具体地谈道："杰尔查文最先把真正实在的自然景色放到诗歌中，用真正实在的俄罗斯风景来代替古典主义的假想的风景。杰尔查文看到全部色彩和自然界的全部丰富的色调，他听到各种声音。

---

① 转引自［苏］布罗茨基主编：《俄国文学史》，上卷，蒋路、孙玮译，作家出版社，1957 年版，第 152 页。
② 《别林斯基选集》，第四卷，满涛、辛未艾译，上海译文出版社，1991 年版，第 28 页。

在描写乡村的早晨时，他听到牧人的号角、松鸡的欢悦的鸣声、夜莺的宛转啼鸣、奶牛的鸣声和马的嘶叫。……杰尔查文不仅最先在俄罗斯诗歌中描述了真实的风景，而且他还让风景具有极为鲜明的色彩。……当杰尔查文谈到自然景色时，他的诗歌中经常闪耀着珍珠、钻石、红玉、绿宝石、黄金和白银。"①

杰尔查文在诗歌内容和形式上的革新，对俄罗斯诗歌的发展产生了很大的影响，为19世纪的诗歌铺展了道路，因而，别林斯基说他燃起了俄罗斯新诗的"灿烂的彩霞"②："罗蒙诺索夫是杰尔查文的先驱者，而杰尔查文则是俄国诗人之父。如果说普希金对他的同时代的以及在他以后出现的诗人有强大的影响，那么，杰尔查文对普希金也有强大的影响。"③普希金则称杰尔查文为"俄罗斯诗人之父"④。值得一提的是，杰尔查文还主动向民间文学学习，把民间的谚语、生动的口语等带进了俄国文学。可以说，在杰尔查文这里，已初步具备了后来俄罗斯诗歌发展的各个方向，他的确不愧为普希金所说的"俄罗斯诗人之父"。

二、成熟阶段

（约19世纪）

19世纪初，法国大革命后欧洲蓬勃开展的民主革命和民族解放运动影响巨大，西方的民主思潮强劲地吹进俄国，影响了各个阶层。尤其是1812年在卫国战争中俄国打败了横扫欧洲的拿破

---

① ［苏］库拉科娃：《十八世纪俄罗斯文学史》，北京俄语学院科学研究处翻译组译，北京俄语学院印，1958年版，第194—195页。
② ［苏］季莫菲耶夫主编《俄罗斯古典作家论》，上卷，人民文学出版社，1958年版，第87页。
③ 《别林斯基选集》，第五卷，辛未艾译，上海译文出版社，2005年版，第284页。
④ ［苏］布罗茨基主编：《俄国文学史》，上卷，蒋路、孙玮译，作家出版社，1957年版，第147页。

仑法国大军，进而攻入巴黎，成为神圣同盟的盟主。在这火热的政治文化气候中，俄罗斯的民族自尊心、自信心和爱国热情被空前激发了，俄罗斯人的才气和灵感或者说创造性也因此而热烈地喷发出来，这在文学艺术方面表现得尤为突出——反法战争的胜利空前地激发了俄罗斯民族的激情，同时也空前地激发了作家们创作的才情，茹科夫斯基、普希金等一批诗人、作家应运而生。与此同时，一批青年贵族也因此看到了俄国与欧洲的巨大距离，致力于改变现状，奠定了日后发动"十二月党人"起义和不断要求改革的历史基础。在某种程度上可以说，正是反法战争的胜利激发了俄罗斯民族的自信心与创造力，使得他们创造了许多世界一流的文艺作品，也促使他们自立自强，锐意改革。而兴起于三四十年代的"西欧派"与"斯拉夫派"之争，进一步推进了俄罗斯人对自己民族文化的认识；平民知识分子登上历史舞台，更是带来了激进的革命思想和"到民间去"的"民粹派"运动。这些，都是使俄国诗歌成熟和繁荣的肥沃的历史文化土壤。

　　19 世纪俄国诗歌一方面继续学习、吸收西欧文学之长，另一方面在 18 世纪诗歌成就的基础上进一步开拓，形成了独特的俄罗斯诗歌和文学，并且在诗歌上开始走向多元，紧接着注重情感、关注自然的感伤主义，出现了注重自我、强调天才、重视自然与文明对照的浪漫主义，随后又从浪漫主义慢慢嬗变到注重描写客观现实、从人道主义高度关心人民苦难的现实主义，最后出现了对革命民主主义和现实主义矫枉过正的唯美主义以及象征主义。具体而言，在 19 世纪最初 10 年的俄国文坛，先是感伤主义诗歌盛行一时，紧接着是浪漫主义诗歌。20 年代中期，现实主义小说和戏剧的发展，也引出了现实主义诗歌。30—40 年代，俄罗斯诗歌呈现出浪漫主义与现实主义等流派并存的多元局面。40—60 年代，由于政治的高压、平民知识分子的重大影响以及西方观念的影响,俄国诗坛形成了"为人生而艺术"的革命民主主义诗派和"为艺术而艺术"的唯美主义诗派。革命民主主义诗派以涅克拉索夫为代表,他们坚持现实主义和民主主义,直面黑暗的社会现实,提出尖锐的社会问题,批评专制暴政,创作了大量呼唤革命甚至号召消灭农奴制、推翻专制的诗篇。唯美主义诗派则以费特等为代表,他们把艺术和现实对立起来,不赞同用艺术反映苦难生活,而更多地思考人与自然、艺术使命、哲学和诗歌的技巧等问题。这种局面一直延续到 19 世纪末。在此过程中,俄罗斯诗歌真正走向了成熟,并且空前繁荣,出现了俄国诗歌的"黄金时代"。俄国当代著名学者科日诺夫指出: "俄罗斯诗歌有过黄金时代,它是由普希金、丘特切夫、莱蒙托夫、巴拉丁斯基、费特等诗人的名字来标志的。有过白银时代——这就是勃洛克、安年斯基、叶赛宁、古米廖夫、别雷、勃留索夫等诗人的时代。"①

不过,在谈上述著名诗人之前,有必要好好谈谈茹科夫斯基(1783—1852),这是又一位其突出贡献在我国没有得到应有研究和承认的俄国古典大诗人。他是公认的俄国浪漫主义诗歌的奠基人,米尔斯基称他为俄国诗歌黄金时代的"首位先锋和公认的主教"②。他的诗在某种程度上把英国感伤主义尤其是"墓畔派"诗歌对生命的重视、对感情的推崇,与德国浪漫派尤其是耶拿派(如诺瓦利斯)对宗教的热爱、对生命的哲学探索,以及俄国东正教重视信仰等结合起来,形成了自己诗歌独具的特点:生命的信仰。他从宗教的高度关注人的生存、生命的意义和价值,探索生命的哲理,强调人的精神生活,着重描写内心生活、梦幻世界、

---

① 〔俄〕瓦·科日诺夫:《俄罗斯诗歌:昨天今天明天》,张耳节译,载《外国文学动态》1994 年第 5 期。

② 〔俄〕米尔斯基:《俄国文学史》,上卷,刘文飞译,人民出版社,2013 年版,第 103 页。

对自然的感受，进一步深化了俄国的哲理抒情诗。茹科夫斯基还是一位描写大自然的出色诗人，本书中的《黄昏》就是出色的例证。别林斯基指出："如果我们不提一提这个诗人在生动地描绘大自然图画以及把浪漫主义生活放到它们中间去的奇妙的艺术，那我们就会忽略茹科夫斯基诗歌中最典型性的特征。或者是早晨，或者是中午，或者是傍晚，或者是夜里，或者是晴朗天气，或者是暴风雨，或者是风暴，——所有这一切通过茹科夫斯基的灿烂的图画散发出一种神秘的、充满着奇妙力量的生活……"①

因此，茹科夫斯基在俄罗斯文学史上占有独特的地位，他是俄罗斯第一个真正的抒情诗人。别林斯基说他"赋予俄国诗歌以精神，以心灵"②，茹科夫斯基发展了卡拉姆津的感伤主义，并把浪漫主义对个性的推崇引入俄国诗歌，在诗歌中由此前的侧重外在描写，转向内心情绪的宣泄，尽情地写自己的希望与失望、欢欣快乐与忧愁悲哀等心绪，他首先在俄罗斯诗歌中极力表现自己的个性和情感，展示自己的内心感触和心理印象，淋漓尽致地写出自己的喜怒哀乐。米尔斯基指出："以卡拉姆津的改革为基础，他锻造出一种新的诗歌语言，他的格律手法和语汇始终是整个 19 世纪的标准……除这些形式创新外，茹科夫斯基还革新了诗歌这一概念本身。经他之手，诗歌在俄国首次成为情感的直接表达……他的原创作品数量很小，包括一些幽默献诗、哀歌偶作和抒情诗。然而，仅仅那几首抒情诗便足以使茹科夫斯基跻身一流诗人之列。其诗作之飘逸的轻盈和悦耳的音调，其语言之优雅的纯净，均达到高度的完美……"③ 可见，茹科夫斯基在发挥诗歌的音乐性、

---

① 《别林斯基选集》，第四卷，满涛、辛未艾译，上海译文出版社，1991 年版，第 181 页。
② 同上，第 190 页。
③ ［俄］米尔斯基：《俄国文学史》，上卷，刘文飞译，人民出版社，2013 年版，第 104—106 页。

扩大诗歌的表现力、拓宽诗歌的题材方面也做出了独特的贡献。
正因为如此，别林斯基宣称："如果没有茹科夫斯基我们也就不
会有普希金"①，"茹科夫斯基的功绩在于他把浪漫主义引进了俄
国诗歌"，"这位诗人对于俄国诗歌和文学有着多么无比伟大的意
义！"②茹科夫斯基的创作不仅对俄国浪漫主义的形成起了重要
作用，而且对普希金、丘特切夫、费特乃至此后的诗歌创作有
很大的影响——日尔蒙斯基指出："俄国象征派与普希金的诗歌
遗产没有关系，象征派的根在俄罗斯抒情诗的浪漫主义流派之中，
应归属于茹科夫斯基。从茹科夫斯基开始，经过丘特切夫、费特
与费特流派(阿·康·托尔斯泰、波隆斯基，尤其是弗拉基米尔·索
洛维约夫)，传递到象征派手中"③，因此他被誉为第一位俄国
抒情诗人，普希金曾把他称为"北方的俄耳甫斯"，并把他看作"培
育和庇护"自己的"诗歌的恩人"。

巴丘什科夫（1787—1855），和茹科夫斯基一起为俄国诗歌
开创了一个新的世界——打开了人的内心世界。别林斯基指出：
"巴丘什科夫是一个古典主义者，正像茹科夫斯基是一个浪漫主
义者一样：因为确定和明了正是巴丘什科夫的诗歌的首先的和主
要的品质……在作品中充分地发挥了表现典雅优美的古代的光辉
的明确的世界……他是以艺术因素为主要因素的第一个俄国诗人。
在他的诗句里，有许多造型之美，许多雕塑性……"，"茹科夫
斯基为了俄国诗的内容尽了力，而巴丘什科夫则是为了它的形式
而效劳：前者在俄国诗歌中激发起活跃的灵魂，后者则给了它形

---

① 《别林斯基选集》，第四卷，满涛、辛未艾译，上海译文出版社，1991年版，
第192页。
② 同上，第65页。
③ ［俄］日尔蒙斯基：《文学理论·诗学·文体学》，列宁格勒，1997年版，
第202页。

式的理想的美"。① 别林斯基进而谈道："巴丘什科夫在俄国文学
中拥有重要的意义……独创的意义"②，"杰尔查文、茹科夫斯基
和巴丘什科夫对于普希金有着特别强大的影响，他们是他的诗歌
方面的老师……凡是杰尔查文、茹科夫斯基和巴丘什科夫诗歌中
一切根本的和重大的东西，在经过独创的因素加工之后，都是普
希金的诗歌所具有的。普希金是这三位俄国诗歌大师的诗歌财富
的直接继承人"，而"巴丘什科夫对普希金的影响，比茹科夫斯
基的影响更为显著些"③。实际上，巴丘什科夫的诗歌创作手法与
诗学主张不仅对普希金，而且对费特和迈科夫，乃至 20 世纪的曼
德尔施坦姆（一译曼德里施塔姆）等，都有较大的影响。而今，
俄罗斯认为他是堪与普希金并称的大诗人。布罗茨基则认为："总
的来说，巴丘什科夫根本就没有得到过足够的评价，无论是在他
自己的时代还是现在。"④

　　普希金（1799—1837），一生创作了 800 多首抒情诗，举凡
生活中的一切均能入诗，但基本主题是抨击专制与暴政，追求自
由，弘扬个性，讴歌友谊、爱情和美，洋溢着生命的欢乐，题材
广泛，内容丰富，感情真诚热烈，形象准确新颖，情调朴素优雅，
语言丰富简洁，风格自然明晰，有一种"深刻而又明亮的忧伤"。
其抒情诗的形式也多彩多姿，哀歌、颂诗、赠诗、讽刺诗、罗曼斯、
歌、独白、对谈、三韵句，以往俄罗斯诗歌中已有的形式，他几
乎都娴熟地加以运用，而且使之发展与完善。普希金的抒情诗富
于朝气，圆润和谐，常采用对称结构，反复、回环手法，史朗宁（一

①　《别林斯基选集》，第四卷，满涛、辛未艾译，上海译文出版社，1991 年版，
　　第 194、242 页。
②　同上，第 66 页。
③　同上，第 194、199 页。
④　［美］约瑟夫·布罗茨基、所罗门·沃尔科夫：《布罗茨基谈话录》，马海甸、
　　刘文飞、陈方编译，东方出版社，2008 年版，第 37 页。

译斯洛宁或斯洛尼姆）指出："有些批评家认为，普希金抒情诗的成就已经臻至巅峰了。他沉思自然与死亡，将爱情坦然陈述出来，追忆已逝的过去。他采用抑扬格诗体，在韵律与意象两方面皆达到了无懈可击的领域，朴素自然，深情动人，而且简洁明朗。"① 正因为如此，普希金被称为"俄国诗歌的太阳"，更被称为"俄国文学之父"，在他身边及其死后，众星捧月般出现了一大批诗人，他们以自己在艺术上的独特追求及独特贡献，和普希金共同创造了俄罗斯诗歌史同时也是文学史上的"黄金时代"。

维亚泽姆斯基（1792—1878），著名的批评家、诗人，善写各种体裁的诗歌：公民诗、风景诗、颂诗、民歌体诗，从早期的优美甚至华丽走向晚期的朴实、深沉。布罗茨基认为，他是普希金诗群中一个最伟大的现象②。

巴拉丁斯基（1800—1844），一位杰出的抒情哲理诗人，擅长写哀歌体抒情诗，既抒发感情，又有心理分析和哲理沉思，力求写出人的精神世界、人的复杂的内心活动，简练而富有内涵，是一位思想诗人。别林斯基认为："巴拉丁斯基君值得赞扬之处是……他的诗歌的哀歌调子是由于思想，由于对生活的看法，而产生出来的，他正是以这一点区别于同普希金一起从事文学写作活动的许多诗人"，"在跟普希金同时出现的诗人中间，首要的位置无疑属于巴拉丁斯基君……他负有使命要成为思想的诗人。"③ 普希金曾评论道："巴拉丁斯基属于我们的优秀诗人之列。他在我们当中独树一帜，因为他善于思考。他处处显示出匠心独

---

① ［美］史朗宁：《俄罗斯文学史（从起源至一九一七年以前）》，张伯权译，台湾枫城出版社，1977年版，第46页。
② ［美］约瑟夫·布罗茨基、所罗门·沃尔科夫：《布罗茨基谈话录》，马海甸、刘文飞、陈方编译，东方出版社，2008年版，第38页。
③ 《别林斯基选集》，第三卷，满涛译，上海译文出版社，1980年版，第531、552页。

运，因为当他的感受强烈而又深刻的时候，他能按自己的方式正确地、独立不羁地进行思考。他的诗句之和谐，文笔之清新，表达之生动准确，应该会使每个哪怕稍具情趣的人都为之倾倒。"①巴拉丁斯基的诗歌对后来的"纯艺术派"有较大的影响，因此，他被称为"纯艺术的先驱"，并对20世纪的一些诗人产生过较大影响，如布罗茨基指出："巴拉丁斯基的水流在曼德尔施塔姆的身上是如此的强烈，如巴拉丁斯基，他是很有效的诗人。"②

　　莱蒙托夫（1814—1841），著名诗人、小说家、戏剧家，短短的一生创作了长篇小说《当代英雄》、5部戏剧、20多首叙事诗、445首抒情诗。与主要表现生命的欢乐的普希金相反，莱蒙托夫的诗歌表现的是生命的忧郁，过强的生命力被压抑，深感苦闷又极度孤独，渴望自由，渴望冲出桎梏，尽情抒发生命的激情，但又不能够，因此倍感痛苦，甚至经常想到死亡，极其渴望与人对话，但由于高傲，又不成功，因此采用诗歌的形式，或者在假想中与人对话，或者自我对话——内心自白。后期则渐渐由主观走向客观，但前期的艺术手法继续采用，只是一些诗歌增加了客观对应物，甚至出现了成熟的象征（如《帆》《美人鱼》）。其出色的艺术成就，使他成为与普希金、丘特切夫相提并论的俄国三大古典诗人。米川正夫指出，作为同样从浪漫主义出发的独创的天才，莱蒙托夫的确是普希金的继承者，但假如说普希金是个以平静温和的、客观的观照态度，去如实地再现生活现象和人类心理诸多形象的调和的天才，即是日神型的艺术家的话，那么莱蒙托夫则是在主观上想要把自己内心的混沌的苦闷、不安和焦躁，强有力地表现出来的叛逆者型的艺术家，即是酒神型的诗人；假如普希

① 《普希金论文学》，张铁夫、黄弗同译，漓江出版社，1983年版，第129页。
② ［美］约瑟夫·布罗茨基、所罗门·沃尔科夫：《布罗茨基谈话录》，马海甸、刘文飞、陈方编译，东方出版社，2008年版，第217页。

金的创作是有博大的饱和力的肯定人生的艺术的话，那么莱蒙托夫的，就可以说是对于人生的诅咒和挑战的艺术。从普希金的源流出发的艺术，得到屠格涅夫、冈察洛夫、托尔斯泰和契诃夫等伟大的后继者，就形成了俄国文学主流的现实主义泱泱大河；莱蒙托夫的精神，则传给果戈理和陀思妥耶夫斯基等天才，展现出并不弱于前者的猛烈的奔湍，形成了俄国文学强有力的另一翼。①

　　"十二月党人"诗人包括雷列耶夫（1795—1826）、拉耶夫斯基（1795—1872）、丘赫尔别凯（1797—1846）、奥陀耶夫斯基（1802—1839）等。其诗歌充满公民的责任感和浪漫主义的激情，揭露社会的黑暗，抨击政府乃至沙皇的专制，力图改变乃至推翻现存社会，是俄国公民诗歌的出色成就之一。雷列耶夫是其代表。其成名作是诗歌《致宠臣》（1820），代表作是诗歌《公民》（1824）和21首《沉思》（1821—1823）。《公民》提出了公民诗歌的一个公式："我不是诗人，而是一个公民"，后来在涅克拉索夫那里发展成著名的诗句："你可以不做诗人，但是必须做一个公民。"

　　丘特切夫（1803—1873）的诗歌在普希金的抒情诗之外，另辟蹊径，把深邃的哲理、独特的形象（自然）、瞬间的境界、丰富的情感完美地融为一体，达到了相当的纯度和艺术水平，形成了独特的"哲理抒情诗"，对俄苏诗歌的发展，产生了较大的影响，在俄国诗歌史乃至俄国文学史上，占有相当重要的一席地位。丘特切夫是一位具有相当思想深度的诗人，他的诗歌思考人在宇宙中的位置，表现永恒的题材（自然、爱情、人生），挖掘自然和心灵的奥秘，探索人与自然的关系、个体（含个性）在社会中的命运等本质性的问题，达到了哲学终极关怀的高度。因此，他在

① ［日］米川正夫：《俄国文学思潮》，任钧译，正中书局，1947年版，第57—58页。

国外被称为诗人哲学家、哲学诗人或思想诗人、思想家诗人,他的诗歌被称为哲学抒情诗(философская лирика,我国一般译为哲理抒情诗)。他还在瞬间的境界、多层次结构及语言(古语词、通感等)方面进行了新探索,形成了显著的特点:深邃的哲理内涵、完整的断片形式、独特的多层次结构、多样的语言方式。①

19世纪40年代出现了俄国的民间诗人柯尔卓夫(1809—1842),这是一位自学成才的诗人。他遵循普希金和莱蒙托夫的道路,大量吸取生动的民间语言,学习俄国民歌的优点,加工提升了俄罗斯民间歌谣的形式,广泛真实地反映了俄罗斯的自然风光、俄国农民的生活风习、思想情感尤其是精神面貌,具有极大的独创性和很高的艺术成就,在俄国诗歌史上占据了独特的一席地位。屠格涅夫宣称:"柯尔卓夫是地地道道的人民诗人,——是当代真正的诗人。……柯尔卓夫有二十来首小诗,它们将与俄语一起流传千古。"② 这位诗人的艺术实践客观上有助于后来的尼基京、涅克拉索夫、伊萨柯夫斯基和特瓦尔多夫斯基的创作,在他们的创作中,回荡着柯尔卓夫诗歌的抒情曲调。

"纯艺术派"诗歌出现于19世纪50年代,延续到80年代。一般认为,该派由七人组成:费特、迈科夫、波隆斯基(当时被称为"友好的三人同盟")、阿·康·托尔斯泰以及丘特切夫、谢尔宾纳(1821—1869)、麦伊(1822—1862)。纯艺术诗歌在艺术上进行了诸多探索,形成了自己的特色,取得了很高的艺术成就。

费特(1820—1892)是"纯艺术派"诗歌的代表人物,其诗歌中美的内容主要包括四个方面:自然、爱情、人生、艺术。这些,

---

① 详见曾思艺《丘特切夫诗歌美学》,人民出版社,2009年版;曾思艺:《丘特切夫诗歌研究》,人民出版社,2012年版。
② 《屠格涅夫选集》,第11卷,莫斯科,国家文学出版社,1956年版,第362页。

都是人类永恒的主题，能够体现永恒的人性。这些反映人生、爱情、自然、艺术诸多方面的杰作和美的艺术精品，为俄国乃至世界各国古今千千万万的读者提供了具有高尚情感、突出美感的精神食粮。由于长期对艺术形式的探索与追求，费特在其诗歌创作中形成了独具的艺术特征，达到了较高的境界，并且有突出大胆的创新：情景交融，化景为情；意象并置，画面组接；词性活用，通感手法。费特还充分探索了诗歌的音乐潜力，达到了很高成就，被柴可夫斯基称为"诗人音乐家"。费特的诗歌深深影响了俄国象征派、叶赛宁、普罗科菲耶夫以及"静派"等大批诗人。①

"纯艺术派"诗歌的其他各位代表诗人也有各自的创新。作为诗人兼画家的迈科夫（1821—1897）诗歌的显著特点是古风色彩——往往回归古希腊罗马，以典雅的古风来表现人与自然的和谐，雕塑特性和雅俗结合。②曾在第比利斯和国外生活多年的波隆斯基（1819—1898）的诗歌的突出艺术特色是：异域题材，叙事色彩，印象主义特色，并且具有突出的现代色彩，对勃洛克等产生了很大的影响。③阿·康·托尔斯泰（1817—1875）善于学习民歌，把握了民歌既守一定的格律又颇为自由的精髓，以自由的格式写作民间流行的歌谣般的诗歌，并在抒情诗中大量运用象征、否定性比喻、反衬、对比、比拟等民歌常用的艺术手法，因此，

---

① 详见《自然·爱情·人生·艺术——费特抒情诗选》，曾思艺译，中国友谊出版公司，2013 年版，译者序，第 1—28 页；或见曾思艺等著《19 世纪俄国唯美主义文学研究》，北京大学出版社，2015 年版，第 163—216 页。
② 详见《迈科夫抒情诗选》，曾思艺译，中国友谊出版公司，2014 年版，《译后记：唯美主义诗人迈科夫及其抒情诗》，第 109—201 页；或见曾思艺等著《19 世纪俄国唯美主义文学研究》，北京大学出版社，2015 年版，第 216—279 页。
③ 详见曾思艺《论波隆斯基的抒情诗的艺术特色》，《俄罗斯文艺》2016 年第 1 期；或见曾思艺等著《19 世纪俄国唯美主义文学研究》，北京大学出版社，2015 年版，第 279—333 页。

他的很多富有民歌风格的抒情诗（70 余首）被作曲家谱成曲子。①

　　涅克拉索夫（1821—1877），一生创作了不少叙事诗，如《严寒，通红的鼻子》（1863）、《俄罗斯女人》（1872）以及《谁在俄罗斯能过好日子》（1863—1876），还有大量的抒情诗。其诗歌的主题，用他自己的话来说，就是"人民的苦难"。他紧密结合俄国的解放运动，充满爱国精神和公民责任感，许多诗篇忠实描绘了贫苦下层人民以及俄罗斯农民的生活和情感，与当时的政治斗争紧密结合，具有高度的思想性和战斗性，充满爱国主义精神和公民责任感，并且以口语化的平易语言表现社会底层生活和农民生活，代表了千百万人民的呼声，反映了广大劳动人民的苦难和愿望，开创了"平民百姓"的诗风，使过于诗化和贵族化的俄罗斯抒情诗走向散文化、平民化。米尔斯基认为，他最为出色、最为独特的诗作之意义，恰在于他大胆创作出一种不受传统趣味标准之约束的新诗歌，因此，就其独创性和创造力而言，他位居一流俄国诗人之列，堪与杰尔查文媲美。在 19 世纪所有俄国诗人中，只有他能够真正地、创造性地接近民歌风格。② 因此，他被称为"人民诗人"，在当时很长一段时间里成为文学的主流，形成了"涅克拉索夫流派"，对当时的诗歌以及 20 世纪俄罗斯的诗歌都产生了重大影响。

　　19 世纪后期，由于小说慢慢占据了主流地位，诗歌尤其是抒情诗出现衰落的局面。不过，也有一些颇有特色的诗人，如斯卢切夫斯基（1837—1904）、阿普赫京（1840—1893）等，甚至有些诗人一度还产生过较大的影响，如纳德松（1862—

---

① 关于阿·康·托尔斯泰抒情诗的艺术特色，详见曾思艺《阿·康·托尔斯泰：民歌风格的唯美主义者》，《中国诗歌》2012 年第 7 卷；或见曾思艺等著《19 世纪俄国唯美主义文学研究》，北京大学出版社，2015 年版，第 333—368 页。
② ［俄］米尔斯基：《俄国文学史》，上卷，刘文飞译，人民出版社，2013 年版，第 317—319 页。

1887）以真诚的态度表达了灰暗年代中知识分子苦闷、悲观与绝望的情绪，曾被称为反映了"一代人的心声"。

三、深化阶段——"白银时代"
（19 世纪 90 年代初至 20 世纪 20 年代中后期）

19 世纪末 20 世纪初，俄国社会经历了从 19 世纪的启蒙现代化向 20 世纪的审美现代化的过渡、从罗曼诺夫王朝向社会主义革命的剧变时期。这是俄国历史上最多彩多姿的时期，一方面是西欧的各种思想纷纷涌入俄国，另一方面俄国也开始形成自己形形色色的宗教哲学观念；一方面是工业化、都市化轰轰烈烈地展开，另一方面革命运动也蓬蓬勃勃地发展。文学方面更是思潮迭起，流派众多，各种文学流派如雨后春笋纷纷涌现，光是 1920 年，莫斯科一个城市就涌现了 30 多个文学团体或派别，诗歌创作相当繁荣，其中以"列夫""构成主义文学中心""现实艺术协会"等为代表的文学团体，对诗歌进行了多方面的艺术探索。在这个时期，现实主义、自然主义、新浪漫主义、印象主义、象征主义、表现主义多种艺术倾向相生共存，但文坛最主要的还是现实主义和现代主义两大思潮，这两大思潮既相互斗争又互相渗透。现代主义开始占据文坛的主流地位，象征主义、阿克梅派、未来主义、意象派等纷纷登上历史舞台，引领一时风骚；现实主义作家们也思想空前活跃，一方面继承 19 世纪现实主义的优良传统，一方面吸收其他文学思潮尤其是现代主义的手法，并且更多地接受俄国和西方宗教、哲学的影响，创造了多彩多姿的现实主义文学新景象。

19 世纪 90 年代至 20 世纪 20 年代中后期，俄罗斯民族的现代意识觉醒，一批具有现代主义特色的作品开始出现。俄国象征主义、阿克梅派、未来主义、意象主义、"新农民诗歌"以及具有自然主义倾向的作家纷纷相继登上历史舞台，同变化发展了的现实主义一起，构成一个多种思潮和流派并存发展的文坛新格局，在思想和艺术两个方面都对黄金时代进行了发展和深化，登上了俄国文学发展过程中又一个高峰，这就是大家非常熟悉的"白银时代"。

"白银时代"是俄国文学中一个短暂的辉煌时期，它那巨大的文学成就不仅无愧于黄金时代，而且更以其现代观念、现代手法推进了俄国文学的发展，并使俄国文学更广阔、更深刻地走向世界。但"白银时代"更主要的是俄国诗歌史上的"白银时代"，而且主要是现代主义诗歌的"白银时代"。此时，现代主义诗歌占据了主流地位，出现了象征主义、阿克梅主义、未来主义和意象主义等重要诗歌流派，涌现了一大批著名的诗人。

象征派是"白银时代"崛起最早、人数最多、成就最高、影响最大、时间最长的一个现代主义文学流派，产生于 19 世纪 90 年代初，在 19 世纪末 20 世纪初掀起过两次浪潮，其基本的美学原则是：艺术以非理性方式透过外部表征豁然领悟内在本质；诗是诗人心灵活动的表现；象征是表达现象实质的诗歌形象，具有隐含无尽的多义性；音乐精神是世界本质和创作的原动力，是达到完美境界的重要手段。[①] 最具代表性的象征主义诗人有：索洛维约夫（1853—1900）、梅列日科夫斯基（1866—1941）、吉皮乌斯（1869—1945）、索洛古勃（1863—1927）、勃留索夫（1873—1924）、别雷（1880—1934）、巴尔蒙特（1867—1942）、勃洛克（1880—1921）等。

索洛维约夫是俄国 19 世纪具有世界影响的宗教哲学家、伦理学家、政论家和诗人，梅列日科夫斯基也是作家、诗人、宗教

---

① 王树福：《俄罗斯诗歌流派的百年风云》，《中国社会科学报》第 186 期 13 版"域外"（2011 年）。

哲学家、文学批评家。他们两人的主要成就不在诗歌艺术上，而在哲学思想上，并且对象征派诗人产生了很大的影响。

吉皮乌斯是俄国象征主义中杰出的女诗人，她的诗具有深厚的哲学、宗教内容，传达了现代人心灵的全部感受，外表理智，却又感情激越，展示了理性的思维与如火的激情的完美融合以及形式美与内容的复杂性的和谐融合，在艺术上也取得了颇高的成就。安年斯基认为，她的诗有着"我们抒情现代主义的整整15年历史"[1]；勃留索夫宣称，"作为诗人，作为语言考究、思想深邃的诗歌的作者，吉皮乌斯女士当属优秀的文艺家之列"[2]，她的诗"仿佛是以浓缩、有力的语言，借助清晰、敏感的形象，勾画出了一颗现代心灵的全部感受"[3]。勃洛克认为，她的诗歌"在俄国诗歌中是独树一帜的"[4]。

索洛古勃对世界有一种哲学式的把握。他认为人的生存状态颇为荒诞，因为恶是绝对的本原，人类社会没有进化，整个人类世界中只有恶魔横行、人性受压、性灵被异化。于是他全身心地投入对荒诞生存本身的透视与揭露，深刻地揭示了现代社会里人的主体性的严重异化。在严酷的社会里，人处于种种高压之下，丧失了主体性，不再有个性，变成了千人一面、万腔一调的平凡动物，循规蹈矩，恬然安于环境的污臭龌龊，完全放弃了对自由的追求，如《我们是被囚的动物……》。《魔鬼的秋千》则写到在魔鬼的捉弄下，人不得不荡着秋千，并且在荡秋千的过程中得

---

[1] 转引自汪剑钊《诗歌是一种祈祷——吉皮乌斯与"存在"主题的艺术》，见《吉皮乌斯诗选》，汪剑钊译，河北教育出版社，2003年版，第3页。

[2] 俄罗斯科学院高尔基世界文学研究所集体编写：《俄罗斯白银时代文学史(1890年代—1920年代初)》，二，谷羽等译，敦煌文艺出版社，2006年版，第334页。

[3] 见《金羊毛》1906年第11—12期，第154页。

[4] 转引自[俄]阿格诺索夫主编：《白银时代俄国文学》，石国雄、王加兴译，译林出版社，2001年版，第81页。

到一丝苦涩的乐趣，但这由魔鬼操纵的、不把你打倒绝不会罢休的无尽无休的运动不仅令人担忧，而且十分单调无聊，因而，人的生存是荒诞的，更是无可奈何的，被异己力量操纵的，全无自由可言。这首诗在当年曾轰动一时，广为流传，并成为索洛古勃的经典名作，就在于它极其形象、十分传神地把人的荒诞生存以及人在这一荒诞生存中的万般无奈揭示得淋漓尽致，入木三分，道出了现代人困窘于荒诞生存的共同心声。在艺术上，其更具独创性的艺术特色是抒情与反讽、怪诞、简朴。

勃留索夫曾在自己一部诗集的前言中自称："我同样喜爱普希金和迈科夫对自然的真实反映，丘特切夫和费特表现超感官、超尘世内容的激情，巴拉丁斯基富有思想的沉思，以及像涅克拉索夫那样公民诗人热情的言语。我把这些创作统称作诗，因为艺术的最终目的就是表达艺术家的全部心灵。我认为'新艺术'的使命……就是要给创作以全部自由。"① 由上可知，他在自己的诗歌创作中达到了真正的创作自由（甚至较多地探索了诗歌的音乐性和视画性，如《沙沙声》《三角形》），并且比较妥帖地把自己论述的上述多方面的特色融合在一起，取得了相当的艺术成就，从而成为俄罗斯象征主义诗歌中一员卓有成效的主将，并产生了颇大的影响。别雷称他是一位"大理石及青铜般"的诗人，其诗句有如"金属之声，高亢铿锵"，其语言像"锤击一般分量无穷"。卢那察尔斯基认为，"勃留索夫创造的形象具有突出的鲜明性，每一行诗都具有足够的分量，结构都十分优雅"② 。叶赛宁更是宣称："我们都应向他学习。学习他诗歌创作的技巧，诗的修养以

---

① 转引自李明滨主编：《俄罗斯二十世纪非主潮文学》，北岳文艺出版社，1998年版，第128—129页。
② 详见方圆《勃留索夫简论》，见《象征派诗人勃留索夫诗选》，方圆译，中国文联出版公司，1989年版，第12页。

及献身于创作事业的一丝不苟的忘我精神。"①"我们所有人都向他学习过。我们所有人都知道,他在俄罗斯诗歌发展史上起过怎样的作用。"②

　　别雷尤其重视艺术形式的探索,这突出地体现在两个方面。一是极其重视作品的音乐性,声称作品的核心"在于语言的音乐性",并在这方面进行了诸多探索;二是非常强调象征的运用,而其象征又是与其二元论联系在一起的,史蒂夫·卡西迪指出:"二元论在别雷的象征主义阶段表现得尤为突出"③,张杰、汪介之也指出:"对于别雷来说,艺术的象征主义是'巫术'的手段,是联系瞬间与永恒、过去与未来、无意识与'超意识'之间的桥梁,它具有包罗万象的驱逐鬼神、改造生活的作用。"④象征取自自然,又经作者主观改造,它是联结着诗人的感受和自然特征的形象,它沟通了未来与过去、瞬间与永恒、意识与无意识乃至超意识,具有极大的艺术功效和改造现实的力量,无怪乎别雷对之十分重视。

　　巴尔蒙特诗歌的独特贡献主要在艺术形式方面,表现为:高度的音乐性。勃留索夫甚至认为:"俄语诗歌中巴尔蒙特的诗句最富有音乐性"⑤,俄国当代学者也指出:"巴尔蒙特抒情诗的主要特点是音乐性,它以独特的音律和节律构成诗歌行如流水、

---

① 转引自方圆《勃留索夫简论》,见《象征派诗人勃留索夫诗选》,方圆译,中国文联出版公司,1989年版,第20页。
② 见[俄]叶赛宁《玛丽亚的钥匙》,吴泽霖译,东方出版社,2000年版,第96页。
③ 林精华主编:《西方视野中的白银时代》,上卷,东方出版社,2001年版,第275页。
④ 张杰、汪介之:《20世纪俄罗斯文学批评史》,译林出版社,2000年版,第67页。
⑤ 俄罗斯科学院高尔基世界文学研究所集体编写:《俄罗斯白银时代文学史(1890年代—1920年代初)》,三,谷羽等译,敦煌文艺出版社,2006年版,第1页。

声如丝弦的风韵。"① 为了追求音乐性，形成高度的音乐性，巴尔蒙特运用了一系列的艺术手法。他所运用的修辞手法主要有：反复、复沓、并列与对比、排比、蝉联、比喻等。马克·斯洛宁称他的诗具有"写作技巧之精致、音调之铿锵、幻想之堂皇瑰丽"的特点，在俄国诗歌的革新运动中占有"重要地位"②。俄罗斯当代学者也认为："由于诗作出色的音乐性和语言上的高深造诣，巴尔蒙特被誉为'俄国诗坛的帕格尼尼'"，"归根结底，白银时代没有一个诗人不直接或间接受到巴尔蒙特的艺术的影响。"③

　　勃洛克是俄国象征主义的集大成者，其诗歌创作是先锋精神与公民意识的融合。先锋精神主要指当时最前卫的哲学思想（主要是索洛维约夫的哲学思想）和文学思潮（主要是象征主义）。公民意识在俄国根深蒂固，它具体体现为爱国热情、人道情怀、个性独立。先锋精神和公民意识的交织与融合具体表现为：第一，向往彼岸和关注现实的并存与融合。第二，沉入自我心灵和思考知识分子与人民的命运相互交织融合。第三，革命和道德的交织与融合。这种先锋精神和公民意识的交织与融合，在艺术形式上则表现为象征主义和现实主义的交织与融合。其象征不仅有总体象征贯穿全篇，而且能对日常生活的情景、事物随时点化，构成缥缈、朦胧的意境，从而使一切均构成象征的因素，形成一个大的象征；更有大量的个人象征，如星星象征着希望，独活草象征着美好未来。他还赋予各种颜色以固定的象征：白色象征着纯洁、安谧，红色象征着激情、不安，蓝色象征着和平、幸福、美、浪

---

① 俄罗斯科学院高尔基世界文学研究所集体编写：《俄罗斯白银时代文学史（1890年代—1920年代初）》，一，谷羽等译，敦煌文艺出版社，2006年版，第111页。
② ［美］马克·斯洛宁：《现代俄国文学史》，汤新楣译，人民文学出版社，2001年版，第98页。
③ ［俄］阿格诺索夫主编：《白银时代俄国文学》，石国雄、王加兴，译林出版社，2001年版，第37页。

漫主义理想……其现实主义手法也包括三个方面：一是对现实的精细描写；二是戏剧化的抒情手法；三是白描的语言和口语。勃洛克在俄国诗歌史乃至文学史上拥有相当重要的地位："他的名字是应与俄国五大诗人普希金、莱蒙托夫、涅克拉索夫、费特与邱采夫（即丘特切夫——引者）并列的……他不仅是个写出美妙诗句的人，他且代表俄国文化。倘如我们说普希金奠定俄国文明之新阶段且表示出其未来的发展，则继承普希金的勃洛克可以说是此阶段之最后一位人物。"①

总体看来，俄国象征主义形成了自己的特色：具有浓郁的宗教神秘色彩却又相当关注现实社会，强调"应和"，重视多义性，在诗歌语言、音响、造型方面进行了大胆探索，取得了突出的艺术成就，具体表现为象征性与探索性的结合。

象征性是俄国象征派的本质特点之一。它包括两个方面。一是强调"应和"，大量运用通感和隐喻手法，善于以具体性展示普遍性的功能，他们从而使隐喻成为象征的代名词；二是重视多义性。自然与内心都丰富而神秘，因此，表现它们的物象必须具有象征的丰富性，表现它们的语言也必须具有多义性。为了达到语言的多义性，象征派对语言或用其转义，或加以歪曲变形。其常用手法有：第一，以反常的词语搭配构成矛盾修饰语；第二，事物抽象特征与形象本体的颠倒；第三，抽象词汇与具体事物的意外组合。

探索性主要指俄国象征派在诗歌语言、音响、造型方面所做的大胆探索。这主要包括音乐性和视画性两个方面。

音乐性是俄国象征主义的最高追求，为实现这一最高追求，他们大胆地探求了语言文字本身的音响与语言意义的音响，试图

---

① ［美］马克·斯洛宁：《现代俄国文学史》，汤新楣译，人民文学出版社，2001年版，第206页。

以语言文字本身音响的巧妙组合或语言意义音响的灵活运用，来构成独具风韵的音乐性。如巴尔蒙特运用了辅音同音法（一行诗中每个词的起首辅音相同，如其中的"в""ч"）、元音同音法（一行诗中多次重复同一元音构成的音节，如"e"）等手法。这方面的代表作品是其名篇《苦闷之舟》，这是一首出色的象征诗，通过苦闷的小舟勇抗暴风追求理想而理想遥远、现实恶劣、暴风肆虐，写出了一代知识分子的痛苦与悲哀。诗歌更为出色的是，运用了极富魅力的同音手法，从而赋予诗句以魔笛般的魅力。全诗每一句都出现几个甚至全都是相同的辅音，并且与当时的环境气氛相当合拍，造成了非常奇妙的音乐效果，很好地表现了诗歌的主题。[①] 又如勃留索夫的《沙沙声》。诗中辅音字母"Ш"位居每行诗的起首，加上与它音近的辅音"Щ"和"Ж"，每行诗中相似的音响至少出现三次以上。诗以同音法构成，即每行诗开头一个词音节相同或相近："Шорох""Шопот"是拟声词（沙沙），"Шоло"本义就是"沙沙"的拟音。因此，整首诗读起来犹如一支以"沙沙沙"为主旋律的协奏曲。难能可贵的是，这首诗中字母、音节、单词模仿的音响和诗的题目、诗歌的整体意境达到了有机的统一。诗中语言文字的音响具有丰富的象征含义。通过译文我们可以看出，诗的第一节描述了自然的音响，第二节引入了人的精神灵魂的声响，第三节似乎是第一节的重复，但其意境却意味深长。沙沙声具有多重含义。它可以理解为风吹芦苇响，风在高山绝顶的呼啸和在谷地密林的欢唱。结合第二节诗中的意象来看，沙沙声又有生命，它象征着水中（芦苇丛）、陆地、高山和山谷密林都有生命体在繁衍生息。沙沙声还可以理解为人类活动的象征，联想到社会现实生活，说它是人类对美、善、真

---

① 详见曾思艺《俄罗斯诗坛的帕格尼尼——巴尔蒙特及其诗歌》，《中国诗歌》2011 年第 4 卷。

理和美好未来的追求也未尝不可。它孕育于世界各个角落，存在于社会各个领域和每一个体之中。它使灵魂颤抖、呐喊，冲破社会旷野的寂静。无论沙沙声象征什么，是无机界的自然现象，还是有机物的生命力，或是人类永不遏止的追求，这首诗都在向读者暗示：不论环境如何，它都顽强地生存发展，从小到大，由弱到强，永不停息。第三节诗是第一节诗在更高一层次的升华。春天的沙沙声既表现了它本身具有的任何外在力量都不能扼制的生命力，同时又暗示了它的绚丽多彩的前景。高声朗读这首诗，在一片沙沙声中领略回味诗歌的深刻的意蕴，好像在欣赏一首迷人的生命抒情曲，从中感受到一种不可名状的音乐美。这是语言文字本身音响妙用的典范。

　　视画性也包含两层意思。一是指俄国象征派对色彩的高度重视。诸如"红色""白色""蓝色""黄色"等色彩及其复调一再出现在俄国象征派诗人笔下。这比较容易理解，兹不赘述。视画性的第二层意思，也是最具独创意义的，是俄国象征派较多地、超前地创作了具象诗（一译图像诗）——相对于以具象诗闻名的超现实主义者、立体未来主义者——法国著名诗人阿波里奈尔（1880—1918，他的具象诗集《美文集》出版于 1916 年后）而言，俄国象征派在这方面的探索要早（1894—1895），不过，俄国在这方面实际上早有传统，如杰尔查文 1809 年就创作过《金字塔》、阿普赫京 1888 年也创作过倒三角形状《生活的道路仿如贫瘠荒凉的草原一样向前延伸……》。这种具象诗有意别出心裁地让诗歌语言所代表的色彩、形状和诗行，排列成与诗歌内涵相统一的画面。这画面一般有两个层次：一为由诗歌语言表示的色、光、影经过读者形象思维想象出的画面层次；另一则为由诗行排列构成的直接作用于读者视角的画面层次。两个层次的画面均暗含有象征意义，它们同时对读者发生作用，从而增强诗歌的感染力和审美效应。如玛尔托夫的《菱形》一诗，从语言文字表示的意义来看，生活在黑暗中的"我们"，眼睛看不见，心灵却在跳动；夜是朦胧的，但不寂静，有心灵的呼吸和星星的低语。黎明来临了，人们感受到了浅蓝色彩；露水在星光里闪烁，"我们"忘记了黑暗中的一切，燃起希望的火花，去追求甜蜜的爱。诗中的色彩有黑、半明半暗的闪光（星星）、浅蓝、白（露水的闪光）等，读者经过想象可以在脑海中重现诗人用这些颜色描绘的一幅由黑夜到黎明的变化图。无论是图中的每一色彩，还是整幅图景都有和诗歌内涵一致的象征意义。黑色象征着丑陋的现实，但这种黑暗不是绝对的，其中还有星星的闪光和低语，有心灵的呼吸，夜是活跃的，这一切都暗示着黑暗中还有希望的光亮和被压抑的生机。这就隐喻着丑陋的现实不是永恒的，它孕育着不可遏制的力量和希望。浅蓝色是明快的浅色调，露水闪光为白色，更加耀眼，象征着光明、幸福、爱情和美好的未来。整幅画面象征着黑暗即将过去，光明必将来临，希望的曙光已经出现。如果我们充分调动联想和想象，还可以发现诗中某些色彩具有双重象征意义。"浅蓝的感觉狠狠压迫着芸芸众生"，这个意象似乎不好理解，既然浅蓝象征光明，它是即将来临的黎明，为什么还要压迫芸芸众生呢？俄国象征派领袖人物勃留索夫在其纲领性的理论文章《打开奥秘的钥匙》中，曾借用费特的诗句"浅蓝色的监狱"来比喻禁锢人的个性的现实世界。在这个意义上理解"浅蓝的感觉狠狠压迫着芸芸众生"，就意味着现实环境造成的对人的精神压抑。这样，浅蓝色除了是光明来临的象征外，还象征着俄国的社会现实。一种色彩具备了双重象征意义。这样的联想并不牵强，诗歌题目《菱形》和直接呈现在读者面前的菱形状的诗行排列的象征寓意也是如此。现实中的俄国苦役犯背上都有一块红色菱形标记，诗歌题目为《菱形》，诗行排列成菱形，其象征寓意就在于俄国社会本身就是一座大监狱。"我们"都是渴望改变现状，早日获得自由看到光明的囚犯。心理科学实验证明，菱形有动感和不牢固感，诗行呈菱形状排列还隐含着象征俄国社会动荡和变革发展的意思，曲折地表达了作者对改变现实的心愿。菱形本身即已具备了多重含义。综上所述，《菱形》一诗的色、光、影及诗行排列外形所构成的两个层次的画面和诗的内涵意蕴形成了和谐的统一。作者用语言文字表达的色彩及诗歌外形暗示了诗歌的深层意蕴，巧妙地表现了自己的情感感受，扩大了诗歌的美学内容。[①] 勃留索夫也创作有《三角形》。这种具象诗传统一直到当代仍得到继承，如布罗茨基 1967 年创作的 «Фонтан»：

Из пасти льва

струя не журчит и не слышно рыка.

Гиацинты цветут. Ни свистка, ни крика.

Никаких голосов. Неподвижна листва.

И чужда обстановка сия для столь грозного лика,

и нова.

Пересохли уста,

и гортань проржавела: металл не вечен.

Просто кем-нибудь наглухо кран заверчен,

хоронящийся в кущах, в конце хвоста,

и крапива опутала вентиль. Спускается вечер;

из куста

сонм теней

выбегает к фонтану, как львы из чащи.

---

① 以上关于象征主义音乐性和视画性的某些阐析，参考了韦建国《俄罗斯象征主义》（广西民族出版社，1995 年版），详见该书第 62—70 页。

Окружают сородича, спящего в центре чаши,

перепрыгнув барьер, начинают носиться в ней,

лижут лапы и морду вождя своего. И чем чаще,

тем темней

грозный облик. И вот

наконец он сливается с ними и резко

оживает и прыгает вниз. И все общество резво

убегает во тьму. Небосвод

прячет звезды за тучу, и мыслящий трезво

назовет

похищенье вождя —

так как первые капли блестят на скамейке —

назовет похищенье вождя приближеньем дождя.

Дождь спускает на землю косые линейки,

строя в воздухе сеть или клетку для львиной семейки

без узла и гвоздя.

Теплый

дождь

моросит.

Как и льву, им гортань не остудишь.

Ты не будешь любим и забыт не будешь.

И тебя в поздний час из земли воскресит,

если чудищем был ты, компания чудищ.

Разгласит

твой побег

дождь и снег.

И, не склонный к простуде,

все равно ты вернешься в сей мир на ночлег.

Ибо нет одиночества больше, чем память о чуде.

Так в тюрьму возвращаются в ней побывавшие люди,

и голубки — в ковчег.

《喷泉》（曾思艺译）：

从狮子嘴里喷出水雾蒙蒙

既不淙淙作响，也听不到怒啸声声。

风信子花盛开。没有喊叫，也没有笛鸣。

没有任何声音。树叶纹丝不动。

这情景真是格格不入——面对如此威严的面孔，

却又无比新鲜。

嘴唇已干得发痛，

喉咙已经锈穿：金属难以不朽。

不过某人已牢牢拧紧了龙头，

它藏匿在尾巴根部，叶簇之中，

荨麻紧紧缠绕着开关。夜晚取代了白昼，

从那灌木丛

一团团一团团阴影

纷纷奔向喷泉，恰似狮子跑出密林。

它们团团包围着沉睡在圆形中心的亲人，

它们飞越过栅栏，开始在圆形中心忙碌奔腾，

它们舔吻着自己首领的脚掌和口鼻。它们的动作越快，

首领威严的面孔

就越发暗淡。终于

它与它们融为一体，并且

猛然生气勃勃，向下跳跃。接着整伙儿相偕

　　　冲进了黑暗里。

天空用乌云遮盖了星星，思考者

　　会冷静地评判

　　绑架首领的行径——

因为最先落下的雨滴在长凳上闪闪发光——

　　他会把绑架首领说成是山雨欲临。

　　倾斜的雨一行行落到地上

在漫漫空中为狮子家族织成笼子或罗网，

　　不用榫接也无须铁钉。

　　　暖呼呼的

　　　细雨

　　　一片迷蒙。

像狮子一样，你的喉咙也不会因它而受凉，

　　不会有人再爱你，但你也不会被遗忘。

在末日审判的时候，你将从大地上复活，

　　既然你曾经是巨大的奇迹，无数的奇迹。

　　　你的逃脱

　　　伴随那

　　　雨雪交加。

　　而你，生来不会弱不禁风，

　　一定还会重回这个世界过夜居留，

　　因为没有什么比关于奇迹的记忆更为寂寥。

因此，那些曾经住过监狱的人一定会重返监牢，

　　而放出去的鸽子——也会飞回方舟。

阿克梅派是来自象征主义又因反对象征主义的朦胧抽象而

形成的诗歌流派，其最具代表性的诗人是古米廖夫（1886—1921）、阿赫玛托娃（1889—1966）、曼德尔施坦姆（1891—1938）等。

古米廖夫是阿克梅派的创始者、领袖、理论家、诗人，其诗歌在内容方面表现为：浪漫的灵魂，包括心灵的激情、刚强的个性、异国的天空、传奇的情节；在形式方面则表现为：客观的形式，包括清晰的物像、客观的抒情、史诗的风格、精致的形式。[①]

阿赫玛托娃的爱情诗仿如她的爱情日记，忠实、具体、细腻、坦率地倾诉了自己爱情的不幸、婚姻的不谐，以及在这一过程中种种细微、隐秘的内心感受与情感冲突。更重要的是，她在爱情诗的艺术手法方面也做出了相应的创新。她调动了诗歌、小说、戏剧乃至音乐节奏等方面的一切适合运用的手法，加以综合，并独特地创造了另一些手法，从而使自己表现爱情的手法类似于电影的表现手法。这种手法主要是运用小说的情节、心理分析，戏剧的细节、高潮与独白，独特的隐喻手段以及语言与节奏的创新等。[②]

曼德尔施坦姆的诗歌，主题大体可以概括为：文化与时间中人的现代生存。关心人、人的生存是曼德尔施坦姆诗歌创作的中心主题，也是他一生致力探索与为之奋斗的崇高目标。但人是文化的人，在时间中生存的人，于是他就在文化与时间之中探索人的生存——当然是现代人的生存。他借助于文化，并通过时间来对此加以考察和表现。而最能使人在永恒的时间长河中，留下痕迹，永垂不朽的，则是艺术。建筑艺术存留着历史、文化、过去

---

① 详见曾思艺《浪漫的灵魂 客观的形式——试论古米廖夫的诗歌创作》，《湘潭大学学报》2001 年第 6 期。
② 详见曾思艺《俄国白银时代现代主义诗歌研究》，湖南人民出版社，2004 年版，第 312—343 页。

的精华，它矗立于现在，唤醒人们的美与文化意识，提升人们的精神，使人去奋斗，去创造未来，这样，它就把过去、现在、未来沟通了。文学也是如此。因此，他的诗，大量抒写建筑、戏剧、音乐，把历史文化与现在完全沟通，构成多层次的时间。其诗在艺术形式方面的特点则是古典风格与现代特色的融合，包括：一、古典风格：格律严谨，语言庄重；二、现代色彩：独特的隐喻，大度的跳跃。由于他无论就内容还是形式而言都很有开拓，并且达到了很高的艺术成就，阿赫玛托娃认为他是 20 世纪的第一诗人①。

　　阿克梅诗派虽因各人的创作个性不同而各具特点，但也具有一些较为明显的共同的特征。其一，原始性，力求表现生活、感受乃至语言方面的原始性；其二，物象性，包括客观明确的现实物象、抽象情感物象化、注重诗歌的造型功能；其三，唯美性，超脱尘世，神游于美，十分注重艺术形式：布局严整，结构精谨，技巧有力，同时也十分注重创新，在诗歌语言方面，尤其重视锤炼，强调力度。所以他们的诗大多格律严谨，形式完美，结构和谐，语言简练，带有相当鲜明的唯美色彩。因此，俄国当代学者指出："这一流派带来的，与其说是崭新的世界观，不如说是新的审美趣味，像修辞上的和谐、形象的生动鲜明、严谨的布局结构、精微的细节等，这些形式因素受到了重视。在阿克梅派的诗歌中，似乎一些微小之处也审美化了，欣赏'招人喜爱的琐细事物'这种'家庭'氛围被肯定了下来。"②尽管阿克梅派重视眼前的物质世界和世俗存在，但他们并未放弃精神追求。他们的精神追求

---

① 详见［美］约瑟夫·布罗茨基、所罗门·沃尔科夫《布罗茨基谈话录》，马海甸、刘文飞、陈方编译，东方出版社，2008 年版，第 47 页。
② ［俄］阿格诺索夫主编：《20 世纪俄罗斯文学》，凌建侯等译，中国人民大学出版社，2001 年版，第 28 页；亦可见［俄］阿格诺索夫主编《白银时代俄国文学》，石国雄、王加兴译，译林出版社，2001 年版，第 192 页。

表现为对文化的追求和维护文化价值。"在阿克梅派的价值等级中,文化占据了最高地位。曼德尔施坦姆把阿克梅派艺术称作'对世界文化的眷念'。如果说象征主义用外在于文化的目的来解释文化(文化对他们而言是改造生活的手段),而未来主义者追求文化的实际应用(以物质上有用与否这一尺度来接受文化),那么对阿克梅派作家来讲,文化本身就是目的。与此相关联,他们对记忆(память)这个范畴持有特殊的态度。阿赫玛托娃、古米廖夫与曼德尔施坦姆是阿克梅派影响最大的三位艺术家;在他们的作品中,记忆是最重要的伦理成分。在未来主义起来反叛传统的年代,阿克梅派却挺身维护文化价值,因为世界文化在他们看来,等于是人类的全部记忆。"①

未来主义诗人包括"自我未来主义"和"立体未来主义",前者以谢维里亚宁(1887—1941)为代表,主要成员有:伊·瓦·伊格纳季耶夫(1892—1914)、康·奥利姆波夫(1889—1940)、格涅多夫(1890—1978)、格·伊万诺夫(1894—1958)等;后者的组织者是诗人兼画家大卫·布尔柳克(1882—1967),理论家是诗人克鲁乔内赫(1886—1968),参加者有布尔柳克的弟弟尼古拉·布尔柳克(1890—1920)、叶莲娜·古洛(1877—1913)(这是未来主义中唯一的一位女诗人,也是一位女画家)、卡缅斯基(1884—1961)、马雅可夫斯基(1893—1930)、赫列勃尼科夫(1885—1922)等。未来主义的特点是:第一,强调叛逆,强调斗争,重视作品的进攻性;第二,主张绝对自由的类比,进而形成画面组合拼贴;第三,强调语言加工;第四,倾向国粹原始主义,独具人道情怀。该派的杰出代表是马雅可夫斯基和赫

---

① [俄]阿格诺索夫主编:《20世纪俄罗斯文学》,凌建侯等译,中国人民大学出版社,2001年版,第28—29页;亦可见[俄]阿格诺索夫主编《白银时代俄国文学》,石国雄、王加兴译,译林出版社,2001年版,第192—193页。

列勃尼科夫。

马雅可夫斯基诗歌的主题是对人的关注，人的主题成为其创作的核心。而对人的关注又表现为：其一，揭露·讽刺·革命；其二，爱情·社会·人类——一是通过个人的爱情来关注人的生存，二是通过个人的遭遇，表现人的个性权利和尊严，反思人的生存。在艺术上则表现为对艺术形式的高度重视与极力探索，试图以全新的艺术来表达自己的思想，主要表现在以下三个方面：一是新颖的语言，往往从绘画角度选取语言，创造新词，口语色彩；二是奇异的形象，以极度的夸张或怪诞的方法描写形象，从而形成了怪诞的形象，以出人意料的比喻造成奇异的形象，以反衬的手法突出奇异的形象；三是独特的韵律，适应现代城市生活的节奏，并最终发展成"楼梯诗"；独具特色的韵脚。①

赫列勃尼科夫诗歌的主要内容是思考现代人如何挣脱将把人带向毁灭的现代物质文明，而回到原始化、自然化的生活之中的问题。所以，他在诗中反对现代物质文明，十分超前地表达了物对人的反抗，并且强调回归原始的自然。其独特的艺术形式，具体表现为：一是大量采用民间口头文学的最古老形式，并主要写叙事性的诗；二是革新诗歌的语言与形式。其一，探索字母的内涵，并灵活加以运用；其二，自创新词，或把两个词叠加起来，构成一个新词，或从某一词根出发，在该词根的基础上添加不同的前、后缀，创作出由该词根的派生词所构成的诗歌。因此，马克·斯洛宁宣称："他研究每一个词的根源，造成新语、新名词，他不但利用俄文，而且借用俄国各民族语言。这位深爱斯拉夫神话与民谣的真正斯拉夫派诗人，作风大胆，丝毫不管文法及成语之习

---

① 详见曾思艺《俄国白银时代现代主义诗歌研究》，湖南人民出版社，2004年版，第410—440页。

惯用法。"①

意象主义包括舍尔舍涅维奇（原未来派成员，1893—1942）、留里克·伊夫涅夫（1891—1981）、马里延果夫（1897—1962）、库西科夫（1896—1977）、格鲁齐诺夫（1893—1942）、罗伊兹曼（1896—1973）等诗人，叶赛宁是其领袖。该派的特点是：其一，把重视意象强调到几乎只重意象的程度，并把意象作为形式的决定性因素，与内容对立起来，彻底否定内容；其二，更注重意象的奇特性。意象主义的突出代表是叶赛宁。

叶赛宁以自己独特的个性气质，把原始思维与现代观念有机地融合起来，形成独具魅力的艺术风格，使他既是民族的诗人，更是世界的诗人。这种原始思维与现代观念的融合，在内容与形式方面均有明显特征。

在内容上，主要表现为下述三个方面：一、强烈的生命意识。生命意识是指在万物有生观基础上形成的对生命的热爱，并因之而产生死亡意识、孤独意识、悲剧意识，对生命问题进行哲理性思索。诗人从"自然与文明的冲突"的高度来探讨生命和谐（即"人与自然"和谐）的失去，展示更深刻的生命悲剧意识。诗人认为，工业文明（体现为城市化）不仅破坏了农村的自然风光，而且破坏了"人与自然"的和谐。二、突出的宇宙意识。宇宙意识是人与自然、宇宙交汇所形成的一种主体精神，是"天人合一"、历史意识、人类意识、未来意识等的深度综合。宇宙意识指人与自然和谐地组成一个有机世界，物即我，我即物。叶赛宁的诗总是把人与自然结合起来写，总是通过自然形象抒发情感（他自称"在诗中自然和人是息息相通的"），并且总是让自己置身于茫茫的时空中。历史意识则不仅表现为创作了一系列历史题材的

① ［美］马克·斯洛宁：《现代俄国文学史》，汤新楣译，人民文学出版社，2001 年版，第 240 页。

作品，如《关于叶甫巴季·戈洛夫拉特的歌》《乌斯》《玛尔法·波萨德尼查》和诗剧《普加乔夫》，并且大量采用古语和方言，更主要地表现为对俄罗斯文化传统、民族习俗的热情描绘。人类意识则体现为对当时人类痛苦现状的关注和力求改变全世界现状的理想。诗人把农村题材也看作具有全人类意义的东西，试图把"城市与农村的问题"作为"都市化与农村天地""工业进步与自然界"的问题来对待。在《四旬祭》等一系列抒情诗中，诗人站在全人类的哲学高度，描写了城乡矛盾的悲剧，揭示了自然与文明的冲突中人性和谐的失去。可以说，在都市化的不良后果还不太明显时，叶赛宁是最先敏锐感到"人与自然"永恒的和谐惨遭破坏者之一。未来意识则是在对宇宙奥秘的探寻中所表现出来的高瞻远瞩，洞察未来。三、浓厚的公民意识。公民意识主要是指公民的责任感，具体表现为爱家乡、爱祖国，力求适应并跟上时代，尽一个公民应尽的义务，为国为民做出贡献。

在形式上，这种艺术风格的特征如下：一、鲜明的直觉性。表现为瞬间境界与通感手法的大量运用。二、复杂的形象性。表现为新奇的意象、怪诞的联想、丰富的象征。三、独特的情感性，表现为自然景象与情感的紧密结合，总是通过自然物象来抒发自己的缕缕情思；抒情的音乐性。[①]

"新农民诗派"包括 9 人：克留耶夫（1887—1937）、克雷奇科夫（1889—1937）、卡尔波夫（1887—1963）、叶赛宁（1895—1925）、甘宁（1893—1925）、希里亚耶维茨（1887—1924）、奥列申（1887—1938）、拉吉莫夫（1887—1967）、瓦西里耶夫（1910—1937）。该派继承俄罗斯民间口头文学和古典文学，同

---

① 详见曾思艺《原始思维与现代观念的融合——叶赛宁诗歌风格探源》，《湘潭大学学报》1998 年第 6 期。

时吸收象征主义、意象主义乃至阿克梅派、未来主义等现代主义诗歌之所长，结合东正教和某些多神教的传统，醉心于宗法制农村、民间的神话创作、古老的民间口头创作，认为自己与有生命的世界之间存在着不可分割的关系，有着动物和自然的拟人观，极力描写自己的故乡——乡村的罗斯，缅怀旧式乡村生活，美化农民的劳动和农村的日常生活，使城市人认识了罗斯农村的世界及其信仰、诗篇和当今的种种悲剧，并且通过"乡村与城市""土地与铁"的对立等来揭示"自然与文明"之间的矛盾，他们以仿古的辞书、地方方言和古俄罗斯文为支柱，倡导人与自然的和谐与统一，抵制机器文明对自然和文化传统的冲击，歌颂"原始的""黑土地的力量、乡村的野蛮的自由"，美化宗法社会的庄稼汉们，顽强守护着心中的民族根脉和精神家园——古老罗斯的"农夫的天堂"。其中，克雷奇科夫的诗歌为俄罗斯农村披上了神秘幻想的面纱，展示了大自然独特的美。奥列申被称为"贫农的歌手"，其诗歌彻底揭露了俄国农村赤贫的一面。希里亚耶维茨则歌颂造反求生存的穷人，并让伏尔加河的古老传说中的神话人物形象成为其作品中渴望自由的代言人。该派成就最高的是叶赛宁和克留耶夫。

克留耶夫是该派的奠基人之一，他在诗中美化宗法制的旧农村，描写了俄国古色古香的传统农村和原生态的大自然，在艺术上则把象征主义、现实主义等融为一体，达到了相当的艺术高度，对叶赛宁早期诗歌有很大影响——叶赛宁在《自叙》中指出："在当代的诗人之中，我最喜爱的是勃洛克、别雷和克留耶夫。别雷在形式方面教给了我很多东西，而勃洛克和克留耶夫则教会了我怎样抒情。"[1]20世纪80年代以来，克留耶夫在俄国受到重新评价，

---

① ［俄］叶赛宁：《玛丽亚的钥匙》，吴泽霖译，东方出版社，2000年版，第120页。

人们公认他为杰出的大诗人。在西方他也得到了颇高的评价，如大诗人布罗茨基认为："克留耶夫有很强烈的公民因素……他像所有俄国人一样，你不断感到他在力求判断世界。克留耶夫的抒情风格和音乐别成一体。这是教派的抒情风格。"①

由上可见，象征主义在音乐性、视画性、多义性（隐喻和象征）方面，阿克梅主义在物象性、雕塑性、文化性方面，未来主义在打破语法大胆联想、用尽方法创造新词以及反思现代文明和物的造反方面，意象主义在奇特的意象方面，"新农民诗派"在充分发掘俄国民间文学的精华并吸收现代主义之所长、抵制机器文明对自然和文化传统的冲击方面，各有创新和贡献。然而，除此之外，还有一些独立于流派之外的诗人，也获得了独特的艺术成就，其突出代表是蒲宁和茨维塔耶娃。

蒲宁（1870—1953），著名的小说家，也是出色的诗人，在其一生艺术创作（包括诗歌和小说）中，他始终如一地探索着人与社会、人与自然、美与爱、生与死、爱与死、精神与肉体等具有永恒性的主题，具体体现为：从社会、自然、民族慢慢走向生、死、爱等永恒的问题，探索美与永恒的结合。在艺术上，则以现实主义为主，但又吸收了自然主义尤其是象征主义的艺术手法。

绝对独创的大诗人茨维塔耶娃（1892—1941），其诗歌最基本的四个主题是：自我、爱情、艺术和死亡。在艺术上，她一方面注重借鉴、学习此前与同时代的各种文学经验，另一方面又大胆创新，形成了适合自己独特个性的独特艺术风格，是俄国传统多种流派尤其是现代主义流派手法的综合，艺术特色是：如火的

---

① ［美］约瑟夫·布罗茨基、所罗门·沃尔科夫：《布罗茨基谈话录》，马海甸、刘文飞、陈方编译，东方出版社，2008 年版，第 85 页。

激情、大度的跳跃、灵活的修辞。① 此外,布罗茨基还指出:"从
纯技巧的层面上看,马雅可夫斯基是一个非常有吸引力的人物。
他的那些韵脚,那些停顿。更为突出的,在我看来,就是马雅可
夫斯基诗句的宏伟和自如。茨维塔耶娃也有这样的倾向,但是,
玛丽娜从来都不会像马雅可夫斯基那样撒开缰绳。对于马雅可夫
斯基来说,这是他唯一的话语方式,但是,茨维塔耶娃却能够以
各种不同的方式写作。总的说来,不管茨维塔耶娃的调性诗句是
多么的自如,但毕竟还总是追求和谐的。她的韵脚比马雅可夫斯
基的更加准确,即便在他们的诗体非常接近的时候。"他进而宣称:
"我认为,茨维塔耶娃才是 20 世纪的第一诗人。"②

此外,侨民文学是 20 世纪俄罗斯文学不可或缺的一个重要
组成部分。1917 年十月革命胜利后,俄国作家队伍发生剧烈分化
和重新组合,约有一半在革命后迁居国外,20 世纪俄罗斯文学由
此分为两大板块:"国内俄罗斯文学"(苏联文学的主体部分)
和"国外俄罗斯文学"(侨民文学)。侨民文学还出现了三次浪
潮——"第一浪潮",十月革命后到第二次世界大战前;"第二
浪潮",第二次世界大战期间及战后;"第三浪潮",20 世纪
七八十年代。其中,侨民诗歌取得很高的成就,突出代表是茨维
塔耶娃、霍达谢维奇、维·伊万诺夫、波普拉夫斯基、叶拉金。

霍达谢维奇(1886—1939),诗人、小说家、文学评论家、
翻译家,其诗歌创作曾受到俄国象征派、阿克梅派以及以普希金
为代表的俄国古典诗歌的影响,并逐渐形成自己独特的个性和创
作特色。尽情抒发自己的忧郁悲愁之情,表现爱情,思考人生,

---

① 详见曾思艺《俄罗斯文学讲座》,下,北京师范大学出版社,2015 年版,第
317—365 页。
② [美]约瑟夫·布罗茨基、所罗门·沃尔科夫:《布罗茨基谈话录》,马海甸、
刘文飞、陈方编译,东方出版社,2008 年版,第 36、47 页。

描写自然，揭示哲理。在艺术上，文辞匠心独运，想象大胆且感情真实，抒情与心理描写相糅合，诗行满载哲理与寓意，并且力求诗句具有古典的明畅，语言的纯正，思维表达的精确，这样，其诗歌追求的是传统的现代化，现代的传统化，充分体现出两个世纪最优秀传统的完美结合。因此，纳博科夫不止一次地称他为"20 世纪最伟大的俄罗斯诗人"。如果说纳博科夫的褒词源于对诗人的偏爱，那么埃特金德则是言之公允："严格说来，俄罗斯早期流亡诗应用三个人的名字来界定，即：维·伊万诺夫、霍达谢维奇、茨维塔耶娃。"别雷更是认为霍达谢维奇继承了巴拉丁斯基、丘特切夫、普希金的抒情诗传统，是当代最伟大的俄罗斯诗人之一。①

维·伊万诺夫（1866—1949），早年是俄国象征派中的学者诗人，被称为"象征主义者中最具象征意味的"诗人，1924 年定居意大利成为侨民诗人。其诗崇尚玄理的参悟，渗透着浓厚的神话取向，句式冗长，音韵滞重，把渊博的知识、玄学的思想、原型的意象等结合起来，深刻而费解。

波普拉夫斯基（1903—1935），早期诗歌带有比较明显的未来主义色彩，歌颂城市的崛起，对机械文明进行诗意的渲染，宣传自我中心和强力主义。后期诗歌关注现代社会的发展与个性的危机之间的冲突，表现出明显的超现实主义写作倾向，主张用非逻辑的手段来反映世界之偶然性和荒诞性，努力发掘梦幻与潜意识的合理性，把日常生活中看似无法结合在一起的事物相联结，寻找出世界隐秘的同一性。

叶拉金（1918—1987），20 世纪 40 年代侨居德国慕尼黑，1950 年，迁居美国纽约。其诗主要表现公民性、流民主题以及

---

① 　王立业：《妙笔点处尽华章——论霍达谢维奇和他的文学创作》，载《俄罗斯文艺》1998 年第 2 期。

对机械文明的恐惧等，带有超现实主义色彩。1981年，在回答爱荷华《现代俄苏文学百科全书》编辑部的问卷时，诗人关于自己的创作特点进行了这样的概括："1.公民性；2.流亡主题（战争）；3.阿赫玛托娃式的安魂曲主题；4.对机械文明的恐惧主题；5.部分的超现实主义（荒诞）意味，城市幻想；6.避世主义；7.同一心灵在双重世界中的分裂主题；8.艺术的透射性主题；9.叙事情节向抒情结构的转换"。曾受到蒲宁、格·伊万诺夫的赞赏，并被批评界认定为俄罗斯侨民文学"第二浪潮"的头号诗人，有人甚至认为，他可以跻身于与阿赫玛托娃、曼德尔施坦姆、帕斯捷尔纳克等诗歌大师并肩的行列。

四、衰落阶段
（20世纪30年代至今）

文学最需要自由的空气，然而，1934年8月，苏联作家第一次代表大会在莫斯科召开，从思想上、组织上对作家和文学创作实行政治性的一统化，结果使各种文学团体、思潮、运动和不同流派荡然无存。这次大会通过了《苏联作家协会章程》，确立了基本的文学创作与文学批评方法——社会主义现实主义，并且明确规定："社会主义现实主义，作为苏联文学和文学批评的基本方法，要求艺术家从现实的革命发展中真实地、从历史中具体地去描写现实。同时艺术描写的真实性和历史具体性必须与用社会主义精神从思想上改造和教育劳动人民的任务结合起来。"由于规定过分强调文学的政治作用，再加上此后执行过程中社会主义现实主义由基本方法变成唯一的方法，甚至以此来排斥、打击其他艺术方法，因此苏联文学在较长时间里深受压抑，完全一元化了，不少甚至沦为简单、粗糙的政治宣传品。尽管50年代以后反个人崇拜、提倡人道主义思想，在一定程度上使人们的思想"解冻"，但很快在 60 至 70 年代两次由政府提出反对"两个极端"。俄国当代文化长期单一化，俄国人的思想也长期单一化，文学创作因此也长期较为单一化。除了"白银时代"造就的一批老作家（如阿赫玛托娃、帕斯捷尔纳克等）和一部分深受"白银时代"影响的诗人（如布罗茨基），俄国现当代的诗歌总体来看，跟"黄金时代"和"白银时代"相比，趋向衰落，缺乏真正的属于自己时代的诗歌大师。

当然，这个时期也有一些颇有特色的诗人和诗歌流派，在此择要加以简介。

"大声疾呼派"（一译"响派"），崛起于 20 世纪 50 年代末 60 年代初，50 年代兴起于莫斯科的"诗歌日"活动是"大声疾呼派"形成的重要基础。该派以涅克拉索夫、马雅可夫斯基为榜样，对政治主题和社会问题反应敏感，情绪激昂热烈，激烈反对教条主义和官僚主义，强调个人的尊严和价值，不愿再作螺丝钉和小卒子。他们强调诗歌要使听众易于立即接受听懂，要用词语和语调立即点燃起听众的感情，他们往往带着铿锵有力的新诗，走向人头攒动的广场和舞台，在游艺舞台和晚会的庄重场合里激昂慷慨地朗诵，大声疾呼宣告理想，触及社会敏感问题，是典型的外向型社会意识诗歌，因此又被称为"响派""群众舞台派"。该派诗歌以政论性和"大题材"见长，成就主要表现于政治抒情诗和史诗性叙事诗的繁荣。代表诗人主要有叶甫图申科（1932— ）、沃兹涅先斯基（1933—2010）、罗日杰斯特文斯基（1932—1994）、卡扎科娃（1932—2008）、阿赫玛杜琳娜（1937—2010）、奥库扎瓦（1924—1997）等。其中，颇为突出的是沃兹涅先斯基。他是"大声疾呼派"的最具探索性、艺术成就也最高的诗人，他宣称："诗歌未来的出路在于各种联想。比喻反映各种现象的相互联系，反映它们之间的相互转化。"因此，他的诗富于时代感，偏爱非理性形象化手段，并进行复杂的韵律结构探索，特别讲究诗的音响（听觉）效果。他既醉心于科技进步，后期也倾向于自然和谐，因而其诗联想复杂，隐喻繁多，不易理解。1978 年获苏联国家奖和国际诗人代表大会诗歌杰出成就奖。

"悄声细语派"（一译"轻派""静派"），20 世纪 50 年代末 60 年代初已开始发声，但成名却比"大声疾呼派"晚十年左右，在 60 年代后半期和 70 年代"大声疾呼派"渐趋消沉后才声名鹊起，受到人们重视。可以说，"悄声细语派"在某种程度上是作为"大声疾呼派"的反面而出现的，从外部世界转向对自己内心世界的关注，回归自我，企求内心的宁静，拒绝长篇叙事和政论体裁，回避社会生活的动荡，青睐于自然风光、故乡回忆和童年时光以及由此产生的哀婉之情。他们以普希金、丘特切夫、费特、叶赛宁为榜样，宣称："求静不求响，求情绪上的天然和谐而不求理念上的强烈共鸣，求对内心情绪的倾吐而不求对社会主题的把握。"① 因此与"大声疾呼派"不同，"悄声细语派"不是在游艺舞台和晚会的庄重场合里激昂慷慨地朗诵，而是在知音者的"小圈子"里柔声慢语地低吟，是典型的内向型自我意识诗歌，因而有"室内抒情派"的戏称，或称为"轻派"（"静派"）。它不以政论性见长，而以抒情性见长；不热衷于"大题材"，而热衷于"小题材"；注重内心世界的展现和细腻刻画，精巧地表现了科技革命时代的现代人的复杂的心理感受，所反映的是日常生活场景、身边小事、自然风景、故乡以至爱情、回忆等。主要代表诗人有索科洛夫（1928—1997）、鲁勃佐夫（1936—1971）、日古林（1930—2000）、齐宾（1932—2001）等。该派的突出代表是鲁勃佐夫，他在创作中把丘特切夫传统和叶赛宁传统结合起来，在心

---

① 刘文飞：《二十世纪俄语诗史》，社会科学文献出版社，1996 年版，第 237 页。

灵中寻求大自然所体现的和谐，回忆往昔、眷恋故乡、怀念母亲、讴歌爱情、描写大自然，思考人的生死问题，笔调细腻，格调清新，诗风纯净、优美、婉约，表现了高科技时代人们心灵的渴求。

俄国当代哲理诗派，则以扎鲍洛茨基（1903—1958）和马尔蒂诺夫（1905—1980）为代表，受其影响的有奥尔洛夫（1921—1977）、维诺库罗夫（1925—1993）、索洛乌欣（1924—1997）、库利耶夫（1917—1985）等诗人。他们继承了丘特切夫、巴拉丁斯基、费特等的哲理抒情诗的传统，围绕着人与自然、生与死、自然界与文明等主题，努力探索人生的意义、社会的道德风尚和科学发展的作用等问题，寓哲理于抒情，情理并茂，注重将哲理性、抒情性或戏剧性熔为一炉。但创新稍显不足，深度也有所欠缺。

20世纪六七十年代形成了以普里戈夫（1940—2007）、鲁宾施坦（1947—）等人为代表的概念派（一译观念主义），这是当时的一个非官方文艺流派，该流派主要活动方向有雕塑、绘画、写作等，诗歌创作是其中的一个重要方面，其诗歌被称为"最极端的俄罗斯后现代主义"。这一诗歌流派的主要代表人物，除上述两人外，还有基比罗夫（1955—）、甘德列夫斯基（1952—）、伊万·日丹诺夫（1948—）、叶莲娜·施瓦尔茨（1948—2010）等。他们出版的一些诗集获得了文学大奖，例如甘德列夫斯基的《节日》（1995）和基比罗夫的《诗译》（1997）先后获得反布克奖，伊万·日丹诺夫的《禁区的摄影机器人》（1997）获得了格里戈里耶夫奖。

此外，还有一些诗人颇具特色，如伊萨科夫斯基（1900—1973）把民歌特色与新生活结合起来，创造了劳动加爱情的抒情诗模式（曾影响了中国当代诗人闻捷的诗歌），尤其善于表现恋爱中少女的感情，不少诗被谱成曲并成为经久传唱的名歌和民歌，如《红莓花儿开》《喀秋莎》《有谁知道他》等。特瓦尔多夫斯

基（1910—1971）、卢戈夫斯科依（1901—1957）等诗人则真诚
地祖露内心，探索人生真理，语言自然凝练。布罗茨基还曾谈道：
"鲍里斯·斯卢茨基有一些战争的好诗，非常好！阿尔谢尼亚·亚
历山大罗维奇·塔尔科夫斯基也写过五六首好诗。"[①] 他们的创
作给俄罗斯现当代诗坛增加了几许斑驳的色彩，由此，他们和上
述流派形成了一个众声喧哗的俄国当代诗歌图景，有人称之为俄
国诗歌的"青铜时代"。

　　这个时期，最出色的诗人是帕斯捷尔纳克和布罗茨基。前者
本身就是"白银时代"的出色诗人，后者则是"白银时代"哺育
出来的诗人[②]。

　　帕斯捷尔纳克（1890—1960），著名诗人、作家、翻译家，
早期的创作深受未来主义、象征主义等现代主义思潮的影响，致
力于把物主体化，或把自然界的万物拟人化或社会化，特别关注
诗歌的比喻、意象、语言的出奇制胜，充满了对大自然的描绘和
礼赞，以及表现内心世界的变化，抒发对人的命运、爱情的感受，
立意于语言革新，文字奇诡莫测，句法灵活多变，隐喻新鲜离奇。
顾蕴璞指出，从第三部诗集《我的姐妹，生活》（1917）开始，
诗人便以艺术家多维触觉的敏感、普通人的真诚和哲人的深邃，
毕生遵循着三条艺术逻辑：瞬间中的永恒、变形中的真实和繁复
中的单纯。这也就是帕诗的纯诗意境、帕诗的意象结构和帕诗的
风格特征，它们共同组成了帕斯捷尔纳克与众不同的诗美体系。[③]

　　布罗茨基（1940—1996）把俄罗斯诗歌的传统格律和西方现

---

①　[美] 约瑟夫·布罗茨基、所罗门·沃尔科夫：《布罗茨基谈话录》，马海甸、
　　刘文飞、陈方编译，东方出版社，2008 年版，第 40 页。

②　详见刘文飞《诗歌漂流瓶——布罗茨基与俄语诗歌传统》，浙江文艺出版社，
　　1997 年版。

③　顾蕴璞：《循着独特的艺术逻辑解读帕诗》，见《帕斯捷尔纳克诗歌全集》，
　　上卷，顾蕴璞等译，上海译文出版社，2014 年版，代译序，第 12—26 页。

代诗的技巧融为一体，韵律优美，充满现代感性和内在张力，内容丰富多样，富有现代意识，有丰厚的文化底蕴，显示了高超自然的艺术技巧，成为现代诗坛的开拓者和 20 世纪后期最具世界影响力的俄罗斯诗人之一，1987 年因诗歌天赋和"为艺术献身的精神"而获诺贝尔奖。值得一提的是，布罗茨基也是俄国 20 世纪侨民文学"第三浪潮"的代表。

此外，老诗人阿赫玛托娃在生命的晚期也达到了诗歌创作的高峰。女诗人经历了苏联的大清洗、第二次世界大战、苏联的"解冻"等重大历史事件，见证了俄罗斯历史的发展过程，亲历了人民的苦难和时代的悲剧，因此，诗歌内容从早期的吟唱爱情更多地转向反映社会问题、人间苦难，进行人生思考、表达对世界文化的眷恋，风格更加沉郁、凝重。因此，其晚期诗歌总的主题表现为：人间苦难的见证和对世界文化的眷恋。人间苦难的见证大体包括两个方面：反映极左政策尤其是大清洗给广大民众带来的深重灾难甚至苦难；表现法西斯德国发动的侵略战争给苏联人民带来的灾难以及苏联人民的爱国热情和战胜法西斯的决心，最能反映人间苦难的诗歌，则是其著名的《安魂曲》（1935—1940）。表现对世界文化的眷恋的诗歌，则主要体现在长诗《没有主人公的叙事诗》中。这首诗包括三部，第一部《一九一三年彼得堡故事》；第二部《硬币的背面》；第三部《尾声》。全诗没有连贯的情节，跳跃性地表现了从 1914 年到 1942 年前后的历史、文化事件，表现了诗人对人生和文化的思索。在这首诗里，诗人阿赫玛托娃的个人命运，她的同辈人的共同命运，甚至她祖国的命运，也都得到了生动的艺术阐释，但更重要的主题是对世界文化的眷恋。①

---

① 详见曾思艺《俄罗斯文学讲座: 经典作家与作品》，下卷，北京师范大学出版社，2015 年版，第 301—314 页。

西梅翁·波洛茨基

西梅翁·波洛茨基（Симеон Полоцкий，1629—1680）俄语音节诗体的创始人、俄罗斯戏剧的奠基人，也是俄国的第一位职业宫廷诗人。他最早使诗歌与神学分离，并创立了俄国的音节诗体。其诗集《多彩的花园》（1678）句法结构精巧复杂，主题多种多样，富于人生哲理，往往"寓教于乐"，属于哲理诗范畴。这种哲理诗在俄国诗歌史上具有开拓意义，对后世的诗歌有一定的影响。

Вино

Вино хвалити или хулити — не знаю,
Яко в оном и ползу и вред созерцаю.
Полезно силам плоти, но вредныя страсти
Возбуждает силою свойственныя сласти.
Обаче дам суд сицев: добро мало пити,
Тако бо здраво творит, а не весть вредити;
Сей Павел Тимофею здравый совет даше,
Той же совет да хранит достоинство ваше.
1678

酒

对于酒,不知该称誉还是责难,
我同时把酒的益处和害处分辨。
它有益于身体,却受控于本能的淫邪力量,
刺激起有伤风化的种种欲望。
因此做出如下裁判:少喝是福,
既促进健康,又不带来害处,
保罗也曾向提摩太提出类似建议①,

---

① 指《圣经·新约·提摩太前书》第三章的"有节制""不因酒滋事""不好喝
酒"。保罗(3—67),原名扫罗,得耶稣启示转而信奉基督教,后改名保罗,
是最具影响力的早期基督教传教士之一,第一代基督徒的领导,他对基督教神
学的影响,比任何一位基督教作家和思想家都要持久和深远。《圣经·新约》
中的《罗马书》《哥林多前书》《哥林多后书》《加拉太书》《以弗所书》《腓
利比书》《歌罗西书》《帖撒罗尼迦前书》《帖撒罗尼迦后书》《提摩太前书》《提
摩太后书》《提多书》《腓利门书》等都为其所撰,被称为《保罗书信》,构
成了《新约》的主要内容,是阐释基督教教义的重要文献。提摩太是公元 1 世
纪基督教的传道人,于约 80 年殉道,深为保罗器重,是保罗多次旅程的同伴。

就在这一建议中蕴含着酒的奥秘。

1678 年

（曾思艺译）

День и нощь

白昼与黑夜（组诗）

1.Денница

Темную нощь денница светло рассыпает,
　　красным сиянием си день в мир провождает,
Нудит люди к делу: ов в водах глубоких
　　рибствует, ов в пустынях лов деет широких,
Иный что ино творит. Спяй же на день много
　　бедне, раздраноризно поживает убого.

1．晨星

明亮的晨星使沉沉的黑夜消散，
　　用红艳艳的霞光把白昼送往人间，
催促人们日出而作：或者在深水里头
　　捕鱼，或者在茫茫荒野猎取飞禽走兽，
不同人干不同的活。如果有谁白天呼呼大睡，
　　那就让他一生都摆脱不了穷困饥馁。

（曾思艺译）

2. Полудень

Оже среде небесе солнце бег свой деет,
    палит нивы, а скоты лучми зело греет,
Иже в сени при водах от трудов хладятся,
    жнеци пищею и сном по трудех крепятся, —
Так естество отчески строит еже быти,
    закон всем пишет вещем нуждный ① сохранити.

2. 正午

太阳已飞奔到天穹中央，
    庄稼地暑气蒸腾，牛群被阳光灼伤，
它们纷纷抛下劳作寻找凉快躲到水边的树荫中，
    割麦人用食物和酣睡来恢复体力保证劳动，——
大自然总是这样慈父般地安排人们的作息，
    它还制定了世上万物必须遵守的法则和规矩。

（曾思艺译）

3. Вечер

Як заря день вещает, так нощь вечер вводит,
    в хлевину си скот идет, орач ② в дом входит;
Рало оставив, хлебом стомах укрепляет,

---

① нужный, необходимый.
② оратай, пахарь.

утружденные силы пищми обновляет;
Таже сном сладким плоть си покорит струждену, —
сон бо Богом дадеся в покой труду дневну.

3. 傍晚

正如黎明预告白天到来，傍晚同样预告黑夜的降临，
　　牛群回到牛圈，农夫也回屋安寝；
他放下木犁，用面包温饱辘辘饥肠，
　　他用这些食物来恢复劳动中损耗的能量；
他还用香甜的睡眠来舒缓困乏的肉体，——
　　正如上帝所安排的，因为睡眠会使白天的劳作得以安谧。

（曾思艺译）

4. Нощь

Нощь мрачная тму страшну на землю наводит,
　　Изветы часто, злобы и поводы родит
В готовых на вся злая, что злый ум вмещает.
　　Обаче своя игры, утехи нощь знает,
Временем есть полезна; но мудрый блюдется
　　Тмы нощныя, день любит, да в ней не преткнется.
1678

4. 黑夜

沉沉黑夜用恐怖的黑色罩住了大地，
　　它常常让头脑中藏有的那些歹念恶意
原封不动地衍生出种种非谤、仇恨和歪理，
　　但这黑夜中还有自己的娱乐和游戏，
而且它们有时还十分有益；可只有聪明人才对黑夜保持警惕，
　　他们喜欢白天，但即便在黑夜里也总是循规蹈矩。
1678 年

（曾思艺译）

Частость

Не сила капли камень пробивает,
но яко часто на того падает；
Тако читаяй часто научится，
аще и не остр умом си родится.
1678

持之以恒

击穿巨石并非一滴水的力量，
而是因为水滴终年不停地滴在那石上，
学习也是这样：如果你生而不敏，
那你就持之以恒坚持学习，直到明理又多闻。
1678 年

（曾思艺译）

特
列
佳
科
夫
斯
基

　　瓦西里・基里洛维奇・特列佳科夫斯基（Василий Кириллович Тредиаковский，1703—1769）俄国古典主义文学的代表作家，俄语重音诗体的创始人，最早尝试把西梅翁・波洛茨基的音节诗体改为更适合俄语特点的重音诗。其诗典雅庄重，也充满柔情。

Песенка любовна

Красот умильна!
    Паче всех сильна!
Уже склонивши,
    Уж победивши,
Изволь сотворить
Милость, мя любить:
    Люблю, драгая,
    Тя, сам весь тая.

Ну ж умилися,
    Сердцем склонися;
Не будь жестока
    Мне паче рока:
Сличью обидно
То твому стыдно.
    Люблю, драгая,
    Тя, сам весь тая.

Так в очах ясных!
    Так в словах красных!
В устах сахарных,
    Так в краснозарных!
Милости нету,
Ниже привету?
    Люблю, драгая,
    Тя, сам весь тая.

Ах! я не знаю,
　Так умираю,
Что за причина
　Тебе едина
Любовь уносит?
А сердце просит:
　Люби, драгая,
　Мя поминая.
1730

恋曲

撼人心魂的美丽，
　颠倒众生，使人痴迷！
既然已把我俘虏，
　既然已把我征服，
恳求你开开恩，
给我一分爱情：
　亲爱的，我爱你，
　爱得都迷失了自己。

恳求你开开恩，
　与我永结同心；
切不要心如铁石，
　比命运更严厉；
我不敢当面发问，
怕的是你羞愧生愠。
　亲爱的，我爱你，
　爱得都迷失了自己。

双眸明如秋水!
　　话语美若朝晖!
甜蜜蜜的双唇,
　　竟然如此红喷喷!
即便你不肯垂青,
我怎能不奉献至诚?
　　亲爱的,我爱你,
　　爱得都迷失了自己。

唉!我茫然失神,
　　恰似死神降临,
到底是什么原因
　　把你对我的一分爱情,
全都化为乌有?
可我仍痴心地乞求:
　　爱我吧,亲爱的,
　　千万要记住我。
1730 年

　　　　　　　　　　　　　　　　　　(曾思艺译)

Без любви и без страсти...

Без любви и без страсти
　　Все дни суть неприятны:
Вздыхать надо, чтоб сласти
　　Любовны были знатны.

Чем день всякой провождать,
　　Ежели без любви жить?
Буде престать угождать,

То что ж надлежит чинить?

Ох, коль жизнь есть несносна,
　　Кто страсти не имеет!
А душа, к любви косна,
　　Без потех вся стареет.

Чем день всякой провождать,
　　Ежели без любви жить?
Буде престать угождать,
　　То что ж надлежит чинить?
1730

没有爱情，也没有激情……

没有爱情，也没有激情，
　　所有的日子都令人厌恶不已：
应该深深呼吸，以便令
　　爱情的甜蜜甜透心底。

如果生活中没有爱情，
　　每一个日子该怎么度过？
既然已没有人垂青，
　　那么还有什么值得再经磨折？

唉，假如生活令人难以忍受，
　　谁还会有激情！
可心灵对爱情一味因循守旧，
　　只能毫无乐趣地步入晚景。

如果生活中没有爱情，
　　每一个日子该怎么度过？
既然已没有人垂青，
　　那么还有什么值得再经磨折？
1730 年

（曾思艺译）

罗蒙诺索夫

米哈伊尔·瓦西里耶维奇·罗蒙诺索夫（Михаил Васильевич Ломоносов，1711—1765）伟大的俄罗斯学者、诗人，现代自然科学奠基者之一。他认为文学的宗旨是颂扬真、善、美，而非揭露假、恶、丑，崇尚颂诗，以高昂豪迈有力的语调使诗铿锵有力。他对完善由特列佳科夫斯基开创的俄诗韵律贡献很大。

Утреннее размышление о Божием величестве

Уже прекрасное светило
Простерло блеск свой по земли
И божие дела открыло:
Мой дух, с веселием внемли;
Чудяся ясным толь лучам,
Представь, каков зиждитель сам!

Когда бы смертным толь высоко
Возможно было возлететь,
Чтоб к солнцу бренно наше око
Могло, приближившись, воззреть,
Тогда б со всех открылся стран
Горящий вечно Океан.

Там огненны валы стремятся
И не находят берегов;
Там вихри пламенны крутятся,
Борющись множество веков;
Там камни, как вода, кипят,
Горящи там дожди шумят.

Сия ужасная громада
Как искра пред тобой одна.
О коль пресветлая лампада
Тобою, боже, возжжена

Для наших повседневных дел,
Что ты творить нам повелел!

От мрачной ночи свободились
Поля, бугры, моря и лес
И взору нашему открылись,
Исполненны твоих чудес.
Там всякая взывает плоть:
Велик зиждитель наш господь!

Светило дневное блистает
Лишь только на поверхность тел;
Но взор твой в бездну проницает,
Не зная никаких предел.
От светлости твоих очей
Лиется радость твари всей.

Творец! покрытому мне тьмою
Простри премудрости лучи
И что угодно пред тобою
Всегда творити научи,
И, на твою взирая тварь,
Хвалить тебя, бессмертный царь.
1743

晨思上帝之伟大

这绚丽辉煌的天体，
光芒普照洒满人间处处，
上帝的工作就此开始：

我的灵魂，快乐地用心领悟；
如此灿烂的光已令人如逢幻象，
造物主本身的模样更令人遐想！

假如我辈凡人
也能高飞直上穿苍，
能够用双眼就近
看一眼那太阳，
就会发现，四面八方
都浩瀚着永远燃烧的海洋。

那里火的巨浪滚滚奔腾，
茫茫一片无边无际，
那里火的涡流不断翻涌，
互相竞斗了许多世纪；
那里岩石像开水一样沸腾，
那里火雨在哗哗喧鸣。

这可怕的大火庞然无比，
在你面前只不过是一点火星，
啊，上帝，你已经燃起
这光芒四射的明灯，
以便我们能够每天完成
你吩咐我们创造的所有事情！

摆脱了暗沉沉的黑夜，
山冈、海洋、森林和田地，
豁然呈现于我们的视野，
到处都是你创造的奇迹。
那里的每一个造物都在高呼：
"我们的上帝，伟大的造物主！"

煌煌太阳光芒万丈，
却只能照亮万物的表面，
可你的目光却能穿透任何屏障，
洞察漫漫无底的深渊。
你眼中发出的灿烂光华，
催开了万物的欢乐之花。

上帝啊！请用你的智慧之光，
驱散深笼着我的漫漫昏黑，
沐浴着你的光辉，无论怎样，
我都将接受你那永远创造的教诲，
并且，瞻仰着你创造的所有生物，
放声歌颂你，永生的主！
1743 年

（曾思艺译）

Вечернее размышление о Божием величестве

при случае великого северного сияния

Лице свое скрывает день;
Поля покрыла мрачна ночь;
Взошла на горы черна тень;
Лучи от нас склонились прочь;
Открылась бездна звезд полна;
Звездам числа нет, бездне дна.

Песчинка как в морских волнах,

Как мала искра в вечном льде,
Как в сильном вихре тонкий прах,
В свирепом как перо огне,
Так я, в сей бездне углублен,
Теряюсь, мысльми утомлен!

Уста премудрых нам гласят:
Там разных множество светов;
Несчетны солнца там горят,
Народы там и круг веков:
Для общей славы божества
Там равна сила естества.

Но где ж, натура, твой закон?
С полночных стран встает заря!
Не солнце ль ставит там свой трон?
Не льдисты ль мещут огнь моря?
Се хладный пламень нас покрыл!
Се в ночь на землю день вступил!

О вы, которых быстрый зрак
Пронзает в книгу вечных прав,
Которым малый вещи знак
Являет естества устав,
Вам путь известен всех планет, —
Скажите, что нас так мятет?

Что зыблет ясный ночью луч?
Что тонкий пламень в твердь разит?
Как молния без грозных туч
Стремится от земли в зенит?

Как может быть, чтоб мерзлый пар
Среди зимы рождал пожар?

Там спорит жирна мгла с водой;
Иль солнечны лучи блестят,
Склонясь сквозь воздух к нам густой;
Иль тучных гор верхи горят;
Иль в море дуть престал зефир,
И гладки волны бьют в эфир.

Сомнений полон ваш ответ
О том, что окрест ближних мест.
Скажите ж, коль пространен свет?
И что малейших дале звезд?
Несведом тварей вам конец?
Скажите ж, коль велик творец?
1743

夜思上帝之伟大

——写在壮丽的北极光出现之际

白昼隐藏了自己的容颜；
黑沉沉的夜幕笼罩了田野；
黑乎乎的阴影爬上了山巅；
阳光远离我们早已熄灭；
出现了繁星密布的漫漫苍穹；
白昼的深渊，缀满无数星星。

仿若滚滚海浪中的一粒细沙，

仿若万古寒冰中的一星火苗，
仿若狂暴旋风中的一缕流霞，
仿若熊熊烈火中的一片羽毛，
我深深沉入这无底的深渊，
困扰于万千思绪，惶惶不安。

圣人贤哲们对我们宣示：
"宇宙中有千万种不同世界；
那里数不清的太阳金光熠熠，
那里种族繁衍，时序更迭：
上帝普世的荣誉举世不易，
那里也有同样的自然力。"

然而，大自然，你的规律何在？
午夜的国度竟然升起了朝霞！
莫不是太阳在那里灿烂登台？
莫不是冰海燃起了火花？
这冷冰冰的火焰照耀着我们！
这是白昼在黑夜里光临凡尘！

啊，你们能用敏锐的目光
洞悉永恒法律的典籍，
能透过事物的微小迹象
把握大自然的法则规律，
你们熟知所有星星运行的轨迹；
请告诉我，是什么令我们如此惊异？

是什么在夜间摇曳出明光闪闪？
是什么用细袅袅的火焰覆盖了长空？
怎么会有不出自阴森森乌云的闪电，
从地面升起急急冲向苍穹？

怎么会有冷冽冽的水汽
在寒冬化为烈火恣肆？

那里，浓烟与海水在死拼；
或者是灿烂阳光金光闪亮，
穿过浓密的空气照射我们；
或者是云峰高耸闪耀着银光；
或者大海上不再吹刮西风，
柔和的水波轻拍着太空。

对于周边许多切身的事情，
你们的回答依然是疑云密布。
你们能否说清，宇宙是怎样渺无止境？
那些最小的星星之外又是何物？
对于你们，生物可是未知的终极？
你们能否说明，造物主是怎样伟大无比？
1743 年

（曾思艺译）

苏马罗科夫

亚历山大·彼得罗维奇·苏马罗科夫（Александр Петрович Сумароков，1717—1777）戏剧家、诗人，俄罗斯现代戏剧的开拓者，对现代俄罗斯文学语言的形成、发展以及俄语诗歌韵律的革新做出了颇大的贡献。其诗歌善于从民间语言中汲取营养，韵律丰富多彩，讽刺技巧出色，尤其擅长描写忧伤的恋歌和庄严的宗教颂诗。

Море и вечность

Впадете вскоре,
О невские струи, в пространное вы море,
Пройдете навсегда,
Не возвратитеся из моря никогда, —
Так наши к вечности судьбина дни преводит,
И так оттоле жизнь обратно не приходит.
1759

大海与永恒

啊，涅瓦河水浩浩荡荡，
你飞快地流进无边无际的海洋，
你永远飞奔向前，
从来都不会从海里回还，——
命运也这样把我们的时光送进永恒，
生命也这样到那边再无回程。
1759 年

（曾思艺译）

Не грусти, мой свет!..

Не грусти, мой свет! Мне грустно и самой,
Что давно я не видалася с тобой, —
　　Муж ревнивый не пускает никуда;
　　Отвернусь лишь, так и он идет туда.

Принуждает, чтоб я с ним всегда была;
Говорит он: «Отчего невесела?»
  Я вздыхаю по тебе, мой свет, всегда,
  Ты из мыслей не выходишь никогда.

Ах, несчастье, ах, несносная беда,
Что досталась я такому, молода;
  Мне в совете с ним вовеки не живать,
  Никакого мне веселья не видать.

Сокрушил злодей всю молодость мою;
Но поверь, что в мыслях крепко я стою;
  Хоть бы он меня и пуще стал губить,
  Я тебя, мой свет, вовек буду любить.
1770

别发愁，我的爱人！……

别发愁，我的爱人！我自己也很悒郁，
这么长时间我没能与你相聚，——
  我那爱吃醋的丈夫哪里也不让我去，
  我哪怕转个身，他都要跟定我的足迹。

他逼迫我永远同他形影不离；
他说："你干吗老是垂头丧气？"
  我想念你，我的爱人，总是想念你，
  你永远活跃在我的心海里。

唉，真倒霉！唉，无法忍受的不幸，

我竟跟了这种人，我还那么年轻；
　我永远无法与他和睦生活，
　我从来没有得到过任何欢乐。

这个恶棍，毁掉了我的全部青春；
　但请你相信，我的思想十分坚贞；
　哪怕他对我的迫害更加残忍，
　　我也要永生永世地爱你，我的爱人。
1770 年

（曾思艺译）

Не гордитесь, красны девки

Не гордитесь, красны девки,
Ваши взоры нам издевки,
　　Не беда.
Коль одна из вас гордится,
Можно сто сыскать влюбиться
　　Завсегда.
Сколько на небе звезд ясных,
Столько девок есть прекрасных.
Вить не впрямь об вас вздыхают,
　　Все один обман.
Неизв. Годы

美丽的姑娘，别高傲……

美丽的姑娘，别高傲，
你们的目光在把我讥笑，

　　没什么关系。
只要你们中有一个人自傲，
我就能找到一百个来交好：
　　永远如是。
天上有多少亮丽的星光，
地上就有多少美丽的姑娘。
其实人们不是真的把你们思恋，
　　一切都只是欺骗。
（写作时间不详）

（曾思艺译）

赫拉斯科夫

米哈伊尔·马特维耶维奇·赫拉斯科夫（Михаил Матвеевич Херасков，1733—1807）诗人、戏剧家、小说家，作品宣传启蒙主义思想，捍卫思想和情感的自由，在理性中显示深情。最重要的作品是叙事诗《切什梅湾海战》《俄罗斯颂》《巴哈里安纳》。

Песенка

Что я прельщен тобой,
Чему тому дивиться, —
Тебе красой родиться
Назначено судьбой.
Прекрасное любить —
Нам сей закон природен,
И так я не свободен
К тебе несклонным быть.
Ты сделана прельщать,
А я рожден прельщаться,
На что же нам стараться
Природу превращать?
Я жертвую красе,
Ты жертвуй жаркой страсти,
Естественныя власти
Свершим уставы все.
1763

小曲

我被你深深迷住，
这有什么惊奇，
你天生美丽，
这是命运的意图。
人人都爱美，
这是我们的天性，

要想不对你钟情，
我无法把自己支配。
你天生注定要迷人，
我天生注定迷恋你，
那我们为何还要极力
压抑自己的天性？
我为美而牺牲，
你牺牲于如火激情，
大自然的一切规程，
就让我俩来完成。

1763 年

（曾思艺译）

Птичка

Когда б я птичкой был,
Я к той бы полетел,
Котору полюбил,
И близко к ней бы сел;
Коль мог бы, я запел:
«Ты, Лина, хороша,
Ты птичкина душа!»
Мой малый бы носок
Устам ее касался;
Мне б каждой волосок
Силком у ней казался;
Я б ножку увязить
Хотел в силке по воле,
Чтоб с Линой вместе быть
И Лину бы любить

Во сладком плене боле.
1796

小鸟

假如我是一只小鸟儿，
我就要飞到你身旁，
深深地爱你，
近坐贴近你罗裳；
如果可能，我还将唱：
"你，丽娜，美人，
你是小鸟儿的灵魂！"
我那可爱的小嘴巴，
将会轻触她的红唇；
她的每一根头发，
对我都是强力牵引；
我试图极力
把小脚束缚住，
以便同丽娜在一起，
对她热恋不已，
成为她甜蜜的俘虏。
1796 年

（曾思艺译）

勒热夫斯基

阿列克谢·安德烈耶维奇·勒热夫斯基（Алексей Андреевич Ржевский，1737—1804）是俄国18世纪中叶苏马罗科夫派的最有才华的诗人，其抒情诗将巴洛克风格与古典主义融合起来，突破古典主义的严格限制，有一定的创新与突破。他是一位被长期忽略的诗人，直到20世纪20年代才被学术界重新发现。

Станс

Почто печалится в несчастьи человек?
Великодушия не надобно лишаться;
Когда веселый век, как сладкий сон, протек,
Пройдет печаль, и дни веселы возвратятся.

Жизнь человеческч цветку уподобляй,
Который возрастет весной и расцветает;
Но воздух к осени как станет холодняй,
Валится, вянет лист, иссохши пропадает.

И лето жаркое весне вослед идет,
Как придет осень, тут зима год совершает, —
Жизнь человеческа подобно так течет:
Родится он, взрастет, стареет, умирает.

И счастие судьба пременно нам дала;
Как свет пременен сей, и наша жизнь пременна.
Вертятся колесом все светские дела, —
Такая смертным часть в сем свете осужденна.

Премены ждав бедам, в несчастье веселись,
С часами протечет напасть и время грозно.
Умерен в счастье будь, пременны берегись,
Раскаянье в делах уже прошедших поздно.
1760

斯坦司

身处逆境为何要日坐愁城？
切不要失去光风霁月的襟怀；
虽然欢乐的时期已经逝去，像甜蜜的梦，
但悲伤也会过去，快乐的日子定会回来。

人的生命仿若鲜花，
春天生长，花儿艳丽，
但秋天渐渐寒冷肃杀，
树叶干枯坠地，枯萎的花儿消踪匿迹。

芳春易逝，炎夏接踵而至，
金秋远行，寒冬结束一年时光，——
人的生命也像时光一样消逝：
诞生，成长，衰老，死亡。

命运给予我们的幸福变化多端；
这世界变化无常，我们的生活也变化无常。
滚滚红尘一切世事如车轮飞转，——
但最终的命运注定只是死亡。

身处逆境要乐天知命，等待吐气扬眉，
灾难和厄运会随着时间而飞快消散。
幸福时要懂得节制，谨防乐极生悲，
已经过去的事情悔恨已晚。
1760 年

（曾思艺译）

СОНЕТ

На то ль глаза твои везде меня встречали,
Чтобы, смертельно мне любя тебя, страдать,
Чтоб в горести моей отрады не видать
И чтобы мне сносить жестокие печали?

Прелестные глаза хотя не отвечали,
Что буду жизнь, любя, в утехах провождать,
Я тщился радости себе от время ждать,
Чтобы несклонности часы с собой промчали;

Но временем узнал, что тщетно я люблю,
Что тщетно для тебя утехи я гублю
И страстью суетной терзаюся всечасно;

Однако я о том не буду век тужить:
Любить прекрасную приятно и несчастно,
Приятно зреть ее и для нее мне жить.
1761

十四行诗

你的目光在到处把我寻访，
是要我拼死爱你，心如刀割？
是要我沉入悲哀，看不到欢乐？
是要我承受撕心裂肺的忧伤？

你那迷人的眼睛虽然没有回答，
　我仍要终生爱你，并以此自娱，
我徒然快乐地等待那个日子，
你对我不抱好感的时刻如飞蒸发。

　但随着日月更替，我知道，我只是徒然爱你，
我只是徒然为你毁灭了自己的快乐欣喜，
时时刻刻为虚幻的激情而忧心忡忡；

　但我一辈子都不会为此愁眉蹙额：
　爱一个美人既快乐无比又十分不幸，
看着她，为她而活着，我深感快乐。
1761 年

（曾思艺译）

杰尔查文

加甫利尔·罗曼诺维奇·杰尔查文（Гавриил Романович Державин，1743—1816）18 世纪末杰出的俄罗斯诗人，以古典主义风格著称。他既写颂诗歌颂君王的德政，也写讽刺诗揭露官僚中的腐败现象，更写哲理诗探索生死之谜。他的诗一方面对普希金、"十二月党人"诗人等产生了深刻的影响，另一方面也对茹科夫斯基尤其是丘特切夫等产生了重大影响。普希金曾称他为"俄罗斯诗人之父"。

Разлука

Неизбежным уже роком
Расстаешься ты со мной,
Во стенании жестоком
Разлучаюсь я с тобой;
Обливался слезами,
Не могу тоски снести,
Не могу сказать словами,
Сердцем говорю: прости.
Белы руки, милы очи
Я целую у тебя.
Нету силы, нету мочи
Мне уехать от тебя.
Лобызая, обмирая,
Тебе душу отдаю
Иль из уст твоих желаю
Душу взять с собой твою.
Первая пол. 70-х гг.

别离

无法逃脱的命运，
使你和我劳燕分飞，
带着剧痛的呻吟，
我将离别你的香闺；
我无法忍受愁苦，
整日里以泪洗面，

我无法用言语表述，
只能在心里说：再见。
我吻着你的纤纤素手，
我吻着你的清清明眸。
掉头策马离你远走，
我没有力量也不能够。
我吻着你，茫然若失，
我把整个心交给你，
也渴盼从你的口里，
把你那颗芳心获取。
18 世纪 70 年代初

（曾思艺译）

Сонет

Красавица, не трать ты времени напрасно
И знай, что без любви все в свете суеты:
Жалей и не теряй прелестной красоты,
Чтоб после не тужить, что век прошел несчастно.

Любися в младости, доколе сердце страстно;
Как сей век пролетит, ты будешь уж не ты.
Плети себе венки, покуда есть цветы,
Гуляй в садах весной, а осенью ненастно.

Взгляни когда, взгляни на розовый цветок,
Тогда, когда уже завял ее листок:
И красота твоя подобно ей завянет.

Не трать своих ты дней, доколь ты не стара,

И знай, что на тебя никто тогда не взглянет,
Когда, как розы сей, пройдет твоя пора.
Первая пол. 70-х гг.

十四行诗

美人，你千万别白白地浪费时间，
要知道，没有爱情世上的一切纯属徒劳：
你要珍惜，可不能丧失动人的美貌，
以免因虚度一生而满怀伤感。

趁你的心还激情盈溢，快热爱青春华年；
等到这一生过尽，你不再是原来的你。
快为自己编好花环，趁百花正艳丽，
快趁春天去逛花园，到秋天将阴雨绵绵。

快欣赏，快欣赏那火红的玫瑰，
等到它的叶子一片片凋萎：
你的美貌也将像它一样萎谢。

趁你还没衰老，别浪费自己的时间，
要知道，等到你的美貌像那玫瑰凋谢，
那时谁都不愿意再看你一眼。
18 世纪 70 年代初

（曾思艺译）

На смерть князя Мещерского

Глагол времен! металла звон!

Твой страшный глас меня смущает,
Зовет меня, зовет твой стон,
Зовет — и к гробу приближает.
Едва увидел я сей свет,
Уже зубами смерть скрежещет,
Как молнией, косою блещет,
И дни мои, как злак, сечет.

Ничто от роковых когтей,
Никая тварь не убегает:
Монарх и узник — снедь червей,
Гробницы злость стихий снедает;
Зияет время славу стерть:
Как в море льются быстры воды,
Так в вечность льются дни и годы;
Глотает царства алчна смерть.

Скользим мы бездны на краю,
В которую стремглав свалимся;
Приемлем с жизнью смерть свою,
На то, чтоб умереть, родимся.
Без жалости всё смерть разит:
И звезды ею сокрушатся,
И солнцы ею потушатся,
И всем мирам она грозит.

Не мнит лишь смертный умирать
И быть себя он вечным чает;
Приходит смерть к нему, как тать,
И жизнь внезапу похищает.
Увы! где меньше страха нам,

Там может смерть постичь скорее;
Ее и громы не быстрее
Слетают к гордым вышинам.

Сын роскоши, прохлад и нег,
Куда, Мещерский! ты сокрылся?
Оставил ты сей жизни брег,
К брегам ты мертвых удалился;
Здесь персть твоя, а духа нет.
Где ж он? — Он там. — Где там? — Не знаем.
Мы только плачем и взываем:
«О, горе нам, рожденным в свет!»

Утехи, радость и любовь
Где купно с здравием блистали,
У всех там цепенеет кровь
И дух мятется от печали.
Где стол был яств, там гроб стоит;
Где пиршеств раздавались лики,
Надгробные там воют клики,
И бледна смерть на всех глядит.

Глядит на всех — и на царей,
Кому в державу тесны миры;
Глядит на пышных богачей,
Что в злате и сребре кумиры;
Глядит на прелесть и красы,
Глядит на разум возвышенный,
Глядит на силы дерзновенны
И точит лезвие косы.

Смерть, трепет естества и страх!
Мы — гордость с бедностью совместна;
Сегодня бог, а завтра прах;
Сегодня льстит надежда лестна,
А завтра: где ты, человек?
Едва часы протечь успели,
Хаоса в бездну улетели,
И весь, как сон, прошел твой век.

Как сон, как сладкая мечта,
Исчезла и моя уж младость;
Не сильно нежит красота,
Не столько восхищает радость,
Не столько легкомыслен ум,
Не столько я благополучен;
Желанием честей размучен,
Зовет, я слышу, славы шум.

Но так и мужество пройдет
И вместе к славе с ним стремленье;
Богатств стяжание минет,
И в сердце всех страстей волненье
Прейдет, прейдет в чреду свою.
Подите счастьи прочь возможны,
Вы все пременны здесь и ложны:
Я в дверях вечности стою.

Сей день, иль завтра умереть,
Перфильев! должно нам конечно:
Почто ж терзаться и скорбеть,
Что смертный друг твой жил не вечно?

Жизнь есть небес мгновенный дар;
Устрой ее себе к покою
И с чистою твоей душою
Благословляй судеб удар.
1779

悼念梅谢尔斯基公爵

时光的语言！金属的叮当！
你那恐怖的声音使我惊慌，
你的喊声在不断把我召唤，
召唤我一步步走向死亡。
我才刚刚来到这个世界上，
死亡就已咯咯响地把牙咬，
它挥舞着镰刀，如砍禾苗，
把我的日子砍掉，像闪电一样。

一切都紧攥在命运的爪心，
任何生物都无法脱逃：
帝王和囚徒——都是虫子的食品，
恶毒的自然力把坟墓一一吞掉；
时间张开大口吞噬荣耀功德：
像河水向大海飞速汇送，
一天天一年年流入永恒；
死亡贪婪地吞咽着所统治的王国。

我们滑到深渊的边缘上，
如飞而下坠落其中；
与生命一起接受自己的死亡，
我们只是为了死亡而诞生。

死亡无情地消灭一切：
无数星辰因它而毁灭，
众多恒星因它而熄灭，
它威胁着整个世界。

他不希望像凡人那样死掉，
他期盼让自己成为永恒；
死亡走近他，就像强盗，
意外地偷走了他的生命。
唉！我们恐惧越少的地方，
就越可能很快遭遇死亡击顶；
向雄伟高空迅飞的雷声，
都无法和它斗胜争强。

奢华、享乐和安逸的儿子，
梅谢尔斯基！你在哪里躲藏？
你把此岸的生命抛弃，
却匆匆奔向死亡之岸；
这里只有你的躯体，却没有灵魂。
它在哪里？——它在那边。那边又是哪？——我们一片茫然。
我们只有哭泣并大声呼唤：
"哦，降生世上我们何其不幸！"

快乐、喜悦、爱情，
与健康一起闪耀光芒，
可那边所有人的血液都已冰凝，
灵魂的慌乱乃由于悲伤。
曾公然摆着餐桌之处已是陵寝；
响起聚会盛宴欢呼的地方，
传来的是下葬前的哭丧，
死亡对所有人都一视同仁。

死亡对所有人都一视同仁——
既有那些权高盖世的帝王；
也有那些把黄金与白银
当作偶像的奢华的富商；
还有魅力迷人的美人，
还有以理性使人高尚的哲学大师，
还有凭豪勇而无所顾忌的壮士，
它都霍霍磨快镰刀的刀刃。

死亡，躯体的颤抖和恐怖！
我们是骄傲和悲惨的结合；
今天是上帝，而明天是尘土；
今天诱人的希望将我们迷惑，
而明天，人啊，你又在哪里？
时光一去，
漫漫混沌即成虚无，
你的整个一生也如梦境，转瞬即逝。

有如梦境，有如甜蜜的幻想，
我的青春也早已消逝；
美不会总是使人心醉魂荡，
欢乐不会总是如此令人着迷，
智慧不会总是如此肤浅，
我不会总是如此美满；
对荣誉的渴望使我备受煎熬，
我总听见荣耀在不停地大声召唤。

于是英勇精神即将逝去，
并且带着对荣耀的渴盼；
辛苦积攒的财富转眼空虚，

心中所有激情像波涛一般
都将依次——消失殆尽。
幸福彻底离开完全可能，
你们所有人在此改变并佯称：
我已站进永恒的大门。

今天或者明天随时都会死去，
别尔菲利耶夫 ① ！我们当然是有限的生命：
为何要痛苦不堪，悲伤不已，
为你那死去的朋友不能永生？
生命是上天所赐的短暂赠品；
请为它让自己回归安谧，
并祝福这种命定的打击，
以你那个纯洁的灵魂。
1779 年

（曾思艺、王淑凤译）

Властителям и судиям

Восстал всевышний бог, да судит
Земных богов во сонме их;
Доколе, рек, доколь вам будет
Щадить неправедных и злых?

Ваш долг есть: сохранять законы,
На лица сильных не взирать,
Без помощи, без обороны

---

① 即斯捷潘·瓦西里耶维奇·别尔菲利耶夫（Степан Васильевич Перфильев，1734—1793），少将，省长。

Сирот и вдов не оставлять.

Ваш долг: спасать от бед невинных,
Несчастливым подать покров;
От сильных защищать бессильных,
Исторгнуть бедных из оков.

Не внемлют! видят — и не знают!
Покрыты мздою очеса:
Злодействы землю потрясают,
Неправда зыблет небеса.

Цари! Я мнил, вы боги властны,
Никто над вами не судья,
Но вы, как я подобно, страстны
И так же смертны, как и я.

И вы подобно так падете,
Как с древ увядший лист падет!
И вы подобно так умрете,
Как ваш последний раб умрет!

Воскресни, боже! боже правых!
И их молению внемли:
Приди, суди, карай лукавых
И будь един царем земли!
1780—1787

致君王与法官

那至高无上的神勃然而起，
要对尘世的帝王们加以审理，
要到何时，说呀，要到何时
你们才不对恶人宽容姑息？

保护法律是你们的职责；
不要看那些权贵的脸色，
不要抛弃那些孤儿寡妇，
他们毫无保障，衣食无着。

你们的职责是使无辜免遭不幸，
而使不幸的人们都得到庇护；
保护弱者不受强者欺凌，
帮助那些穷人摆脱桎梏。

他们不听！看见也装看不见！
贿赂已经迷住了他们的双眼。
罪恶勾当震撼了大地，
欺骗手段动摇了苍天。

沙皇们，我想你们都是权威的神，
任何人都无权把你们审问；
但你们和我一样充满了情欲，
也和我一样逃不脱死亡的命运。

你们也都会倒在地上，
就像树上的枯叶飘落在地！

你们同样也将会死亡，
正如你们的最下等的奴隶！

　　复活吧，上帝！无辜者的上帝！
请倾听他们的祈祷呼吁！
快来审判并惩治那些魔鬼吧，
你将是人间唯一的皇帝！
1780 年至 1787 年间

〔魏荒弩译〕

Разные вина

　　Вот красно-розово вино,
За здравье выпьем жен румяных.
Как сердцу сладостно оно
Нам с поцелуем уст багряных!
　　Ты тож румяна, хороша, —
　　Так поцелуй меня, душа!

　　Вот черно-тинтово вино,
За здравье выпьем чернобровых.
Как сердцу сладостно оно
Нам с поцелуем уст пунцовых!
　　Ты тож, смуглянка, хороша, —
　　Так поцелуй меня, душа!

　　Вот злато-кипрское вино,
За здравье выпьем светловласых.
Как сердцу сладостно оно
Нам с поцелуем уст прекрасных!

Ты тож, белянка, хороша, —
Так поцелуй меня, душа!

Вот слезы ангельски вино,
За здравье выпьем жен мы нежных.
Как сердцу сладостно оно
Нам с поцелуем уст любезных!
　Ты тож нежна и хороша, —
　Так поцелуй меня, душа!
1782

各种美酒

　这是灿丽着玫瑰红的美酒，
让我们为两颊绯红的女子干杯。
喝了它心里真是其乐悠悠，
恰似亲吻着红嘟嘟的小嘴！
　你也那么红艳，美若天仙，
　——快来吻吻我吧，心肝！

　这是灿亮着西班牙黑的美酒，
让我们为黑眉毛的女子干杯。
喝了它心里真是其乐悠悠，
恰似亲吻着红彤彤的小嘴！
　黑姑娘啊，你也美若天仙，
　——快来吻吻我吧，心肝！

　这是灿闪着塞浦路斯黄的美酒，
让我们为金发的女子干杯。
喝了它心里真是其乐悠悠，

恰似亲吻着美得醉人的小嘴！
　金发的姑娘，你也美若天仙，
　——快来吻吻我，心肝！

　这是名叫天使之泪的美酒，
让我们为柔情似水的女子干杯。
喝了它心里真是其乐悠悠，
恰似亲吻着多情的小嘴！
　你也柔情似水，美若天仙
　——快来吻吻我，心肝！
1782 年

（曾思艺译）

Приглашение к обеду

Шекснинска стерлядь золотая,
Каймак и борщ уже стоят;
В графинах вина, пунш, блистая
То льдом, то искрами, манят;
С курильниц благовоньи льются,
Плоды среди корзин смеются,
Не смеют слуги и дохнуть,
Тебя стола вкруг ожидая;
Хозяйка статная, младая
Готова руку протянуть.

Приди, мой благодетель давный,
Творец чрез двадцать лет добра!
Приди — и дом, хоть не нарядный,
Без резьбы, злата и сребра,

Мой посети; его богатство —
Приятный только вкус, опрятство
И твердый мой, нельстивый нрав;
Приди от дел попрохладиться,
Поесть, попить, повеселиться
Без вредных здравию приправ.

Не чин, не случай и не знатность
На русский мой простой обед
Я звал, одну благоприятность;
А тот, кто делает мне вред,
Пирушки сей не будет зритель.
Ты, ангел мой, благотворитель!
Приди — и насладися благ;
А вражий дух да отженется,
Моих порогов не коснется
Ничей недоброхотный шаг!

Друзьям моим я посвящаю,
Друзьям и красоте сей день;
Достоинствам я цену знаю,
И знаю то, что век наш тень;
Что лишь младенчество проводим —
Уже ко старости приходим,
И смерть к нам смотрит чрез забор.
Увы! — то как не умудриться,
Хоть раз цветами не увиться
И не оставить мрачный взор?

Слыхал, слыхал я тайну эту,
Что иногда грустит и царь;

Ни ночь, ни день покоя нету,
Хотя им вся покойна тварь.
Хотя он громкой славой знатен,
Но, ах! — и трон всегда ль приятен
Тому, кто век свой в хлопотах?
Тут зрит обман, там зрит упадок:
Как бедный часовой тот жалок,
Который вечно на часах!

Итак, доколь еще ненастье
Не помрачает красных дней,
И приголубливает счастье
И гладит нас рукой своей;
Доколе не пришли морозы,
В саду благоухают розы,
Мы поспешим их обонять.
Так! будем жизнью наслаждаться,
И тем, чем можем, утешаться,
По платью ноги протягать.

А если ты иль кто другие
Из званых милых мне гостей,
Чертоги предпочтя златые
И яствы сахарны царей,
Ко мне не срядитесь откушать, —
Извольте мой вы толк прослушать:
Блаженство не в лучах порфир,
Не в вкусе яств, не в неге слуха,
Но в здравьи и спокойстве духа, —
Умеренность есть лучший пир.
1795

午宴邀请

舍克斯纳的金煌煌小鲟鱼，
酸凝乳和红菜汤，已摆放停当；
高脚杯里的葡萄酒、潘趣酒颜色鲜丽，
时而像冰晶，时而像火星，令人神往；
香炉里冒出的香气四处飘萦，
篮子里的水果喜气盈盈，
仆役们紧张得不敢大声喘气，
围在桌子四周静候你莅临；
等着身材匀称的年轻女主人①，
朝他们伸出自己的玉臂。

来吧，我昔日的恩人②，
你是我二十年幸福的创造者！
来吧——房屋虽然没有华丽的装饰品，
没有黄金，没有白银，也没有雕刻，
请赏光来访我的家：它的财富
只是可口悦神的食物，
还有我那一目了然的整洁和刚正不阿的性情。
来吧，抛开所有事务来纳纳凉，
吃一吃，喝一喝，欢畅欢畅，
这里没有损害健康的调味品。

---

① 在这场午宴的几个月前，杰尔查文丧偶并娶了身材高且匀称的达利亚·阿列克谢耶夫娜·季亚科娃为妻。
② 尽管杰尔查文解释说这句诗里的老朋友既指伊·舒瓦洛夫，也指阿·别兹博罗多克伯爵，但很明显指的是前者，舒瓦洛夫曾在喀山中学保护过杰尔查文，那时舒瓦洛夫是这所学校的最高级别的校长。

不是宠臣、权贵 ①，也不是官员，
我只是邀请好意善念，
来参加我的俄式普通午宴；
而凡是给我带来损害的伙伴，
都不可能见证这次家宴。
你，我的天使，仁爱慈善！
来吧，快来享受幸福；
且让敌对的情绪暂时远离，
我的门槛一向阻拒
任何缺乏善意的脚步！

我把这一天的时光
都献给朋友们和美人；
我懂得人的价值在于品格高尚，
并且知道，我们的一生只是过眼烟云；
孩提时代刚刚过去，
老年时期就已逼至，
死亡早已隔着栅栏在把我们窥探。
唉！为何竟如此束手无策？
哪怕仅仅一次头上缠满花朵，
也并不会让你留下忧郁的目光。

我曾听到过，听到过这个秘密，
有时就连沙皇也满怀愁绪；
无论黑夜还是白昼都没有安谧，
虽然所有生命的安谧都拜他所赐，
虽然他享有巨大的荣耀，
然而，唉！那宝座可真那么美妙，
它使他一生都在忙碌不已？

---

① 权贵用在这里，不言而喻指的是传统意义上的在宫廷中的成功。

这边只见欺骗，那边全是衰损：
单调可怜的时钟指针，
永远在钟里转动不息！

于是，只要那绵绵阴雨天还在，
让明朗的日子变得阴沉，
而幸福之神来对我们疼爱，
用她的手轻轻地抚摸我们；
只要严寒的日子还未呈现，
花园里的玫瑰还芳香扑面，
让我们赶紧把它们嗅闻。
对！我们要充分享受生活的美妙，
用生活中能解忧的一切排除烦恼，
哪怕打官司把全身的衣服都输尽。

然而，假如你或其他那些人 ①，
你们这些被我邀请的客人，
更喜欢金碧辉煌的豪华大厅，
和沙皇那丰盛美味的甜蜜食品，
那你就千万不要到我这里来吃饭，——
请您耐心听我解释一番：
无上幸福并非帝王紫红袍的光辉灿灿，
并非食品的丰盛美味，也非听觉的其乐融融，
而是精神的健康与灵魂的宁静，
简朴适中是最好的盛宴。
1795 年

（曾思艺、王淑凤译）

---

① 这里其他人指的是当时特别受女皇宠爱的祖博夫公爵，他曾经答应来参加宴
会，但宴会开始前派人说他的夫人拦住他没让去。

Желание

К богам земным сближаться
Ничуть я не ищу,
И больше возвышаться
Никак я не хощу.

Души моей покою
Желаю только я:
Лишь будь всегда со мною
Ты, Дашенька моя!
1797

心愿

我丝毫也不寻求
与尘世的上帝密切关系，
无论如何也不会图谋
爬上更高的官级。

我只有一个心愿，
但求心灵宁静无哗：
只要你永远和我做伴，
你啊，我的达申卡！
1797 年

（曾思艺译）

Рождение Любви

Опоясанна цветами
Сходит к нам с небес Весна,
И младыми красотами
Улыбается она.
Улыбнулась — и явились
Розы и лилеи в свет,
Благовонья оживились,
Возблистал на листьях мед,
И по рощам разгласилось
Хохотаньем эхо вновь;
Радость, счастье водворилось:
Нам родилася Любовь!
1799

爱情的诞生

遍身鲜花环绕，
春天从天上翩翩返回，
她满脸绽开微笑，
灿丽着青春的美。
她嫣然一笑，大地上
玫瑰和百合便纷纷怒放，
盈盈芬芳莺飞蝶忙，
蜂蜜在绿叶上闪闪发亮；
欢笑嬉闹的回声，
在丛林里到处飘萦，

快乐和幸福已经临幸,
爱情也为我们而诞生!
1799 年

(曾思艺译)

Пирамида

Зрю
Зарю
Лучами,
Как свещами,
Во мраке блестящу,
В восторг все души приводящу.
Но что? — от солнца ль в ней толь милое блистанье?
Нет! — Пирамида — дел благих воспоминанье.
1809

金字塔

我看见
红霞初现,
闪烁的红光,
恰似闪闪烛光,
灿烂了漫漫黑暗,
给整个心灵带来欣喜若狂。
然而是什么——是因为太阳霞光才如此美丽?
不! ——金字塔——本身就是美好事业的回忆。
1809 年

(曾思艺译)

Река времен в своем стремленьи...

Река времен в своем стремленьи
Уносит все дела людей
И топит в пропасти забвенья
Народы, царства и царей.
А если что и остается
Чрез звуки лиры и трубы,
То вечности жерлом пожрется
И общей не уйдет судьбы.
1816

时间的长河飞流急淌……

时间的长河飞流急淌，
带走了人们的所有功业，
使民族、国家和帝王，
全都在遗忘的深渊里湮灭。
即便留下一星半点东西——
通过竖琴和铜管的乐音，
也会被永恒之口吞噬，
无法逃脱普遍的命运！
1816 年

（曾思艺译）

德米特里耶夫

伊万·伊万诺维奇·德米特里耶夫（Иван Иванович
Дмитриев，1760—1837）俄国感伤主义文学的重要代表
和奠基人之一，卡拉姆津的挚友，善用口语入诗，语言
优美，格律严谨，擅长抒情诗、讽刺诗、寓言诗、各种
体裁的诗体故事。代表作是抒情诗《一只灰色的鸽子在
呻吟……》和讽刺性诗体小说《时髦的妻子》等。其诗
歌对巴丘什科夫、茹科夫斯基、巴拉丁斯基、维亚泽姆
斯基等有一定的影响。

Песни (Стонет сизый голубочек...)

Стонет сизый голубочек,
Стонет он и день и ночь:
Миленький его дружочек
Отлетел надолго прочь.

Он уж боле не воркует
И пшенички не клюет:
Все тоскует, все тоскует
И тихонько слезы льет.

С нежной ветки на другую
Перепархивает он
И подружку дорогую
Ждет к себе со всех сторон.

Ждет ее... увы! но тщетно,
Знать, судил ему так рок!
Сохнет, сохнет неприметно
Страстный, верный голубок.

Он ко травке прилегает,
Носик в перья завернул,
Уж не стонет, не вздыхает —
Голубок... навек уснул!

Вдруг голубка прилетела,
Приуныв, издалека.

Над своим любезным села,
Будит, будит голубка.

    Плачет, стонет, сердцем ноя,
Ходит милого вокруг —
Но... увы! прелестна Хлоя,
Не проснется милый друг!
1792

一只灰色的鸽子在呻吟……

    一只灰色的鸽子在呻吟，
他日日夜夜呻吟不停：
他那心爱的意中人，
离他而去已有很长光景。

    他不再咕咕咕咕鸣叫，
也不再啄食小小麦粒：
他总是不断烦闷苦恼，
无声无息地眼泪直滴。

    他从一棵柔嫩的枝条，
迁飞到另一棵柔嫩的树枝，
他从四面八方渴盼等到
和亲爱的女友双宿双栖。

    等着她……唉！徒劳无益，
看来，这一切都是命运在作祟！
痴情而忠诚的鸽子，
正在渐渐地憔悴，憔悴。

他终于躺在了青青草地，
把小嘴藏进了翅膀下面，
不再呻吟，也不再叹息——
这鸽子……已永远安眠！

突然，垂头丧气，从远方
飞来了一只小小母鸽。
落在自己亲人的身上，
呼唤，呼唤，想唤醒死者。

她呻吟，哭泣，心如针扎，
绕着爱人来回奔走——
然而……唉！美丽动人的赫洛娅 ①，
她无法唤醒亲爱的朋友！
1792 年

（曾思艺译）

Всех цветочков боле...

Всех цветочков боле
　　Розу я любил;
Ею только в поле
　　Взор мой веселил.

С каждым днем милее
　　Мне она была;

---

① 赫洛娅是田园诗中常见的女性名字（源自古希腊达夫尼斯与赫洛娅的爱情故事），后用来泛指所爱的女性。

С каждым днем алее,
　　Все, как вновь, цвела.

Но на счастье прочно
　　Всяк надежду кинь:
К розе, как нарочно,
　　Привилась полынь.

Роза не увяла—
　　Тот же самый цвет;
Но не та уж стала:
　　Аромата нет!..

Хлоя! как ужасен
　　Этот нам урок!
Сколь, увы! опасен
　　Для красы порок!
1795

千万种鲜花中……

千万种鲜花中，
　　我只爱玫瑰，
它在田野里娉婷，
　　让我目悦心醉。

时光一天天飞逝，
　　它却更加娇媚；
时光一天天飞逝，
　　它却绽放成一朵霞绯。

可每一个幸福的希求，
　　都只是昙花一现：
就在玫瑰的四周，
　　艾蒿已长了满满一片。

玫瑰虽然还没凋萎——
　　依旧是那一朵艳丽，
然而，花魂早已远飞：
　　它早已没有香气！……

赫洛娅！这教训
　　多么发人深省！
唉！美的消殒，
　　竟如此惊心！
1795 年

（曾思艺译）

卡拉姆津

尼古拉·米哈伊洛维奇·卡拉姆津（Николай Михайлович
Карамзин，1766 — 1826）俄国感伤主义文学的最重要的作
家、诗人和理论家，著名历史学家。其诗注重具体而细
致地表现内心感受，风格清新，语言生动，并有一定的
哲理性。尤其是吸收民间文学的韵律特征，大量使用贵
族阶层的口语，在诗的韵律、语言及形式方面多有贡献。
其诗歌对茹科夫斯基、巴丘什科夫、普希金都产生过直接
影响，别林斯基认为他"开始了俄国文学的一个新纪元"。

Осень

Веют осенние ветры
　В мрачной дубраве;
С шумом на землю валятся
　Желтые листья.

Поле и сад опустели;
　Сетуют холмы;
Пение в рощах умолкло —
　Скрылися птички.

Поздние гуси станицей
　К югу стремятся,
Плавным полетом несяся
　В горних пределах.

Вьются седые туманы
　В тихой долине;
С дымом в деревне мешаясь,
　К небу восходят.

Странник, стоящий на холме,
　Взором унылым
Смотрит на бледную осень,
　Томно вздыхая.

Странник печальный, утешься!
　Вянет Природа

Только на малое время;
　　Все оживится,

Все обновится весною;
　　С гордой улыбкой
Снова природа восстанет
　　В брачной одежде.

Смертный, ах! вянет навеки!
　　Старец весною
Чувствует хладную зиму
　　Ветхия жизни.
1789

秋

阴森森的柞木林中
　　吹刮着秋风；
黄查查的树叶，
　　沙沙飘坠落地有声。

田野和花园荒芜空寂；
　　山山岭岭在声声悲鸣；
丛林的歌声早已静息——
　　鸟儿们已失去踪影。

迟归的雁阵，
　　匆匆飞向南方，
那样潇洒平稳，
　　飞越摩天山冈。

静荡荡的山谷里，
　白蒙蒙的雾气弥漫，
与村里的炊烟合一，
　袅袅飞向蓝天。

旅人伫立山冈，
　目光忧郁凄凉，
望着萧瑟秋光，
　痛苦地声声长叹。

悲伤的旅人，请宽心！
　大自然一片凋萎，
只是短短的一瞬；
　一切都将重振声威，

到春天万物会焕然一新；
　大自然会重获新生，
婚礼的盛装穿在身，
　露出自豪的笑容。

唉！人却不断变老，必死无疑！
　即使到春天，老人
也深感自己不过是，
　严冬中的短暂生命。

1789 年

　　　　　　　　　　　　　（曾思艺译）

Веселый час

Братья, рюмки наливайте!
Лейся через край вино!
Все до капли выпивайте!
Осушайте в рюмках дно!

Мы живем в печальном мире;
Всякий горе испытал—
В бедном рубище, в порфире—
Но и радость бог нам дал.

Он вино нам дал на радость,—
Говорит святой мудрец,—
Старец в нем находит младость,
Бедный—горестям конец.

Кто все плачет, все вздыхает,
Вечно смотрит сентябрем—
Тот науки жить не знает
И не видит света днем.

Все печальное забудем,
Что смущало в жизни нас;
Петь и радоваться будем
В сей приятный, сладкий час!

Да светлеет сердце наше,
Да сияет в нем покой,

Как вино сияет в чаше,
Осребряемо луной!
1791

欢乐时刻

弟兄们，请快快斟酒！
把酒杯斟满，溢出边沿！
请举杯，喝个点滴不剩！
请一饮见底统统喝干！

我们生活在痛苦世界，
每一个人都满怀忧伤——
穷也苦闷，富也不安——
可上帝愿让我们欢畅。

他把美酒赏赐给我们，
有一位圣贤曾经说过：
老年人喝酒会变年轻，
穷人喝酒把苦难忘却。

什么人总是哭泣悲叹，
从早到晚愁眉不展，
他就不懂生活的诀窍，
他就看不见阳光灿烂。

生活给我们重重困扰，
让我们忘却一切坎坷，
我们高高兴兴地歌唱，
在这醉人的欢乐时刻。

让我们的心情更加开朗，
让我们的心情更加安详，
一如这杯中的玉液琼浆，
映照着溶溶的银色月光！
1791 年

（谷羽译）

Берег

После бури и волненья,
Всех опасностей пути,
Мореходцам нет сомненья
В пристань мирную войти.

Пусть она и неизвестна!
Пусть ее на карте нет!
Мысль, надежда им прелестна
Там избавиться от бед.

Если ж взором открывают
На брегу друзей, родных,
О блаженство! восклицают
И летят в объятья их.

Жизнь! ты море и волненье!
Смерть! ты пристань и покой!
Будет там соединенье
Разлученных здесь волной.

Вижу, вижу... вы маните
Нас к таинственным брегам!..
Тени милые! храните
Место подле вас друзьям!
1802

岸

经历了风幕和惊涛骇浪，
渡过了航程中千难万险，
航海者再不必疑虑忧伤，
他们正驶进平静的港湾。

纵然这个码头渺小无名，
地图上找不到它的踪影，
航海者满怀欢欣与希望，
庆幸在岸上能脱离险境。

他们举目在海岸上寻找，
一旦发现了朋友和亲人，
飞一般投入他们的怀抱，
他们欢呼着，多么兴奋！

生活！你是海洋和波涛！
死亡！你是码头与宁静！
在尘世人们被大浪冲散，
在彼岸他们能再度重逢。

我看见，看见……你们
招引我们走向神秘之岸！

亲爱的幽灵！请为朋友
留一席之地在你们身边！
1802 年

（谷羽译）

茹科夫斯基

瓦西里·安德烈耶维奇·茹科夫斯基（Василий Андреевич Жуковский, 1783—1852）俄罗斯诗人，彼得堡科学院院士，他的诗充满感伤主义的幻想，融浪漫主义手法及象征手法于一体，思考人生哲理，对普希金、丘特切夫、费特等著名诗人都有较大影响。最主要的代表作为长诗《斯维特兰娜》《十二个睡美人》。

Дружба

Скатившись с горной высоты,
Лежал на прахе дуб, перунами разбитый;
А с ним и гибкий плющ, кругом его обвитый.
О Дружба, это ты!
1805

友谊

橡树遭到雷霆轰击，
遗骸从高山之巅滚落下去，
缠绕橡树的常春藤和它在一起。
啊，友谊，这就是你！
1805 年

（谷羽译）

Вечер

Элегия

Ручей, виющийся по светлому песку,
Как тихая твоя гармония приятна!
С каким сверканием катишься ты в реку!
　Приди, о Муза благодатна,

В венке из юных роз с цевницею златой;
Склонись задумчиво на пенистые воды

И, звуки оживив, туманный вечер пой
На лоне дремлющей природы.

Как солнца за горой пленителен закат, —
Когда поля в тени, а рощи отдаленны
И в зеркале воды колеблющийся град
Багряным блеском озаренны;

Когда с холмов златых стада бегут к реке
И рева гул гремит звучнее над водами;
И, сети склав, рыбак на легком челноке
Плывет у брега меж кустами;

Когда пловцы шумят, окликаясь по стругам,
И веслами струи согласно рассекают;
И, плуги обратив, по глыбистым браздам
С полей оратаи съезжают...

Уж вечер... облаков померкнули края,
Последний луч зари на башнях умирает;
Последняя в реке блестящая струя
С потухшим небом угасает.

Все тихо: рощи спят; в окрестности покой;
Простершись на траве под ивой наклоненной,
Внимаю, как журчит, сливаяся с рекой,
Поток, кустами осененный.

Как слит с прохладою растений фимиам!
Как сладко в тишине у брега струй плесканье!
Как тихо веянье зефира по водам

И гибкой ивы трепетанье!

Чуть слышно над ручьем колышется тростник;
Глас петела вдали уснувши будит селы;
В траве коростеля я слышу дикий крик,
        В лесу стенанье филомелы...

Но что?.. Какой вдали мелькнул волшебный луч?
Восточных облаков хребты воспламенились;
Осыпан искрами во тьме журчащий ключ;
        В реке дубравы отразились.

Луны ущербный лик встает из-за холмов...
О тихое небес задумчивых светило,
Как зыблется твой блеск на сумраке лесов!
        Как бледно брег ты озлатило!

Сижу задумавшись; в душе моей мечты;
К протекшим временам лечу воспоминаньем...
О дней моих весна, как быстро скрылась ты
        С твоим блаженством и страданьем!

Где вы, мои друзья, вы, спутники мои?
Ужели никогда не зреть соединенья?
Ужель иссякнули всех радостей струи?
        О вы, погибши наслажденья!

О братья! о друзья! где наш священный круг?
Где песни пламенны и музам и свободе?
Где Вакховы пиры при шуме зимних вьюг?
        Где клятвы, данные природе,

Хранить с огнем души нетленность братских уз?
И где же вы, друзья?.. Иль всяк своей тропою,
Лишенный спутников, влача сомнений груз,
    Разочарованный душою,

Тащиться осужден до бездны гробовой?..
Один — минутный цвет — почил, и непробудно,
И гроб безвременный любовь кропит слезой.
    Другой... о небо правосудно!..

А мы... ужель дерзнем друг другу чужды быть?
Ужель красавиц взор, иль почестей исканье,
Иль суетная честь приятным в свете слыть
    Загладят в сердце воспоминанье

О радостях души, о счастье юных дней,
И дружбе, и любви, и музам посвященных?
Нет, нет! пусть всяк идет вослед судьбе своей,
    Но в сердце любит незабвенных...

Мне рок судил: брести неведомой стезей,
Быть другом мирных сел, любить красы природы,
Дышать под сумраком дубравной тишиной
    И, взор склонив на пенны воды,

Творца, друзей, любовь и счастье воспевать.
О песни, чистый плод невинности сердечной!
Блажен, кому дано цевницей оживлять
    Часы сей жизни скоротечной!

Кто, в тихий утра час, когда туманный дым
Ложится по полям и холмы облачает
И солнце, восходя, по рощам голубым
    Спокойно блеск свой разливает,

Спешит, восторженный, оставя сельский кров,
В дубраве упредить пернатых пробужденье
И, лиру согласи с свирелью пастухов,
    Поет светила возрожденье!

Так, петь есть мой удел... но долго ль?.. Как узнать?..
Ах! скоро, может быть, с Минваною унылой
Придет сюда Альпин в час вечера мечтать
    Над тихой юноши могилой!
1806

黄昏

哀歌

小溪，在亮闪闪的沙砾上潺潺流过，
你那轻袅袅的和声多么令人欣喜！
你波光闪闪，一路奔流到大河！
    快来吧，哦，美好的缪斯，

头戴嫩汪汪的玫瑰花环，手拿金晃晃的芦笛；
朝着飞沫四溅的河水若有所思地低垂双鬓，
在睡思昏昏的大自然的怀抱里，
    纵情歌唱，用歌声激活暮霭沉沉的黄昏。

日落西山时分是多么令人着迷——
此时田野躲进了阴影，似被移远的丛林，
和在如镜的碧水中摇漾的城市，
　　全都染上一层红紫紫的晚霞余晕；

一群群牛羊从金灿灿的山丘奔向河边，
它们那喧闹的吼叫在水上更加响亮；
渔夫收拾好渔网，划着轻便的小船，
　　驶向那灌木丛生的河岸；

船夫们渔歌唱和，小船纷纷聚集，
一叶叶船桨齐心协力劈开水流；
农夫们掉转犁头，纷纷走下田地，
　　沿着有很多大土块的垄沟……

早已是黄昏……天边的云彩渐渐暗淡，
最后一缕霞光正从塔楼上消逝；
河面上最后一片亮晃晃的波光，
　　也同暗淡无光的天空彻底隐匿。

万籁俱寂：丛林在酣睡；四周一片静谧；
我藏身于弯弯柳树下的青草丛，
凝神细听，那汇入大河的小溪，
　　在繁枝茂叶的丛林里一路淙淙。

草木的清香中透入了黄昏的凉爽！
寂静中水流的哗哗拍岸声多么美妙！
微风在水面轻轻地摇漾，
　　软柔柔的柳树轻舞丝条！

河面上隐隐传来芦苇轻摇的簌簌声，

远处公鸡的啼唤惊扰着沉睡的村庄；
我听见长脚秧鸡在草丛中野性地欢鸣，
　　菲洛墨拉^①在森林中拉长调痛苦地吟唱……

可那是什么？……什么样神奇的光在远处闪现？
东方云遮雾罩的山岭燃炽起一片火红；
黑暗中，汩汩的泉水迸溅出一个个闪耀的星点，
　　椵木林倒映在河水中。

一钩新月冉冉升起，从山那边……
啊，沉思的天穹中恬静的星球，
你的清辉是怎样荡涤着树林的昏暗！
　　你又是怎样为河岸镀上一层淡淡的金釉！

我静坐沉思；浮想联翩；
回忆带我飞回逝去的时光……
啊，我生命的春天，你飞逝如箭，
　　带着你的无限欢乐和百结愁肠！

你们在哪里，我的朋友，我的旅伴？
难道我们从此再不能欢聚一堂？
难道快乐的一切泉源都已枯干？
　　啊，你们，死去的至乐无上！

啊，兄弟！啊，朋友！如今安在，我们神圣的圈子？
赞美缪斯和自由的高昂歌儿今在何方？
冬日暴风雪肆虐中的酒神欢宴又在哪里？
　　哪里还有我们面对大自然发出的誓言，

---

① 希腊神话中阿提刻（雅典及其附近地区）国王潘狄翁与妻子宙克西珀的女儿，
后被神变为夜莺。

它使兄弟般的友谊之火永远炽燃？
而今，朋友们，你们在哪里？……也许，每个人都在各走其径，
没有同伴，背负着怀疑的重担，
　　万般沮丧，心灰意冷，

蹒跚着走向死气沉沉的命定深渊？……
这一个 ① ——昙花一现——睡着了，而且永世长眠，
挚爱的泪水淋湿了过早夭折的木棺。
　　另一个 ② ——啊，愿上天公正裁判！……

而我们……难道会破坏友谊成为异己？
难道美女的顾盼，荣耀的追寻，
抑或被视为尘世幸运的空洞荣誉，
　　能在心灵深处消泯

那关于心灵的欢乐，关于青春时光的幸福，
关于友谊，关于爱情，关于缪斯的回忆？
不，不！就让每个人跟随自己的命运上路，
　　但在心底深爱着那些不能忘怀的东西……

我被命运判定：在人所不知的道路上漫步徐行，
我是宁静乡村的朋友，热爱大自然的美；
黄昏中尽情呼吸槲木林的宁静，
　　垂目凝望飞沫四溅的河水，

放声歌唱上帝、友谊、幸福和爱情。
啊，诗歌，纯真心灵的纯净硕果！

---

① 指诗人的朋友安·屠格涅夫（Андрей Иванович Тургенев，1781—1803）。
② 指诗人寄宿中学的朋友谢·罗江科（Семен Емельянович Родзянко，1782—
　　1808），作家，毕业后患精神病。

谁能用芦笛使短如朝露的人生
　　生气勃勃，谁就会幸福快乐！

在静谧的凌晨时分，烟雾蒙蒙，
烟笼了田野，雾罩了山冈；
当朝阳东升，给蓝蒙蒙的丛林
　　静静地洒满自己的红光，

有人兴高采烈，离开自己的乡间小屋，
赶在榉木林中的鸟儿们睡醒之前，
让竖琴与牧童的芦笛和谐同步，
　　歌唱太阳的重新露面！

对，这歌唱就是我的使命……但能否长久？……谁又知道？……
唉！也许，很快阿利宾①会趁着黄昏时光，
——他常常与忧郁的明瓦娜在一道，
　　来到这里，在青年岑寂的坟墓旁沉入冥想！
1806 年

（曾思艺译）

К ней

　　Имя где для тебя?
　　Не сильно смертных искусство
　　Выразить прелесть твою!

　　Лиры нет для тебя!

---

① 阿利宾是公元 3 世纪传说中的西欧凯尔特人的弹唱诗人。苏格兰作家麦克菲
　　森（1736—1796）在《莪相作品集》（1765）中描写了他与明瓦娜的爱情。

Что песни? отзыв неверный
Поздней молвы о тебе!

Если бы сердце могло быть
Им слышно, каждое чувство
Было бы гимном тебе!

Прелесть жизни твоей,
Сей образ чистый, священный, —
В сердце — как тайну ношу.

Я могу лишь любить,
Сказать же, как ты любима,
Может лишь вечность одна!
1810—1811

给她

费尽心机难给你起个名字！
呆板的艺术苍白无力，
岂能表现你的美丽？

世间的竖琴都不配赞美你！
更不用说平凡的歌曲
及可笑的日常言语。

我的思绪如能传到你心里，
丝丝缕缕，缕缕丝丝，
都是献给你的颂诗！

天生优雅，你是美的极致，
你的容颜纯真而圣洁——
是我心中珍藏的秘密。

我唯一能够做的只有倾慕。
我只能说：你真可爱！
今生今世无与伦比。
1810 年至 1811 年间

（谷羽译）

Цветок

Романс

Минутная краса полей,
Цветок увядший, одинокий,
Лишен ты прелести своей
Рукою осени жестокой.

Увы! нам тот же дан удел,
И тот же рок нас угнетает:
С тебя листочек облетел —
От нас веселье отлетает.

Отъемлет каждый день у нас
Или мечту, иль насложденье,
И каждый разрушает час
Драгое сердцу наслажденье.
Смотри... очарованья нет;

Звезда надежды угасает...
Увы! кто скажет: жизнь иль цвет
Быстрее в мире исчезает?
1811

花朵

罗曼司

原野的匆匆过客，
孤独的，凋谢的花朵，
严酷的秋天之手
夺去你迷人的美色。

噢，我们遭遇相同，
受到同一厄运的威胁：
你的枝头落叶飘零，
我们身边飞走了欢乐。

日日夜夜都在吞噬
我们的幻想或是喜悦；
每时每刻都在摧残
我们心中珍藏的疑惑。

看……魅力不复存在，
希望之星行将泯灭……
啊！世上什么消失得更快？
谁能说，是生命还是花朵？
1811 年

（谷羽译）

Счастие во сне

Дорогой шла девица;
　С ней друг ее младой;
Болезненны их лица;
　Наполнен взор тоской.

Друг друга лобызают
　И в очи и в уста —
И снова расцветают
　В них жизнь и красота.

Минутное веселье!
　Двух колоколов звон:
Она проснулась в келье;
　В тюрьме проснулся он.
1816

梦中的幸福

少女走在路上，
　身旁是年轻的朋友；
他们满面悲伤：
　目光中饱含着忧愁。

彼此相互亲吻，
　吻明眸，又吻双唇
像花朵顷刻开放，

再现出活力与青春！

转瞬即逝的欢娱！
　两处钟声当当作响：
惊醒来她在修道院里，
　梦破时他正身陷牢房。
1816 年

（谷羽译）

Песня

Кольцо души-девицы
Я в море уронил:
С моим кольцом я счастье
Земное погубил.

Мне, дав его, сказала:
«Носи，не забывай；
Пока твое колечко,
Меня своей считай!»

Не в добрый час я невод
Стал в море полоскать；
Кольцо юркнуло в воду；
Искал... но где искать?!

С тех пор мы как чужие,
Приду к ней — не глядит,
С тех пор мое веселье
На дне морском лежит.

О, ветер полуночный,
Проснися! будь мне друг!
Схвати со дна колечко
И выкати на луг.

Вчера ей жалко стало,
Нашла меня в слезах,
И что-то, как бывало,
Зажглось у ней в глазах.

Ко мне подсела с лаской,
Мне руку подала;
И что-то ей хотелось
Сказать, но не могла.

На что твоя мне ласка,
На что мне твой привет?
Любви, любви хочу я...
Любви-то мне и нет.

Ищи, кто хочет, в море
Богатых янтарей...
А мне — мое колечко
С надеждою моей.
1816

歌

心爱姑娘的戒指，
我掉落在大海里，
尘世幸福随同这枚戒指，
也深深葬入了海底。

赠给我戒指时，她说：
"戴上吧，可别忘记！
只要戒指在你手上戴着，
我就一定属于你！"

时辰不利，我刚一
开始在海上撒网，
戒指就唰地掉进海里；
找啊找……但它在何方？！

从此我们如同路人，
我去看她，她根本不理，
从那时起我的欢欣，
便深深地沉入了海底。

哦，午夜的风儿，
快快睡醒，我的好友！
从海底帮我把戒指捞起，
让它在草地上滚个不休。

昨天她又开始怜悯我，
看见我泪流满面。

并且，就像以往的时刻，
她的两眼晶莹闪亮。

她温存地坐到我身旁，
伸给我一只手；
她似乎有什么想对我讲，
可又说不出口。

你的温存对我有何用？
你的问候又能给我带来什么结果？
我要的是爱情，爱情……
你却不能把爱情给我。

大海里的琥珀车载斗量，
谁想要赶快去寻觅……
而我，只是满怀希望，
找到我那枚戒指。
1816 年

（曾思艺译）

Воспоминание

Прошли, прошли вы, дни очарованья!
Подобных вам уж сердцу не нажить!
Ваш след в одной тоске воспоминанья!
Ах! лучше б вас совсем мне позабыть!

К вам часто мчит привычное желанье —
И слез любви нет сил остановить!
Несчастие — об вас воспоминанье!

Но более несчастье — вас забыть!

О, будь же грусть заменой упованья!
Отрада нам — о счастье слезы лить!
Мне умереть с тоски воспоминанья!
Но можно ль жить, — увы! и позабыть!
1816

回忆

逝去了，逝去了，醉人的时光！
再也没有像你那样的真爱！
你的身影拉长成一片回忆的忧伤！
唉！最好还是让我把你彻底忘怀！

可心儿情不自禁地向你飞去——
我更无法控制爱的滚滚热泪！
思念你——这是多么的悲戚！
但忘记你——却更使我心碎！

哦，那就只有用希望代替忧伤！
我们欣慰——曾幸福得热泪直滴！
我将满怀忧伤的回忆慢慢走向死亡！
不过，我还要生活，——唉，并且会忘记！
1816 年

（曾思艺译）

Море

Элегия

Безмолвное море, лазурное море,
Стою очарован над бездной твоей.
Ты живо; ты дышишь; смятенной любовью,
Тревожною думой наполнено ты.
Безмолвное море, лазурное море,
Открой мне глубокую тайну твою.
Что движет твое необъятное лоно?
Чем дышит твоя напряженная грудь?
Иль тянет тебя из земныя неволи
Далекое, светлое небо к себе?..
Таинственной, сладостной полное жизни,
Ты чисто в присутствии чистом его:
Ты льешься его светозарной лазурью,
Вечерним и утренним светом горишь,
Ласкаешь его облака золотые
И радостно блещешь звездами его.
Когда же сбираются темные тучи,
Чтоб ясное небо отнять у тебя —
Ты бьешься, ты воешь, ты волны подъемлешь,
Ты рвешь и терзаешь враждебную мглу...
И мгла исчезает, и тучи уходят,
Но, полное прошлой тревоги своей,
Ты долго вздымаешь испуганны волны,
И сладостный блеск возвращенных небес
Не вовсе тебе тишину возвращает;

Обманчив твоей неподвижности вид:
Ты в бездне покойной скрываешь смятенье,
Ты, небом любуясь, дрожишь за него.
1822

大海

哀歌

静沉沉的大海，蓝漾漾的大海，
面对你的深渊我心驰神往。
你生气勃勃；你汹涌澎湃，
骚动的爱情使你满怀惊惶。
静沉沉的大海，蓝漾漾的大海，
请把你深藏的秘密向我敞示。
是什么使你无垠的海面巨浪纷至沓来？
是不是那远蒙蒙、亮澄澄的蓝天，
牵引你挣脱大地的桎梏向上飞升？……
你活力四射，神秘而安恬，
蓝天的纯净使你透骨纯净。
你摇漾着它那亮溶溶的碧韵，
燃炽起早晨和傍晚的满天霞光，
你爱抚着它那金灿灿的流云，
欢快地灼耀着它的繁星点点。
当黑压压的乌云密密聚拢，
试图抢夺你明艳艳的蓝天，——
你掀腾，你咆哮，你翻起巨浪腾空，
你怒吼着撕扯与你为敌的重重黑暗……
黑暗消失，乌云也散若轻烟；
然而，既往的惊悸仍在你心胸里萦回，

你久久地掀腾起惊惶的巨浪，
就连复原的天空那甜蜜的清辉，
也无法让你完全恢复安详；
你表面的平静只是假象：
你宁静的深渊里潜藏着狂乱，
你恋慕着蓝天，为它心摇魂荡。
1822 年

（曾思艺译）

Я музу юную, бывало...

Я музу юную, бывало,
Встречал в подлунной стороне,
И Вдохновение летало
С небес, незваное, ко мне;
На все земное наводило
Животворящий луч оно —
И для меня в то время было
Жизнь и Поэзия одно.

Но дародатель песнопений
Меня давно не посещал;
Бывалых нет в душе видений,
И голос арфы замолчал.
Его желанного возврата
Дождаться ль мне когда опять?
Или навек моя утрата
И вечно арфе не звучать?

Но все, что от времен прекрасных,

Когда он мне доступен был,
Все, что от милых темных, ясных
Минувших дней я сохранил —
Цветы мечты уединенной
И жизни лучшие цветы, —
Кладу на твой алтарь священный,
О Гений чистой красоты!

Не знаю, светлых вдохновений
Когда воротится чреда, —
Но ты знаком мне, чистый Гений!
И светит мне твоя звезда!
Пока еще ее сиянье
Душа умеет различать:
Не умерло очарованье!
Былое сбудется опять.
1824

通常我和年少的诗神……

通常我和年少的诗神
相遇在月光下的地方，
灵感，不请自来的客人，
便从九天飞落我心房；
灵感把起死回生的光芒
涂上普天之下的大地——
此时此刻，对我来讲，
是与生活——变成一体。

然而教我写诗的恩人

久已没有把我造访；
在过往岁月那幽灵的内心，
竖琴的声音不再作响。
盼望已久的他的回归，
我有朝一日岂能再期待？
也许我的丧失不可追，
竖琴永世不再响起来？

我从和诗神灵犀相通的
美好时光所得的一切，
我从往昔那些阴暗的、
明媚的时光所保存的一切——
孤独的憧憬开出的奇葩
和生活所绽放的精美花蕊，——
我的纯洁之美的精灵啊，
将统统捧上你神圣的供台！

我不知道，何时是返程，
那一个一个崇高的灵感，——
但我熟识你，纯美的精灵！
你的星辰照耀我向前！
只要心灵善于去辨识
你的星辰放射的光芒：
着迷的状态并未丢失！
往昔的回归便如愿以偿。
1824 年

（顾蕴璞译）

Таинственный посетитель

Кто ты, призрак, гость прекрасный?
　　К нам откуда прилетал?
Безответно и безгласно
　　Для чего от нас пропал?
Где ты? Где твое селенье?
　　Что с тобой? Куда исчез?
И зачем твое явленье
　　В поднебесную с небес?

Не надежда ль ты младая,
　　Приходящая порой
Из неведомого края
　　Под волшебной пеленой?
Как она, неумолимо
　　Радость милую на час
Показал ты с нею мимо
　　Пролетел и бросил нас.

Не Любовь ли нам собою
　　Тайно ты изобразил?..
Дни любви, когда одною
　　Мир для нас прекрасен был,
Ах! тогда сквозь покрывало
　　Неземным казался он...
Снят покров; любви не стало;
　　Жизнь пуста, и счастье — сон.

Не волшебница ли Дума
	Здесь в тебе явилась нам?
Удаленная от шума,
	И мечтательно к устам
Приложивши перст, приходит
	К нам, как ты, она порой
И в минувшее уводит
	Нас безмолвно за собой.

Иль в тебе сама святая
	Здесь Поэзия была?..
К нам, как ты, она из рая
	Два покрова принесла:
Для небес лазурно-ясный,
	Чистый, белый для земли:
С ней все близкое прекрасно;
	Все знакомо, что вдали,

Иль Предчувствие сходило
	К нам во образе твоем
И понятно говорило
	О небесном, о святом?
Часто в жизни так бывало:
	Кто-то светлый к нам летит,
Подымает покрывало
	И в далекое манит.
1824

神秘的造访者

你是谁，幻影啊，美丽的客人？
　你从哪里翩翩飞临？
你沉默无语，毫无回音，
　为何又悄悄地离开我们？
你在哪里？哪里是你的村镇？
　你怎么啦？你藏匿在哪里？
为什么你的身影，
　要从天上降临俗世？

你莫不是那年轻的希望，
　遮覆着神秘的面纱，
从那玄奥未知的地方，
　偶尔降临，一展风华？
像她一样，你冷酷地指明
　迷人的欢乐只是昙花一现，
就和她一起抛下我们，
　双双飞向天边。

你莫不是我们
　在心中塑造的爱情？……
我们相亲相爱的时分，
　世界最是美丽迷人，
啊！此时此刻，透过那层迷雾，
　尘世变成了天堂……
可驱散那层迷雾，爱情就化为虚无，
　生命空无所有，幸福也只是梦幻。

你莫不是思想这女魔法家
　　到这儿显形在我们面前？
离弃尘世的喧哗，
　　满怀幻想地把手指紧贴唇间，
她有时降临我们身边，
　　像你一样，
悄然无言，
　　把我们带回过往。

抑或你是神圣的诗
　　在这里显现？……
像你一样，她从天堂里
　　带来两袭画帘：
给天空挂上蓝莹莹的一袭，
　　白莹莹的一袭盖上了大地：
使近处的一切无比美丽；
　　远处的一切万分熟悉。

甚或你就是预感，
　　突然降临我们心中，
明明白白地给我们引荐
　　天国和神圣？
生活中常有这样的景观：
　　似乎有谁全身晶莹剔透，
飞向我们，撩起画帘，
　　并在远方向我们频频招手。
1824 年

　　　　　　　　　　（曾思艺译）

巴丘什科夫

康斯坦丁·尼古拉耶维奇·巴丘什科夫（Константин
Николаевич Батюшков，1787—1855）早年是阿那克里翁
诗体抒情诗的倡导者，主张轻诗歌和崇高体诗歌可以相提
并论，大力抒写普通人的欢乐与忧伤、自主与自尊。中年
转向悲歌体裁，开始在忧虑中展示哲理，并深入内心世界，
进行了颇为深入的探讨。其诗歌创作手法与诗学主张对
普希金、费特和迈科夫，乃至 20 世纪的曼德尔施坦姆等，
都有较大的影响。

Выздоровление

Как ландыш под серпом убийственным жнеца
　　Склоняет голову и вянет,
Так я в болезни ждал безвременно конца
　　И думал: парки час настанет.
Уж очи покрывал Эреба мрак густой,
　　Уж сердце медленнее билось:
Я вянул, исчезал, и жизни молодой,
　　Казалось, солнце закатилось.
Но ты приблизилась, о жизнь души моей,
　　И алых уст твоих дыханье,
И слезы пламенем сверкающих очей,
　　И поцелуев сочетанье,
И вздохи страстные, и сила милых слов
　　Меня из области печали —
От Орковых полей, от Леты берегов —
　　Для сладострастия призвали.
Ты снова жизнь даешь; она твой дар благой,
　　Тобой дышать до гроба стану.
Мне сладок будет час и муки роковой:
　　Я от любви теперь увяну.
1807

痊愈

犹如一枝铃兰，在收割者致命的镰刀下
　　叶子枯萎了，低低地垂下脑袋，

我在疾病中等待着为时过早的终结，
　　我想：敲响命运丧钟的时刻即将到来。
地狱的昏沉的黑暗已遮住我的双眼，
　　心脏也跳动得愈来愈慢，
我，已经消沉，已经凋残，
　　青春年华的太阳也似乎落入西山。
但是，你走来了，啊，我心灵的生命，
　　你的樱唇中发出迷人的温馨，
你的双眼闪烁着光焰，滚动着泪水，
　　接着便是我们合二为一的亲吻、
充满激情的喘息以及亲切的话语，——
　　这一切把我从冥河的岸边，
从忧愁的领域，从死神的王国，
　　引向了令人消魂的爱恋。
你给了我新生——你这美好的赠品，
　　我要把我的心血溶入你的生命，直至永远，
对于我，就连致命的苦难也显得甜蜜，
　　为了爱情，即使马上去死，我也心甘情愿。
1807 年

（吴笛译）

Мой гений

О, память сердца! Ты сильней
Рассудка памяти печальной
И часто сладостью твоей
Меня в стране пленяешь дальней.
Я помню голос милых слов,
Я помню очи голубые,
Я помню локоны златые

Небрежно вьющихся власов.
Моей пастушки несравненной
Я помню весь наряд простой,
И образ милый, незабвенный,
Повсюду странствует со мной.
Хранитель гений мой — любовью
В утеху дан разлуке он:
Засну ль?— приникнет к изголовью
И усладит печальный сон.
1815

我的保护神

啊，心灵的记忆！你生龙活虎，
远胜理性的悲伤记忆，
你常常在遥远的国度，
用甜蜜的往事使我心醉神迷。
我记得那嗓音甜美的说话，
我记得蓝汪汪的眼睛，
我记得那自然波卷的发型，
和一绺绺金灿灿的卷发。
我记得我那无与伦比的牧女，
全身穿戴的简朴素雅的服饰，
还有我念念不忘的可爱面容，
伴随着我满世界漂泊迁徙。
我的保护神——他用爱情
慰藉我的离别之苦：
睡着？我刚一贴上枕头，忧伤的梦
就会翩翩降临，让我快乐幸福。
1815 年

（曾思艺译）

Есть наслаждение и в дикости лесов...

Есть наслаждение и в дикости лесов,
Есть радость на приморском бреге,
И есть гармония в сем говоре валов,
Дробящихся в пустынном беге.
Я ближнего люблю, но ты, природа-мать,
Для сердца ты всего дороже!
С тобой, владычица, привык я забывать
И то, чем был, как был моложе,
И то, чем ныне стал под холодом годов.
Тобою в чувствах оживаю:
Их выразить душа не знает стройных слов
И как молчать об них — не знаю.
1819

在荒山野林中也有享受……

在荒山野林中也有享受，
在海岸沙丘上也有乐趣，
在惊涛拍岸里也有谐和，
涛浪在荒岸边碎成飞絮。
我爱人，但你，大自然母亲，
你对于心灵比一切都亲！
和你一起，主宰，我惯于忘却
我的往昔、年轻时的情景，
和冷峻岁月重压下的变化。
我跟你一起，感情正复苏着，

心儿找不到合适的词来表达，
也不知该怎样对此沉默。
1819 年

（顾蕴璞译）

科兹洛夫

伊万·伊万诺维奇·科兹洛夫（Иван Иванович
Козлов，1779—1840）茹科夫斯基的学生和继承者，诗歌
真挚、朴实而又流畅、优美，富有音乐性，代表作是叙
事长诗《黑衣修士》，曾得到普希金及其友人的很高评价。

Вечерний звон

Т. С. Вдмрв-ой

Вечерний звон, вечерний звон!
Как много дум наводит он
О юных днях в краю родном,
Где я любил, где отчий дом,
И как я, с ним навек простясь,
Там слушал звон в последний раз!

Уже не зреть мне светлых дней
Весны обманчивой моей!
И сколько нет теперь в живых
Тогда веселых, молодых!
И крепок их могильный сон;
Не слышен им вечерний звон.

Лежать и мне в земле сырой!
Напев унывный надо мной
В долине ветер разнесет;
Другой певец по ней пройдет,
И уж не я, а будет он
В раздумье петь вечерний звон!
1827

傍晚的钟声 ①

献给魏德迈

傍晚的钟声，傍晚的钟声！
它引发思绪滚滚如潮涌：
那留在故乡的少年时光，
我的初恋，我的故园，
当我辞别故乡外出远行，
在那里最后一次听这钟声！

远逝了，我迷人的青春时期
那些阳光灿烂的日子！
多少年轻、快乐的亲友，
现在已不在世上存留！
他们在坟墓里沉沉入梦，
再也听不见这傍晚的钟声。

我也将埋骨于潮湿的大地！
风儿将把你那悲凄的乐曲，
从我身上远送到谷地，

---

① 这首诗原作者是爱尔兰诗人托玛斯·穆尔（Thomas Moore，1779—1852），科兹洛夫意译后把它献给朋友魏德迈（？—1863），变成了著名的俄罗斯民歌。该诗的英文原文是：Evening Bells：Those evening bells! those evening bells!/How many a tale their music tells,/Of youth, and home, and that sweet time,/When last I heard their soothing chime.//Those joyous hours are pass'd away;/And many a heart, that then was gay,/Within the tomb now darkly dwells,/And hears no more those evening bells.//And so'twill be when I am gone;/That tuneful peal will still ring on,/While other hards shall walk these dells,/And sing your praise, sweet evening bells.

　　另一个歌手将循声而至，
当然不是我，而是另一个人，
他沉思地歌唱傍晚的钟声！
1827 年

（曾思艺译）

维亚泽姆斯基

彼得·安德列耶维奇·维亚泽姆斯基（Петр Андреевич Вяземский，1792—1878）19世纪著名批评家、诗人，善写各种体裁的诗歌：公民诗、风景诗、颂诗、民歌体诗，从早期的优美甚至华丽走向晚期的朴实、深沉。

Наш свет — театр;жизнь — драма...

Наш свет — театр; жизнь — драма; содержатель —
Судьба; у ней в руке всех лиц запас:
Министр, богач, монах, завоеватель
В условный срок выходит напоказ.
Простая чернь, отброшенная знатью,
Мы — зрители, и, дюжинную братью,
В последний ряд отталкивают нас.
Но платим мы издержки их проказ
И уж зато подчас, без дальних справок,
Когда у них в игре оплошность есть,
Даем себе потеху с задних лавок
За свой алтын освистывать их честь.
1818

我们尘世是一大剧院……

我们尘世是一大剧院；生活是戏剧；老板——
是命运；它手里储存着所有的角色：
在约定好的期限内纷纷登场，供人观看，
那些大臣，富人，修士，征服者。
被贵族抛弃的普通平民百姓，
我们是观众，也是一些平庸的弟兄，
我们被丢在最后一排座位。
但我们却得为他们的胡闹付费，
即便有时，不需任何详细查询，
当他们在角色表演时出现失误，

我们在后面的长凳上也取乐开心，
拼命鼓掌，为几个阿尔滕铜币 ① 也为他们的鄙黩。
1818 年

（曾思艺译）

Первый снег

Пусть нежный баловень полуденной природы,
Где тень душистее, красноречивей воды,
Улыбку первую приветствует весны!
Сын пасмурных небес полуночной страны,
Обыкший к свисту вьюг и реву непогоды,
Приветствую душой и песнью первый снег.
С какою радостью нетерпеливым взглядом
Волнующихся туч ловлю мятежный бег,
Когда с небес они на землю веют хладом!
Вчера еще стенал над онемевшим садом
Ветр скучной осени, и влажные пары
Стояли над челом угрюмыя горы
Иль мглой волнистою клубилися над бором.
Унынье томное бродило тусклым взором
По рощам и лугам, пустеющим вокруг.
Кладбищем зрелся лес; кладбищем зрелся луг.
Пугалище дриад, приют крикливых вранов,
Ветвями голыми махая, древний дуб
Чернел в лесу пустом, как обнаженный труп.
И воды тусклые, под пеленой туманов,
Дремали мертвым сном в безмолвных берегах.

---

① 15 世纪开始使用的古罗斯货币单位。

Природа бледная, с унылостью в чертах,
Поражена была томлением кончины.

Сегодня новый вид окрестность приняла,
Как быстрым манием чудесного жезла;
Лазурью светлою горят небес вершины;
Блестящей скатертью подернулись долины,
И ярким бисером усеяны поля.

На празднике зимы красуется земля
И нас приветствует живительной улыбкой.

Здесь снег, как легкий пух, повис на ели гибкой,
Там, темный изумруд посыпав серебром,
На мрачной сосне он разрисовал узоры.

Рассеялись пары, и засверкали горы,
И солнца шар вспылал на своде голубом.

Волшебницей зимой весь мир преобразован;
Цепями льдистыми покорный пруд окован
И синим зеркалом сравнялся в берегах.

Забавы ожили; пренебрегая страх,
Сбежались смельчаки с брегов толпой игривой
И, празднуя зимы ожиданный возврат,
По льду свистящему кружатся и скользят.

Там ловчих полк готов; их взор нетерпеливый
Допрашивает след добычи торопливой, —
На бегство робкого нескромный снег донес;
С неволи спущенный за жертвой хищный пес
Вверяется стремглав предательскому следу,
И довершает нож кровавую победу.

Покинем, милый друг, темницы мрачный кров!
Красивый выходец кипящих табунов,
Ревнуя на бегу с крылатоногой ланью,
Топоча хрупкий снег, нас по полю помчит.

Украшен твой наряд лесов сибирских данью,
И соболь на тебе чернеет и блестит.
Презрев мороза гнев и тщетные угрозы,
Румяных щек твоих свежей алеют розы,
И лилия свежей белеет на челе.
Как лучшая весна, как лучшей жизни младость,
Ты улыбаешься утешенной земле,
О, пламенный восторг! В душе блеснула радость,
Как искры яркие на снежном хрустале.
Счастлив, кто испытал прогулки зимней сладость!
Кто в тесноте саней с красавицей младой,
Ревнивых не боясь, сидел нога с ногой,
Жал руку, нежную в самом сопротивленье,
И в сердце девственном впервой любви смятенья,
И думу первую, и первый вздох зажег,
В победе сей других побед прияв залог.
Кто может выразить счастливцев упоенье?
Как вьюга легкая, их окриленный бег
Браздами ровными прорезывает снег
И, ярким облаком с земли его взвевая,
Сребристой пылию окидывает их.
Стеснилось время им в один крылатый миг.
По жизни так скользит горячность молодая,
И жить торопится, и чувствовать спешит!
Напрасно прихотям вверяется различным;
Вдаль увлекаема желаньем безграничным,
Пристанища себе она нигде не зрит.
Счастливые лета! Пора тоски сердечной!
Но что я говорю? Единый беглый день,
Как сон обманчивый, как привиденья тень,
Мелькнув, уносишь ты обман бесчеловечный!

И самая любовь, нам изменив, как ты,
Приводит к опыту безжалостным уроком
И, чувства истощив, на сердце одиноком
Нам оставляет след угаснувшей мечты.
Но в памяти души живут души утраты.
Воспоминание, как чародей богатый,
Из пепла хладного минувшее зовет
И глас умолкшему и праху жизнь дает.
Пусть на омытые луга росой денницы
Красивая весна бросает из кошницы.
Душистую лазурь и свежий блеск цветов;
Пусть, растворяя лес очарованьем нежным,
Влечет любовников под кровом безмятежным
Предаться тихому волшебству сладких снов!—
Не изменю тебе воспоминаньем тайным,
Весны роскошныя смиренная сестра,
О сердца моего любимая пора!
С тоскою прежнею, с волненьем обычайным,
Клянусь платить тебе признательную дань;
Всегда приветствовать тебя сердечной думой,
О первенец зимы, блестящей и угрюмой!
Снег первый, наших нив о девственная ткань!
1819

初雪

就让南国大自然温情的宠儿，
那里树荫更芳香，流水更自由恣肆，
去迎接春天的第一丝笑意！
我是北国阴沉天空的儿子，

习惯了呼啸的暴风雪和咆哮的坏天气，
全心全意地用歌声欢迎初雪降临。
我怀着无比的欢欣，以焦灼的目光
捕捉那潮奔浪涌的滚滚阴云，
看它们如何向大地吹送严寒！
昨天，在寂寞的花园上空，
寂寞的秋风还在声声哀吟，
湿润的水汽凝聚在阴森的山顶，
潮奔浪涌的雾气笼罩着针叶林。
重沉沉的悲愁以浑浊的目光飞巡
四周那空空荡荡的丛林和草地。
森林仿若荒坟，草地一如墓地，
森林变成丑八怪，乱噪群鸦的栖息地，
一棵古老的橡树，摇晃着光秃秃的树枝，
干黑地站在空荡荡的林中，恰似赤裸的僵尸，
暗蒙蒙的湖水，被雾幕遮蔽，
在沉寂的两岸间沉沉入梦。
白煞煞的大自然满脸愁容，
临终的痛苦使它肝肠寸断。
今天周围的景物呈现一种全新的美，
仿佛应着魔杖那闪电般的一挥，
高空熠熠闪耀着亮晶晶的蔚蓝，
山谷也已把白灿灿的桌布铺上，
亮闪闪的珍珠撒满了田原。
大地披上了冬季节日的盛装，
露出生气勃勃的笑容欢迎我们。
这里雪花像轻袅袅的绒毛挂满柔韧的云杉林，
那里白银层层涂满黑粹粹的翡翠，
还为暗幽幽的松林描画上种种花样，
雾气消散，群山闪闪发光，
一轮艳阳在蓝澄澄的天空放射金辉。

冬天这魔女使整个世界改变了模样，
柔顺的池塘封上了一条条冰链，
这蓝晶晶的明镜已高与岸齐。
种种娱乐复活了，唾弃恐惧，
一群勇士快活地从岸边聚集在一起，
庆祝久已渴盼的冬天回归，
在嚓嚓直响的冰上旋舞、滑行如飞。
捕猎的团队准备停当，他们急切的眸子
追寻着猎物急匆匆的踪迹，——
赤裸裸的白雪揭发了它们的逃遁，
一只凶猛的猎狗不由放下逮住的猎物，
如飞扑向那暴露真相的印迹，
让猎刀完成那血淋淋的胜利。
亲爱的朋友，让我们暂离那监狱般的昏暗小家！
骚动的马群里有一匹俊美的骏马，
欢声嘶鸣，奔跑堪比快步如飞的扁角鹿，
马蹄嘚嘚踏碎松脆的积雪，载着我们满田野飞驰。
扮靓你全身的服饰是西伯利亚森林的礼物，
你身上的紫貂裘黑油油，亮熠熠。
笑傲严寒的淫威，让它的威胁变成徒劳，
你红扑扑的面颊娇艳似新绽的玫瑰花苞，
你前额上灿丽着一朵娇嫩无比的百合。
似最美的春光，似最美的青春华年，
你让这安慰一切的大地开心快乐，
啊，如火的激情！欢乐在心空闪现，
一如水晶般的雪国里亮闪闪的星火。
谁体会过这冬日游玩的快乐，谁就乐在心田！
他曾在狭小的雪橇上与青春美女相偎相依，
一任他人妒忌，腿儿相挨紧坐在一起，
在半推半就中握住温软的纤纤素手，
在初恋少女的心海引发春潮滚滚，

燃起第一缕情思，激起第一声叹息，
这一次成功充分保证了下一次的胜利。
幸福者的狂喜谁能诉说得清？
恰似迅捷的暴风雪，他们如飞奔驰，
一道道笔直的雪橇辙印横贯雪地，
雪地上扬起一片亮灿灿的雪云，
银晃晃的雪尘洒满了他们全身。
他们的好时光密集在这转眼即逝的一瞬。
青春的激情就这样在生命中消隐，
既想急慌慌地生活，又要忙匆匆地感受！
信赖形形色色的怪思奇想只是枉然，
无穷无尽的欲望让人总是醉心于远方，
却在任何地方都找不到栖身的绿洲。
幸福的年龄啊！正是内心烦恼的时候！
可我能说什么呢？飞逝的唯一的一天时辰，
如骗人的美梦，似幽灵的幻影，
一闪即逝，带走了极其残忍的骗诱！
就是爱情，也像你一样，背叛了我们，
这残酷的一课使我获得了经验，
也使我的情感累得疲惫不堪，
在孤寂的心里留下理想幻灭的印痕。
心灵的创伤也在灵魂深处的记忆中留存。
回忆，恰似一个神奇无比的魔法师，
它能从冷冰冰的灰烬中唤回往事旧情，
使沉默者发出声音，让尸骨恢复生命。
就让美丽的春天从那大口篮筐里，
朝被闪闪朝霞盈盈露水清洗过的草地
抛出香馥馥的蔚蓝和嫩汪汪鲜花的熠熠光辉，
就让森林尽展它那温情脉脉的魔力，
诱惑一对对情人在静幽幽的绿荫里，
沉醉于甜蜜蜜的美梦那温静的魔魅！——

我并未改变对你的隐秘回忆，
华丽春天的温顺的姐妹，
啊，我心灵中最可爱的年岁！
怀着昔时的激情，带着往日的忧悒，
我誓将回报你感激的礼物，
永远用心中的思念为你把福祈，
啊，冬天的头生子，你亮闪闪，愁郁郁，
初雪啊，我们田野上童贞的绢布！
1819 年

（曾思艺译）

Еще Тройка

Тройка мчится, тройка скачет,
Вьется пыль из-под копыт,
Колокольчик звонко плачет
И хохочет, и визжит.

По дороге голосисто
Раздается яркий звон,
То вдали отбрякнет чисто
То застонет глухо он.

Словно леший ведьме вторит
И аукается с ней,
Иль русалка тараторит
В роще звучных камышей.

Русской степи, ночи темной
Поэтическая весть!

Много в ней и думы томной,
И раздолья много есть.

Прянул месяц из-за тучи,
Обогнул своё кольцо
И посыпал блеск зыбучий
Прямо путнику в лицо.

Кто сей путник? И отколе,
И далек ли путь ему?
По неволе иль по воле
Мчится он в ночную тьму?

На веселье иль кручину,
К ближним ли под кров родной
Или в грустную чужбину
Он спешит, голубчик мой?

Сердце в нем ретиво рвется
В путь обратный или вдаль?
Встречи ль ждет он не дождется
Иль покинутого жаль?

Ждет ли перстень обручальный,
Ждут ли путника пиры
Или факел погребальный
Над могилою сестры?

Как узнать? Уж он далеко!
Месяц в облако нырнул,
И в пустой дали глубоко

Колокольчик уж заснул.
1834

三套马车

马车疾奔，马车飞驶，
马蹄嘚嘚扬起滚滚烟尘，
车铃叮当，声音尖利，
似哈哈大笑，又像大放悲声。

响叮叮的声声车铃，
一路上响亮地随风飘传，
一会儿闷沉沉地低低呻吟，
一会儿又在远处清脆脆地叮当。

恰似巫婆配合着林妖，
两人在互相此呼彼应，
抑或是美人鱼絮絮叨叨，
在沙沙作响的芦苇丛中。

俄罗斯草原，黑沉沉的夜里，
这富有诗意的声息！
其中有令人痛苦的万千愁思，
也有绵绵无尽的自由适意！

一轮皓月跳出云堆，
晶亮成圆圆的玉盘，
并把颤漾的盈盈清辉，
多情地洒在行人的脸上。

这行人是谁？他来自何方？
他的旅途是否十分漫长？
他是迫不得已还是随心遂愿，
飞驰在深夜的漫漫黑暗？

是兴高采烈还是满怀愁绪，
是回归故乡看望亲人，
还是流浪在凄凉的异地，
我的兄弟，你这样急驰狂奔？

他的心早已渴望欲狂，
是走向归途还是奔向远方？
是渴盼相会只恨路长，
还是离别情人一片怅惘？

等着他的是订婚的宝石戒指，
还是为旅人接风洗尘的酒宴，
或是一支送葬的小小火炬，
熊熊燃烧在姐妹的坟墓前？

怎能知道？他早已走远！
明月悄悄躲进了云层，
在那空空荡荡的远方，
车铃也早已沉入寂静。
1834 年

（曾思艺译）

雷列耶夫

康德拉季·费奥多罗维奇·雷列耶夫（Кондратий
Федорович Рылеев，1795—1826）俄罗斯诗人，"十二月
党人"文学最杰出的代表，他领导的"十二月党人"起义
失败后，被判绞刑壮烈就义。其诗是俄国公民诗歌的突
出代表，抨击专制黑暗，呼吁为人类的幸福和自由而斗争，
感情激越，风格崇高。

Гражданин

Я ль буду в роковое время
Позорить гражданина сан
И подражать тебе, изнеженное племя
Переродившихся славян?
Нет, неспособен я в объятьях сладострастья,
В постыдной праздности влачить свой век младой
И изнывать кипящею душой
Под тяжким игом самовластья.
Пусть юноши, своей не разгадав судьбы,
Постигнуть не хотят предназначенье века
И не готовятся для будущей борьбы
За угнетенную свободу человека.
Пусть с хладною душой бросают хладный взор
На бедствия своей отчизны,
И не читают в них грядущий свой позор
И справедливые потомков укоризны.
Они раскаются, когда народ, восстав,
Застанет их в объятьях праздной неги
И, в бурном мятеже ища свободных прав,
В них не найдет ни Брута, ни Риеги.
1824

公民

在生死关头，我是否会
玷辱公民这个崇高的美称，

是否要以你为榜样，堕落的斯拉夫
那些娇生惯养的人？
不，我不能在荒淫的怀抱里，
在可耻的悠闲中打发年轻的生命，
更不能在专制的重轭下
使自己沸腾的心遭受苦痛。
且让青年不了解自己的命运，
不想去完成时代的使命，
不打算将来为被压制的
人类自由而进行斗争。
且让他们怀着冷酷的心，
冷眼看自己祖国的灾难重重，
且让他们无视自己日后的耻辱，
和后世子孙们公正的责备。
他们将会后悔，人民奋起反抗，
正遇上他们沉醉在安逸爱抚的怀抱中，
人民通过激烈的暴动寻求自由的权力
而却不见布鲁多 ① 和利耶果 ② 在他们当中。
1824 年

（魏荒弩译）

---

① 布鲁多（公元前 85—前 42），古罗马政治家，密谋共和、反对独裁的领袖，
　曾与卡西同谋刺杀恺撒。
② 利耶果（1785—1823），1820 年西班牙革命的领袖，国王不顾信义，将他处死。

杰尔维格

安东·安东诺维奇·杰尔维格（一译德尔维格，Антон Антонович Дельвиг，1798—1831）普希金皇村中学的同学、好友，普希金时代俄国诗坛的杰出代表之一，善写哀歌、田园诗、浪漫曲，尤其善于歌颂爱情，表现人生哲理，著名作品有俄罗斯歌曲系列的《唱吧，唱吧，小鸟……》《夜莺啊，我的夜莺……》《不是秋天的霏霏细雨……》等抒情小曲，并被格林卡等音乐家谱成曲，传唱至今。

Романс

Прекрасный день, счастливый день:
   И солнце, и любовь!
С нагих полей сбежала тень —
   Светлеет сердце вновь.
Проснитесь, рощи и поля;
   Пусть жизнью все кипит:
Она моя, она моя!
   Мне сердце говорит.

Что, вьешься, ласточка, к окну,
   Что, вольная, поешь?
Иль ты щебечешь про весну
   И с ней любовь зовешь?
Но не ко мне, — и без тебя
   В певце любовь горит:
Она моя, она моя!
   Мне сердце говорит.
1823

浪漫曲

美好的日子，幸福的日子——
   既有朗朗红日，又有绵绵爱情！
阴影已从光秃秃的田野上消失——
   心空重又大放光明。

快快醒来吧，田野和丛林，
　　让万物迸发出生机：
她属于我，她是我的命！
　　心灵一再向我报喜。

燕子啊，你为何在窗前来回翩飞，
　　你自由自在地唱个不停？
你可是啁啾着在把春天赞美，
　　并且紧随春光呼唤爱情？
你快别靠近我，即便没有你们，
　　歌手心里早已燃起了爱情，
她属于我，她是我的人，
　　心灵反复对我表明。

1823 年

（曾思艺译）

Русская песня　（Пела, пела пташечка...）

Пела, пела пташечка
　　И затихла;
Знало сердце радости
　　И забыло.

Что, певунья пташечка,
　　Замолчала?
Как ты, сердце, сведалось
　　С черным горем?

Ах! убили пташечку
　　Злые вьюги;

Погубили молодца
　　　Злые толки!

Полететь бы пташечке
　　　К синю морю;
Убежать бы молодцу
　　　В лес дремучий!—

На море валы шумят,
　　　А не вьюги;
В лесе звери лютые,
　　　Да не люди!
1824

俄罗斯歌曲（唱吧，唱吧，小鸟……）

唱吧，唱吧，小鸟，
　　然后又安静下来；
快乐的心都已知晓，
　　然后又全部忘怀。

歌手小鸟啊，你为什么
　　不再歌唱？
可是像你一样，心灵
　　尝到了黑色的忧伤？

唉！凶狂的暴风雪
　　杀死了小鸟；
凶残的风言风语
　　残害了勇士！

小鸟啊你还不如飞向
　　那蓝漾漾的海洋；
勇士啊你还不如躲进
　　那密森森的林莽！

海洋里有巨浪掀天，
　　却没有暴风雪施威，
林莽里有凶猛的野兽，
　　但没有人言可畏！

1824 年

（曾思艺译）

Русская песня (Соловей мой, соловей...)

Соловей мой, соловей,
Голосистый соловей!
Ты куда, куда летишь,
Где всю ночку пропоешь?
Кто-то бедная, как я,
Ночь прослушает тебя,
Не смыкаючи очей,
Утопаючи в слезах?
Ты лети, мой соловей,
Хоть за тридевять земель,
Хоть за синие моря,
На чужие берега;
Побывай во всех странах,
В деревнях и в городах:
Не найти тебе нигде
Горемычнее меня.

У меня ли у младой

Дорог жемчуг на груди,

У меня ли у младой

Жар-колечко на руке,

У меня ли у младой

В сердце миленький дружок.

В день осенний на груди

Крупный жемчуг потускнел,

В зимню ночку на руке

Распаялося кольцо,

А как нынешней весной

Разлюбил меня милой.

1825

俄罗斯歌曲（夜莺啊，我的夜莺……）

夜莺啊，我的夜莺，
歌声嘹亮的夜莺！
你飞向哪里，飞向哪里，
你在哪里整夜歌唱不息？

谁会如此多情，像我一样，
整夜整夜听你歌唱，
整夜整夜未合双眼，
整夜整夜眼泪潸潸？

你飞去吧，我的夜莺，
哪怕你飞到遥远的边境，
哪怕你飞到蓝漾漾的海洋，
哪怕你飞到异国的河岸；

哪怕你飞遍四面八方，
无论城市，还是村庄：
你在哪里都无法找到
有谁比我更受痛苦煎熬！

我啊正值青春华年，
珍贵的珍珠挂在胸前，
我啊正值青春华年，
多情的戒指戴在手上，

我啊正值青春华年，
可爱的情人深藏心间。
可是在秋季的某一天，
大珍珠突然黯淡无光，

在冬天的某一个深夜，
手上的戒指突然断裂，
而到了今年这个春天，
心上人对我不再喜欢。
1825 年

（曾思艺译）

Не осенний частый дождичек...

Не осенний частый дождичек
Брызжет, брызжет сквозь туман:
Слезы горькие льет молодец
На свой бархатный кафтан.

«Полно, брат молодец!
Ты ведь не девица:
Пей, тоска пройдет;
Пей, пей, тоска пройдет!»

— «Не тоска, друзья-товарищи,
Грусть запала глубоко,
Дни веселия, дни радости
Отлетели далеко».

— «Полно, брат молодец!
Ты ведь не девица:
Пей, тоска пройдет;
Пей, пей, тоска пройдет!»

— «И как русский любит родину,
Так люблю я вспоминать
Дни веселия, дни радости,
Как пришлось мне горевать».

— «Полно, брат молодец!
Ты ведь не девица:
Пей, тоска пройдет;
Пей, пей, тоска пройдет!»
1829

不是秋天的霏霏细雨……

不是秋天的霏霏细雨
在蒙蒙白雾中淅淅沥沥：

而是棒小伙流下的泪滴，
湿透了自己的天鹅绒上衣。

"行了，棒小伙兄弟！
你又不是个弱女子：
唱支歌吧，散散愁郁；
唱吧，唱吧，散散愁郁！"

"不是愁郁，我的好伙伴，
而是悲伤深埋在心底，
快活的时光，欢乐的时光，
早已远远离我飞去。"

"行了，棒小伙兄弟！
你又不是个弱女子：
唱支歌吧，散散愁郁；
唱吧，唱吧，散散愁郁！"

"就像俄国人热爱家乡，
我也爱老是回忆
那快活的时光，欢乐的时光，
这逝去的一切叫我伤心哭泣。"

"行了，棒小伙兄弟！
你又不是个弱女子：
唱支歌吧，散散愁郁；
唱吧，唱吧，散散愁郁！"
1829 年

（曾思艺译）

普希金

　　亚历山大·谢尔盖耶维奇·普希金（Александр
Сергеевич Пушкин，1799—1837）第一位博得世界声誉
的俄罗斯诗人，俄罗斯近代文学和文学语言的奠基人，被
称为俄国文学之父、俄罗斯诗歌的太阳，其抒情诗广纳百
川，题材广泛，内容丰富，形式多彩多姿，感情真挚热烈，
形象准确新颖，情调朴素优雅，语言丰富简洁，举凡生
活中的一切均能入诗，但基本主题是抨击专制与暴政，
追求自由，弘扬个性，讴歌友谊、爱情和美，洋溢着生
命的欢乐，使俄罗斯诗歌和整个文学在创新中走向世界。

К Чаадаеву

Любви, надежды, тихой славы
Недолго нежил нас обман,
Исчезли юные забавы,
Как сон, как утренний туман;

Но в нас горит еще желанье,
Под гнетом власти роковой
Нетерпеливою душой
Отчизны внемлем призыванье.

Мы ждем с томленьем упованья
Минуты вольности святой,
Как ждет любовник молодой
Минуты верного свиданья.
Пока свободою горим,
Пока сердца для чести живы,
Мой друг, отчизне посвятим
Души прекрасные порывы!

Товарищ, верь: взойдет она,
Звезда пленительного счастья,
Россия вспрянет ото сна,
И на обломках самовластья
Напишут наши имена!
1818

致恰阿达耶夫 ①

爱情、希望、恬静的声名，
骗慰过我们并没有太久，
青春的欢娱也消逝无踪，
像晨雾散尽，春梦已收；

但我们胸中仍燃烧着心愿：
纵然宿命势力压如大山，
我们以迫不及待的心情，
时刻听候着祖国的召唤。

我们忍受期望的折磨，
等候神圣自由的时辰，
有如一位年轻的恋人，
期盼准确的幽会时刻。

趁我们都还燃烧着激情，
为荣誉献身的心还跳着，
朋友，让我们将满腔激情
献给我们自己的祖国！

同志，相信吧，定将升起
一颗迷人的幸福之星，
俄罗斯定从睡梦中惊醒，

---

① 彼·雅·恰阿达耶夫（一译恰达耶夫，1794—1856），曾任御前近卫军军官，
知识渊博，有反暴政思想，普希金在皇村学校读书时与他相识，受他的自由
思想影响很深。

将在专制制度的废墟上
一个个写上我们的姓名！
1818 年

（顾蕴璞译）

Узник

Сижу за решеткой в темнице сырой.
Вскормленный в неволе орел молодой,
Мой грустный товарищ, махая крылом,
Кровавую пищу клюет под окном,

Клюет, и бросает, и смотрит в окно,
Как будто со мною задумал одно;
Зовет меня взглядом и криком своим
И вымолвить хочет: «Давай, улетим!

Мы вольные птицы; пора, брат, пора!
Туда, где за тучей белеет гора,
Туда, где синеют морские края,
Туда, где гуляем лишь ветер… да я!..»
1822

囚徒

我坐在阴湿牢狱的铁栏后。
一只在禁锢中成长的鹰雏
和我郁郁地做伴；它扑着翅膀，
在铁窗下啄食着血腥的食物。

它啄食着，丢弃着，又望望窗外，
像是和我感到同样的烦恼。
它用眼神和叫声向我招呼，
像要说："我们飞去吧，是时候了，

"我们原是自由的鸟儿，飞去吧——
飞到那乌云后面明媚的山峦，
飞到那里，到那蓝色的海角，
只有风在欢舞……还有我做伴！……"
1822 年

（查良铮译）

К морю

Прощай, свободная стихия!
В последний раз передо мной
Ты катишь волны голубые
И блещешь гордою красой.

Как друга ропот заунывный,
Как зов его в прощальный час,
Твой грустный шум, твой шум призывный
Услышал я в последний раз.

Моей души предел желанный!
Как часто по брегам твоим
Бродил я тихий и туманный,
Заветным умыслом томим!

Как я любил твои отзывы,

Глухие звуки, бездны глас
И тишину в вечерний час,
И своенравные порывы!

Смиренный парус рыбарей,
Твоею прихотью хранимый,
Скользит отважно средь зыбей:
Но ты взыграл, неодолимый, —
И стая тонет кораблей.

Не удалось навек оставить
Мне скучный, неподвижный брег,
Тебя восторгами поздравить
И по хребтам твоим направить
Мой поэтической побег.

Ты ждал, ты звал... я был окован;
Вотще рвалась душа моя:
Могучей страстью очарован,
У берегов остался я.

О чем жалеть? Куда бы ныне
Я путь беспечный устремил?
Один предмет в твоей пустыне
Мою бы душу поразил.

Одна скала, гробница славы...
Там погружались в хладный сон
Воспоминанья величавы:
Там угасал Наполеон.

Там он почил среди мучений.
И вслед за ним, как бури шум,
Другой от нас умчался гений,
Другой властитель наших дум.

Исчез, оплаканный свободой,
Оставя миру свой венец.
Шуми, взволнуйся непогодой:
Он был, о море, твой певец.

Твой образ был на нем означен,
Он духом создан был твоим:
Как ты, могущ, глубок и мрачен,
Как ты, ничем неукротим.

Мир опустел... Теперь куда же
Меня б ты вынес, океан?
Судьба людей повсюду та же:
Где капля блага, там на страже
Уж просвещенье иль тиран.

Прощай же, море! Не забуду
Твоей торжественной красы
И долго, долго слышать буду
Твой гул в вечерние часы.

В леса, в пустыни молчаливы
Перенесу, тобою полн,
Твои скалы, твои заливы,
И блеск, и тень, и говор волн.
1824

致大海 ①

再见吧，自由不羁的伟力！
你最后一次在我的眼前
将蓝色的波浪翻滚不息，
呈骄人的美在不停闪现。

如闻朋友凄切的怨声，
如闻临别时他的呼唤，
这是我最后一次倾听
你忧郁的喧响和叫喊。

我心灵所向往的地方！
多少次在你的岸边散步，
曾那么沉静，那么迷惘，
受朝思暮想的夙愿之苦！②

我多么喜爱你那回声，
那低沉的音调，深渊的鸣响。
那黄昏时分的片刻寂静，
那激情冲动的反复无常！

凭靠你古怪脾性的保护，
渔夫们驾起温顺的风帆，
从你的波谷间勇敢地滑过，
当难被驾驭时你波滚浪翻，

---

① 这是普希金因写作歌颂自由的诗篇而被流放南俄期间所写。
② 诗人曾想秘密逃亡海外，以避因沃隆佐夫的告密而遇到的临头大难。

成群的渔船就会沉没。

我曾想永远地离开你的
寂寞难耐的静止的海岸，
满怀欣喜之情祝福你，
顺你的巨澜任诗情奔驰，
但这一切都未能如愿！

你期待，你召唤……我却被捆缚，
我的心灵徒然地挣扎：
我被强烈的激情迷住 ①，
我仍在你的岸边留下……

有什么可留恋？如今何处
才该是我无虑的大道？
在你的荒原中只有一物
才会让我的心灵倾倒。

那是峭岩，光荣的坟茔……
一些令人崇敬的回忆
在那里沉入了一个寒梦，
因为拿破仑熄灭在那里 ②。

他在那里的苦难中安息。
像风暴的喧响，飞旋般更迭，
另一个天才也离我们而去，
我们思想的另一个王者 ③。

---

① 指跌入与沃龙佐娃的爱河。
② 指圣赫勒拿岛。
③ 指 1824 年牺牲于希腊的英国诗人拜伦。

他去了，自由为他哭泣，
他把桂冠留在了世上。
喧腾吧，掀起险恶的天气：
啊，大海，他曾为你歌唱。

你的形象就在他身上，
他用你的精神塑造而成，
也像你，他深沉、阴郁、有力量，
也像你，不会被任何人制胜。

世界虚空了……你如今
会把我引向何处，海洋？
人们到处有相同的命运：
不是文明，就是暴君
守卫在凡有幸福的地方。

再见吧，大海，我不会忘记
你那庄严美丽的荣光；
我将来还要久久地、久久地
倾听你在黄昏时的轰响。

我，将会全身心充满你，
朝着森林和无语的荒原 ①，
带走闪光、身影和絮语，
和你的峭岩，你的港湾。
1824 年

（顾蕴璞译）

---

① 指普希金新的幽禁地米哈伊洛夫斯科耶村。

КА.П.КЕРН

Я помню чудное мгновенье:
Передо мной явилась ты,
Как мимолетное виденье,
Как гений чистой красоты.

В томленьях грусти безнадежной,
В тревогах шумной суеты,
Звучал мне долго голос нежный,
И снились милые черты.

Шли годы. Бурь порыв мятежный
Рассеял прежние мечты,
И я забыл твой голос нежный,
Твои небесные черты.

В глуши, во мраке заточенья
Тянулись тихо дни мои
Без божества, без вдохновенья,
Без слез, без жизни, без любви.

Душе настало пробужденье:
И вот опять явилась ты,
Как мимолетное виденье,
Как гений чистой красоты.

И сердце бьется в упоенье,
И для него воскресли вновь

И божество, и вдохновенье,
И жизнь, и слезы, и любовь.
1825

致凯恩 ①

我记得那美妙的一瞬：
眼前出现了你的倩影，
宛若转眼即逝的幻景，
宛若纯美升华的精灵。

当我被绝望的忧伤缠住身，
纷扰的生活不让我得安宁，
耳畔常响起你温柔的声音，
梦中总浮现你亲切的倩影。

岁月流逝。那一阵暴风 ②
驱散了往日向往的美梦，
我便淡忘你温柔的声音，
淡忘你那天仙般的倩影。

身受囚禁，在静僻的乡间，
我一天天地苦挨着人生，

---

① 安娜·彼得罗夫娜·凯恩（1800—1879），是普希金 1819 年在彼得堡奥列宁家认识的女友，当时她才 19 岁，但已嫁给一个 52 岁的将军。六年后，普希金幽禁在米哈伊洛夫斯科耶村时，在三山村奥西波娃家和她重逢。凯恩离开三山村时，普希金将此诗赠她。
② "一阵暴风"喻指沙皇因普希金写了《自由颂》等叛逆诗而突然采取将他流放南俄等一系列举措。

没了"女神"①，没了灵感，
没了眼泪、活力和爱情。

心灵逢上复苏的时分，
眼前又出现你的倩影，
宛若转眼即逝的幻景，
宛若纯美升华的精灵。

我的心跳荡得如醉似狂，
为着它一切重又复生：
有了"女神"，有了灵感，
有了活力、眼泪和爱情。
1825 年

（顾蕴璞译）

Если жизнь тебя обманет...

Если жизнь тебя обманет,
Не печалься, не сердись!
В день уныния смирись:
День веселья, верь, настанет.

Сердце в будущем живет;
Настоящее уныло:
Все мгновенно, все пройдет;
Что пройдет, то будет мило.
1825

---

① 普希金以对美的向往为创作灵感的源泉，并有用 "女神" 隐喻所钦慕美女的
习惯。从本诗的上下文看，他因受制于韵律的需要才用"божество"取代"богиня"
的，用来隐喻他所倾慕的女性偶像。

假如生活欺骗了你……

假如生活欺骗了你，
不要悲伤，也不要气恼！
沮丧的日子暂且抑制自己，
相信吧，快乐的时光就要来到。

心儿总是迷醉于未来，
现在总令人沮丧、悲哀：
一切昙花一现，飞逝难再，
而那逝去的，将变成可爱。
1825 年

（曾思艺译）

Цветок

Цветок засохший, безуханный,
Забытый в книге вижу я;
И вот уже мечтою странной
Душа наполнилась моя:

Где цвел? когда? какой весною?
И долго ль цвел? и сорван кем,
Чужой, знакомой ли рукою?
И положен сюда зачем?

На память нежного ль свиданья,
Или разлуки роковой,

Иль одинокого гулянья
В тиши полей, в тени лесной?

И жив ли тот, и та жива ли?
И нынче где их уголок?
Или уже они увяли,
Как сей неведомый цветок?
1828

一朵小花

我发现那忘在书中的小花，
它早已凋败，失去芳香，
我的心顿时感到惊讶，
充满了稀奇古怪的遐想。

它开在何处？在什么时候？
开得久吗？由谁采摘？
出自陌生人或熟人之手？
又是为何被夹进书来？

给一次柔情的幽会留念，
或是为纪念命定的别离？
或是为铭记在林荫中间
或荒僻野地漫步的孤寂？

他还活着吗？她是否健在？
如今何处是他们的家？
或许他们早已衰败，
像这朵无人知晓的小花。
1828 年

（顾蕴璞译）

Я вас любил ...

Я вас любил: любовь еще, быть может,
В душе моей угасла не совсем;
Но пусть она вас больше не тревожит;
Я не хочу печалить вас ничем.
Я вас любил безмолвно, безнадежно,
То робостью, то ревностью томим;
Я вас любил так искренно, так нежно,
Как дай вам Бог любимой быть другим.
1829

我爱过您……

我爱过您，也许，那爱情
还在我心底暗暗激荡；
但让它别再惊扰您；
我不想给您带来丝毫忧伤。
我曾默默而无望地爱着您，
时而妒火烧心，时而胆怯惆怅；
我那么真诚，那么温柔地爱您，
愿上帝保佑别人爱您也和我一样。
1829 年

（曾思艺译）

Брожу ли я вдоль улиц шумных...

Брожу ли я вдоль улиц шумных,
Вхожу ль во многолюдный храм,
Сижу ль меж юношей безумных,
Я предаюсь моим мечтам.

Я говорю: промчатся годы,
И сколько здесь ни видно нас,
Мы все сойдем под вечны своды —
И чей-нибудь уж близок час.

Гляжу ль на дуб уединенный,
Я мыслю: патриарх лесов
Переживет мой век забвенный,
Как пережил он век отцов.

Младенца ль милого ласкаю,
Уже я думаю: прости!
Тебе я место уступаю:
Мне время тлеть, тебе цвести.

День каждый, каждую годину
Привык я думой провождать,
Грядущей смерти годовщину
Меж их стараясь угадать.

И где мне смерть пошлет судьбина?
В бою ли, в странствии, в волнах?

Или соседняя долина
Мой примет охладелый прах?

И хоть бесчувственному телу
Равно повсюду истлевать,
Но ближе к милому пределу
Мне все б хотелось почивать.

И пусть у гробового входа
Младая будет жизнь играть,
И равнодушная природа
Красою вечною сиять.
1829

每当我在喧哗的市街漫步……

每当我在喧哗的市街漫步，
或者走进了人多的教堂，
或者，和少年们狂欢共处，
我总是私下里有所玄想。

我想，岁月飞逝得无影无踪；
看哪，无论这里有多少人，
我们终归同走进永恒之圆拱——
而有些人的期限已经临近。

每当我看见孤立的老橡树，
我会想：啊，树林的老祖宗，
它既已越过祖祖辈辈而留仃，
必将活过我被遗忘的一生。

每当我和可爱的幼儿亲昵，
心里已经在向他说：别了，
我必须让出我的一席之地，
我腐烂的时候你活得正茂。

每过一天，每过一个时刻，
我的脑海总萦绕着思绪，
在那些时间里，我试图猜测
何时是我未来的周年祭？

命运选择哪里让我归去？
是战场，是海上，还是异土？
也许是那附近的谷豁
将要容纳我寒冷的遗骨？

虽然对于无知觉的尸体
在哪里腐烂都是一样，
但是，我仍旧愿意安息于
靠近我所喜爱的地方。

但愿有年幼的生命嬉戏，
欢笑在我的墓门之前，
但愿冷漠的自然在那里
以永远的美色向人示艳。
1829 年

（查良铮译）

Поэту

Поэт! не дорожи любовию народной.
Восторженных похвал пройдет минутный шум;
Услышишь суд глупца и смех толпы холодной,
Но ты останься тверд, спокоен и угрюм.

Ты царь: живи один. Дорогою свободной
Иди, куда влечет тебя свободный ум,
Усовершенствуя плоды любимых дум,
Не требуя наград за подвиг благородный.

Они в самом тебе. Ты сам свой высший суд;
Всех строже оценить умеешь ты свой труд.
Ты им доволен ли, взыскательный художник?

Доволен? Так пускай толпа его бранит
И плюет на алтарь, где твой огонь горит,
И в детской резвости колеблет твой треножник.
1830

致诗人

诗人！切莫看重大众的热爱！
狂热赞誉的喧嚣转瞬即逝，
你会听到俗众的冷笑，蠢货的责怪！
但你仍要坚强，沉静和刚毅。

你就是帝王：尽管特立独行，
自由的心灵会引导你走自由的道路，
让你心爱的智慧果实更完美芬馥，
这崇高的功勋不要求奖品。

奖赏就在你手上。你就是自己最高的法官，
你会对自己的劳动做出比任何人更严厉的评判。
你对自己的成果满意吗，苛刻的艺术家？

感到满意？那就听凭俗众去责骂，
听凭他们在你心火燃烧的祭坛喧哗，
听凭他们像顽童摇撼你的供桌支架。
1830 年

（曾思艺译）

Я памятник себе воздвиг нерукотворный...

Exegi monumentum

Я памятник себе воздвиг нерукотворный,
К нему не зарастет народная тропа,
Вознесся выше он главою непокорной
　　Александрийского столпа.

Нет, весь я не умру — душа в заветной лире
Мой прах переживет и тленья убежит —
И славен буду я, доколь в подлунном мире
　　Жив будет хоть один пиит.

Слух обо мне пройдет по всей Руси великой,
И назовет меня всяк сущий в ней язык,
И гордый внук славян, и финн, и ныне дикий
　　Тунгус, и друг степей калмык.

И долго буду тем любезен я народу,
Что чувства добрые я лирой пробуждал,
Что в мой жестокий век восславил я свободу
　　И милость к падшим призывал.

Веленью божию, о муза, будь послушна,
Обиды не страшась, не требуя венца;
Хвалу и клевету приемли равнодушно
　　И не оспаривай глупца.
1836

纪念碑

我竖起一座纪念碑 ①

我为自己建造一座非人工的纪念碑，
人民走向它的路径长不起杂草，
它昂起那颗不肯屈服的头颅耸立着，
　　比亚历山大纪念柱 ② 还高。

---

① 原文为拉丁文，摘自古罗马诗人贺拉斯（公元前 65—前 8）的名言。
② 1830—1831 年建于冬官广场，柱高 47.5 米。

不，我不会完全死去，心灵在竖琴①里
将逃避腐朽，比尸骨活得更久长，
只要月光下的世上还有一个诗人，
　　我的名字就能流芳。

我的名字将把整个俄罗斯传遍，
提起我的将会有各种各样的语言，
无论骄傲的斯拉夫人的子孙，还是芬兰人、
　　未开化的通古斯人、草原之友卡尔梅克人。

我将久久地受到我的人民的喜爱，
因为我曾用竖琴唤起善良的感情，
因为我歌颂过自由，在这严酷的时代
　　还曾为倒下者呼吁过宽容。

哦，缪斯，听从上帝给予的旨意吧，
不要怕受委屈，不要希求桂冠，
对赞美和诽谤同样平心静气地接受吧，
　　不要去和愚人争辩。
1836年

（顾蕴璞译）

----

① 象征诗歌。

巴拉丁斯基

叶甫盖尼·阿勃拉莫维奇·巴拉丁斯基（Евгений
Абрамович Баратынский，1800—1844）俄罗斯诗人，与
普希金过从甚密，擅长写哀歌和哲理诗，心理开掘深刻
而细腻，被普希金誉为有思想深度的诗人。

Разлука

Расстались мы; на миг очарованьем,
На краткий миг была мне жизнь моя;
Словам любви внимать не буду я,
Не буду я дышать любви дыханьем!
Я все имел, лишился вдруг всего;
Лишь начал сон... исчезло сновиденье!
Одно теперь унылое смущенье
Осталось мне от счастья моего.
1820

分离

我们分手了；在令人迷醉的时刻，
我的生命顷刻间属于我自己；
我不再倾听爱情的絮语，
也不再呼吸爱情的气息！
我曾经拥有的一切，突然全都丧失，
美梦刚刚开始……转眼化为乌有！
现在唯有凄凉的窘迫
从幸福之中为我存留。
1820 年

（吴笛译）

Разуверение

Не искушай меня без нужды
Возвратом нежности твоей:
Разочарованному чужды
Все обольщенья прежних дней!
Уж я не верю увереньям,
Уж я не верую в любовь
И не могу предаться вновь
Раз изменившим сновиденьям!
Слепой тоски моей не множь,
Не заводи о прежнем слова
И, друг заботливый, больного
В его дремоте не тревожь!
Я сплю, мне сладко усыпленье,
Забудь бывалые мечты:
В душе моей одно волненье,
А не любовь пробудишь ты.
1821

觉醒

你不必以重新学会的柔情蜜意
徒劳无益地将我勾引；
对于昔日时分的一切爱恋
失望的人都已经感到陌生！
我不再相信山盟海誓，
也不再相信爱的温馨，

我不能把自己重新献给
一场已经把我背叛的旧梦！
不要再增添我盲目的忧伤，
也不要重提过去的情景，
你这为人分忧的朋友呵，
别把病人从沉睡中惊醒！
我在沉睡，睡得酣甜；
请你忘却昔日的憧憬。
你能在我心中唤起的
只会有烦乱，绝没有爱情。
1821 年

（吴笛译）

Сей поцелуй, дарованный тобой...

Сей поцелуй, дарованный тобой,
Преследует мое воображенье:
И в шуме дня, и в тишине ночной
Я чувствую его напечатленье!
Сойдет ли сон и взор сомкнет ли мой,
Мне снишься ты, мне снится наслажденье!
Обман исчез, нет счастья! и со мной
Одна любовь, одно изнеможенье.
1822

你赐给我的这个吻……

你赐给我的这个吻，
老是萦绕在我的脑海：

无论喧嚣的白昼，还是静谧的凌晨，
我都能感觉到它深含的爱！
我只要闭上眼睛稍稍入梦，
就会梦见你，在梦里神迷心醉！
骗人的梦消失了，幸福失去了影踪，
留给我的只有爱情，只有疲惫。
1822 年

（曾思艺译）

Признание

Притворной нежности не требуй от меня,
Я сердца моего не скрою хлад печальный.
Ты права, в нем уж нет прекрасного огня
　　　Моей любви первоначальной.
Напрасно я себе на память призодил
И милый образ твой и прежние мечтанья:
　　　Безжизненны мои воспоминанья,
Я клятвы дал, но дал их выше сил.
　　　Я не пленен красавицей другою,
Мечты ревнивые от сердца удали;
Но годы долгие в разлуке протекли,
Но в бурях жизненных развлекся я душою.
Уж ты жила неверной тенью в ней;
Уже к тебе взывал я редко, принужденно,
　　　И пламень мой, слабея постепенно,
　　　Собою сам погас в душе моей.
Верь, жалок я один. Душа любви желает,
　　　Но я любить не буду вновь;
Вновь не забудусь я: вполне упоевает

Нас только первая любовь.

Грущу я; но и грусть минует, знаменуя
Судьбины полную победу надо мной;
Кто знает? мнением сольюся я с толпой;
Подругу, без любви — кто знает? — изберу я.
На брак обдуманный я руку ей подам
 И в храме стану рядом с нею,
Невинной, преданной, быть может, лучшим снам,
 И назову ее моею;
И весть к тебе придет, но не завидуй нам:
Обмена тайных дум не будет между нами,
Душевным прихотям мы воли не дадим:
 Мы не сердца под брачными венцами,
 Мы жребии свои соединим.
Прощай! мы долго шли дорогою одною;
Путь новый я избрал, путь новый избери;
Печаль бесплодную рассудком усмири
И не вступай, молю, в напрасный суд со мною.
 Не властны мы в самих себе
 И, в молодые наши леты,
 Даем поспешные обеты,
Смешные, может быть, всевидящей судьбе.
1826

表白

别向我索取假装的温存，
我无法掩饰心中冷凉的忧伤。
你说得对，在我的心中已经没有

初恋时分的美妙的情感。
我只是徒劳无益地让自己回忆
你可爱的倩影以及往日的梦幻；
　　如今我的回忆也失去生机，
我发过誓言，但为我力所不及。
　　我没有成为另一美女的裙下俘虏，
嫉妒的幻影也从心灵中消散；
漫长的岁月在别离中流逝，
在人生的风暴中我得到了排遣。
既然你在我心中是若隐若现的幻象，
既然我很少迫不得已地向你呼吁，
　　既然我炽热的感情在逐渐减弱，
　　那么我就亲自把它熄灭在心底。
不瞒你说，我孑然一身，心中渴求爱情，
　　但我不愿重新点燃爱的火焰；
我不会再次忘怀：使我们完全陶醉的
　　只有幸福甜美的初恋。

我感到忧伤；但忧伤也在消亡，
标志着命运会将我彻底战胜；
有谁知道呢，说不定我会随波逐流，
抛开爱情二字，随便找一个女人。
经过周密安排，向她郑重地求婚，
　　在教堂里站到她的身旁
她纯洁无瑕，也许还会忠贞守节，
　　并且把她称为我的新娘。
这消息定会传到你的耳畔，
但你不必嫉妒，我与她之间，
不会有任何默契和心灵的欲念，
　　我跟她在婚礼冠下
　　未结同心，只是共抽命运之签。

别了！我们共同走过了漫长的行程；
可我已选新路，你也应该另有所择；
请用理智来制服徒劳无益的悲伤，
更不要跟我进行无谓的辩解。
　　我们没有权利支配自己，
　　在那些青春年少的日子里，
　　我们过于仓促地山盟海誓，
在万能的命运看来，那也许荒唐无稽。
1826 年

　　　　　　　　　　　　　　　　〔吴笛译〕

Мой дар убог, и голос мой не громок...

Мой дар убог, и голос мой не громок,
Но я живу, и на земле мое
Кому-нибудь любезно бытие:
Его найдет далекий мой потомок
В моих стихах; как знать? душа моя
Окажется с душой его в сношеньи,
И как нашел я друга в поколеньи,
Читателя найду в потомстве я.
1828

我才疏学浅，我的声音也不响亮……

我才疏学浅，我的声音也不响亮，
但我生活着，我在这个世界的存在，
对于某些人亦显得无比可爱：

我遥远的后代将找到见证，就是我的诗章；
怎么知道呢？我的心灵
与他们的心灵原来心心相印，
于是我就在一代代子孙中找到知音，
我在一代代后裔中找到听众。
1828 年

（曾思艺译）

Муза

Не ослеплен я музою моею:
Красавицей ее не назовут,
И юноши, узрев ее, за нею
Влюбленною толпой не побегут.
Приманивать изысканным убором,
Игрою глаз, блестящим разговором
Ни склонности у ней, ни дара нет;
Но поражен бывает мельком свет
Ее лица необщим выраженьем,
Ее речей спокойной простотой;
И он, скорей чем едким осужденьем,
Ее почтит небрежной похвалой.
1829

缪斯

我不会被我的缪斯迷得晕头转向，
人们不会叫她美女，
看到她，青年们也不会心醉神迷，

成群结队地紧追不放。
用极其讲究的服饰加以诱惑，
用闪闪的秋波来勾魂，用如簧之舌使人着魔，
她既无兴趣，也无天赋；
但世人却在刹那间对她惊服：
她脸上有一种迥异凡庸的表情，
她的话语有一种使人心静的朴素；
世人宁肯用随意的赞美对她表示尊敬，
也不愿对她加以一丝恶毒的怨诅。
1829 年

（曾思艺译）

Чудный град порой сольется...

Чудный град порой сольется
Из летучих облаков,
Но, лишь ветр его коснется,
Он исчезнет без следов.

Так мгновенные созданья
Поэтической мечты
Исчезают от дыханья
Посторонней суеты.
1829

漫漫飘移的云彩……

漫漫飘移的云彩，
有时会幻聚成奇美的城市，

但只要风儿轻轻吹来，
它就会马上失去踪迹。

富有诗意的幻想
引发的瞬间创作灵感，
也这样被世俗的无谓奔忙，
轻轻一吹，烟消云散。
1829 年

（曾思艺译）

На смерть Гете

Предстала, и старец великий смежил
    Орлиные очи в покое;
Почил безмятежно, зане совершил
    В пределе земном все земное!
Над дивной могилой не плачь, не жалей,
Что гения череп — наследье червей.

Погас! но ничто не оставлено им
    Под солнцем живых без привета;
На все отозвался он сердцем своим,
    Что просит у сердца ответа;
Крылатою мыслью он мир облетел,
В одном беспредельном нашел ей предел.

Все дух в нем питало: труды мудрецов,
    Искусств вдохновенных созданья,
Преданья, заветы минувших веков,
    Цветущих времен упованья;

Мечтою по воле проникнуть он мог
И в нищую хату, и в царский чертог.

С природой одною он жизнью дышал:
  Ручья разумел лепетанье,
И говор древесных листов понимал,
  И чувствовал трав прозябанье;
Была ему звездная книга ясна,
И с ним говорила морская волна.

Изведан, испытан им весь человек!
  И ежели жизнью земною
Творец ограничил летучий наш век
  И нас за могильной доскою,
За миром явлений, не ждет ничего, —
Творца оправдает могила его.

И если загробная жизнь нам дана,
  Он, здешней вполне отдышавший
И в звучных, глубоких отзывах сполна
  Все дольное долу отдавший,
К предвечному легкой душой возлетит,
И в небе земное его не смутит.
1832

悼念歌德

死神降临了，伟大的老人
  平静地闭上鹰一般的眼睛；
他安然长眠，因为一切人间的伟业

他都已经在尘世上完成！
不要在他那宏伟的坟墓边哭泣，
也不必哀叹天才的头颅将被蛆虫侵袭。

他已逝去！但他留给人间的一切
　　无不受到活着的人们的敬慕；
对于所有向他心灵发出的求索，
　　他都以自己的心灵做了答复；
他插上想象的翅膀，翱翔于宇宙空间，
在无限的境界找到了思想的极限。

哲人的著作、古代的遗训和传说、
　　振奋人心的艺术作品，
以及对繁荣时代的期望——
　　这一切啊，滋养了他的灵魂；
他能够让自己的思想自由驰骋，
穿越贫民的茅屋和帝王的宫廷。

他的生命只与大自然息息相通，
　　他理解溪流潺潺的声响，
懂得树林中叶儿的絮语，
　　并且感知到小草的生长；
他能读懂高空星辰书写的文章，
还能与大海的波涛进行交谈。

他已体验和经历整个人生！
　　假若造物主要把我们飞逝的时代
限制于尘世间的一个生命，
　　使观念世界和坟墓之外
不会再有别的物体生存，
那么，他的坟墓则是上苍无罪的证明。

假若真有阴间的生活，
　　那么，他饱尝了这尘世的甘苦，
以洪亮的歌声和深沉的思想
　　向人类回报了自己的全部，
他定会心情轻松地飞向天堂，
绝没有尘事搅扰他的安详。
1832 年

　　　　　　　　　　　　　　　（吴笛译）

Болящий дух врачует песнопенье...

Болящий дух врачует песнопенье.
Гармонии таинственная власть
Тяжелое искупит заблужденье
И укротит бунтующую страсть.
Душа певца, согласно излитая,
Разрешена от всех своих скорбей;
И чистоту поэзия святая
И мир отдаст причастнице своей.
1834

诗歌医治病痛的心灵……

诗歌医治病痛的心灵。
神秘而有威力的和声，
救治重大的弊病，
抑制狂暴的激情。
歌者的灵魂，融入了和谐，
消除了自己所有的悲痛；

神圣的诗歌赋予自己的参加者
纯洁和宁静。
1834 年

（曾思艺译）

Все мысль да мысль!..

Все мысль да мысль! Художник бедный слова!
О жрец ее! тебе забвенья нет;
Все тут, да тут и человек, и свет,
И смерть, и жизнь, и правда без покрова.
Резец, орган, кисть! счастлив, кто влеком
К ним чувственным, за грань их не ступая!
Есть хмель ему на празднике мирском!
Но пред тобой, как пред нагим мечом,
Мысль, острый луч, бледнеет жизнь земная.
1840

永远是思想，思想！……

永远是思想，思想！可怜的语言艺术家！
啊，思想的祭司！你不会被忘却；
你总是关注这些，这些：人，世界，
死亡，生命，毫无遮覆的真理之花。
雕刻刀，风琴，画笔！谁迷恋感性事物，
谁就幸福无比，但别越过它们的界限！
他有着尘世节日的心醉神舒！
但面对你，就像面对剑从鞘出，
思想，一道锋利的光，使尘世生活变得黯淡。
1840 年

（曾思艺译）

丘特切夫

费奥多尔·伊万诺维奇·丘特切夫（Федор Иванович Тютчев，1803—1873）其诗赞美大自然，歌颂爱情、友谊，关心社会政治问题，对人、自然、心灵、生命之谜等本质问题进行了长期、执着、系统的探索，把深邃的思想、瞬间的境界、丰富的感情、精致的形式结合起来，形式短小精悍，语言精练优美，思想和手法颇为现代——既富于哲学深度，又富有绘画美、音乐美，同时还具有象征主义色彩，形成了俄国诗歌史上的哲理抒情诗风，对俄国象征派及苏联"悄声细语派"（一译"静派"）诗歌影响很大。

Как океан объемлет шар земной...

Как океан объемлет шар земной,
Земная жизнь кругом объята снами;
Настанет ночь — и звучными волнами
    Стихия бьет о берег свой.

То глас ее: он нудит нас и просит...
Уж в пристани волшебный ожил челн;
Прилив растет и быстро нас уносит
    В неизмеримость темных волн.

Небесный свод, горящий славой звездной,
Таинственно глядит из глубины, —
И мы плывем, пылающею бездной
    Со всех сторон окружены.
1830

好像海洋围抱着陆地……

好像海洋围抱着陆地，
尘世的生命被梦笼罩；
黑夜降临——自然的伟力
    击打着海岸，以轰鸣的波涛。

它在逼迫我们，乞求我们……
魔魅的小舟已从码头扬帆；
潮水飞涨，迅疾地把我们

带到黑浪滚滚的无垠深渊。

星星的荣光灼灼燃烧的苍穹
从深处神秘地向下凝眸，——
我们浮游着，深渊烈火熊熊，
　　从四面八方包围着小舟。
1830 年

（曾思艺译）

Silentium!

Молчи, скрывайся и таи
И чувства и мечты свои —
Пускай в душевной глубине
Встают и заходят оне
Безмолвно, как звезды в ночи, —
Любуйся ими — и молчи.

Как сердцу высказать себя?
Другому как понять тебя?
Поймет ли он, чем ты живешь?
Мысль изреченная есть ложь.
Взрывая, возмутишь ключи, —
Питайся ими — и молчи.

Лишь жить в себе самом умей —
Есть целый мир в душе твоей
Таинственно-волшебных дум;
Их оглушит наружный шум,
Дневные разгонят лучи, —
Внимай их пенью — и молчи!..
1830 (？)

沉默吧!①

沉默吧，隐匿并深藏
自己的情感和梦想——
一任它们在灵魂的深空
仿若夜空中的星星，
默默升起，又悄悄降落，——
欣赏它们吧，——只是请沉默！

你如何表述自己的心声？
别人又怎能理解你的心灵？
他怎能知道你深心的企盼？
说出来的思想已经是谎言。
掘开泉水，它已经变浑浊，——
尽情地喝吧，——只是请沉默！

要学会只生活在自己的内心里——
那里隐秘又魔幻的思绪
组成一个完整的大千世界，
外界的喧嚣只会把它震裂，
白昼的光只会使它散若飞沫，
细听它的歌吧，——只是请沉默！
1830 年（不详）

（曾思艺译）

---

① 原文为拉丁文。

Конь морской

О рьяный конь, о конь морской,
С бледно-зеленой гривой,
То смирный, ласково-ручной,
То бешено-игривый!
Ты буйным вихрем вскормлен был
В широком божьем поле —
Тебя он прядать научил,
Играть, скакать по воле!
Люблю тебя, когда стремглав,
В своей надменной силе,
Густую гриву растрепав
И весь в пару и мыле,
К брегам направив бурный бег,
С веселым ржаньем мчишься,
Копыта кинешь в звонкий брег —
И — в брызги разлетишься!..
1830

海驹

骏马啊，海上的神驹，
你披着浅绿的鬃毛，
有时温驯、柔和、随人意，
有时顽皮、狂躁、疾奔跑！
在神的广阔的原野上，
是风暴哺育你长成，

它教给你如何跳荡，
又如何任性地驰骋！

骏马啊，我爱看你的奔跑，
那么骄傲，又那么有力，
你扬起厚厚的鬃毛，
浑身是汗，冒着热气，
不顾一切地冲向岸边，
一路发出欢快的嘶鸣；
听，你的蹄子一碰到石岩，
就变为水花，飞向半空！……
1830 年

（查良铮译）

Что ты клонишь над водами...

Что ты клонишь над водами,
Ива, макушку свою?
И дрожащими листами,
Словно жадными устами,
Ловишь беглую струю?..

Хоть томится, хоть трепещет
Каждый лист твой над струей...
Но струя бежит и плещет,
И, на солнце нежась, блещет,
И смеется над тобой...
1835

杨柳啊……

杨柳啊，是什么使你
对奔流的溪水频频低头？
为什么你那簌簌颤抖的叶子，
好像贪婪的嘴唇，急欲
亲吻那瞬息飞逝的清流？……

尽管你的每一枝叶在水流上
痛苦不堪，颤栗飘摇……
但溪水只顾奔跑，哗哗歌唱，
在太阳下舒适地闪闪发光，
还无情地将你嘲笑……
1835 年

（曾思艺译）

Тени сизые смесились...

Тени сизые смесились,
Цвет поблекнул, звук уснул —
Жизнь, движенье разрешились
В сумрак зыбкий, в дальный гул...
Мотылька полет незримый
Слышен в воздухе ночном...
Час тоски невыразимой!..
Все во мне, и я во всем!..

Сумрак тихий, сумрак сонный,
Лейся в глубь моей души,

Тихий, томный, благовонный,
Все залей и утиши.
Чувства — мглой самозабвенья
Переполни через край!..
Дай вкусить уничтоженья,
С миром дремлющим смешай!
1835

灰蓝色的影子融和了……

灰蓝色的影子融和了，
声音或沉寂，或变得暗哑，
色彩、生命、运动都已化作
模糊的暗影，遥远的喧哗……
蛾子的飞翔已经看不见，
只能听到夜空中的振动……
无法倾诉的沉郁的时刻啊！……
一切充塞于我，我在一切中！……

恬静的幽暗，沉睡的幽暗，
请流进我灵魂的深处；
悄悄地，悒郁地，芬芳地，
淹没一切，使一切静穆。
来吧，把自我遗忘的境界
尽量给我的感情充溢！……
让我尝到湮灭的存在，
和安睡的世界合而为一！
1835 年

（查良铮译）

Фонтан

Смотри, как облаком живым
Фонтан сияющий клубится;
Как пламенеет, как дробится
Его на солнце влажный дым.
Лучом поднявшись к небу, он
Коснулся высоты заветной —
И снова пылью огнецветной
Ниспасть на землю осужден.

О смертной мысли водомет,
О водомет неистощимый!
Какой закон непостижимый
Тебя стремит, тебя мятет?
Как жадно к небу рвешься ты!..
Но длань незримо-роковая
Твой луч упорный, преломляя,
Свергает в брызгах с высоты.
1836

喷泉

看啊，这明亮的喷泉，
像灵幻的云雾，不断升腾，
它那湿润的团团水烟，
在阳光下闪闪烁烁，缓缓消散。
它像一道光芒，飞奔向蓝天，
一旦达到朝思暮想的高度，

就注定四散陨落地面，
好似点点火尘，灿烂耀眼。

哦，宿命的思想喷泉，
哦，永不枯竭的喷泉！
是什么样不可思议的法则
使你激射和飞旋？
你多么渴望喷上蓝天！……
然而一只无形的命运巨掌，
却凌空打断你倔强的光芒，
把你变成纷纷洒落的水星点点。
1836 年

（曾思艺译）

Святая ночь на небосклон взошла...

Святая ночь на небосклон взошла,
И день отрадный, день любезный,
Как золотой покров она свила,
Покров, накинутый над бездной.
И, как виденье, внешний мир ушел...
И человек, как сирота бездомный,
Стоит теперь и немощен и гол,
Лицом к лицу пред пропастью темной.

На самого себя покинут он —
Упразднен ум, и мысль осиротела —
В душе своей, как в бездне, погружен,
И нет извне опоры, ни предела...
И чудится давно минувшим сном
Ему теперь все светлое, живое...

И в чуждом, неразгаданном ночном
Он узнает наследье родовое.
Между 1848 и 1850

庄严的夜从地平线上升起……

庄严的夜从地平线上升起，
可爱的白日啊，我们的慰安，
立刻像一幅金色的画帷
被它卷起，露出无底的深渊。
外在的世界梦幻似的消失……
而人，突然像孤儿，无家可归，
只有站在幽暗的悬崖之前
软弱无力，赤裸裸地颤巍。

智力已无用，思想失去了依据，
他只有靠自己了，因为外间
再也没有任何支持或藩篱，
唯有心灵，像深渊，任由他沉湎……
现在，一切明亮、活跃的感印
对他都好似久已逝去的梦……
而那不可思议，幽暗和陌生的，
他看到：原来是久远的继承。
1848 年至 1850 年间

（查良铮译）

Предопределение

Любовь, любовь — гласит преданье —

Союз души с душой родной —
Их съединенье, сочетанье,
И роковое их слиянье,
И... поединок роковой...
И чем одно из них нежнее
В борьбе неравной двух сердец,
Тем неизбежней и вернее,
Любя, страдая, грустно млея,
Оно изноет наконец...
1850—1851

命数

爱情啊，爱情啊，——据别人说，
那是心灵和心灵的默契，
它们的融汇，它们的结合，
两颗心注定的双双比翼，
就和……致命的决斗差不多……

在这场不平衡的斗争里
总有一颗心比较柔情，
于是就不能和对手匹敌，
它爱得越深，越感到苦痛，
终至悲伤，麻木，心怀积郁……
1850 年至 1851 年间

（查良铮译）

Волна и дума

Дума за думой, волна за волной —
Два проявленья стихии одной:
В сердце ли тесном, в безбрежном ли море,
Здесь — в заключении, там — на просторе, —
Тот же все вечный прибой и отбой,
Тот же все призрак тревожно-пустой.
1851

波浪和思想

绵绵紧随的思想，滚滚追逐的波浪，
——同一自然元素的两种不同花样：
一个，小小心田，一个，浩浩海面，
一个，狭窄天地，一个，无垠空间，
同样永恒反复的潮汐声声，
同样使人忧虑的空洞的幻影。
1851 年

（曾思艺译）

Опять стою я над Невой...

Опять стою я над Невой,
И снова, как в былые годы,
Смотрю и я, как бы живой,
На эти дремлющие воды.

Нет искр в небесной синеве,
Все стихло в бледном обаянье,
Лишь по задумчивой Неве
Струится лунное сиянье.

Во сне ль все это снится мне,
Или гляжу я в самом деле,
На что при этой же луне
С тобой живые мы глядели?
1868

我又站在涅瓦河上……

我又站在涅瓦河上，
并且，一如往昔时候，
似乎还活着，再次凝望
这昏昏欲睡的河流。

蓝天上没有一线星光，
白漫漫的魔魅中一切寂静无哗，
只有沉思的涅瓦河上，
流泻着明月的光华。

这一切是我梦中的经历，
还是我亲眼见到的月夜清幽，
身披这溶溶月色，我和你
不也曾活着一起眺望这河流？
1868 年

（曾思艺译）

柯尔卓夫

阿列克谢·瓦西里耶维奇·柯尔卓夫（Алексей Васильевич Кольцов，1809—1842）自学成才的俄罗斯民间诗人。他的诗抒发俄罗斯农民的思想感情，风格接近民歌，具有浓郁的乡土气息。

Песня пахаря

Ну! тащися, сивка,
Пашней, десятиной,
Выбелим железо
О сырую землю.

Красавица зорька
В небе загорелась,
Из большого леса
Солнышко выходит.

Весело на пашне.
Ну, тащися, сивка!
Я сам-друг с тобою,
Слуга и хозяин.

Весело я лажу
Борону и соху,
Телегу готовлю,
Зерна насыпаю.

Весело гляжу я
На гумно, на скирды,
Молочу и вею...
Ну! тащися, сивка!

Пашенку мы рано
С сивкою распашем,

Зернышку сготовим
Колыбель святую.

Его вспоит, вскормит
Мать-земля сырая;
Выйдет в поле травка —
Ну! тащися, сивка!

Выйдет в поле травка —
Вырастет и колос,
Станет спеть, рядиться
В золотые ткани.

Заблестит наш серп здесь,
Зазвенят здесь косы;
Сладок будет отдых
На снопах тяжелых!

Ну! тащися, сивка!
Накормлю досыта,
Напою водою,
Водой ключевою.

С тихою молитвой
Я вспашу, посею.
Уроди мне, боже,
Хлеб — мое богатство!
1831

庄稼人之歌

喂！拉呀，耕马，
拉过一亩亩待耕地，
我们用湿润的土，
就将要犁白这铁犁。

那位朝霞美人儿，
在天上把火焰燃放，
在秘密的树林后边，
升起暖融融的太阳。

耕田多么快活呀，
喂！拉呀，耕马！
我呢，跟你是朋友，
一个仆人，一个东家。

我快快活活
整好犁，掌好耙，
备好大车，
把谷粒儿装撒。

我快快活活
望着打谷场，禾垛下，
我打麦，我扬粮，
喂！拉呀，耕马！

我同我的耕马，
一大早就为耕田忙，

我们要编织神圣的摇篮，
让谷粒儿茁壮成长。

湿润的大地母亲，
给谷粒儿吃呀、喝呀；
田野里快长出禾苗了，
喂！拉呀，耕马！

田野里快长出禾苗了，
穗儿也将会成长，
一旦成熟，它定将
穿上金黄的衣裳。

我们的镰刀在这里闪闪亮，
我们的大镰刀在这里铿锵，
休息多么甜美呀，
躺在这沉沉的禾捆上！

喂！拉呀，耕马，
我要把你喂饱，
用清泉来饮你，
当作你的饮料。

我耕耘，我撒种，
怀着悄声的祈祷。
上帝啊，为我出产粮食吧，
粮食是我的财宝！
1831 年

（顾蕴璞译）

Не шуми ты, рожь...

Не шуми ты, рожь,
Спелым колосом!
Ты не пой, косарь,
Про широку степь!

Мне не для чего
Собирать добро,
Мне не для чего
Богатеть теперь!

Прочил молодец,
Прочил доброе
Не своей душе —
Душе-девице.

Сладко было мне
Глядеть в очи ей,
В очи, полные
Полюбовных дум!

И те ясные
Очи стухнули,
Спит могильным сном
Красна девица!

Тяжелей горы,
Темней полночи

Легла на сердце
Дума черная!
1834

黑麦，你可别喧嚷……

黑麦，你可别喧嚷，
别用成熟的穗儿喧嚷！
割草人哪，你可别歌唱
这草原的辽阔宽广！

我不是为了别的，
想致富敛财，
我不是为了别的，
想发起财来！

年轻的小伙子
积攒起家当，
不是为称自己的心，
而是为心爱的姑娘。

我心里甜滋滋地
望着她那双眼睛，
望着满含爱意的
她的那一双眼睛。

可那双明亮的眼睛，
如今已永远黯淡，
我那美丽的姑娘
早已在墓中安眠。

比大山还沉重，
比夜半更黑暗，
一股忧郁的思绪，
重压在我心坎！
1834 年

（顾蕴璞译）

Горькая доля

Соловьем залетным
Юность пролетела,
Волной в непогоду
Радость прошумела.

Пора золотая
Была, да сокрылась;
Сила молодая
С телом износилась.

От кручины-думы
В сердце кровь застыла;
Что любил, как душу, —
И то изменило.

Как былинку, ветер
Молодца шатает;
Зима лицо знобит,
Солнце сожигает.

До поры, до время

Всем я весь изжился;
И кафтан мой синий
С плеч долой свалился!

Без любви, без счастья
По миру скитаюсь:
Разойдусь с бедою —
С горем повстречаюсь!

На крутой горе
Рос зеленый дуб,
Под горой теперь
Он лежит, гниет...
1837

苦命

青春飞逝而过，
像偶尔飞来的夜莺，
欢乐喧闹而过，
像雨天波浪的喧鸣。

我有过黄金年华，
但转眼它就消隐；
青春活力的风华
也随着肢体消损。

只因满怀的忧思，
心中的血已凝结；
我心爱过的人儿，

连她也背叛了我。

如吹拂一根小草，
风撼动一条好汉；
寒冬冻僵我的脸，
烈日又把它晒蔫。

我过早过早地
耗尽全身的精力；
从我肩头滑落
那件蓝布长外衣！

我在世上流浪，
未尝爱情和幸福，
我刚作别了灾祸，
又逢新来的痛苦。

一棵青春的橡树，
生长在陡峭的山岩，
如今它在山脚下
已躺倒，正在腐烂。
1837 年

（顾蕴璞译）

奥加廖夫

尼古拉·普拉东诺维奇·奥加廖夫（Николай Платонович
Огарев，1813—1877）诗人，赫尔岑的好友，早期是浪
漫主义诗人后转向现实主义，诗歌总的主题是追求自由，
渴望正义，宣传革命，号召反抗，但也善于表达个人的
苦闷和日常生活的悲剧，语言简洁晓畅。

Дорога

Тускло месяц дальной
　　Светит сквозь тумана,
И лежит печально
　　Снежная поляна.

Белые с морозу
　　Вдоль пути рядами
Тянутся березы
　　С голыми сучками.

Тройка мчится лихо,
　　Колокольчик звонок;
Напевает тихо
　　Мой ямщик спросонок.

Я в кибитке валкой
　　Еду да тоскую:
Скучно мне да жалко
　　Сторону родную.
1841

旅途

遥远的月亮透过烟雾迷离，
　　闪烁着淡蒙蒙的白光，
穿着雪衣的林中空地，

因此而满怀忧伤。

一排排又一排排
　冻得白光光的白桦，
沿路伸展开来，
　光秃秃的枝干挺拔。

三套马车疾驰猛冲，
　洒下一路车铃叮当；
我的马车夫在蒙蒙眬眬中
　把歌儿轻轻哼唱。

我坐着颠簸的马车，
　向前飞驰，痛苦不堪：
为远离故乡而漂泊，
　深感寂寞和凄惨。
1841 年

（曾思艺译）

Она никогда его не любила...

Она никогда его не любила,
А он ее втайне любил;
Но он о любви не выронил слова:
В себе ее свято хранил.

И в церкви с другим она обвенчалась;
По-прежнему вхож он был в дом,
И молча в лицо глядел ей украдкой,
И долго томился потом.

Она умерла. И днем он и ночью
Все к ней на могилу ходил;
Она никогда его не любила,
А он о ней память любил.
1842

她从来没爱过他……

她从来没爱过他，
而他却对她深深暗恋，
但却没漏出一丝情话，
只把这爱深藏在心田。

她在教堂里和别人结了婚，
他依旧到她家里做客，
偷偷地默默窥视她脸上神情，
而后便长久地心如刀割。

她死了。不论黑夜和白天，
他都经常到她的墓前祭奠；
她从来没爱过他，
而他却把她永记在心间。
1842 年

（曾思艺译）

Обыкновенная повесть

Была чудесная весна!

Они на берегу сидели —
　Река была тиха, ясна,
Вставало солнце, птички пели;
　Тянулся за рекою дол,
Спокойно, пышно зеленея;
　Вблизи шиповник алый цвел,
Стояла темных лип аллея.

　Была чудесная весна!
Они на берегу сидели —
　Во цвете лет была она,
Его усы едва чернели.
　О, если б кто увидел их
Тогда, при утренней их встрече,
　И лица б высмотрел у них
Или подслушал бы их речи —
　Как был бы мил ему язык,
Язык любви первоначальной!
　Он верно б сам, на этот миг,
Расцвел на дне души печальной!..
　Я в свете встретил их потом:
Она была женой другого,
　Он был женат, и о былом
В помине не было ни слова;
　На лицах виден был покой,
Их жизнь текла светло и ровно,
　Они, встречаясь меж собой,
Могли смеяться хладнокровно...
　А там, по берегу реки,
Где цвел тогда шиповник алый,
　Одни простые рыбаки

Ходили к лодке обветшалой
　И пели песни — и темно
Осталось, для людей закрыто,
　Что было там говорено,
И сколько было позабыто.
1842

平凡的故事

　那是一个多么美妙的春天！
他俩一同坐在河岸旁——
　河水温静，波光闪闪，
旭日初升，众鸟欢唱；
　河对岸有片山谷蔓延伸展，
静静地蓬勃着盈盈翠绿；
　红馥馥的野蔷薇在身边怒放，
幽暗的林荫小径一棵棵椴树挺立。

　那是一个多么美妙的春天！
他俩一同坐在河岸旁——
　她正值如花妙年，
他那变黑的胡子刚长在唇上。
　啊，要是有人看见他们，
看见他们当时清晨的约会，
　细察他们脸上的表情，
或者偷听他们的情话娓娓——
　他定会觉得初恋的话语，
是多么的令人陶醉！
　此时此刻，他心底的愁郁，
也会真的变成笑绽双眉！……

　　后来，在上流社会我又遇见了他们：
她已嫁给另一个人为妻，
　　他也另娶另一个人成婚，
对往事两人都绝口不提；
　　他们脸上一片悠然宁静，
生活过得快乐而稳定，
　　即便两人劈面相逢，
也只淡淡一笑，心如古井……
　　而在那里，在河岸附近，
当年红馥馥的野蔷薇怒放的地方，
　　一群纯朴的打鱼人
登上了破旧的小船，歌声嘹亮——
　　茫茫一片黑暗，
遮住了人们的目光，
　　在那里说过的情话绵绵，
还有多少往事，早已都被遗忘。
1842 年

　　　　　　　　　　　　　　　（曾思艺译）

莱蒙托夫

　　米哈伊尔·尤里耶维奇·莱蒙托夫（Михаил Юрьевич
Лермонтов，1814—1841）继承普希金和"十二月党人"
传统的俄罗斯民族诗人，一首《诗人之死》把他推上历史
舞台，走普希金的路使他身遭与普希金相同的甚至更大的
厄运，他的诗极富悲剧美和叛逆的力度，主要表达对自
由的追求，对爱情的渴望，对人生悲剧性的反思，充满
了忧郁与孤独感。在艺术上，善于把抒情与写景结合起来，
善于运用通篇象征，也善于运用自我反思或心理分析的方
式，注重内心情感的揭示，感情真挚深沉，语言朴实优美。
小说《当代英雄》则开启了俄罗斯心理描写的先河。

Нет, я не Байрон, я другой...

Нет, я не Байрон, я другой,
Еще неведомый избранник,
Как он гонимый миром странник,
Но только с русскою душой.
Я раньше начал, кончу ране,
Мой ум немного совершит;
В душе моей как в океане
Надежд разбитых груз лежит.
Кто может, океан угрюмый,
Твои изведать тайны? Кто
Толпе мои расскажет думы?
Я — или бог — или никто! —
1832

不，我不是拜伦，是另一个⋯⋯

不，我不是拜伦，是另一个
天职在肩但还无人知的诗人，
如同他，我也是尘世的逐客，
不过我有一颗俄罗斯的心。
我的生涯早始也将要早终，
我的才能不会有很大出息，
破灭的希望有如沉船残骸，
压在我浩渺似海洋的心里。
海洋啊，阴郁沉闷的海洋，
有谁能洞悉你的种种奥秘！

谁能向人们道尽我的思绪!
是我? 是上帝? 都无能为力?
1832 年

（顾蕴璞译）

Парус

Белеет парус одинокой
В тумане моря голубом!..
Что ищет он в стране далекой?
Что кинул он в краю родном?..

Играют волны — ветер свищет,
И мачта гнется и скрыпит...
Увы! он счастия не ищет
И не от счастия бежит!

Под ним струя светлей лазури,
Над ним луч солнца золотой...
А он, мятежный, просит бури,
Как будто в бурях есть покой!
1832

帆

蔚蓝的海面雾霭茫茫,
孤独的帆儿闪着白光!……
到遥远的异地它寻找什么?
它把什么抛弃在故乡?……

呼啸的海风翻卷着波浪，
桅杆弓着身在嘎吱作响……
唉！它不是在寻找幸福，
也不想从幸福身边逃亡！

底下是比蓝天清澈的碧流，
头上正洒着金灿灿的阳光……
不安分的帆儿却祈求风暴，
仿佛在风暴里有宁静蕴藏！
1832 年

（顾蕴璞译）

Русалка

Русалка плыла по реке голубой,
Озаряема полной луной;
И старалась она доплеснуть до луны
Серебристую пену волны.

И шумя и крутясь колебала река
Отраженные в ней облака;
И пела русалка — и звук ее слов
Долетал до крутых берегов.

И пела русалка: «на дне у меня
Играет мерцание дня;
Там рыбок златые гуляют стада;
Там хрустальные есть города;

И там на подушке из ярких песков
Под тенью густых тростников
Спит витязь, добыча ревнивой волны,
Спит витязь чужой стороны.

Расчесывать кольца шелковых кудрей
Мы любим во мраке ночей,
И в чело и в уста мы в полуденный час
Целовали красавца не раз.

Но к страстным лобзаньям, не знаю зачем,
Остается он хладен и нем;
Он спит — и, склонившись на перси ко мне,
Он не дышет, не шепчет во сне!»

Так пела русалка над синей рекой,
Полна непонятной тоской;
И шумно катясь, колебала река
Отраженные в ней облака.
1836

美人鱼

美人鱼在幽蓝的河水里游荡,
身上闪耀着明月的银光;
她使劲拍打起雪白的浪花,
想把它溅泼到圆月的脸颊。

河水回旋着,哗哗流淌,
把水中的云影不停地摇晃;

美人鱼轻轻启唇——她的歌声
飞飘到陡峭河岸的上空。

美人鱼唱着:"在我所住的河底上,
白日的光辉映织成幻象;
这儿,一群群金鱼嬉戏、游玩,
这儿,一座座城堡水晶一般。

"这儿,在茂密芦苇的清荫下面,
在晶莹细沙堆成的枕头上边,
嫉妒的波涛的俘虏,一个勇士,
一个异乡的勇士,在安息。

"我们喜欢,在沉沉的黑夜里
把一绺绺丝一般的卷发梳理,
正午时分,我们总是频频地亲吻
这美男子的前额和双唇。

"但不知为什么,对我们的狂热亲吻
他一言不发,总是冷冰冰,
他只沉睡,即使躺在我的怀里
还是既不呼吸,也无梦呓!"

满怀莫名的忧伤,
美人鱼在暗蓝的河上歌唱,
河水回旋着,哗哗流淌,
把水中的云影不停地摇晃。
1836 年

（曾思艺译）

Когда волнуется желтеющая нива...

Когда волнуется желтеющая нива,
И свежий лес шумит при звуке ветерка,
И прячется в саду малиновая слива
Под тенью сладостной зеленого листка;

Когда росой обрызганный душистой,
Румяным вечером иль утра в час златой,
Из-под куста мне ландыш серебристый
Приветливо кивает головой;

Когда студеный ключ играет по оврагу
И, погружая мысль в какой-то смутный сон,
Лепечет мне таинственную сагу
Про мирный край, откуда мчится он, —

Тогда смиряется души моей тревога,
Тогда расходятся морщины на челе, —
И счастье я могу постигнуть на земле,
И в небесах я вижу бога.
1837

每逢黄澄澄的田野泛起麦浪……

每逢黄澄澄的田野泛起麦浪，
凉爽的树林伴着微风歌唱，
园中累累的紫红色的李子，

在绿叶的清荫下把身子躲藏；

每逢嫣红的薄暮或金色的清晨，
银白的铃兰披着一身香露，
正殷勤地从那树丛下边，
对着我频频地点头招呼；

每逢清凉的泉水在山谷中疾奔，
让情思沉入迷离恍惚的梦乡，
对我悄声诉说那神奇的故事，
讲的是它离开了的安谧之邦；

此时我额上的皱纹才会舒展，
此刻我心头的焦虑才会宁息，——
我才能在人间领略幸福，
我才能在天国看见上帝……
1837 年

（顾蕴璞译）

Дума

Печально я гляжу на наше поколенье!
Его грядущее — иль пусто, иль темно,
Меж тем, под бременем познанья и сомненья,
　　В бездействии состарится оно.
　　Богаты мы, едва из колыбели,
Ошибками отцов и поздним их умом,
И жизнь уж нас томит, как ровный путь без цели,
　　Как пир на празднике чужом.

К добру и злу постыдно равнодушны,
В начале поприща мы вянем без борьбы;
Перед опасностью позорно малодушны
И перед властию — презренные рабы.

Так тощий плод, до времени созрелый,
Ни вкуса нашего не радуя, ни глаз,
Висит между цветов, пришлец осиротелый,
И час их красоты — его паденья час!

Мы иссушили ум наукою бесплодной,
Тая завистливо от ближних и друзей
Надежды лучшие и голос благородный
        Неверием осмеянных страстей.
Едва касались мы до чаши наслажденья,
        Но юных сил мы тем не сберегли;
Из каждой радости, бояся пресыщенья,
        Мы лучший сок навеки извлекли.

Мечты поэзии, создания искусства
Восторгом сладостным наш ум не шевелят;
Мы жадно бережем в груди остаток чувства —
Зарытый скупостью и бесполезный клад.
И ненавидим мы, и любим мы случайно,
Ничем не жертвуя ни злобе, ни любви,
И царствует в душе какой-то холод тайный,
        Когда огонь кипит в крови.
И предков скучны нам роскошные забавы,
Их добросовестный, ребяческий разврат;
И к гробу мы спешим без счастья и без славы,
        Глядя насмешливо назад.

Толпой угрюмою и скоро позабытой
Над миром мы пройдем без шума и следа,
Не бросивши векам ни мысли плодовитой,
　　Ни гением начатого труда.
И прах наш, с строгостью судьи и гражданина,
Потомок оскорбит презрительным стихом,
Насмешкой горькою обманутого сына
　　Над промотавшимся отцом.
1838

沉思

　　我悲哀地望着我们这一代人！
　　我们的前途不是黯淡就是缥缈，
　　对人生求索而又不解有如重担，
　　　　定将压得人在碌碌无为中衰老。
　　我们刚跨出摇篮就足足地占有
　　祖先的过错和他们迟开的心窍，
　　人生令人厌烦，好像他人的喜筵
　　　　如在一条平坦的茫茫旅途上奔跑。

　　　　真可耻，我们对善恶都无动于衷，
　　不抗争，初登人生舞台就退下来，
　　我们临危怯懦，实在令人羞愧，
　　在权势面前却是一群可鄙的奴才。
　　　　恰似一只早熟且已干瘪的野果……
　　不能开胃养人，也不能悦目赏心，
　　在鲜花丛中像个举目无亲的异乡客，
　　群芳争艳的节令已是它萎落的时辰！

我们为无用的学问把心智耗尽，
却还嫉妒地瞒着自己的亲朋，
不肯倾吐出内心的美好希望，
　　和那受怀疑嘲笑的高尚激情。
我们的嘴刚刚挨着享受之杯，
　　但我们未能珍惜青春的力量，
虽然怕厌腻，但从每次欢乐中
　　我们总一劳永逸地吸吮琼浆。

诗歌的联翩浮想，艺术的创作结晶，
凭醉人的激情也敲不开我们心房；
我们拼命想保住心中仅剩的感情——
被吝啬之情掩埋了的无用的宝藏。
偶尔我们也爱，偶尔我们也恨，
但无论为爱或憎都不肯做出牺牲，
每当一团烈火在血管里熊熊燃烧，
　　总有一股莫名的寒气主宰着心灵。
我们已厌烦祖先那豪华的欢娱，
厌烦他们那诚挚而天真的放浪；
未尝幸福和荣誉就匆匆奔向坟墓，
　　我们还带着嘲笑的神情频频回望。

我们这群忧郁而将被遗忘的人啊，
就将销声匿迹地从人世间走过，
没有给后世留下一点有用的思想，
　　没有留下一部由天才撰写的著作。
我们的子孙将以法官和公民的铁面，
用鄙夷的诗篇凌辱我们的尸骨，
他们还要像一个受了骗的儿子，
　　对倾家荡产的父亲尖刻地挖苦。
1838 年

　　　　　　　　　　　　　　（顾蕴璞译）

Казачья колыбельная песня

Спи, младенец мой прекрасный,
　　Баюшки-баю.
Тихо смотрит месяц ясный
　　В колыбель твою.
Стану сказывать я сказки,
　　Песенку спою;
Ты ж дремли, закрывши глазки,
　　Баюшки-баю.

По камням струится Терек,
　　Плещет мутный вал;
Злой чечен ползет на берег,
　　Точит свой кинжал;
Но отец твой старый воин,
　　Закален в бою:
Спи, малютка, будь спокоен,
　　Баюшки-баю.

Сам узнаешь, будет время,
　　Бранное житье;
Смело вденешь ногу в стремя
　　И возьмешь ружье.
Я седельце боевое
　　Шолком разошью...
Спи, дитя мое родное,
　　Баюшки-баю.

Богатырь ты будешь с виду
И казак душой.
Провожать тебя я выйду —
Ты махнешь рукой...
Сколько горьких слез украдкой
Я в ту ночь пролью!..
Спи, мой ангел, тихо, сладко,
Баюшки-баю.

Стану я тоской томиться,
Безутешно ждать;
Стану целый день молиться,
По ночам гадать;
Стану думать, что скучаешь
Ты в чужом краю...
Спи ж, пока забот не знаешь,
Баюшки-баю.

Дам тебе я на дорогу
Образок святой:
Ты его, моляся богу,
Ставь перед собой;
Да, готовясь в бой опасный,
Помни мать свою...
Спи, младенец мой прекрасный,
Баюшки-баю.

1840

哥萨克摇篮歌

睡吧，我的俊俏的宝贝，
　　摇呀摇，快快睡。
皎皎的月儿不声不响地
　　朝你的摇篮洒银辉。
妈妈来给你讲个故事，
　　给你唱上一个小曲儿，
你就闭上眼睛打个盹，
　　摇呀摇，快快睡。

捷列克河在乱石中奔流，
　　浊浪朝着岸边溅拍；
凶恶的车臣人爬到岸上，
　　忙把他的短剑磨快；
可你爸爸是个老兵，
　　曾在战火中百炼千锤；
睡吧，安心睡吧，小宝贝，
　　摇呀摇，快快睡。

有朝一日你自己也将会
　　尝到戎马生涯的滋味，
你会勇敢地踩上马镫，
　　拿起武器到沙场扬威。
我定用丝线绣上一个
　　征战用的小小马鞍……
睡吧，我亲爱的小乖乖，
　　摇呀摇，快快睡。

你将来会有战士的气概，
　　而且会有哥萨克的胸怀。
我将会出门送你上路，
　　你就对我把手一摆——
那天夜里我偷偷地流下
　　不知多少伤心的泪水！
美美地安睡吧，我的天使，
　　摇呀摇，快快睡。

我准会朝也思，暮也想，
　　眼巴巴地等着你回来；
我就要成天为你祈祷，
　　夜夜卜卦猜又猜；
我将要寻思，你正在异乡
　　想得我闷闷不快，
趁你还不懂事，你睡吧，
　　摇呀摇，快快睡。

我要趁你上路的机会，
　　送个小圣像随身携带：
当你向上帝做起祷告，
　　在你胸前把它打开；
当你投身危险的战斗，
　　你可记住妈妈的慈爱……
睡吧，我的俊俏的宝贝，
　　摇呀摇，快快睡。
1840 年

（顾蕴璞译）

Тучи

Тучки небесные, вечные странники!
Степью лазурною, цепью жемчужною
Мчитесь вы, будто как я же, изгнанники
С милого севера в сторону южную.

Кто же вас гонит: судьбы ли решение?
Зависть ли тайная? злоба ль открытая?
Или на вас тяготит преступление?
Или друзей клевета ядовитая?

Нет, вам наскучили нивы бесплодные...
Чужды вам страсти и чужды страдания;
Вечно-холодные, вечно-свободные,
Нет у вас родины, нет вам изгнания.
1840

云

天上的行云，永不停留的漂泊者！
你们像珍珠串飞驰在碧空之上，
仿佛和我一样是被放逐的流囚，
从可爱的北国匆匆发配到南疆。

是谁把你们驱赶：命运的裁判？
暗中的嫉妒，还是公然的怨望？
莫非是罪行压在你们的头上，

还是朋友对你们恶意的中伤?

不，是贫瘠的田野令你们厌倦……
热情和痛苦都不关你们的痛痒；
永远冷冷漠漠、自由自在啊，
你们没有祖国，也没有流放。
1840 年

（顾蕴璞译）

Родина

Люблю отчизну я, но странною любовью!
Не победит ее рассудок мой.
Ни слава, купленная кровью,
Ни полный гордого доверия покой,
Ни темной старины заветные преданья
Не шевелят во мне отрадного мечтанья.

Но я люблю — за что не знаю сам —
Ее степей холодное молчанье,
Ее лесов безбрежных колыханье,
Разливы рек ее, подобные морям;
Проселочным путем люблю скакать в телеге
И, взором медленным пронзая ночи тень,
Встречать по сторонам, вздыхая о ночлеге,
Дрожащие огни печальных деревень;
    Люблю дымок спалённой жнивы,
    В степи ночующий обоз,
    И на холме средь желтой нивы
    Чету белеющих берез.

С отрадой многим незнакомой
Я вижу полное гумно,
Избу, покрытую соломой,
С резными ставнями окно;
И в праздник, вечером росистым,
Смотреть до полночи готов
На пляску с топаньем и свистом
Под говор пьяных мужичков.

1841

祖国

我爱祖国，是一种奇异的爱！
连我的理智也无法把它战胜。
无论是那用鲜血换来的光荣，
无论是那满怀虔信后的宁静，
无论是那远古的珍贵传说，
都唤不起我心中欢快的憧憬。

但是我爱（自己也不知为什么）：
她那冷漠不语的茫茫草原，
她那迎风摇曳的无边森林，
她那宛如大海的春潮漫江。
我爱驾马车沿乡间小道飞奔，
用迟疑不决的目光把夜幕刺穿，
见路旁凄凉村落中明灭的灯火，
不禁要为宿夜的地方频频嗟叹；
　　我爱那谷茬焚烧后的袅袅轻烟，
　　我爱那草原上过夜的车队成串，
　　我爱那两棵泛着银光的白桦

在苍黄田野间的小丘上呈现。
我怀着许多人陌生的欢欣，
望见那禾堆如山的打谷场，
望见盖着谷草的田家茅屋，
望见镶着雕花护板的小窗；
我愿在节日露重的夜晚，
伴着醉醺醺的农夫的闲谈，
把那跺脚又吹哨的欢舞，
尽情地饱看到更深夜半。

1841 年

（顾蕴璞译）

Утес

Ночевала тучка золотая
На груди утеса-великана;
Утром в путь она умчалась рано,
По лазури весело играя;

Но остался влажный след в морщине
Старого утеса. Одиноко
Он стоит, задумался глубоко
И тихонько плачет он в пустыне.
1841

悬崖

一朵金光灿灿的彩云，
投宿在悬崖巨人的怀里，

清晨它便早早地赶路，
顺着碧空欢快地飘移；

但在悬崖老人的皱纹里，
留下一块湿漉漉的痕迹。
悬崖独自屹立着沉思，
在荒野里低声地哭泣。
1841 年

（顾蕴璞译）

Выхожу один я на дорогу...

1

Выхожу один я на дорогу;
Сквозь туман кремнистый путь блестит;
Ночь тиха. Пустыня внемлет богу,
И звезда с звездою говорит.

2

В небесах торжественно и чудно!
Спит земля в сияньи голубом...
Что же мне так больно и так трудно?
Жду ль чего? жалею ли о чем?

3

Уж не жду от жизни ничего я,
И не жаль мне прошлого ничуть;
Я ищу свободы и покоя!
Я б хотел забыться и заснуть!

4

Но не тем холодным сном могилы...
Я б желал навеки так заснуть,
Чтоб в груди дремали жизни силы,
Чтоб, дыша, вздымалась тихо грудь;

5

Чтоб всю ночь, весь день мой слух лелея,
Про любовь мне сладкий голос пел,
Надо мной чтоб вечно зеленея
Темный дуб склонялся и шумел.
1841

我独自一人出门启程

一

我独自一人出门启程
夜雾中闪烁着嶙峋的石路；
夜深了。荒原聆听着上帝，
星星们也彼此把情怀低诉。

二

天空是如此壮观和奇美，
大地在蓝光幽幽中沉睡……
我怎么这样伤心和难过？
是有所期待，或有所追悔？

三

对人生我已经无所期待，
对往事我没有什么追悔；
我在寻求自由和安宁啊！
我真愿忘怀一切地安睡！

四

但我不愿做墓中的寒梦……
我是想永远这样地安息：
让生命仅仅在胸中打盹，
让胸膛起伏，微微呼吸；

五

让醉人的歌声娱悦我耳朵，
日日夜夜为我唱爱情的歌，
让那茂密的橡树长绿不败，
俯下身躯对着我低声诉说。
1841 年

（顾蕴璞译）

屠格涅夫

伊万·谢尔盖耶维奇·屠格涅夫（Иван Сергеевич Тургенев，1818—1883）杰出的俄罗斯小说家、戏剧家、诗人。其抒情诗主要是早年创作，清新、优美，带有一种淡淡的忧郁。后利用诗才的优势在俄罗斯小说领域登上世界高峰，使《贵族之家》《父与子》等长篇小说成为举世公认的文学经典。

К А. Н. Х.

Луна плывет над дремлющей землею
　　Меж бледных туч,
Но движет с вышины волной морскою
　　Волшебный луч.

Моей души тебя признало море
　　Своей луной —
И движется и в радости и в горе
　　Тобой одной.

Тоской любви и трепетных стремлений
　　Душа полна;
И тяжко мне; но ты чужда смятений,
　　Как та луна.
1840

致霍夫丽娜

月儿，高高地浮荡
　　　在大地上空的朵朵白云之间，
魔幻般的银光
　　　犹如海浪从高空洒满人寰。

啊，你就是我心海的月影！
　　　我的心骚动不安——
只为你，我快乐欢欣，

只为你，我痛苦不堪！

爱的苦闷，默默渴望的隐痛，
　　充满我的心胸，
我的心情如此沉重……
　　可你，就像那冷月无动于衷！
1840 年

（曾思艺译）

Весенний вечер

Гуляют тучи золотые
Над отдыхающей землей;
Поля просторные, немые
Блестят, облитые росой;
Ручей журчит во мгле долины,
Вдали гремит весенний гром,
Ленивый ветр в листах осины
Трепещет пойманным крылом.
Молчит и млеет лес высокий,
Зеленый, темный лес молчит.
Лишь иногда в тени глубокой
Бессонный лист прошелестит.
Звезда дрожит в огнях заката,
Любви прекрасная звезда,
А на душе легко и свято,
Легко, как в детские года.
1843

春天的黄昏

在休憩的大地上空，
金色的暮云缓缓地飘荡；
辽阔而沉寂的田野
沾满露珠，晶莹闪光。
小溪，在幽谷潺潺流淌，
春雷，在远方隐隐轰响，
懒洋洋的风儿，在白杨的叶簇间
微微颤动着被捉住的翅膀。
高高的树林，懒懒地沉默着，
那墨绿的丛林也一声不张。
只是，有时在那幽深的绿荫里
一片不眠的树叶簌簌作响。
一颗星星——纯美的爱情之星，
在落日的红焰里灼灼闪亮，
心里是那样轻快而圣洁，
轻快得就像回到童年一样。
1843 年

（曾思艺译）

В дороге

Утро туманное, утро седое,
Нивы печальные, снегом покрытые,
Нехотя вспомнишь и время былое,
Вспомнишь и лица, давно позабытые.

Вспомнишь обильные страстные речи,
Взгляды, так жадно, так робко ловимые,
Первые встречи, последние встречи,
Тихого голоса звуки любимые.

Вспомнишь разлуку с улыбкою странной,
Многое вспомнишь родное далекое,
Слушая ропот колес непрестанный,
Глядя задумчиво в небо широкое.
1843

在旅途中

雾茫茫的早晨，灰蒙蒙的早晨，
忧郁的田野已被大雪封冻，
你无意中想起往日的岁月，
想起那些早已忘记的面孔。

你想起那说不尽的热情的言语，
那如此贪婪又羞于捕捉的眼神，
那最初的会晤，那最后的相遇，
还有那低言细语的悦耳的声音。

当你倾听着车轮喋喋不休的诉怨，
当你沉思地注视着广阔的青天，
你会想起那与奇异的微笑的别离，
想起遥远故乡的许许多多东西。
1843 年

（魏荒弩译）

费
特

阿法纳西·阿法纳西耶维奇·费特（Афанасий
Афанасьевич Фет，原姓申欣，Шеншин，1820—1892）
俄国"纯艺术派"诗歌的最伟大代表，其诗歌以自然、爱情、
人生、艺术为主题，在艺术上则把情景交融、化景为情、
意象并置、画面组接和词性活用、通感手法结合起来，
具有印象主义色彩。他把审美功能提到诗的首位，被柴
可夫斯基誉为"诗人音乐家"，他的印象主义为俄国象
征主义艺术铺平了道路，对20世纪"静派"及其他诗人
也有不小的影响。

Шепот, робкое дыханье...

Шепот, робкое дыханье,
　　Трели соловья,
Серебро и колыханье
　　Сонного ручья,

Свет ночной, ночные тени,
　　Тени без конца,
Ряд волшебных изменений
　　Милого лица,

В дымных тучках пурпур розы,
　　Отблеск янтаря,
И лобзания, и слезы,
　　И заря, заря!..
1850

呢喃的细语，羞怯的呼吸……

呢喃的细语，羞怯的呼吸，
　　夜莺的鸣唱，
朦胧如梦的小溪
　　轻漾的银光。

夜的柔光，绵绵无尽的
　　夜的幽暗，
魔法般变幻不定的

　　　可爱的容颜。

　　弥漫的烟云，紫红的玫瑰，
　　　　琥珀的光华，
　　频频的亲吻，盈盈的热泪，
　　　　啊，朝霞，朝霞!……
1850 年

（曾思艺译）

Первый ландыш

О первый ландыш! Из-под снега
Ты просишь солнечных лучей;
Какая девственная нега
В душистой чистоте твоей!

Как первый луч весенний ярок!
Какие в нем нисходят сны!
Как ты пленителен, подарок
Воспламеняющей весны!

Так дева в первый раз вздыхает
О чем — неясно ей самой, —
И робкий вздох благоухает
Избытком жизни молодой.
1854

第一朵铃兰

啊，第一朵铃兰！白雪蔽野，
你就已祈求灿烂的阳光；
什么样童贞的欣悦，
在你馥郁的纯洁里深藏！

初春的第一缕阳光多么鲜丽！
什么样的美梦将随之降临！
你是多么令人心醉神迷，
你，燃起遐思的春之礼品！

仿佛少女平生的第一次叹息，——
为了她自己也说不清的事情，——
羞怯的叹息芳香四溢：
抒发青春那过剩的生命。
1854 年

（曾思艺译）

Еще весны душистой нега...

Еще весны душистой нега
К нам не успела низойти,
Еще овраги полны снега,
Еще зарей гремит телега
На замороженном пути.

Едва лишь в полдень солнце греет,

Краснеет липа в высоте,
Сквозя, березник чуть желтеет,
И соловей еще не смеет
Запеть в смородинном кусте.

Но возрожденья весть живая
Уж есть в пролетных журавлях,
И, их глазами провожая,
Стоит красавица степная
С румянцем сизым на щеках.
1854

春天那芬芳撩人的愉悦……

春天那芬芳撩人的愉悦，
还没有降临到人间大地。
山谷里仍铺满皑皑白雪，
一辆大马车，碾过冰屑，
车声辚辚，沐浴着晨曦。

直到中午才感觉到艳阳送暖，
菩提树梢头一片胭红，
白桦林点点嫩黄轻染，
夜莺，还只敢
在醋栗丛中轻唱低鸣。

翩翩飞回的鹤群，双翅
捎来了春的喜讯，
草原美人儿亭亭玉立，
凝望着渐渐远去的鹤翼，

脸颊挂着泛紫的红晕。

1854 年

（曾思艺译）

Вечер

Прозвучало над ясной рекою,
Прозвенело в померкшем лугу,
Прокатилось над рощей немою,
Засветилось на том берегу.

Далеко, в полумраке, луками
Убегает на запад река.
Погорев золотыми каймами,
Разлетелись, как дым, облака.

На пригорке то сыро, то жарко,
Вздохи дня есть в дыханье ночном, —
Но зарница уж теплится ярко
Голубым и зеленым огнем.

1855

傍晚

明亮的河面上水流淙淙，
幽暗的草地上车铃叮当，
寂静的树林上雷声隆隆，
对面的河岸闪出了亮光。

遥远的地方朦胧一片，
河流弯弯地向西天奔驰，
晚霞燃烧成金色的花边，
又像轻烟一样四散飘去。

小丘上时而潮湿，时而闷热，
白昼的叹息已融入夜的呼吸，——
但仿若蓝幽幽、绿莹莹的灯火，
远处的电光清晰地闪烁在天际。
1855 年

（曾思艺译）

Еще майская ночь

Какая ночь! На всем какая нега!
Благодарю, родной полночный край!
Из царства льдов, из царства вьюг и снега
Как свеж и чист твой вылетает май!

Какая ночь! Все звезды до единой
Тепло и кротко в душу смотрят вновь,
И в воздухе за песнью соловьиной
Разносится тревога и любовь.

Березы ждут. Их лист полупрозрачный
Застенчиво манит и тешит взор.
Они дрожат. Так деве новобрачной
И радостен и чужд ее убор.

Нет, никогда нежней и бестелестней

Твой лик, о ночь, не мог меня томить!
Опять к тебе иду с невольной песней,
Невольной — и последней, может быть.
1857

又一个五月之夜

多美的夜景！四周如此静谧又安逸！
谢谢你呀，午夜的故乡！
从寒冰的世界中，从暴风雪的王国里，
清新、纯洁的五月展翅飞翔！

多美的夜景！漫天的繁星，
又在温柔而深情地窥探我的心灵，
夜空中到处荡漾着夜莺的歌声，
也到处回荡着焦虑和爱情。

白桦等待着。它那半透明的叶儿
羞涩地撩逗、抚慰我的目光。
白桦颤抖着，仿如新婚的少女，
对自己的盛装又是欣喜又觉异样。

夜啊，你那温柔又缥缈的容姿，
从来也不曾让我如此的着魔！
我不由得又一次唱起歌儿走向你，
这情不自禁的，也许是最后的歌。
1857 年

（曾思艺译）

Певице

Уноси мое сердце в звенящую даль,
　　Где как месяц за рощей печаль;
В этих звуках на жаркие слезы твои
　　Кротко светит улыбка любви.

О дитя! как легко средь незримых зыбей
　　Доверяться мне песне твоей:
Выше, выше плыву серебристым путем,
　　Будто шаткая тень за крылом.

Вдалеке замирает твой голос, горя,
　　Словно за морем ночью заря, —
И откуда-то вдруг, я понять не могу,
　　Грянет звонкий прилив жемчугу.

Уноси ж мое сердце в звенящую даль,
　　Где кротка, как улыбка, печаль,
И все выше помчусь серебристым путем
　　Я, как шаткая тень за крылом.

1857

给一位女歌唱家

把我的心带到银铃般的悠远，
　　那里忧伤如林后的月亮高悬；
这歌声中恍惚有爱的微笑，

在你的盈盈热泪上柔光闪耀。

姑娘！在一片潜潜的涟漪之中，
　　把我交给你的歌是多么轻松，
沿着银色的路不停地向上浮游，
　　就像蹒跚的影子紧随在翅膀后。

你燃烧的声音在远处渐渐凝结，
　　如同晚霞在海外融入黑夜，——
却不知从哪里，我真不明白，
　　一片响亮的珍珠潮突然涌来。

把我的心带到银铃般的悠远，
　　那里忧伤温柔如微笑一般，
我沿着银色的路不停飞驰，
　　仿佛那紧随翅膀的蹒跚的影子。
1857 年

（曾思艺译）

Майская ночь

Отсталых туч над нами пролетает
　　Последняя толпа.
Прозрачный их отрезок мягко тает
　　У лунного серпа.

Царит весны таинственная сила
　　С звездами на челе. —
Ты, нежная! Ты счастье мне сулила
　　На суетной земле.

А счастье где? Не здесь, в среде убогой,
　　А вон оно — как дым.
За ним! за ним! воздушною дорогой —
　　И в вечность улетим!
1870

五月之夜 ①

掉队的最后一团烟云，
　　飞掠过我们上空。
它们那透明的薄雾，
　　在月牙旁柔和地消融。

胸揣晶莹的繁星，
　　春天那神秘的力量统治着宇宙。——
啊，亲爱的！在这忙碌扰攘的人境，
　　是你允诺我幸福长久。

但幸福在哪里？它不在这贫困的尘世，
　　瞧，那就是它——恰似袅袅轻烟。
紧跟它！紧跟它！紧跟它上天入地——
　　直到与永恒融合成一片！
1870 年

（曾思艺译）

---

① 托尔斯泰 1870 年 5 月 11 日致诗人的信："我激动得忍不住眼泪，这是一首
　罕见的诗篇，它不能增删或改动任何一个字。它是活生生的化身，十分迷人；
　它写得如此优美……"本诗是费特最好的诗作之一，据谢尔盖延科回忆说，
　若干年之后，他曾在托尔斯泰家中，当托尔斯泰朗读这些诗句时，"声音常
　被眼泪打断"。

Смерть

"Я жить хочу! — кричит он, дерзновенный.
Пускай обман! О, дайте мне обман!"
И в мыслях нет, что это лед мгновенный,
А там, под ним, — бездонный океан.

Бежать? Куда? Где правда, где ошибка?
Опора где, чтоб руки к ней простерть?
Что ни расцвет живой, что ни улыбка, —
Уже под ними торжествует смерть.

Слепцы напрасно ищут, где дорога,
Доверясь чувств слепым поводырям;
Но если жизнь — базар крикливый Бога,
То только смерть — его бессмертный храм.
1878

死

"我想活！" 他勇敢无畏，声如洪钟，
"哪怕被欺骗！啊，就让我受欺诳！"
他没有想到，这是瞬刻即化的冰，
在它下面却是无底的海洋。

跑？跑往何处？哪里是真，哪里是假？
哪里是双手可以依靠的支撑？
不管鲜花烂漫，还是笑满双颊，
潜伏在它们之下的死总会大获全胜。

盲人寻路，却徒劳地凭依
瞎眼的领路人导向，
如果生是上帝喧哗的集市，
那么唯有死才是他不朽的殿堂。
1878 年

（曾思艺译）

Это утро, радость эта...

Это утро, радость эта,
Эта мощь и дня и света,
　　　　Этот синий свод,
Этот крик и вереницы,
Эти стаи, эти птицы,
　　　　Этот говор вод,

Эти ивы и березы,
Эти капли — эти слезы,
　　　　Этот пух — не лист,
Эти горы, эти долы,
Эти мошки, эти пчелы,
　　　　Этот зык и свист,

Эти зори без затменья,
Этот вздох ночной селенья,
　　　　Эта ночь без сна,
Эта мгла и жар постели,
Эта дробь и эти трели,
　　　　Это все — весна.

1881

这清晨，这欣喜……

这清晨，这欣喜，
这白昼与光明的伟力，
　　这湛蓝的天穹，
这鸣声，这雁阵，
这鸟群，这飞禽，
　　这流水的喧鸣，

这垂柳，这桦树，
这泪水般的露珠，
　　这并非嫩叶的绒毛，
这幽谷，这山峰，
这蚊蚋，这蜜蜂，
　　这嗡鸣，这尖叫，

这明丽的霞幂，
这夜村的呼吸，
　　这不眠的夜晚，
这幽暗，这床笫的高温，
这娇喘，这颤音，
　　这一切——就是春天。
1881 年

（曾思艺译）

Горная высь

Превыше туч, покинув горы
И наступи на темный лес.
Ты за собою смертных взоры
Зовешь на синеву небес.

Снегов серебряных порфира
Не хочет праха прикрывать;
Твоя судьба на гранях мира
Не снисходить, а возвышать.

Не тронет вздох тебя бессильный,
Не омрачит земли тоска:
У ног твоих, как дым кадильный,
Вияся, тают облака.
1886

山巅

高出云表，远离了山冈，
脚踏黑压压的森林，
你召唤世人必死的目光，
追寻晶蓝天穹的碧韵。

你不愿用银白的雪袍，
去遮蔽那朽壤凡尘，
你的命运是矗立天涯海角，

绝不俯就，而是提升世人。

衰弱的叹息，你无动于衷，
人世的愁苦，你处之漠然；
白云在你脚下漫漫飘萦，
好似香炉升起的袅袅香烟。
1886 年

（曾思艺译）

迈
科
夫

阿波隆·尼古拉耶维奇·迈科夫（Аполлон Николаевич
Майков，1821—1897）俄国画家、剧作家，"纯艺术派"
诗人之一，其诗以自然、爱情、历史、艺术为主题，融古
风色彩、雕塑特性、雅俗结合于一体，既富哲理，又颇细腻。

Октава

Гармонии стиха божественные тайны
Не думай разгадать по книгам мудрецов:
У брега сонных вод, один бродя, случайно,
Прислушайся душой к шептанью тростников,
Дубравы говору; их звук необычайный
Прочувствуй и пойми... В созвучии стихов
Невольно с уст твоих размерные октавы
Польются, звучные, как музыка дубравы.
1841

八行诗

诗句的和谐中有天神的秘密，
智者的书籍也无法猜破这个谜：
在梦幻般的河边独自徘徊，
心灵突然听见芦苇的低语，
橡树的交谈；感觉并捕获
它们那特殊的音响……于是
音调优美、节奏和谐的八行诗句
就自然流出，一如森林的欢歌。
1841 年

（曾思艺译）

Пейзаж

Люблю дорожкою лесною,
Не зная сам куда, брести;
Двойной глубокой колеею
Идешь — и нет конца пути...
Кругом пестреет лес зеленый;
Уже румянит осень клены,
А ельник зелен и тенист; —
Осинник желтый бьет тревогу;
Осыпался с березы лист
И, как ковер, устлал дорогу...
Идешь, как будто по водам, —
Нога шумит... а ухо внемлет
Малейший шорох в чаще, там,
Где пышный папоротник дремлет,
А красных мухоморов ряд,
Что карлы сказочные, спят...
Уж солнца луч ложится косо...
Вдали проглянула река...
На тряской мельнице колеса
Уже шумят издалека...
Вот на дорогу выезжает
Тяжелый воз — то промелькнет
На солнце вдруг, то в тень уйдет...
И криком кляче помогает
Старик, а на возу — дитя,
И деда страхом тешит внучка;
А, хвост пушистый опустя,

Вкруг с лаем суетится жучка,
И звонко в сумраке лесном
Веселый лай идет кругом.
1853

风景

我爱徜徉于林间小道，
信步而行，随兴所之；
循着深深的车辙两条
前路无尽，漫漫逶迤……
绿林四周五彩缤纷；
枫树早已被秋天染成火云，
而云杉林依旧绿树荫浓；
金黄的杨树惊惶地抖颤，
白桦树叶飘落随风，
像地毯铺满了路面……
你走在上面仿若走在水里——
脚下沙沙直响……而耳中
传来丛林细碎的窸声，那是
轻软的凤尾草正沉沉入梦，
而那一排排红艳艳的毒蝇蕈
就像童话里那些沉睡的小矮人……
太阳渐渐西沉……
远处的河水已金波荡漾……
磨坊里的水轮
早已在远方震响……
突然驶来一辆大车，
一会儿在夕阳下闪烁，
一会儿在绿荫中隐没……

一个老头催马前行，一路吆喝，
就在车上，坐着一个小孩子，
爷爷讲着恐怖的故事逗吓孙子；
一条看家狗毛茸茸的尾巴垂得低低，
吠叫着在大车前后跑来跑去，
到处飘传着一片欢乐的猖狂，
响亮了林中的黄昏。
1853 年

（曾思艺译）

Под дождем

Помнишь: мы не ждали ни дождя, ни грома,
Вдруг застал нас ливень далеко от дома,
Мы спешили скрыться под мохнатой елью...
Не было конца тут страху и веселью!
Дождик лил сквозь солнце, и под елью мшистой
Мы стояли точно в клетке золотистой,
По земле вокруг нас точно жемчуг прыгал
Капли дождевые, скатываясь с игол,
Падали, блистая, на твою головку,
Или с плеч катились прямо под снуровку...
Помнишь, как все тише смех наш становился...
Вдруг над нами прямо гром перекатился —
Ты ко мне прижалась, в страхе очи жмуря...
Благодатный дождик! Золотая буря!
 1856

遇雨

还记得吗，没料到会有雷雨，
远离家门，我们骤遭暴雨袭击，
赶忙躲进一片繁茂的云杉树荫……
经历了无穷惊恐，无限欢欣！
雨点和着阳光淅淅沥沥，云杉上苔藓茸茸，
我们躲在树下，仿佛置身于金丝笼，
周围的地面滚跳着一粒粒珍珠，
串串雨滴晶莹闪亮，颗颗相逐，
滑下云杉的针叶，落到你头上，
又从你的肩头向腰间流淌……
还记得吗，我们的笑声渐渐轻微……
猛然间我们头顶掠过一阵惊雷——
你吓得紧闭双眼，扑进我怀里……
啊，天赐的甘霖，美妙的黄金雨！
1856 年

（曾思艺译）

Сенокос

Пахнет сеном над лугами...
В песне душу веселя,
Бабы с граблями рядами
Ходят, сено шевеля.

Там — сухое убирают;
Мужички его кругом

На воз вилами кидают...
Воз растет, растет, как дом.

В ожиданьи конь убогий
Точно вкопанный стоит...
Уши врозь, дугою ноги
И как будто стоя спит...

Только жучка удалая
В рыхлом сене, как в волнах,
То взлетая, то ныряя,
Скачет, лая впопыхах.
1856

刈草场

草地上弥漫着干草的芳香……
歌声令人心花怒放，
农妇们手拿草耙列队来回奔忙，
干草随风阵阵摇荡。

那边——在收集干草：
农夫们用干草叉把周围的干草
——向身旁的大车上抛……
大车像房子，越长越高……

一匹瘦棱棱的公马等在旁边，
它一动不动地站着……
两耳竖着，腿儿微弯，
仿佛站着在小睡片刻……

只有那条活泼的看家狗,
在羊毛般松软的干草中,
时而钻入其中,时而朝上疾走,
又滚下去,发出气喘吁吁的吠声。
1856 年

(曾思艺译)

Я б тебя поцеловала...

Я б тебя поцеловала,
Да боюсь, увидит месяц,
Ясны звездочки увидят;
С неба звездочка скатится
И расскажет синю морю,
Сине море скажет веслам,
Весла — Яни-рыболову,
А у Яни — люба Мара;
А когда узнает Мара —
Все узнают в околотке,
Как тебя я ночью лунной
В благовонный сад впускала,
Как ласкала, целовала,
Как серебряная яблонь
Нас цветами осыпала.
1860

我真想吻一吻你……

我真想吻一吻你，
又担心被月亮看见，
被亮晶晶的星星发现；
万一星星从天上滑落，
会告诉蓝靛靛的海洋，
蓝靛靛的海洋又会告诉船桨，
船桨再把它向渔夫杨尼诉说，
杨尼的爱人却是玛拉；
而这事一旦被玛拉知晓，
那左邻右舍就会全都知道：
在一个月夜我把你，
带进一个香喷喷的花园里，
我和你爱抚，亲吻，
银灿灿的苹果花，
洒满了我们一身。
1860 年

（曾思艺译）

波隆斯基

雅可夫·彼得罗维奇·波隆斯基（Яков Петрович Полонский，1819—1898）俄国"纯艺术派"诗人，他的诗充满戏剧性，对叙述有所偏爱，融异域题材、叙事色彩、印象主义特色以及隐喻、对喻、象征等于一炉，有较明显的现代色彩，对蒲宁和勃洛克的创作有较大的影响。

Качка в бурю

(*Посв. М. Л. Михайлову*)

Гром и шум. Корабль качает;
Море темное кипит;
Ветер парус обрывает
И в снастях свистит.

Помрачился свод небесный,
И, вверяясь кораблю,
Я дремлю в каюте тесной...
Закачало — сплю.

Вижу я во сне: качает
Няня колыбель мою
И тихонько запевает —
"Баюшки-баю!"

Свет лампады на подушках,
На гардинах свет луны...
О каких-то все игрушках
Золотые сны.

Просыпаюсь... Что случилось?
Что такое? Новый шквал? —
«Плохо — стеньга обломилась,
Рулевой упал.»

Что же делать? что могу я?
И, вверяясь кораблю,
Вновь я лег и вновь дремлю я...
　　Закачало — сплю.

Снится мне: я свеж и молод,
Я влюблен, мечты кипят...
От зари роскошный холод
　　Проникает в сад.

Скоро ночь — темнеют ели...
Слышу ласково-живой,
Тихий лепет: «На качели
　　Сядем, милый мой!»

Стан ее полувоздушный
Обвила моя рука,
И качается послушно
　　Зыбкая доска...

Просыпаюсь... Что случилось? —
«Руль оторван; через нос
Вдоль волна перекатилась,
　　Унесен матрос!»

Что же делать? Будь что будет!
В руки бога отдаюсь:
Если смерть меня разбудит —
　　Я не здесь проснусь.

1850

在风暴中颠簸

——献给 M.Л.米哈伊洛夫

雷声隆隆，狂风呼呼。船儿颠簸，
黑沉沉的大海在汹涌激荡，
狂风撕破了白帆，
　　　　在缆索间啪啪直响。

天穹一片阴沉，
我把自己交托给船儿，
在狭小的船舱里打盹……
　　　　船儿摇摇晃晃——我进入梦里。

我梦见：奶娘
把我的摇篮轻轻晃推，
还轻声歌唱——
　　　　"睡吧，宝贝！"

枕头边灯光熠熠，
窗帘上洒满月光……
各种各样的玩具
　　　　全都沉入金色梦乡。

我一觉睡醒……我能做什么？
怎么啦？出现了新的风暴？——
　　"糟透了——桅杆断折，
　　　　舵手也被砸倒。"

怎么办？我又哪能使劲？
我把自己交托给船儿，
重又躺下，重又打盹……
　　船儿摇摇晃晃——我又进入梦里。

我梦见：我风华正茂，激情盈溢，
我在热恋，梦想翩翩……
一片舒爽的寒气
　　从清晨起就弥漫了花园。

很快就是深夜——云杉一片青黛……
"亲爱的，我们一起去荡秋千！"
一个声音活泼可爱，
　　在我耳边轻轻呢喃。

我用一只手紧揽
她颇为轻盈的娇躯，
摇摆的秋千板
　　驯顺地荡来荡去……

我一觉睡醒……发生了什么？ ——
"船舵折断；波浪嗖嗖，
从船头滚滚扫过，
　　卷走了水手！"

怎么办？听其自然吧！
一切听天由命：
假如死亡唤醒了我啊，
　　我不会在这儿睡醒。
1850 年

　　　　　　　　　　　　　　　（曾思艺译）

Песня Цыганки

Мой костер в тумане светит;
Искры гаснут на лету...
Ночью нас никто не встретит;
Мы простимся на мосту.

Ночь пройдет — и спозаранок
В степь, далеко, милый мой,
Я уйду с толпой цыганок
За кибиткой кочевой.

На прощанье шаль с каймою
Ты на мне узлом стяни:
Как концы ее, с тобою
Мы сходились в эти дни.

Кто-то мне судьбу предскажет?
Кто-то завтра, сокол мой,
На груди моей развяжет
Узел,стянутый тобой?

Вспоминай, коли другая,
Друга милого любя,
Будет песни петь, играя
На коленях у тебя!

Мой костер в тумане светит;
Искры гаснут на лету...

Ночью нас никто не встретит;
Мы простимся на мосту.
1853

茨冈女郎之歌

我的篝火在夜雾中闪亮，
火星四散飞入黑暗……
深夜避开所有人的目光，
我们在桥上互道再见。

夜就要过去—— 一清早
我就要远迁草原，亲爱的，
跟着茨冈同胞，
随着游动篷车。

在这告别时刻，请你把披巾
替我打结系紧：
我俩这些天的相爱相亲，
就像这打结的两端难解难分。

有谁能预言我的命运？
我的雄鹰，除你之外，
明天有谁能从我的颈根
把你系紧的结扣解开？

假如有另一位姑娘，
爱上我亲爱的情哥，
在你身边放声歌唱，
在你膝上嬉戏，请想想我！

我的篝火在浓雾中闪亮，
火星四散飞入黑暗……
深夜避开所有人的目光，
我们在桥上互道再见。
1853 年

（曾思艺、王淑凤译）

Колокольчик

Улеглася метелица... путь озарен...
Ночь глядит миллионами тусклых очей...
Погружай меня в сон, колокольчика звон!
    Выноси меня, тройка усталых коней!

Мутный дым облаков и холодная даль
Начинают яснеть; белый призрак луны
Смотрит в душу мою — и былую печаль
    Наряжает в забытые сны.

То вдруг слышится мне — страстный голос поет,
С колокольчиком дружно звеня:
«Ах, когда-то, когда-то мой милый придет —
    Отдохнуть на груди у меня!

У меня ли не жизнь!.. Чуть заря на стекле
Начинает лучами с морозом играть,
Самовар мой кипит на дубовом столе,
И трещит моя печь, озаряя в угле,
    За цветной занавеской, кровать!..

У меня ли не жизнь!.. ночью ль ставень открыт,
По стене бродит месяца луч золотой,
Забушует ли вьюга — лампада горит,
И, когда я дремлю, мое сердце не спит,
 Все по нем изнывая тоской.»

То вдруг слышится мне, тот же голос поет,
С колокольчиком грустно звеня:
«Где-то старый мой друг?.. Я боюсь, он войдет
 И, ласкаясь, обнимет меня!

Что за жизнь у меня! и тесна, и темна,
И скучна моя горница; дует в окно.
За окошком растет только вишня одна,
Да и та за промерзлым стеклом не видна
 И, быть может, погибла давно!..

Что за жизнь!.. полинял пестрый полога цвет,
Я больная брожу и не еду к родным,
Побранить меня некому — милого нет,
Лишь старуха ворчит, как приходит сосед,
Оттого, что мне весело с ним!..»
1854

车铃

暴风雪平息了……道路被月光照得通明……
夜以千万只昏暗的眼睛凝望……
车铃声声，催我沉沉入梦！

　　　　三套马车的疲惫马儿啊，带我奔向远方！

昏蒙蒙的云烟和冷凄凄的远方
开始发亮；月亮这白晃晃的幽灵
照亮了我的心灵——过去的忧伤
　　晕染上淡忘的梦境。

突然我听见——激情盈溢的歌唱，
和谐地伴着丁零的铃声：
　"啊，什么时候啊，我的爱人才能来到我身旁，
　　静静休息，依偎在我怀中！

我没有生活！……当朝霞
映照玻璃窗，照得霜花红光闪亮，
橡木桌上我的茶炊在沸腾喧哗，
我的炉火噼啪作响，照亮了每一旮旯，
　　和彩色帐子后那张空床！……

我没有生活！……深夜打开护窗板，
金色的月光在墙上慢慢游荡，
暴风雪大作——油灯光闪闪，
我已昏昏欲睡，心儿却入梦难，
　　为了他，时时刻刻痛苦忧伤。"

突然我听见，那个声音又在歌唱，
哀伤地伴着丁零的铃声：
　"我旧日的朋友在哪里？……我盼望
　　他快回来，温柔地把我抱在怀中！

我过的是什么生活！我的房间狭小，
黑暗，寂寞；风儿吹进了窗户。

只有小窗下生长着一棵樱桃树，
可还无法透过玻璃上的霜花看到，
　　也许，它早已一命呜呼!……

这是什么生活啊!……五彩帐子已经褪色，
我病歪歪地行走，无法去见亲人，
没有心上人——无人怜爱无人斥责，
男邻居刚来，老太婆就一个劲数落，
　　因为同他在一起我实在开心!……"
1854 年

（曾思艺、王淑凤译）

ЧАЙКА

Поднял корабль паруса;
В море спешит он, родной покидая залив,
Буря его догнала и швырнула на каменный риф.

Бьется он грудью об грудь
Скал, опрокинутых вечным прибоем морским,
И белогрудая чайка летает и стонет над ним.

С бурей обломки его
В даль унеслись; — чайка села на волны — и вот
Тихо волна, покачав ее, новой волне отдает.

Вон — отделились опять
Крылья от скачущей пены — и ветра быстрей
Мчится она, упадая в объятья вечерних теней.

Счастье мое, ты — корабль:

Море житейское бьет в тебя бурной волной; —

Если погибнешь ты, буду как чайка стонать над тобой;

Буря обломки твои

Пусть унесет! но — пока будет пена блестеть,

Дам я волнам покачать себя, прежде чем в ночь улететь,

1860

海鸥 ①

帆船已经起航，

它离别了故乡的港湾，奔向海的远方，

暴风雨追上它，把它猛抛向礁岩。

它面对面一个个搏击礁岩，

那被永恒的浪潮击穿的礁岩，

白胸的海鸥飞翔并呻唤在它上面。

它的碎片随着暴风雨漂向远方；

——海鸥站立在波浪上，——

这一波浪轻轻摇晃它，随即把它交给另一波浪。

瞧——它展开双翅又飞离了

飞溅的浪花——它比骤风更快地迅跑，

落入了黄昏阴影的怀抱。

---

① 屠格涅夫指出："我不知道还有哪首俄语诗歌能像《海鸥》一样，把温暖的
感觉和忧郁的情绪运用得如此协调一致。"

我的幸福，你就是那帆船：
生活的海洋用狂暴的波浪把你席卷；
如果你毁灭，我将像海鸥呻唤在你上面。

就让暴风雨带走你的碎片！
只要浪花还在闪着白光，
在飞入黑夜之前，我愿让波浪把我摇荡。
1860 年

（曾思艺译）

В альбом К. Ш...

Писатель, — если только он
Волна, а океан — Россия,
Не может быть не возмущен,
Когда возмущена стихия.

Писатель, если только он
Есть нерв великого народа,
Не может быть не поражен,
Когда поражена свобода.
1865

题 К.Ш. 的纪念册

作家，如果他是波浪，
那么，俄罗斯就是海洋，
当海洋骚动激荡，

他也无法不骚动激荡。

作家，如果他是
伟大民族的神经，
当自由受伤害时，
他也无法避免伤痛。
1865 年

（曾思艺、王淑凤译）

Ночь смотрит тысячами глаз...

«*The night has a thousand eyes*»

Ночь смотрит тысячами глаз,
　　А день глядит одним;
Но солнца нет — и по земле
　　Тьма стелется, как дым.

Ум смотрит тысячами глаз,
　　Любовь глядит одним;
Но нет любви — и гаснет жизнь,
　　И дни плывут, как дым.
1874

夜以千万只眼睛观看……

"夜以千万只眼睛观看"①

夜以千万只眼睛观看，
　　而昼只用一只眼睛；
然而没有太阳——地球上面
　　黑暗笼罩，仿若烟雾蒙蒙。

智慧以千万只眼睛观看，
　　爱情只用一只眼睛；
然而没有爱情——生命就会渐渐暗淡，
　　于是，日子飞逝，仿若烟雾腾空。

1874 年

〔曾思艺、王淑凤译〕

Вечерний звон...

Вечерний звон... не жди рассвета;
Но и в туманах декабря
Порой мне шлет улыбку лета
Похолодевшая заря...

На все призывы без ответа
Уходишь ты, мой серый день!
Один закат не без привета...

---

① 原文为英文。

И не без смысла — эта тень...

Вечерний звон — душа поэта,
Благослови ты этот звон...
Он не похож на крики света,
Спугнувшего мой лучший сон.

Вечерний звон... И в отдаленье.
Сквозь гул тревоги городской,
Ты мне пророчишь вдохновенье,
Или — могилу и покой.

Но жизнь и смерти призрак — миру
О чем-то вечном говорят,
И как ни громко пой ты, — лиру
Колокола перезвонят.

Без них, быть может, даже гений
Людьми забудется, как сон, —
И будет мир иных явлений,
Иных торжеств и похорон.
1890

晚钟声声……

晚钟声声……别等待黎明吧；
然而，就在十二月的浓雾里，
有时，冷冰冰的朝霞，
给我送来一丝夏日的笑意……

我灰色的日子，你悄然离去，
对一切召唤都不搭理。
一次不会没有问候的落日……
这个阴影——也不会没有意义。

晚钟声声——这是诗人的心灵，
你满心感激这钟声——
它不像光的呼声，
惊飞我最好的梦境。

晚钟声声……就在远方，
透过城市惊慌的喧鸣，
你向我预言灵感，
抑或坟墓和宁静。

但生与死的幻影，
向世界讲述着某种永恒，
不管你的歌唱得怎样喧腾，
比竖琴鸣得更响的是教堂的钟声。

也许，没有它们，甚至天才
也会像梦一样被人们忘记，——
世界将会是另一番风采，
将会有另一种庆典和葬礼。
1890 年

（曾思艺译）

阿·康·托尔斯泰

阿列克谢·康斯坦丁诺维奇·托尔斯泰（Алексей Константинович Толстой, 1817—1875）诗人、剧作家，"纯艺术派"诗歌的代表之一，他的审美视角独特，着眼于永恒的、绝对的东西，不受时髦的审美趣味的局限。他熟谙俄罗斯民歌，并把民歌的艺术手法引入诗歌创作中，以大量的民间格律、民间手法创作了许多抒情诗，使其诗歌独具民歌特色，既朴实又优美。因此，他的不少优美诗篇被柴可夫斯基等音乐家谱曲，柴可夫斯基曾说："阿·康·托尔斯泰是谱曲歌词的永不枯竭的源泉。"屠格涅夫则称阿·康·托尔斯泰的作品为"美的典范"。其诗歌在 19 世纪末 20 世纪初产生了很大的影响，青年时期的象征主义诗人勃留索夫、勃洛克，未来主义诗人赫列勃尼科夫都很迷醉他的诗，马雅可夫斯基甚至把他的诗歌全部能背诵下来。

Средь шумного бала, случайно...

Средь шумного бала, случайно,
В тревоге мирской суеты,
Тебя я увидел, но тайна
Твои покрывала черты.

Лишь очи печально глядели,
А голос так дивно звучал,
Как звон отдаленной свирели,
Как моря играющий вал.

Мне стан твой понравился тонкий
И весь твой задумчивый вид,
А смех твой, и грустный и звонкий,
С тех пор в моем сердце звучит.

В часы одинокие ночи
Люблю я, усталый, прилечь —
Я вижу печальные очи,
Я слышу веселую речь;

И грустно я так засыпаю,
И в грезах неведомых сплю...
Люблю ли тебя — я не знаю,
Но кажется мне, что люблю!

1851

在闹闹哄哄的舞会中……

在闹闹哄哄的舞会中，
在尘世纷扰的忧虑里，
我有幸与你萍水相逢，
可你的面影笼罩着神秘。

一双眼睛饱含着忧郁，
嗓音却那样美妙动人，
仿若远处传来的声声芦笛，
仿若嬉戏的海浪撼人心魂！

我爱你苗条纤秀的身姿，
也爱你若有所思的神态，
你的笑声，脆生生又愁戚戚，
至今仍旧回荡在我的心海。

在漫漫长夜的孤寂时刻，
疲惫的我喜欢卧床小憩——
我看见了你愁郁的眼波，
我听见了你快乐的笑语；

我就这样忧伤地渐渐睡熟，
沉入一个神秘奇幻的梦乡……
我是否爱你——我不清楚，
但我觉得，我正在品尝爱的佳酿！
1851 年

（曾思艺译）

Край ты мой, родимый край...

Край ты мой, родимый край,
　　Конский бег на воле,
В небе крик орлиных стай,
　　Волчий голос в поле!

Гой ты, родина моя!
　　Гой ты, бор дремучий!
Свист полночный соловья,
　　Ветер, степь да тучи!
1856

你是我的故乡，亲爱的故乡……

你是我的故乡，亲爱的故乡，
　　马儿在那里自由地奔跑，
天空中鹰群的叫声嘹亮，
　　田野上传来阵阵狼嗥！

哦，你，我的故乡！
　　哦，你，繁茂的松林！
那里有午夜夜莺的歌唱，
　　风儿，草原和乌云！
1856 年

（曾思艺、王淑凤译）

Острою секирой ранена береза...

Острою секирой ранена береза,
По коре сребристой покатились слезы;
Ты не плачь, береза, бедная, не сетуй!
Рана не смертельна, вылечится к лету,
Будешь красоваться, листьями убрана...
Лишь больное сердце не залечит раны!
1856

白桦被锋利的斧头砍伤……

白桦被锋利的斧头砍伤，
泪珠顺着银白的树皮流淌；
可怜的白桦呀，你不要哭泣，不要抱怨！
伤口并不致命，到夏天就会复原，
你会穿一身翠绿，仍旧美丽多姿……
只有伤痛的心里的创伤无法痊愈！
1856 年

（曾思艺译）

Запад гаснет в дали бледно-розовой...

Запад гаснет в дали бледно-розовой,
Звезды небо усеяли чистое,
Соловей свищет в роще березовой,
И травою запахло душистою.

Знаю, что к тебе в думушку вкралося,
Знаю сердца немолчные жалобы,
Не хочу я, чтоб ты притворялася
И к улыбке себя принуждала бы!

Твое сердце болит безотрадное,
В нем не светит звезда ни единая —
Плачь свободно, моя ненаглядная,
Пока песня звучит соловьиная,

Соловьиная песня унылая,
Что как жалоба катится слезная,
Плачь, душа моя, плачь, моя милая,
Тебя небо лишь слушает звездное!
1858

西天白里透红的晚霞渐渐黯淡……

西天白里透红的晚霞渐渐黯淡，
纯净的天空闪耀着万点繁星，
夜莺在白桦林中歌声婉转，
青草的芳香随风飘送。

我懂得你思绪中深藏的秘密，
我了解你内心里不绝的抱怨，
我不愿看你故作坚毅，
也不希望你强装笑脸。

你的心忧郁地痛楚，

没有一颗星星在心空闪光——
我最亲爱的人，你放声痛哭，
趁夜莺的歌声还在夜空回荡。

夜莺的歌声忧郁凄凉，
就像珠泪滚滚的怨诉。
你哭吧，哭吧，我心爱的姑娘，
连星空都在细听你的悲哭！
1858 年

（曾思艺译）

Не пенится море, не плещет волна...

Не пенится море, не плещет волна,
　　Деревья листами не двинут,
На глади прозрачной царит тишина,
　　Как в зеркале мир опрокинут.

Сижу я на камне, висят облака
　　Недвижные в синем просторе;
Душа безмятежна, душа глубока,
　　Сродни ей спокойное море.
1858

大海不再嘶嘶冒泡，
波浪不再哗哗拍击……

大海不再嘶嘶冒泡，波浪不再哗哗拍击，

树叶儿也不再轻轻晃动，
碧莹莹的海面笼罩着漫漫静谧，
世界就像倒映于明镜。

我坐在岩石上，一片片白云
纹丝不动地悬挂在碧蓝的苍茫；
心儿安恬，心儿深沉，
一如这宁静的海洋。
1858 年

（曾思艺译）

То было раннею весной...

То было раннею весной,
　　Трава едва всходила,
Ручьи текли, не парил зной,
　　И зелень рощ сквозила;

Труба пастушья поутру
　　Еще не пела звонко,
И в завитках еще в бору
　　Был папоротник тонкий.

То было раннею весной,
　　В тени берез то было,
Когда с улыбкой предо мной
　　Ты очи опустила.

То на любовь мою в ответ
　　Ты опустила вежды —

О жизнь! о лес! о солнца свет!
　　　О юность! о надежды!

И плакал я перед тобой,
　　　На лик твой глядя милый, —
То было раннею весной,
　　　В тени берез то было!

То было в утро наших лет —
　　　О счастие! о слезы!
О лес! о жизнь! о солнца свет!
　　　О свежий дух березы!
1871

那是初春时分……

那是初春时分，
　　草儿刚刚冒出嫩芽，
溪流潺潺，天和气温，
　　森林刚刚绿上枝桠；

清晨牧人的号角
　　尚未呜呜吹响，
秀美的凤尾草
　　还在森林中盘曲成一团。

那是初春时分，
　　就在那白桦树荫，
你来到我面前，笑意盈盈，
　　你低垂下自己的眼睛。

你低垂下自己的眼睛，
　　那是在回答我的爱情——
啊，生命！啊，阳光！啊，森林！
　　啊，希望！啊，青春！

望着你这可爱的女神，
　　在你面前，我不禁热泪淋淋——
那是初春时分，
　　就在那白桦树荫！

那是我们生命的清晨——
　　啊，幸福！啊，热泪淋淋！
啊，阳光！啊，生命！啊，森林！
　　啊，白桦树清新的芳馨！
1871 年

（曾思艺译）

谢尔宾纳

尼古拉·费多罗维奇·谢尔宾纳（Николай Федорович Щербина，1821—1869）诗人，其诗歌竭力追求体现古希腊风味，是典型的古希腊风格诗歌，创造出了一个独立的、闲逸的、充满美好和谐的艺术世界，具有高超的诗歌技巧和真挚的情感。

Купанье

Вечером ясным она у потока стояла,
Моя прозрачные ножки во влаге жемчужной;
Струйка воды их с любовью собой обвивала,
Тихо шипела и брызгала пеной воздушной...
Кто б любовался красавицей этой порою,
Как над потоком она, будто лотос, склонилась,
Змейкою стан изогнула, и белой ногою
Стала на черный обрывистый камень, и мылась,
Грудь наклонивши над зыбью зеркальной потока;
Кто б посмотрел на нее, облитую лучами,
Или увидел, как страстно, привольно, широко
Прядали волны на грудь ей толпами
И, как о мрамор кристалл, разбивались, бледнея, —
Тот пожелал бы, клянусь я, чтоб в это мгновенье
В мрамор она превратилась, как мать — Ниобея,
Вечно б здесь мылась грядущим векам в наслажденье.
1847

浴

清丽的夜晚我的她站在水边，
细腻的双腿浸在珍珠般的水里；
细细的水流爱抚地围着她的腿旋转，
溅起泡沫样的水花，并悄声细语……
这时谁要是看到这位美人，
像荷花一般亭亭俯身水面，

雪白的双脚在黑色的礁岩站稳，
蛇样的腰身弯成弧形在洗盥，
酥胸倒映在泛起涟漪的如镜水面上；
谁要是看见她身披月光，
或者看见成群结队的波浪
畅快、自由地拍打她的胸膛，
就像拍打大理石，迸碎成水沫——
我敢发誓，此刻他一定希冀
她变成大理石，一如母亲尼俄柏，
永远永远沉浸在这喜悦里。
1847 年

（曾思艺译）

Земля

Ты помнишь ли случай, родная?..
Когда я малюткой была,
В саду, меж цветами летая,
Меня укусила пчела.

Как палец мне жало палило,
И слезы ручьями текли, —
На палец ты мне положила
Щепотку холодной земли...

И боль оттого унялася,
И радостно видела ты,
Как я побежала, резвяся,
За бабочкой пестрой в кусты...

Пора наступила иная,
И боль загорелася вновь...
Боюсь я признаться, родная,
Что жалит мне сердце любовь!

Но тем же и этой порою
Ты можешь меня исцелить:
Холодной могильной землею
Навеки мне сердце покрыть.
1854

泥土

亲人啊，你是否还记得
我还是幼儿时的那件风波？
一只蜜蜂从花丛飞过，
在花园里蜇伤了我。

我的手指立刻钻心地痛楚，
眼泪像溪水哗哗地流淌，
你把一撮冰冷的泥土，
敷在我的手指上……

痛楚立即消失，
你兴高采烈，
望着我蹦跳着奔跑、嬉戏，
在花丛中追赶彩蝶……

另一个时候降临，
疼痛又开始缠身，

亲人啊，我害怕承认，
爱情正在蜇伤我的心。

然而就在此时此处，
你仍能治好我的病痛：
你用坟墓上冰冷的泥土，
永远封藏住我的心灵。
1854 年

（曾思艺译）

涅克拉索夫

尼古拉·阿列克谢耶维奇·涅克拉索夫（Николай Алексеевич Некрасов, 1821—1877）俄国革命民主主义诗人，他的诗具有公民精神、民主意识和民歌色彩，在诗歌的散文化、叙事化、口语化（民歌化）方面也有很大推进，对俄罗斯文学产生了重要影响，对诗的社会功能和农民心理的开掘方面尤为突出。

Тройка

Что ты жадно глядишь на дорогу
В стороне от веселых подруг?
Знать, забило сердечко тревогу —
Все лицо твое вспыхнуло вдруг.

И зачем ты бежишь торопливо
За промчавшейся тройкой вослед?..
На тебя, подбоченясь красиво,
Загляделся проезжий корнет.

На тебя заглядеться не диво,
Полюбить тебя всякий не прочь:
Вьется алая лента игриво
В волосах твоих, черных как ночь;

Сквозь румянец щеки твоей смуглой
Пробивается легкий пушок,
Из-под брови твоей полукруглой
Смотрит бойко лукавый глазок.

Взгляд один чернобровой дикарки,
Полный чар, зажигающих кровь,
Старика разорит на подарки,
В сердце юноши кинет любовь.

Поживешь и попразднуешь вволю,
Будет жизнь и полна и легка...

Да не то тебе пало на долю:
За неряху пойдешь мужика.

Завязавши под мышки передник,
Перетянешь уродливо грудь,
Будет бить тебя муж-привередник
И свекровь в три погибели гнуть.

От работы и черной и трудной
Отцветешь, не успевши расцвесть,
Погрузишься ты в сон непробудный,
Будешь нянчить, работать и есть.

И в лице твоем, полном движенья,
Полном жизни — появится вдруг
Выраженье тупого терпенья
И бессмысленный, вечный испуг.

И схоронят в сырую могилу,
Как пройдешь ты тяжелый свой путь,
Бесполезно угасшую силу
И ничем не согретую грудь.

Не гляди же с тоской на дорогу
И за тройкой вослед не спеши,
И тоскливую в сердце тревогу
Поскорей навсегда заглуши!

Не нагнать тебе бешеной тройки:
Кони крепки, сыты и бойки, —
И ямщик под хмельком, и к другой

Мчится вихрем корнет молодой...
1846

三套马车

你为什么撇开快活的女伴，
去贪婪地向着大路张望？
你整个脸蛋刷一下都红了，
可见你心里有多么惊慌。

你为什么急急忙忙跟着
飞驰的三套马车在奔跑？……
过路的骑兵少尉看你都入了迷——
他姿势优美，挺胸叉腰。

对你表示赞美并不稀奇，
每一个人都会爱上你：
鲜红的彩带微微地飘动，
飘在你那像夜一般黢黑的发际；

透过你那黝黑面颊的红晕
露出了纤细纤细的毛绒，
在你那弯弯的眉毛下面
滴溜溜闪动着一双调皮的大眼睛。

黑眉毛村姑的秋波一转，
充满了沸腾热血的魔力，
它能使一个老人倾家荡产，
会将爱情投入青年的心里。

你要尽量地享受、尽情地欢乐，
生活将会轻松愉快、幸福美满……
不然你就会落得这样的下场：
嫁一个邋邋遢遢的庄稼汉。

围裙紧紧地系在腋下，
将胸脯勒得扭扭歪歪，
爱找碴儿的丈夫会来打你，
婆婆把你折磨得死去活来。

由于粗重而又艰苦的活计，
你还来不及开花就要凋零，
你将陷入沉睡不醒的梦里，
照看孩子、吃饭、劳累终身。

在你那表情丰富、充满了
生命的脸上——会忽然出现
呆滞的甘心忍受的神情，
和无法理解的永恒的惊恐。

当你走完自己艰辛的道路，
便会把你徒然耗尽的力量
和那无法温暖的胸膛
统统地埋进阴湿的坟场。

不要再向大路怅惘地张望，
也不要跟着马车急急追赶，
快点把苦恼着你的惊慌
永远抑制在自己的心间！

你是赶不上那狂奔的马车的：

马儿健壮、膘肥腿又疾——
车夫醉眼蒙眬，年轻的骑兵少尉
旋风似地向另一个姑娘驰去……
1846 年

（魏荒弩译）

Ты всегда хороша несравненно...

Ты всегда хороша несравненно,
Но когда я уныл и угрюм,
Оживляется так вдохновенно
Твой веселый, насмешливый ум;

Ты хохочешь так бойко и мило,
Так врагов моих глупых бранишь,
То, понурив головку уныло,
Так лукаво меня ты смешишь;

Так добра ты, скупая на ласки,
Поцелуй твой так полон огня,
И твои ненаглядные глазки
Так голубят и гладят меня, —

Что с тобой настоящее горе
Я разумно и кротко сношу
И вперед — в это темное море —
Без обычного страха гляжу...
1847

你永远是那么美丽无比……

你永远是那么美丽无比，
当我闷闷不乐，满怀忧郁，
你那快乐的、讥诮的智慧
异常活跃，这样有鼓舞力；

你哈哈大笑，豪放而动听，
你痛骂我那愚蠢的敌人，
你有时沮丧地耷拉下脑袋，
是这么调皮地逗我笑起来；

你如此善良，但不轻易抚爱，
你的吻充满了热烈的火，
你那一双最美丽的眼睛
是这样怜爱着，抚慰着我——

我同你，明智而温顺地
忍受着这真正的悲哀，
我一无恐惧地向前望去——
望着这黑黝黝一片大海……
1847 年

（魏荒弩译）

Вчерашний день, часу в шестом...

Вчерашний день, часу в шестом,
Зашел я на Сенную;

Там били женщину кнутом,
　　　Крестьянку молодую.

Ни звука из ее груди,
　　　Лишь бич свистал, играя...
И Музе я сказал:«Гляди!
　　　Сестра твоя родная!»
1848

昨天，在五点多钟的时候……

昨天，在五点多钟的时候，
　　　我来到干草广场①；
那里正在抽打一个女人，
　　　年轻的乡下姑娘。

她的胸膛没有发出一点声音，
　　　只有皮鞭在挥舞，嗖嗖地响……
我对缪斯②说道："看呀！
　　　你这亲姊妹的形象！"
1848 年

（魏荒弩译）

Мы с тобой бестолковые люди...

Мы с тобой бестолковые люди:

---

① 广场在彼得堡，是法院判决后当众执行体罚的地方。
② 缪斯，希腊神话中九位文艺女神和科学女神的总称。一般译为"诗神"。

Что минута, то вспышка готова!
Облегченье взволнованной груди,
Неразумное, резкое слово.

Говори же, когда ты сердита,
Все, что душу волнует и мучит!
Будем, друг мой, сердиться открыто:
Легче мир — и скорее наскучит.

Если проза в любви неизбежна,
Так возьмем и с нее долю счастья:
После ссоры так полно, так нежно
Возвращенье любви и участья...
1851

我和你，咱们的头脑都不清醒……

我和你，咱们的头脑都不清醒：
每时每刻都有发火儿的可能！
为使激动的心胸得到舒宽，
便要有粗直而尖刻的语言。

都说出来吧，当你怒火中烧，要把
使你急躁而难过的一切都说遍！
我的朋友，那就让我们大光其火吧：
人世会轻快些，但不久就会厌烦。

既然爱情难免有点枯燥而平庸，
那就要从中摄取幸福的一份：
吵过嘴以后，重新获得的爱情

和同感，又是多么的温柔和丰盛……
1851 年

（魏荒弩译）

Несжатая полоса

Поздняя осень. Грачи улетели,
Лес обнажился, поля опустели,

Только не сжата полоска одна...
Грустную думу наводит она.

Кажется, шепчут колосья друг другу:
«Скучно нам слушать осеннюю вьюгу,

Скучно склоняться до самой земли,
Тучные зерна купая в пыли!

Нас, что ни ночь, разоряют станицы
Всякой пролетной прожорливой птицы,

Заяц нас топчет, и буря нас бьет...
Где же наш пахарь? чего еще ждет?

Или мы хуже других уродились?
Или не дружно цвели-колосились?

Нет! мы не хуже других — и давно
В нас налилось и созрело зерно.

Не для того же пахал он и сеял,
Чтобы нас ветер осенний развеял?..»

Ветер несет им печальный ответ:
«Вашему пахарю моченьки нет.

Знал, для чего и пахал он и сеял,
Да не по силам работу затеял.

Плохо бедняге — не ест и не пьет,
Червь ему сердце больное сосет,

Руки, что вывели борозды эти,
Высохли в щепку, повисли как плети,

Очи потускли, и голос пропал,
Что заунывную песню певал,

Как, на соху налегая рукою,
Пахарь задумчиво шел полосою».
1855

未收割的田地

晚秋时候。白嘴鸦已经飞去，
树林落光叶子，田野一片空寂，

未收割的田地只有一块……
这勾起人们忧愁的思虑。

麦穗仿佛彼此在絮絮诉说：
　"我们听厌了这秋天的风雨，

脑袋耷拉在地上多无聊，
饱满的谷粒沐浴在尘土里！

各种过路的、贪食的鸟群
没有一夜不来破坏我们，

野兔把我们糟蹋，暴风雨把我们吹打……
我们的农夫在哪里？他还在等待什么？

是我们长得不如别的田地？
还是开花、秀穗不够整齐？

我们并不比别的庄稼差，不！
我们早已灌满浆液，颗粒成熟。

难道农夫又耕耘又播种，
就是为了让秋风吹散我们？……"

风儿给它们送来悲伤的音讯：
　"你们的农夫已经精疲力尽。

他知道为什么要去耕耘和播种，
只是去收割，已是力不从心。

可怜的人已病倒，不吃也不喝，
蛆虫在吸吮着他害病的心窝，

那开出这些垄沟的双手，

垂着像枯藤，干瘪如柴瘦，

农夫眼色暗淡，而且又哑了歌喉，
再不能用歌声抒发自己的哀愁，

他再也不能手扶犁杖，
沉思地走过自己的田头。"
1855 年

（魏荒弩译）

Стихи мои! Свидетели живые...

Стихи мои! Свидетели живые
　　　　　За мир пролитых слез!
Родитесь вы в минуты роковые
　　　　　Душевных гроз
И бьетесь о сердца людские,
　　　　　Как волны об утес.
　　1858

我的诗篇啊！对于洒遍泪水的世界……

我的诗篇啊！对于洒遍泪水的世界，
　　　　你是活生生的见证！
你诞生在心灵上暴风雨
　　　　骤起的不幸时分，
你撞击着人的心底
　　　　犹如波涛撞击着峭壁。
1858 年

（魏荒弩译）

Сеятелям

Сеятель званья на ниву народную!
Почву ты, что ли, находишь бесплодную,
        Худы ль твои семена?
Робок ли сердцем ты? слаб ли ты силами?
Труд награждается всходами хилыми,
        Доброго мало зерна!
Где же вы, умелые, с бодрыми лицами,
Где же вы, с полными жита кошницами?
Труд засевающих робко, крупицами,
        Двиньте вперед!
Сейте разумное, доброе, вечное,
Сейте! Спасибо вам скажет сердечное
        Русский народ...

1876

致播种者

在人民的田野上播种知识的人啊！
你找到的是贫瘠的土壤，
        还是你播下的种子不好？
是你气魄不足？还是力量单薄？
你的劳动报偿只是些孱弱的幼苗，
        饱满的粮食实在太少！
那精力充沛的能者，你们在哪里？
挑着满筐五谷，你们在哪里？
请提醒那些畏缩不前的人们，

把播种劳动向前推进！
快把理智的、善良的、永恒的种子撒下去，
快撒吧！俄罗斯人民对你们
　　将表示衷心的谢意……
1876 年

（魏荒弩译）

Дни идут... все так же воздух душен...

Дни идут... все так же воздух душен,
Дряхлый мир — на роковом пути...
Человек — до ужаса бездушен,
Слабому спасенья не найти!

Но... молчи, во гневе справедливом!
Ни людей, ни века не кляни:
Волю дав лирическим порывам,
Изойдешь слезами в наши дни...
1877

日复一日……空气还那么沉郁……

日复一日……空气还是那么沉郁，
衰颓的世界——在死亡的路上滑去……
人——冷酷无情到令人惊惧的地步，
这哪里还有什么弱者的生路！

但是……且不要发泄你的满腔义愤！
不要咒骂时代，更不要责备世人：

你既已纵情于诗歌的创作，
而今就得把血泪耗尽……
1877 年

（魏荒弩译）

Великое чувство! У каждых дверей...

Великое чувство! У каждых дверей,
В какой стороне ни заедем,
Мы слышим, как дети зовут матерей,
Далеких, но рвущихся к детям.

Великое чувство! Его до конца
Мы живо в душе сохраняем, —
Мы любим сестру, и жену, и отца,
Но в муках мы мать вспоминаем!
1877

伟大的亲情！我们无论走近……

伟大的亲情！我们无论走近
哪一个地方，哪一个家门，
都会听到儿女在呼唤着母亲，
她们虽远在他方，也都向儿女飞奔。

伟大的亲情！我们自始至终
牢牢地珍藏在自己的心中，
我们热爱自己的姐妹、妻子和父亲，
但一遇到苦难便立刻想起母亲！
1877 年

（魏荒弩译）

За желанье свободы народу...

За желанье свободы народу,
Потеряем мы сами свободу,
За святое стремленье к добру —
Нам в тюрьме отведут конуру.
1877 (?)

为了让人民获得自由……

为了让人民获得自由，
我们自己却失去了自由，
为了对幸福的神圣向往——
我们却被系进破牢房。
1877（不详）

（魏荒弩译）

尼基京

伊万·萨维奇·尼基京（Иван Саввич Никитин，1824—1861）俄罗斯诗人，早年受丘特切夫、费特等影响，抒写爱情与自然，追求形式与唯美，后受涅克拉索夫影响，揭露社会问题，富于公民精神，诗风朴实、优美。

Утро

Звезды меркнут и гаснут. В огне облака.
    Белый пар по лугам расстилается.
По зеркальной воде, по кудрям лозняка
    От зари алый свет разливается.
Дремлет чуткий камыш. Тишь — безлюдье вокруг.
    Чуть приметна тропинка росистая.
Куст заденешь плечом — на лицо тебе вдруг
    С листьев брызнет роса серебристая.
Потянул ветерок, воду морщит-рябит.
    Пронеслись утки с шумом и скрылися.
Далеко-далеко колокольчик звенит.
    Рыбаки в шалаше пробудилися,
Сняли сети с шестов, весла к лодкам несут...
    А восток все горит, разгорается.
Птички солнышка ждут, птички песни поют,
    И стоит себе лес, улыбается.
Вот и солнце встает, из-за пашен блестит.
    За морями ночлег свой покинуло,
На поля, на луга, на макушки ракит
    Золотыми потоками хлынуло.
Едет пахарь с сохой, едет — песню поет,
    По плечу молодцу все тяжелое...
Не боли ты, душа! Отдохни от забот!
    Здравствуй, солнце да утро веселое!
1854—1855

早晨

星光闪烁着渐渐熄灭。云霞似火。
　　白蒙蒙的烟雾在草地上飘萦。
红彤彤的朝霞盈盈洒落
　　在波平如镜的湖面和繁枝茂叶的柳丛。
敏感的芦苇睡眼惺忪。四野寂无人声。
　　露水晶莹的小径隐约可见。
你的肩头稍一触动灌木枝
　　银亮的露珠便滴滴洒上你的脸。
轻风徐吹，揉皱了水面，涟漪频荡。
　　野鸭们呷呷飞过，消失了踪影。
远远地，远远地隐隐传来一阵钟响。
　　窝棚里的渔夫们已经睡醒，
取下渔网，扛起木桨，走向小船……
　　东方燃烧着，火海般一片通红；
鸟儿们歌声悠悠，等待着旭日露面。
　　森林静静伫立，满脸笑容。
一轮朝阳离别了昨夜投宿的大海，
　　跃出地面，喷薄着耀眼的光芒，
万道金灿灿的光流，哗哗倾泻在
　　爆竹柳的梢头，田野和牧场。
农夫骑着马儿，拖着木犁，一路欢歌，
　　沉重的负担，落在年轻人的双肩……
心儿呀，莫难过！快从尘世的忧烦中超脱！
　　向太阳，向快乐的早晨道一声早安！
1854 年至 1855 年间

　　　　　　　　　　　　　　（曾思艺译）

День и ночь с тобой жду встречи...

День и ночь с тобой жду встречи,
Встречусь — голову теряю;
Речь веду, но эти речи
Всей душой я проклинаю.

Рвется чувство на свободу,
На любовь хочу ответа, —
Говорю я про погоду,
Говорю, как ты одета.

Не сердись, не слушай боле:
Этой лжи я сам не верю.
Я не рад своей неволе,
Я не рад, что лицемерю.

Такова моя отрада,
Так свой век я коротаю:
Тяжело ль — молчать мне надо,
Полюблю ль — любовь скрываю.
1856

日日夜夜渴盼着与你会面……

日日夜夜渴盼着与你会面，
一旦会面——却惊惶失措；
我说着话，但这些语言，

我又用整个心灵诅咒着。

很想让感情自由地奔放，
以便赢得你爱的润泽，
但说出来的却是天气怎样，
或是在品评你的衣着。

请别生气，别听我痛苦的咕哝：
我自己也不相信这种胡言乱语。
我不喜欢自己的言不由衷，
我讨厌自己的心口不一。

我的乐趣就是这么简单，
我就这样消磨掉自己的青春时光：
即便满怀忧伤——我也只会沉默不言，
即便苦苦爱着——我也只会把爱深藏。
1856 年

（曾思艺译）

Ночлег в деревне

Душный воздух, дым лучины,
　　Под ногами сор,
Сор на лавках, паутины
　　По углам узор;

Закоптелые полати,
　　Черствый хлеб, вода,
Кашель пряхи, плач дитяти...
　　О, нужда, нужда!

Мыкать горе, век трудиться,
　　Нищим умереть...
Вот где нужно бы учиться
　　Верить и терпеть!
1857—1858

村中夜宿

浊闷的空气，松明的浓烟，
　　脚下，遍地垃圾，
长凳布满灰尘，墙角边
　　蛛网的花纹层层结集；

熏得黑黝黝的高板床，
　　硬邦邦的面包就着凉水吞，
纺织女的咳喘，孩子们的哭嚷……
　　啊，穷困，穷困！

受苦受穷，终生劳累，
　　却像乞丐般死去……
在这儿就应当学会
　　信教，并善于耐穷受屈！
1857 年至 1858 年间

（曾思艺译）

Постыдно гибнет наше время!..

Постыдно гибнет наше время!..

Наследство дедов и отцов,
Послушно носит наше племя
Оковы тяжкие рабов.

И стоим мы позорной доли!
Мы добровольно терпим зло:
В нас нет ни смелости, ни воли...
На нас проклятие легло!

Мы рабство с молоком всосали,
Сроднились с болью наших ран.
Нет! в нас отцы не воспитали,
Не подготовили граждан.

Не мстить нас матери учили
За цепи сильным палачам —
Увы! бессмысленно водили
За палачей молиться в храм!

Про жизнь свободную не пели
Нам сестры... нет! под гнетом зла
Мысль о свободе с колыбели
Для них неведомой была!

И мы молчим. И гибнет время...
Нас не пугает стыд цепей —
И цепи носит наше племя
И молится за палачей...
1857—1861

我们的时代可耻地消亡……

我们的时代可耻地消亡!……
继承祖祖辈辈的衣钵,
我们这代人多么驯良,
竟安恬于奴隶的沉重枷锁。

我们只配卑贱的命运!
我们甘愿忍受邪恶:
我们毫无胆量,一味安分……
任谁都可以把我们羞辱折磨!

我们吃奶时就已饱吸奴性,
我们甚至有嗜好创痛的痼疾。
不!父辈们从未有过初衷,
让我们做个公民像条汉子。

母亲也没教会我们仇恨,
情愿忍受暴虐者的桎梏——
唉!她还糊涂地领着我们
到教堂为刽子手祝福!

姐妹们为我们唱的歌,
从来不涉及生活的自由……
从未!她们深受残暴的压迫,
从摇篮里就压根没有自由的念头!

我们只好哑默。时代消亡……
耻辱也不曾使我们砸碎镣铐——

我们这一代锁链银铛
还在为刽子手祈祷……
1857 年至 1861 年间

（曾思艺译）

В синем небе плывут над полями...

В синем небе плывут над полями
Облака с золотыми краями;
Чуть заметен над лесом туман,
Теплый вечер прозрачно-румян.

Вот уж веет прохладой ночною;
Грезит колос над узкой межою;
Месяц огненным шаром встает,
Красным заревом лес обдает.

Кротко звезд золотое сиянье,
В чистом поле покой и молчанье;
Точно в храме, стою я в тиши
И в восторге молюсь от души.
1858

田野上蓝莹莹的天空……

田野上蓝莹莹的天空，
镶着金边的云彩浮动；
森林上盈盈薄雾轻笼，
温煦的黄昏水晶般红。

轻轻吹来一阵夜的凉爽，
窄窄的田垄上麦穗进入梦乡；
月亮像一个火球冉冉东升，
树林辉映着一片片艳红。

繁星的金光柔和地闪耀，
纯净的田野静谧而寂寥；
这寂静使我仿佛置身教堂，
满怀狂喜地虔诚祷告上苍。
1858 年

（曾思艺译）

Тяжкий крест несем мы, братья...

Тяжкий крест несем мы, братья,
Мысль убита, рот зажат,
В глубине души проклятья,
Слезы на сердце кипят.

Русь под гнетом, Русь болеет;
Гражданин в тоске немой;
Явно плакать он не смеет,
Сын об матери больной!

Нет в тебе добра и мира,
Царство скорби и цепей,
Царство взяток и мундира,
Царство палок и плетей.
1857—1861

弟兄们，我们背着沉重的十字架……

弟兄们，我们背着沉重的十字架，
思想被禁锢，言论遭封锁，
诅咒，深深埋藏心底下，
眼泪，在胸膛翻腾如浪波。

罗斯被桎梏，罗斯在呻吟，
你的公民却只能无言地忧伤——
儿子忧思着患病的母亲，
偷偷哭泣，不敢哭出声响！

你没有幸福，也没有安乐，
你是苦难和奴役的王国，
你是贿赂和官僚的王国，
你是棍棒和鞭子的王国！
1857 年至 1861 年间

（曾思艺译）

斯卢切夫斯基

康斯坦丁·康斯坦丁诺维奇·斯卢切夫斯基（Константин Константинович Случевский，1837—1904）其诗歌在继承浪漫主义传统的基础上多有创新，尤其善于把悲剧的主题与强烈的心理矛盾结合起来，并且往往使用不协调的散文体诗句和缺乏逻辑联系的比喻，风格凝重，跳跃度较大，表现了俄罗斯诗歌从传统倾向到现代派的过渡。风格上的不谐以及对悲剧主题的固有的关注，使他成为俄罗斯现代派诗歌的先驱，对勃洛克、安年斯基以及帕斯捷尔纳克等，产生过一定的影响。

Я видел свое погребенье...

Я видел свое погребенье.
Высокие свечи горели,
Кадил непроспавшийся дьякон,
И хриплые певчие пели.

В гробу на атласной подушке
Лежал я, и гости съезжались,
Отходную кончил священник,
Со мною родные прощались.

Жена в интересном безумьи
Мой сморщенный лоб целовала
И, крепом красиво прикрывшись,
Кузену о чем-то шептала.

Печальные сестры и братья
(Как в нас непонятна природа!)
Рыдали при радостной встрече
С четвертою частью дохода.

В раздумьи, насупивши брови,
Стояли мои кредиторы,
И были и мутны и страшны
Их дикоблуждавшие взоры.

За дверью молились лакеи,
Прощаясь с потерянным местом,

А в кухне объевшийся повар
Возился с поднявшимся тестом.

Пирог был удачен. Зарывши
Мои безответные кости,
Объелись на сытных поминках
Родные, лакеи и гости.
1859

我见到了自己的葬礼……

我见到了自己的葬礼。
长长的蜡烛全都点燃，
尚未醒酒的助祭摇着香炉，
几名歌手嘶哑地哼唱。

我枕着缎子枕头，
躺在棺材里，客人聚集在一起，
神甫做完送终祈祷，
亲人们开始告别我的遗体。

妻子在有趣的神经错乱中
吻了一下我布满皱纹的额头，
然后巧妙地用黑纱作为掩护，
同她表兄窃窃私语、喋喋不休。

四个悲伤的兄弟姐妹
（大自然真是不可思议！）
各自有幸得到一份遗产，
然而，却又痛哭流涕。

我的债主们皱着眉头，
满腹心事地站在一边，
他们那游移不定的目光
显得浑浊、可怕、慌乱。

佣人们在门外祈祷，
因丧失职业而神情黯然，
厨房里吃得过饱的厨师
在那儿折腾着发酵的面团。

大馅饼已经全部烤香。
埋葬好我的毫无反应的尸骨，
亲友、佣人和来宾入席进餐，
一个个吃得饭饱酒足。
1859 年

〔吴笛译〕

По крутым по бокам вороного...

По крутым по бокам вороного
Месяц блещет, вовсю озарил!
Конь! Поведай мне доброе слово!
В сказках конь с седоком говорил!

Ох, и лес-то велик и спокоен!
Ох, и ночь-то глубоко синя!
Да и я безмятежно настроен...
Конь, голубчик! Побалуй меня!

Ты скажи, что за девицей едем;
Что она, прикрываясь фатой,
Ждет... глаза проглядит... Нет! Мы бредим,
И никто-то не ждет нас с тобой!

Конь не молвит мне доброго слова!
Это сказка, чтоб конь говорил!
Но зачем же бока вороного
Месяц блеском таким озарил?
1883

在马儿身体的左右两侧……

在马儿身体的左右两侧，
月亮尽情地放射着光芒！
马儿呀，向我道一声问候，
在童话中，骑手总是与马交谈！

啊，广阔的树林一片寂静！
青幽幽的夜色多么迷人！
我的心境这般安逸……
亲爱的马儿，快让我开心！

你说，我们是去与姑娘相会，
说她脸上还蒙着面纱，
望眼欲穿……不！我们只是漂泊，
没有任何人等我们回家！

马儿没向我道一声问候！
让马开口——这只是神话！

然而为什么那轮明月
如此灿烂照耀着它？
1883 年

（吴笛译）

В душе шел светлый пир...

В душе шел светлый пир. В одеждах золотых
Виднелись на пиру: желанья, грезы, ласки;
Струился разговор, слагался звучный стих,
И пенился бокал, и сочинялись сказки.

Когда спускалась ночь, на пир являлся сон,
Туманились огни, виденья налетали,
И сладкий шепот шел, и несся тихий звон
Из очень светлых стран, и из далекой дали...

Теперь совсем не то. Под складками одежд,
Не двигая ничуть своих погасших ликов,
Виднеются в душе лишь остовы надежд!
Нет песен, смеха нет и нет заздравных кликов.

А дремлющий чертог по всем частям сквозит,
И только кое-где, под тяжким слоем пыли,
Светильник тлеющий дымится и коптит,
Прося, чтоб и его скорее погасили...
1889

我的心中举行过喜庆宴会……

我的心中举行过喜庆宴会。
盛装出席的有愿望、幻想和抚慰，
大家亲切交谈即兴作诗朗诵，
信口编造故事，并且频频举杯。

当夜幕降临，睡梦出席宴会，
灯火模模糊糊，四处飘舞着幻影，
一阵阵甜蜜的絮语，还从遥远的国度，
从非常明亮的地方，带来了轻柔的歌声……

现在全都变更。在服饰的褶痕下，
我的心中只能看见希望的骨架，
那黯然无光的面孔一动不动，
没有歌声，没有笑语，也没有祝酒的话。

困倦的酒厅已经四面透风，
只有一盏昏暗的油灯，放在角落里，
积满灰尘，冒着黑烟，
请求把它尽快地吹熄……
1889 年

（吴笛译）

Невеста

В пышном гробе меня разукрасили,
А уж я ли красой не цвела?

Восковыми свечами обставили, —
Я и так бесконечно светла!

Медью темной глаза придавили мне, —
Чтобы глянуть они не могли;
Чтобы сердце во мне не забилося,
Образочком его нагнели!

Чтоб случайно чего не сказала я,
Краткий срок положили — три дня!
И цветами могилу засыпали,
И цветы придушили меня...
Неизв. Годы

新娘

人们把我装饰在豪华的棺材里，——
难道我不再显现自己的美丽？
周围摆上了许许多多的蜡烛，——
于是，我被照得无比明澈、清晰！

深色的铜片罩到了眼前，——
好让我的眼睛看不见东西；
小小的圣像压到了胸口，
好让我的心跳立刻停止！

为了避免我偶然开口说话，
他们只安排短短的三天时间！
他们用鲜花铺满了坟墓，
浓郁的香气熏得我一命归天……
写作时间不详

（吴笛译）

阿普赫京

阿列克谢·尼古拉耶维奇·阿普赫京（Алексей Николаевич Апухтин，1840—1893）早年接近涅克拉索夫等的公民诗，后转向"纯艺术派"诗歌。其诗善于表现痛苦中的心境和深刻的内心冲突，感情真挚，对 20 世纪初的俄国诗歌尤其是勃洛克的创作有一定的影响。

Мухи

Мухи, как черные мысли, весь день не дают мне покою:
Жалят, жужжат и кружатся над бедной моей головою!
Сгонишь одну со щеки, а на глаз уж уселась другая,
Некуда спрятаться, всюду царит ненавистная стая,
Валится книга из рук, разговор упадает, бледнея...
Эх, кабы вечер придвинулся! Эх, кабы ночь поскорее!

Черные мысли, как мухи, всю ночь не дают мне покою:
Жалят, язвят и кружатся над бедной моей головою!
Только прогонишь одну, а уж в сердце впилася другая, —
Вся вспоминается жизнь, так бесплодно в мечтах прожитая!
Хочешь забыть, разлюбить, а все любишь сильней и больнее...
Эх! кабы ночь настоящая, вечная ночь поскорее!
1873

苍蝇

苍蝇，就像阴暗的思想，整天搅扰我的安宁：
在我可怜的头顶上飞来飞去，恶作剧地嗡嗡不停！
刚从脸颊上赶走一只，可另一只早已飞上了眼睛，
无处可逃，到处都是这种可憎的东西在横行，
书本从手里掉下，我没兴致说话，脸白如纸……
唉，但愿黄昏快快到来！唉，但愿黑夜降临大地！

阴暗的思想，就像苍蝇，整夜搅扰我的安宁：
在我可怜的脑海里飞来飞去，恶作剧地使我苦痛！

刚刚赶走一只，可另一只早已钻到心上，
我回忆起整个一生，沉湎于毫无结果的幻想！
我试图遗忘，割舍，却对一切爱得越发强烈越发伤心……
唉！但愿真正的黑夜，永恒的黑夜快快降临！
1873 年

（曾思艺译）

Проложен жизни путь бесплодными степями...

Проложен жизни путь бесплодными степями,
И глушь, и мрак... ни хаты, ни куста...
Спит сердце; скованы цепями
И разум, и уста,
И даль пред нами
Пуста.

И вдруг покажется не так тяжка дорога,
Захочется и петь, и мыслить вновь.
На небе звезд горит так много,
Так бурно льется кровь...
Мечты, тревога,
Любовь!

О, где же те мечты? Где радости, печали,
Светившие нам ярко столько лет?
От их огней в туманной дали
Чуть виден слабый свет...
И те пропали...
Их нет.

1888

生活的道路仿如贫瘠荒凉的草原一样
向前延伸……

生活的道路仿如贫瘠荒凉的草原一样向前延伸，
偏僻，黑暗……没有屋舍，没有灌木……
心灵沉睡；理性，嘴唇
仿佛都被枷锁锁住，
我们的远方无垠，
却一片空无。

忽然间路途显得不再难以忍受，
歌儿振翅欲飞，思想转动。
星星在天空烈燃不休，
血液狂热奔涌……
幻想，惊忧，
爱情！

哦，那些幻想何在？在哪里，快乐，悲伤？
它们这么多年如此亮丽地为我们照明！
由于它们，在雾气腾腾的远方，
能勉强看见隐约的火星……
这一切，都已消亡……
它们也失去踪影。

1888 年

（曾思艺译）

纳
德
松

　　谢苗·雅科夫列维奇·纳德松（Семен Яковлевич
Надсон，1862—1887）19 世纪后期颇有影响的涅克拉索
夫派诗人，他以真诚的态度表达了灰暗年代中知识分子
苦闷、悲观与绝望的情绪，其诗表现了公民的忧伤、对
人民的热爱以及对光明未来的向往，但又交织着表示抗
议却又软弱无力，彷徨绝望却又偶尔流露出对未来信心
的矛盾，曾被称为反映了"一代人的心声"，感情真挚，
和谐流畅，富有音乐美。

Не весь я твой — меня зовут...

Не весь я твой — меня зовут
Иная жизнь, иные грезы...
От них меня не оторвут
Ни ласки жаркие, ни слезы.

Любя тебя, я не забыл,
Что жизни цель — не наслажденье,
В душе своей не заглушил
К сиянью истины стремленье;

Не двинул к пристани свой челн
Я малодушною рукою,
И смело мчусь по гребням волн
На грозный бой с глубокой мглою!..
1878

我并非整个儿属于你……

我并非整个儿属于你——
另一种生活，另一种幻想在召唤我……
任谁都无法使我和它们分离，
无论如火爱抚，还是热泪滂沱。

我爱你，这我绝不会忘记：
生活的目标——并非享受，
而我的心灵也并未降低

对真理之光的渴求。

我并未用怯懦的手推动
自己的独木舟回到码头，
它勇敢地飞驶在涛尖浪峰，
同茫茫浓雾进行残酷的战斗！……
1878 年

（曾思艺译）

Горячее солнце так ласково греет...

Горячее солнце так ласково греет,
Так мирно горит голубой небосвод,
Что сердце невольно в груди молодеет
И любит, как прежде, и верит и ждет.
1879

太阳激情似火地散发着融融温情……

太阳激情似火地散发着融融温情，
蓝晶晶的天空灿丽着漫漫一片宁静，
心灵不知不觉间倏然变得年轻，
像从前一样爱着，耐心等待，满怀信心。
1879 年

（曾思艺译）

Милый друг, я знаю, я глубоко знаю...

Милый друг, я знаю, я глубоко знаю,
Что бессилен стих мой, бледный и больной;
От его бессилья часто я страдаю,
Часто тайно плачу в тишине ночной...
Нет на свете мук сильнее муки слова:
Тщетно с уст порой безумный рвется крик,
Тщетно душу сжечь любовь порой готова:
Холоден и жалок нищий наш язык!..

Радуга цветов, разлитая в природе,
Звуки стройной песни, стихшей на струнах,
Боль за идеал и слезы о свободе, —
Как их передать в обыденных словах?
Как безбрежный мир, раскинутый пред нами,
И душевный мир, исполненный тревог,
Жизненно набросить робкими штрихами
И вместить в размеры тесных этих строк?..

Но молчать, когда вокруг звучат рыданья
И когда так жадно рвешься их унять, —
Под грозой борьбы и пред лицом страданья...
Брат, я не хочу, я не могу молчать!..
Пусть я, как боец, цепей не разбиваю,
Как пророк — во мглу не проливаю свет:
Я ушел в толпу и вместе с ней страдаю,
И даю что в силах — отклик и привет!..
1882

亲爱的朋友，我懂得，我清楚地懂得……

　　亲爱的朋友，我懂得，我清楚地懂得，
我苍白而病态的诗句软弱无力，
我为它的软弱无力而饱受磨折，
常常在深夜的寂静里偷偷哭泣……
世界上最大的痛苦莫过于语言的痛苦：
有时即便爆发出疯狂的叫喊也全部落空，
有时即便用爱来燃烧灵魂也毫无用处：
我贫乏的语言依旧浅陋而僵冷！……

　　大自然那七彩流溢的美丽长虹，
琴弦上那余音袅袅的优美乐曲，
为自由而潸潸泪流，为理想而常遭苦痛，
平淡的语言怎么能转述它们的奇异？
这展现在我们面前的无边无际的世界，
这充满了惊惶不安的内心宇宙，
稀疏的笔触怎能逼真地把它描写，
又怎能把它硬塞进这些诗行的狭小窠臼？

　　然而，沉默吗，正当到处哭声震天，
正当你如此急切地渴望化除民瘼，
在斗争的暴风雨中，在痛苦的人们面前……
兄弟，我不愿，我也无法沉默！……
让我当一个战士，锁链我都不能砸碎，
让我做一名先知，在黑暗中我却无法预示光明：
我只有走进人群与他们同命运共伤悲，
竭尽全力，响应他们，并向他们致敬！……
1882 年

　　　　　　　　　　　　　　　　（曾思艺译）

Когда бы я сердце открыл пред тобою...

Когда бы я сердце открыл пред тобою,
Ты, верно, меня бы безумным сочла:
Так радость близка в нем с угрюмой тоскою,
Так с солнцем слита в нем глубокая мгла...
1882—1883

当我在你面前敞开心扉……

当我在你面前敞开心扉，
你一定会责备我疯狂：
欢乐就这样与阴沉沉的忧郁联袂，
浓重的黑暗就这样与阳光混合成一片……
1882 年至 1883 年间

（曾思艺译）

Тихая ночь в жемчуг росы нарядилась...

Тихая ночь в жемчуг росы нарядилась...
Спите, тревожные думы, в сердце моем!..
Тихая ночь в жемчуг росы нарядилась...
Вон одинокая звездочка с неба скатилась...
В темных кустах дрогнула птица крылом...
Спите, тревожные думы! Покоя, покоя!
Полосы лунного света лежат на пруду...
Спите, тревожные думы.
1886

静悄悄的夜晚穿上了露水的珍珠衣……

静悄悄的夜晚穿上了露水的珍珠衣……
睡吧，我心中那惊慌不安的思绪！……
静悄悄的夜晚穿上了露水的珍珠衣……
你看一颗孤零零的小星星滑下了天际……
鸟儿的翅膀在黑沉沉的灌木林战栗……
睡吧，惊慌不安的思绪！静谧，静谧！
月光的晶带在池塘的水面摇漾不已……
睡吧，惊慌不安的思绪。
1886 年

（曾思艺译）

索
洛
维
约
夫

　　弗拉基米尔·谢尔盖耶维奇·索洛维约夫（Владимир
Сергеевич Соловьев，1853—1900）俄国哲学家、诗人、
翻译家。其哲学思想的核心是万物同一说、世界灵魂说和
世界末日说。他对用美拯救世界的探索和他对丘特切夫、
费特诗学传统的向往，使他实际上成为年轻一代象征派
的精神领袖。其诗富于哲理美，是其哲学思想的诗化体现。

Бедный друг, истомил тебя путь...

Бедный друг, истомил тебя путь,
Темен взор, и венок твой измят.
Ты войди же ко мне отдохнуть.
Потускнел, догорая, закат.

Где была и откуда идешь,
Бедный друг, не спрошу я, любя;
Только имя мое назовешь —
Молча к сердцу прижму я тебя.

Смерть и Время царят на земле, —
Ты владыками их не зови;
Все, кружась, исчезает во мгле,
Неподвижно лишь солнце любви.
1887

可怜的朋友，你风尘仆仆……

可怜的朋友，你风尘仆仆，
两眼无神，衣冠不整。
请进我屋来舒舒筋骨，
外面已晚霞散尽，暮色冥冥。

可怜的朋友，我如此爱你，
我不会追问你来自何处去向何方。
只要你喊一声我的名字，

我会默默地把你紧拥在胸膛。

死亡和时间统治着大地，
请别称它们为大地的主宰，
一切终将旋转着在黑暗中消失，
唯有那爱的太阳长盛不衰。
1887 年

（曾思艺译）

Око вечности

«Да не будут тебе Бози инии, разве Мене.»

Одна, одна над белою землею
　　　Горит звезда
И тянет вдаль эфирною стезею
　　　К себе — туда.

О нет, зачем? В одном недвижном взоре
　　　Все чудеса,
И жизни всей таинственное море,
　　　И небеса.

И этот взор так близок и так ясен, —
　　　Глядись в него,
Ты станешь сам — безбрежен и прекрасен —
　　　Царем всего.

1897

永恒之眼

"但愿除我之外你没有别的神灵护佑。"

在那白蒙蒙的大地上方，
　　闪亮着一颗星，
远远地朝自己引来目光，
　　沿太空的路程。

不，何必？只消一凝望，
　　便阅尽奇迹：
全部生命的神秘海洋
　　和无垠的天际。

这一瞥是如此贴近和泰然，
　　你朝它一望，
自己也变得美丽和无限——
　　成万王的君王。
1897 年

（顾蕴璞译）

福法诺夫

康斯坦丁·米哈伊洛维奇·福法诺夫（一译福凡诺夫，Константин Михайлович Фофанов，1862—1911）自学成才的诗人，晚年贫病交迫。他的诗工于逃避现实的梦幻，但在意象（多半为城市的）、气质（充满不和谐音）等方面极富现代气息，因此被勃留索夫、谢维里亚宁等人视为自己的先驱。

Звезды ясные, звезды прекрасные...

Звезды ясные, звезды прекрасные
Нашептали цветам сказки чудные,
Лепестки улыбнулись атласные,
Задрожали листы изумрудные.

И цветы, опьяненные росами,
Рассказали ветрам сказки нежные, —
И распели их ветры мятежные
Над землей, над волной, над утесами.

И земля, под весенними ласками
Наряжаяся тканью зеленою,
Переполнила звездными сказками
Мою душу, безумно влюбленную.

И теперь, в эти дни многотрудные,
В эти темные ночи ненастные,
Отдаю я вам, звезды прекрасные,
Ваши сказки задумчиво-чудные!..
1885

亮晶晶的星星，美丽的星星……

亮晶晶的星星，美丽的星星，
给繁花悄声细说着神奇的故事，
锦缎般的花瓣一朵朵绽开了笑容，

绿宝石般的树叶在瑟瑟颤栗。

一朵朵喝醉了露水的鲜花，
又把这柔情的故事讲述给清风，——
飞过大地，飞过浪波，飞过悬崖，
激动的风儿到处把这故事吟诵。

大地，喜迎春天的柔情蜜意，
用绿茸茸的新衣把自己扮靓，
用星星的那些故事，
填满我疯狂热恋的心房。

可现今，在这艰难困苦的时光，
在这黑云压城、阴雨绵绵的暗夜里，
美丽的星星啊，我向你们奉还
你们那些发人幽思的神奇故事!……
1885 年

（曾思艺译）

Небо и море

Ты — небо темное в светилах,
Я — море темное. Взгляни:
Как мертвецов в сырых могилах,
Я хороню твои огни.

Но если ты румяным утром
Опять окрасишься в зарю,
Я эти волны перламутром
И бирюзою озарю.

И если ты суровой тучей
Нахмуришь гневную лазурь,
Я подыму свой вал кипучий
И понесусь навстречу бурь…
1886

天空与大海

你是天宇中黑暗的天空，
我是黑暗的大海。试看：
像用寒墓掩埋起死人，
我定要埋葬你的灯盏。

然而你如用绯红的晨曦，
再次把自己染成彩霞，
我定会用珠母和绿松石，
使我的波涛容光焕发；

假如你还用阴沉的乌云，
让愤怒的蓝天皱起双眉，
我定将掀起涛浪如滚，
迎着暴风雨疾驰如飞……
1886 年

（顾蕴璞译）

После грозы

Остывает запад розовый,

Ночь увлажнена дождем.
Пахнет почкою березовой,
Мокрым щебнем и песком.

Пронеслась грога над рощею.
Поднялся туман с равнин.
И дрожит листвою тощею
Мрак испуганных вершин.

Спит и бредит полночь вешняя,
Робким холодом дыша.
После бурь весна безгрешнее,
Как влюбленная душа.

Вспышкой жизнь ее сказалася,
Ей любить пришла пора.
Засмеялась, разрыдалася
И умолкла до утра.
1892

雷雨过后

玫瑰红的西方渐渐冷却，
黑夜被雨水淋得透湿，
散发出一股股小白桦的嫩叶，
湿漉漉的碎石和沙粒的气息。

雷雨如飞掠过丛林上空，
云雾从平原上袅袅升起。
惊惶的山顶上那漫漫幽冥，

像纤小的树叶瑟瑟战栗。

春天的午夜迷乱于梦境,
透出一丝怯生生的寒冷。
暴风雨过后春天更加纯净,
一如那热恋中的心灵。

生命突然爆发出火光,
热恋的时候已经来到。
哈哈大笑一阵,嚎啕痛哭一场
天亮前重又沉入寂寥。
1892 年

〔曾思艺译〕

洛赫维茨卡娅

玛丽亚·亚历山德罗夫娜·洛赫维茨卡娅（Мария Александровна Лохвицкая，婚后改姓日别尔，Жибер，1869—1905）生前曾获"俄罗斯的萨福"的美称，以善于写爱情诗著称。她欣赏巴尔蒙特的诗才，并对他情有独钟，与他互赠诗篇。她受到谢维里亚宁的特殊推崇，被他尊为先驱，被他写入"自我未来主义"的宣言中。

Если б счастье мое было вольным орлом...

Если б счастье мое было вольным орлом,
Если б гордо он в небе парил голубом, —
Натянула б я лук свой певучей стрелой,
И живой или мертвый, а был бы он мой!

Если б счастье мое было чудным цветком,
Если б рос тот цветок на утесе крутом, —
Я достала б его, не боясь ничего,
Сорвала б и упилась дыханьем его!

Если б счастье мое было редким кольцом
И зарыто в реке под сыпучим песком, —
Я б русалкой за ним опустилась на дно,
На руке у меня заблистало б оно!

Если б счастье мое было в сердце твоем, —
День и ночь я бы жгла его тайным огнем,
Чтобы, мне без раздела навек отдано,
Только мной трепетало и билось оно!
1891

假如我的幸福是自由的雏鹰……

假如我的幸福是自由的雄鹰，
假如它在碧空里傲然地翱翔，

我定用嗖嗖的箭张起我的弓，
要让它死活都落入我的手掌！

假如我的幸福是美极的花朵，
假如它生长在陡峭的山崖上，
我会无所畏惧地将它拿到手，
采下它来并沉醉于它的芳香！

假如我的幸福是珍贵的戒指，
假如它在河里的流沙下埋藏，
我定会像条美人鱼潜入河底，
它定会在我的手上闪发光芒！

假如我的幸福就在你的心中，
我会日夜悄悄地烧灼你心房，
要让你的心永远只属我一人，
只为我才颤抖和跳动在胸膛。
1891 年

（顾蕴璞译）

Я люблю тебя...

Я люблю тебя, как море любит солнечный восход,
Как нарцисс, к волне склоненный, — блеск и холод сонных вод.
Я люблю тебя, как звезды любят месяц золотой,
Как поэт — свое созданье, вознесенное мечтой.
Я люблю тебя, как пламя — однодневки-мотыльки,
От любви изнемогая, изнывая от тоски.
Я люблю тебя, как любит звонкий ветер камыши,
Я люблю тебя всей волей, всеми струнами души.

Я люблю тебя, как любят неразгаданные сны:
Больше солнца, больше счастья, больше жизни и весны.
1899

我爱你，仿佛大海喜爱日出……

我爱你，仿佛大海喜爱日出，
像恋水的水仙爱朦胧而闪光的寒水。
我爱你，有如星星爱金色的月亮，
如诗人爱幻想所开出的诗的花蕊。
我爱你，恰似飞蛾酷爱火焰，
因为想得我难熬，爱的我太疲惫。
我在用全部意志和根根心弦爱你，
我爱你，像芦苇爱喧响的风的劲吹。
胜过爱太阳、幸福、生命和春天呵，
我爱你，就像人们爱那玄妙的梦寐。
1899 年

（顾蕴璞译）

Я хочу быть любимой тобой...

Я хочу быть любимой тобой
Не для знойного сладкого сна,
Но — чтоб связаны вечной судьбой
Были наши навек имена.

Этот мир так отравлен людьми,
Эта жизнь так скучна и темна...
О, пойми, — о, пойми, — о, пойми,

В целом свете всегда я одна.

Я не знаю, где правда, где ложь,
Я затеряна в мертвой глуши.
Что мне жизнь, если ты оттолкнешь
Этот крик наболевшей души?

Пусть другие бросают цветы
И мешают их с прахом земным,
Но не ты, — но не ты, — но не ты,
О властитель над сердцем моим.

И навеки я буду твоей,
Буду кроткой, покорной рабой,
Без упреков, без слез, без затей.
Я хочу быть любимой тобой.
1904（？）

我希望能为你衷心所爱……

我希望能为你衷心所爱，
不是为了热烘烘的、甜蜜蜜的梦，
而是使我们的姓氏永远连结起来，
被永恒的命运牢牢绑定。

这个世界已被人们毒害，
生活是如此孤零零、闷沉沉……
啊，要明白，啊，要明白，啊，要明白，
在整个世界上我永远是孤身一人。

我不知道，哪里是真话，哪里是谎言，
我迷失在死气沉沉的荒山野地，
假如你拒绝这痛苦心灵的呼唤，
那生活对我还有什么意义？

就让别人把鲜花委弃于地，
让它零落成泥化为尘埃，
但不是你，但不是你，但不是你，
啊，我心灵的主宰！

我将永永远远属于你，
成为你温顺、驯服的奴才，
绝无怨言，绝无眼泪，绝无假意。
我希望能为你衷心所爱。
1904 年（不详）

（曾思艺译）

明
斯
基

　　尼古拉·马克西莫维奇·明斯基（Николай Максимович
Минский，真姓为维连金，Виленкин，1855—1937）早
期象征主义的代表人物之一。他的《良心的光照下》（1890）
和《古老的争论》（1884）两篇论文被批评界视为最早的"颓
废派"宣言。两度侨居国外，死于巴黎。他的诗偏重理性，
显得冷峻。

В деревне

Я вижу вновь тебя, таинственный народ,
О ком так горячо в столице мы шумели.
Как прежде, жизнь твоя — увы —полна невзгод,
И нищеты ярмо без ропота и цели
Ты все еще влачишь, насмешлив и угрюм.
Та ж вера детская и тот же древний ум;
Жизнь не манит тебя, и гроб тебе не страшен
Под сению креста, вблизи родимых пашен.

Загадкой грозною встаешь ты предо мной,
Зловещей, как мираж среди степи безводной.
Кто лучше: я иль ты? Под внешней тишиной
Теченья тайные и дно души народной
Кто может разглядеть? О, как постигнуть мне,
Что скрыто у тебя в душевной глубине?
Как мысль твою прочесть в твоем покорном взоре?
Как море, темен ты: могуч ли ты, как море?

Тебя порой от сна будили, в руки меч
Влагали и вели, куда? — ты сам не ведал.
Покорно ты вставал... Среди кровавых сеч
Не раз смущенный враг всю мощь твою изведал.
Как лев бесстрашный, ты добычу добывал,
Как заяц робкий, ты при дележе молчал...
О, кто же ты, скажи: герой великодушный
Иль годный к битве конь, арапнику послушный?

1878

在乡村

我又见到你了，神秘兮兮的人民，
在首都我们常常热情似火地谈论你们，
像过去一样，你们的生活苦难深深，
你们依旧被赤贫的枷锁紧紧缠身，
毫无怨言，毫无目的，面含讥笑，神情忧伤。
依旧是那种天真的信念，和那种古老的思想；
你们对生活毫无向往，也一点不害怕死亡，
你们生活在十字架的影子下，在故乡的土地上。

在我面前，你们就是一个可怕的谜，
预示凶兆一如干旱草原中的蜃楼海市。
谁更好些：我还是你们？谁能看透
宁静外表下人民心底涌动的潜流？
啊，我怎样才能识破
你们的内心深处隐藏着什么？
怎样从你们恭顺的目光中读出你们的思想？
你们像大海一样含混深沉，是否也像大海一样强大雄壮？

有时别人把你们叫醒，并把宝剑塞到你们手中，
还引领着你们，但去哪里？你们自己也一片迷茫。
你们温顺地站着……在激烈的厮杀中，
失败的敌人不止一次尝到了你们整体的强大力量。
你们获取猎物时像狮子一样勇往直前，
分配战利品时却像胆怯的兔子默默无言……
啊，请告诉我，你们究竟是什么：是高尚的英雄？
还是只适宜于战斗的马儿，抑或好使唤的长弓？
1878 年

（曾思艺译）

Я боюсь рассказать, как тебя я люблю...

Я боюсь рассказать, как тебя я люблю.
Я боюсь, что, подслушавши повесть мою,
Легкий ветер в кустах вдруг в веселии пьяном
Полетит над землей ураганом...

Я боюсь рассказать, как тебя я люблю.
Я боюсь, что, подслушавши повесть мою,
Звезды станут недвижно средь темного свода,
И висеть будет ночь без исхода...

Я боюсь рассказать, как тебя я люблю.
Я боюсь, что, подслушавши повесть мою,
Мое сердце безумья любви ужаснется
И от счастья и муки порвется...
1886

我害怕诉说我是怎样地爱你……

我害怕诉说我是怎样地爱你，
我害怕那灌木丛中的一阵轻风
在偷听我的故事后欢快得醉了，
突然飓风般刮起在大地的上空……

我害怕诉说我是怎样地爱你，
我害怕那幽暗天穹中央的星星
在偷听我的故事后全都惊呆了，

夜幕在天上垂挂得无始也无终……

我害怕诉说我是怎样地爱你，
我害怕我胸中揣的这一颗心
在偷听我的故事后燃起狂热的爱
将从幸福和痛苦的重负中脱身……
1886 年

（顾蕴璞译）

Волна

Нежно-бесстрастная,
Нежно-холодная,
Вечно подвластная,
Вечно свободная.

К берегу льнущая,
Томно-ревнивая,
В море бегущая,
Вольнолюбивая.

В бездне рожденная,
Смертью грозящая,
В небо влюбленная,
Тайной манящая.

Лживая, ясная,
Звучно-печальная,
Чуждо-прекрасная,
Близкая, дальняя...
1895

浪

它温柔而恬淡，
柔情而又冷酷，
永远享有自由，
永远受人摆布。

它向彼岸依偎，
嫉妒而又陶醉，
它奔跑向大海，
喜欢逍遥自在。

它在深渊诞生，
用死神吓唬人。
它爱上了天穹，
用奥秘来招引。

它说谎而坦荡，
喧闹而又悲戚，
陌生而心常想，
贴近而又远离……
1895 年

（顾蕴璞译）

梅列日科夫斯基

　　德米特里·谢尔盖耶维奇·梅列日科夫斯基（Дмитрий
Сергеевич Мережковский，1866—1941）作家、诗人、批
评家、宗教哲学家，俄国象征主义的奠基人之一。其诗
主要是其哲学思考的诗意表达，表现人无边的孤独、命
定的矛盾性，鼓吹以美拯救世界，存在理多于情的弱点。
他还写有长篇小说三部曲《基督与反基督》。十月革命后，
侨居国外。

Если розы тихо осыпаются...

Если розы тихо осыпаются,
Если звезды меркнут в небесах,
Об утесы волны разбиваются,
Гаснет луч зари на облаках,

Это смерть, — но без борьбы мучительной,
Это смерть, пленяя красотой,
Обещает отдых упоительный, —
Лучший дар природы всеблагой.

У нее, наставницы божественной,
Научитесь, люди, умирать,
Чтоб с улыбкой кроткой и торжественной
Свой конец безропотно встречать.
1883

如果玫瑰花悄然地凋落……

如果玫瑰花悄然地凋落，
如果星星在高天里暗淡，
如果浪击峭壁碎成飞沫，
如果落日余晖熄灭在云端。

这就是死，了无挣扎的痕迹；
这就是死，动用美征服心怀，
许给你令人陶醉的安息——

幸福无边的大自然的主宰。

人们哪，快学会死的奥秘，
从死神这位绝妙的先生，
好带着柔顺而庄重的笑意，
无怨地迎接末日的来临。
1883 年

（顾蕴璞译）

Одиночество

Поверь мне: — люди не поймут
　　　Твоей души до дна!..
Как полон влагою сосуд, —
　　　Она тоской полна.

Когда ты с другом плачешь, — знай:
　　　Сумеешь, может быть,
Лишь две — три капли через край
　　　Той чаши перелить.

Но вечно дремлет в тишине
　　　Вдали от всех друзей, —
Что там, на дне, на самом дне
　　　Больной души твоей.

Чужое сердце — мир чужой,
　　　И нет к нему пути!
В него и любящей душой
　　　Не можем мы войти.

И что-то есть, что глубоко
　　Горит в твоих глазах,
И от меня — так далеко,
　　Как звезды в небесах...

В своей тюрьме, — в себе самом,
　　Ты, бедный человек,
В любви, и в дружбе, и во всем
　　Один, один навек!..
1890

孤独

相信我吧：——人们不会
　　探寻你心底的秘密！
就像液体注满口杯，
　　心灵充满了忧郁。

当你的朋友哭泣，
　　要知道，也许，
经过杯缘，只有两三滴
　　能注入那个杯里。

可老是昏昏欲睡，在寂静中
　　你远离一切朋友，——
在那里，在底层，
　　你在你病态心灵最底层幽囚。
别人的心——异己的天地，
　　那里，没有任何通途！
那里，即便满怀真挚的爱意，

我们也无法进入！

有某种东西在你的眼中
　　　深沉地放射光焰，
但就像星星闪耀在天穹，
　　　它离我——那么遥远……

囿于自身这个监狱，
　　　你，不幸的人，
在爱情内，在友谊中，在一切里，
　　　永远孤零零，孤零零！……
1890 年

（曾思艺译）

Молчание

Как часто выразить любовь мою хочу,
Но ничего сказать я не умею,
Я только радуюсь, страдаю и молчу:
Как будто стыдно мне — я говорить не смею.

И в близости ко мне живой души твоей
Так все таинственно, так все необычайно, —
Что слишком страшною божественною тайной
Мне кажется любовь, чтоб говорить о ней.

В нас чувства лучшие стыдливы и безмолвны,
И все священное объемлет тишина:
Пока шумят вверху сверкающие волны,
Безмолвствует морская глубина.
1892

沉默

我常常想表述我的爱情，
但我什么也不会言说，
我只会高兴、痛苦和不作声：
仿佛我羞于启齿——不敢说。

你那颗活泼的心一靠近我，
一切都那么神秘、不寻常：
爱情这奥秘会让我觉得
简直太骇人太神妙，无法讲。

人最美的情感羞涩而缄默，
寂静拥抱着千种神圣，
海面呼啸着闪光的浪波，
海底却是默不做声。
1892 年

（顾蕴璞译）

Голубое небо

Я людям чужд и мало верю
Я добродетели земной:
Иною мерой жизнь я мерю,
Иной, бесцельной красотой.

Я верю только в голубую

Недосягаемую твердь.
Всегда единую, простую
И непонятную, как смерть.

О, небо, дай мне быть прекрасным,
К земле сходящим с высоты,
И лучезарным, и бесстрастным,
И всеобъемлющим, как ты.
1894

蓝天

我与世人格格不入，
我很不相信人间的美德，
我用另一种尺度，
一种无功利的美衡量生活。

我只信仰蓝天，
那不可企及的穹苍。
它总是那样完整而简单，
不可理解，就像死亡。

啊，蓝天，请让我变得美丽，
请让我从天界降临人寰，
像你一样灿烂澄碧，
包罗万象而又恬淡。
1894 年

（曾思艺译）

Дети ночи

Устремляя наши очи
На бледнеющий восток,
Дети скорби, дети ночи,
Ждем, придет ли наш пророк.

Мы неведомое чуем,
И, с надеждою в сердцах,
Умирая, мы тоскуем
О несозданных мирах.

Дерзновенны наши речи,
Но на смерть осуждены
Слишком ранние предтечи
Слишком медленной весны.

Погребенных воскресенье
И среди глубокой тьмы
Петуха ночное пенье,
Холод утра — это мы.

Мы — над бездною ступени,
Дети мрака, солнце ждем:
Свет увидим — и, как тени,
Мы в лучах его умрем.

1894

黑夜之子

我们聚精会神地注视，
微微泛白的东方，
黑夜之子，苦难之子，
等待着我们的先知临降。

我们感受着神秘的一切，
并且，内心绽放了希望，
对这个创造得并不完善的世界，
临终之际，我们念念不忘。

我们的语言勇敢大胆，
然而死亡却命定难逃，
只是春天到来得太晚，
预兆却又出现得太早。

但埋葬的终会复活，
唱破昏惨惨的黑暗，
是公鸡夜半的欢歌，
而我们则是早晨的严寒。

我们是深渊上的阶梯，
黑暗之子，我们静候旭日，
当光明降临，我们像影子，
在灿烂阳光中死去。
1894 年

（曾思艺译）

巴尔蒙特

康斯坦丁·德米特里耶维奇·巴尔蒙特（Константин Дмитриевич Бальмонт，1867—1942）俄国老一代象征派中创作成就最卓著者，20世纪初最受读者欢迎的俄罗斯诗人之一，他认为美是诗人的偶像，美与幻想构成他创作中两个最基本的诗韵。他以极强的音乐性歌颂太阳，技巧高超，被称为"太阳诗人"。1920年起侨居国外。

Челн томленья

Князю А. И. Урусову

Вечер. Взморье. Вздохи ветра.
Величавый возглас волн.
Близко буря. В берег бьется
Чуждый чарам черный челн.

Чуждый чистым чарам счастья,
Челн томленья, челн тревог,
Бросил берег, бьется с бурей,
Ищет светлых снов чертог.

Мчится взморьем, мчится морем,
Отдаваясь воле волн.
Месяц матовый взирает,
Месяц горькой грусти полн.

Умер вечер. Ночь чернеет.
Ропщет море. Мрак растет.
Челн томленья тьмой охвачен.
Буря воет в бездне вод.
1894

苦闷之舟

——致乌鲁索夫公爵

黄昏。海滨。寒风呼呼。
急浪激起惊天巨喊。
风暴飞临，反击魔力，
黑色小舟航奔海岸。

泯灭幸福的美妙魔幻，
苦闷之舟，狂乱之舟，
忽地离弃海岸，和风暴狠战，
迷醉于对明媚梦境中圣殿的追求。

飞驰过海滨，飞驰向海洋，
搏击着波峰波谷的簸荡，
阴暗的月亮隐隐张望，
抑郁的月亮满脸忧伤。

黄昏灰飞烟灭。黑夜黑幽幽。
海在哼唧，黑暗瀚漫，
酷黑困裹住苦闷之舟，
暴风奔号在深渊上空。
1894 年

（曾思艺译）

Я мечтою ловил уходящие тени...

Я мечтою ловил уходящие тени,
Уходящие тени погасавшего дня,
Я на башню всходил, и дрожали ступени,
И дрожали ступени под ногой у меня.

И чем выше я шел, тем ясней рисовались,
Тем ясней рисовались очертанья вдали,
И какие-то звуки вдали раздавались,
Вкруг меня раздавались от Небес и Земли.

Чем я выше всходил, тем светлее сверкали,
Тем светлее сверкали выси дремлющих гор,
И сияньем прощальным как будто ласкали,
Словно нежно ласкали отуманенный взор.

И внизу подо мною уже ночь наступила,
Уже ночь наступила для уснувшей земли,
Для меня же блистало дневное светило,
Огневое светило догорало вдали.

Я узнал, как ловить уходящие тени,
Уходящие тени потускневшего дня,
И все выше я шел, и дрожали ступени,
И дрожали ступени под ногой у меня.
1895

我用幻想追捕消逝的阴影……

我用幻想追捕消逝的阴影，
消逝的阴影，熄灭白昼的尾巴，
我登上塔楼，台阶微微颤动，
台阶微微颤动，颤动在我脚下。

我登得越高，景色就越发鲜明，
越发鲜明地显露出远方的轮廓，
从远方传来隐约的和声，
隐约的和声围绕我袅袅起落。

我越往上攀登，风景就越发灿亮，
越发灿亮地闪现着昏睡的山巅，
它们仿佛正在用告别的柔光，
用告别的柔光温存地抚慰朦胧的视线。

在我脚下，早已是夜色蒙蒙，
夜色蒙蒙安抚着沉睡的大地。
对于我，却还燃炽着白昼的明灯，
白昼的明灯在远方直燃到火尽灯熄。

我已领悟如何追捕消逝的阴影，
消逝的阴影，暗淡白昼的尾巴，
我越登越高，台阶微微颤动，
台阶微微颤动，颤动在我脚下。
1895 年

（曾思艺译）

Ковыль

И.А.Бунину

Точно призрак умирающий,
На степи ковыль качается,
Смотрит месяц догорающий,
Белой тучкой омрачается.

И блуждают тени смутные
По пространству неоглядному,
И непрочные, минутные,
Что-то шепчут ветру жадному.

И мерцание мелькнувшее
Исчезает за туманами,
Утонувшее минувшее
Возникает над курганами.

Месяц меркнет, омрачается,
Догорающий и тающий,
И, дрожа, ковыль качается,
Точно призрак умирающий.
1895

针茅草

——致伊·蒲宁

仿若垂死的幽灵，
针茅草在草原晃荡，
一轮残月高悬长空，
白云片片层叠出忧伤。

模糊的阴影，徘徊游移，
在茫茫无际的空间，
影影绰绰，转瞬即逝，
和缠绵的风嘀咕一番。

一束光芒一闪即逝，
消失在重重云雾之中，
沉没已久的往事
闪现在古墓上空。

月亮渐趋暗淡，满脸忧伤，
燃烧殆尽，即将消失踪影，
针茅草簌簌颤抖，轻轻摇晃，
仿若垂死的幽灵。
1895 年

（曾思艺译）

К Бодлеру

Как страшно-радостный и близкий мне пример,
Ты все мне чудишься, о, царственный Бодлер,
Любовник ужасов, обрывов, и химер!

Ты, павший в пропасти, но жаждавший вершин,
Ты, видевший лазурь сквозь тяжкий желтый сплин,
Ты, между варваров заложник-властелин!

Ты, знавший Женщину, как демона мечты,
Ты, знавший Демона, как духа красоты,
Сам с женскою душой, сам властный демон ты!

Познавший таинства мистических ядов,
Понявший образность гигантских городов,
Поток бурлящийся, рожденный царством льдов!

Ты, в чей богатый дух навек перелита
В одну симфонию трикратная мечта:
Благоухания, и звуки, и цвета!

Ты, дух блуждающий в разрушенных мирах,
Где привидения друг в друге будят страх,
Ты, черный, призрачный, отверженный монах!

Пребудь же призраком навек в душе моей,
С тобой дай слиться мне, о, маг и чародей,
Чтоб я без ужаса мог быть среди людей!
1899

致波德莱尔

你是我如此恐怖而又快乐的亲切榜样，
我总是梦见你，哦，波德莱尔君王，
你这恐惧、峭壁和巨怪的情郎！

你，跌进了深渊，却渴望着山巅，
你，透过凝重昏黄的忧郁望见了蔚蓝，
你既是人质又是主宰，在野蛮人中间！

你洞悉女人，视之为恶魔的幻影，
你稔知恶魔，视之为美的精灵，
你本身就具有女性的灵魂，你自己就是威严的魔星！

你品尝过神秘的毒物的奥秘，
深知那一座座大都市形神各异，
从冰雪的王国里涌出的激流奔腾不羁！

你用三重的幻想融合成一首交响曲，
永远把你丰富的精神萦系：
余音袅袅，五彩缤纷，芬芳馥郁！

你——徘徊在这个崩溃世界中的精灵，
鬼魂和魅影们在那里相互唤起惊恐，
你——被放逐的幽灵般的黑衣僧！

请你幽灵一般永远驻守在我的心里，
哦，让我与你这巫师和魔法术士合为一体，
以便我能傲立于人群，而毫无惊惧！
1899 年

（曾思艺译）

Я в этот мир пришел...

Я в этот мир пришел, чтоб видеть Солнце
И синий кругозор.
Я в этот мир пришел, чтоб видеть Солнце
И выси гор.

Я в этот мир пришел, чтоб видеть море
И пышный цвет долин.
Я заключил миры в едином взоре.
Я властелин.

Я победил холодное забвенье,
Создав мечту мою.
Я каждый миг исполнен откровенья,
Всегда пою.

Мою мечту страданья пробудили,
Но я любим за то.
Кто равен мне в моей певучей силе?
Никто, никто.

Я в этот мир пришел, чтоб видеть Солнце,
А если день погас,
Я буду петь... Я буду петь о Солнце
В предсмертный час!

1902

我来到这世间是为了看见太阳……

我来到这世间是为了看见太阳，
　　　　和碧莹莹的蓝天。
我来到这世间是为了看见太阳，
　　　　和群山连绵的峰巅。

我来到这世间是为了看见大海，
　　　　和山岳的绚丽多彩。
我一眼尽览整个世界的风采，
　　　　我是这个世界的主宰。

我创建起自己的幻想，
　　　　我战胜了冷酷的遗忘，
每时每刻我都灵感激荡，
　　　　总是在放声歌唱。

苦难唤醒了我的幻想，
　　　　但我因此被人爱着。
我悦耳动听的歌声，谁能相抗？
　　　　没有一个，没有一个。

我来到这世间是为了看见太阳，
　　　　然而假若白昼消亡，
那我就歌唱……我就歌唱太阳，
　　　　在临终的时光！
1902 年

（曾思艺译）

Будем как солнце! Забудем о том...

Будем как Солнце! Забудем о том,
Кто нас ведет по пути золотому,
Будем лишь помнить, что вечно к иному,
К новому, к сильному, к доброму, к злому,
Ярко стремимся мы в сне золотом.
Будем молиться всегда неземному,
В нашем хотеньи земном!

Будем, как Солнце всегда молодое,
Нежно ласкать огневые цветы,
Воздух прозрачный и все золотое.
Счастлив ты? Будь же счастливее вдвое,
Будь воплощеньем внезапной мечты!
Только не медлить в недвижном покое,
Дальше, еще, до заветной черты,
Дальше, нас манит число роковое
В Вечность, где новые вспыхнут цветы.
Будем как Солнце, оно — молодое.
В этом завет красоты!
1902

我们将像太阳一样!……

我们将像太阳一样！我们将忘记
谁引领我们在金光大道前行，
我们只记住一点，在金灿灿的梦境，

我们竭力追求，旗帜鲜明，
追求另一种崭新、强大、既善又恶的天地。
我们在尘世的愿望中，
永远祈盼着非凡的奇迹！

我们将像太阳一样青春永驻，
温柔地爱抚红艳艳的鲜花，
清凌凌的空气和一切金灿灿的事物。
你幸福吗？祝你加倍地幸福，
祝你突萌的幻想生根发芽，
切莫在静止的安谧里踌躇，
继续向前，直达朝思暮想的天涯，
继续向前，直到命数把我们带入永恒住处，
那里朵朵新鲜的花儿艳若朝霞！
我们将像太阳一样，它青春永驻，
美的约言在其中安家！
1902 年

（曾思艺译）

Сказать мгновенью:стой!..

Быть может, вся Природа – мозаика цветов?
Быть может, вся Природа – различность голосов?
Быть может, вся Природа – лишь числа и черты?
Быть может, вся Природа – желанье красоты?

У мысли нет орудья измерить глубину,
Нет сил, чтобы замедлить бегущую весну,
Лишь есть одна возможность сказать мгновенью: «Стой!»
Разбив оковы мысли, быть скованным — мечтой.

Тогда нам вдруг понятна стозвучность голосов,
Мы видим все богатство и музыку цветов,
А если и мечтою не смерить глубину, —
Мечтою в самых безднах мы создаем весну.
1902

对瞬间说一声"站住！"

也许，大自然是色彩的镶嵌品？
也许，大自然是不相同的声音？
也许，大自然不过是线条和数？
也许，大自然是美神给的祝福？

没有工具可测出思想的深度，
没有力量可放慢春天的脚步。
只有可能对瞬间说一声"站住！"
砸碎思想的桎梏，用幻想来约束。

于是我们便突然听懂百声相谐，
于是我们看见色的丰富和音乐，
即使无法用幻想把深度测量，——
我们在深渊用幻想创造春光。
1902 年

（顾蕴璞译）

Золотая Рыбка

В замке был веселый бал,
Музыканты пели.

Ветерок в саду качал
Легкие качели.

В замке, в сладостном бреду,
Пела, пела скрипка.
А в саду была в пруду
Золотая рыбка.

И кружились под луной,
Точно вырезные,
Опьяненные весной,
Бабочки ночные.

Пруд качал в себе звезду,
Гнулись травы гибко,
И мелькала там в пруду
Золотая рыбка.

Хоть не видели ее
Музыканты бала,
Но от рыбки, от нее,
Музыка звучала.

Чуть настанет тишина,
Золотая рыбка
Промелькнет, и вновь видна
Меж гостей улыбка.

Снова скрипка зазвучит,
Песня раздается.
И в сердцах любовь журчит,

И весна смеется.

Взор ко взору шепчет: «Жду!»
　　Так светло и зыбко,
Оттого что там в пруду —
　　Золотая рыбка.
1903

小金鱼

城堡里舞会欢乐正酣，
　　歌手们歌声悠扬。
一阵微风吹拂进花园，
　　秋千随风轻轻晃荡。

城堡陶醉在甜蜜的梦境里，
　　小提琴不断地欢唱，欢唱。
而一条金灿灿的小金鱼
　　悠游在花园里清清的池塘。

一只只美丽的飞蛾，
　　仿若一朵朵精致的花瓣，
为春的气息沉醉着魔，
　　在溶溶月色下飘飘飞旋。

一颗星星在池水中轻轻荡漾，
　　茸茸绿草柔柔地曲曲弯弯。
小小金鱼悠悠嬉游在池塘，
　　时隐时现，金光闪闪。

尽管舞会上的乐师
　　　看不见小小金鱼，
但正因为金鱼的魔力，
　　　音乐才有这般动人的旋律。

寂静刚一临降，
　　　小小金鱼便会浮出水面，
客人们的脸上
　　　重又笑容灿烂。

小提琴再次奏出动人的旋律，
　　　歌声重又悠扬婉转。
爱情在心中喃喃细语，
　　　春天又一次绽开笑脸。

秋波传语："我等着你！"
　　　如此亮丽辉煌又如此朦胧如梦——
只因为有一条小小金鱼
　　　悠悠嬉游在清清池塘中！
1903 年

（曾思艺译）

Лестница любви

Только бы встречаться.
Только бы глядеть.
Молча сердцем петь.
Вздрогнуть и признаться.
Вдруг поцеловаться.
Ближе быть, обняться.

Сном одним гореть.

Двум в одно смешаться.

Без конца сливаться.

И не расставаться.

Вместе умереть.

1903

爱梯

但愿跟你会一面，

但求对你瞅一眼，

心儿默默地歌唱，

震颤着倾诉衷肠，

突然间跟你亲吻，

挨近些和你拥抱，

在一个梦里燃烧，

两人融合成一体，

永无尽头地连结，

跟你再也不离别，

一道同人世永诀。

1903 年

（顾蕴璞译）

Бог и Дьявол

Я люблю тебя, Дьявол, я люблю Тебя, Бог,

Одному — мои стоны, и другому — мой вздох,

Одному — мои крики, а другому — мечты,

Но вы оба велики, вы восторг Красоты.

Я как туча блуждаю, много красок вокруг,
То на север иду я, то откинусь на юг,
То далеко, с востока, поплыву на закат,
И пылают рубины, и чернеет агат.

О, как радостно жить мне, я лелею поля,
Под дождем моим свежим зеленеет земля,
И змеиностью молний и раскатом громов
Много снов я разрушил, много сжег я домов.

В доме тесно и душно, и минутны все сны,
Но свободно-воздушна эта ширь вышины,
После долгих мучений как пленителен вздох.
О, таинственный Дьявол, о, единственный Бог!
1903

上帝与魔鬼

我爱你，魔鬼，我爱你，上帝，
朝一个呻吟，朝另一个叹息，
对一个呼吁，对另一个浮想联翩，
但你俩都伟大，都是美的灵感。

四周色彩纷呈，我却像孤云游荡，
时而向北，时而折向南方，
时而远远地从东漂向西天，
宝石般红彤彤，如玛瑙黑闪闪。

啊，我生活多快活，我珍爱田畴，
我降一阵新雨，大地便绿油油，

我用蛇样的闪电，滚滚的惊雷，
把众多的美梦破坏，房屋拆毁。

室内挤得憋闷，所有梦仅存瞬息，
但高界的旷原多么自由、飘逸，
久经苦难叹息多富有魅力，
啊，神秘的魔鬼，啊，唯一的上帝！
1903 年

（顾蕴璞译）

索洛古勃

　　费奥多尔·索洛古勃（Федор Сологуб，真名为
费奥多尔·库兹米奇·捷捷尔尼科夫，Федор Кузьмич
Тетерников，1863—1927）俄国老一代象征派作家、诗人，
常被人们誉为"俄罗斯的波德莱尔"。其诗试图在荒诞
的生存中创造纯美的神话，既表现恶，抒写孤独，又表
现梦幻与美的可贵，结构严谨，风格凝重有力，简练的
语言伴着奇特的乐感，富于象征性。

О смерть! Я — твой. Повсюду вижу...

О смерть! Я — твой. Повсюду вижу
Одну тебя, — и ненавижу
Очарования земли.
Людские чужды мне восторги,
Сраженья, праздники и торги,
Весь этот шум в земной пыли.

Твоей сестры несправедливой,
Ничтожной жизни, робкой, лживой,
Отринул я издавна власть.
Не мне, обвеянному тайной
Твоей красы необычайной,
Не мне к ногам ее упасть.

Не мне идти на пир блестящий,
Огнем надменным тяготящий
Мои дремотные глаза,
Когда на них уже упала,
Прозрачней чистого кристалла,
Твоя холодная слеза.
1894

死神啊，我属于你！……

死神啊，我属于你！我满目
所见全是你，——于是我憎恶

尘世间七情六欲的魅惑。
人生的欢乐我都已看破。
什么战斗、节日和交易,
这一切喧闹是云烟而已。

对于你那位不公道的姐妹,
卑微、胆怯而虚伪的生命,
我很久以来就拒绝受它支配。
你不同凡响的美色之谜,
把我的浑身上下都充溢,
我便决不会再对它陶醉。

我决不去赴豪华的酒宴,
因那里不可一世的灯焰
刺得我困倦的眼不舒服,
而此刻你那冰凉的泪珠,
比纯净的水晶还更耀目,
已一滴滴往我眼眶滚入。
1894 年

(顾蕴璞译)

Я — бог таинственного мира...

Я — бог таинственного мира,
Весь мир в одних моих мечтах.
Не сотворю себе кумира
Ни на земле, ни в небесах.

Моей божественной природы
Я не открою никому.

Тружусь, как раб, а для свободы
Зову я ночь, покой и тьму.
1896

我是神秘世界的上帝……

我是神秘世界的上帝，
整个世界全属于我的幻想。
无论在天国，还是在人世，
我决不为自己树立偶像。

我决不向任何人显露
我身上作为上帝的本性。
我像个奴隶劳作，为自由
呼唤着夜晚、黑暗和宁静。
1896 年

（顾蕴璞译）

Я живу в темной пещере...

Я живу в темной пещере,
Я не вижу белых ночей.
В моей надежде, в моей вере
Нет сиянья, нет лучей.

Ход к пещере никем не виден,
И не то ль защита от меча!
Вход в пещеру чуть виден,
И предо мною горит свеча.

В моей пещере тесно и сыро,
И нечем ее согреть.
Далекий от земного мира,
Я должен здесь умереть.
1902

我生活在窄小的洞穴……

我生活在窄小的洞穴，
我看不见白夜的临降。
在我的希望、信念之中，
没有辉耀，不见光芒。

谁也没告知洞的入口，
莫非这是为防刀剑？
洞的入口依稀可见，
蜡烛点燃在我眼前。

我的洞穴窄小而潮湿，
无一物可以把它温暖。
离人间十分遥远的我，
应当在这里离开人间。
1902 年

（顾蕴璞译）

Мы — плененные звери...

Мы — плененные звери,
Голосим, как умеем.
Глухо заперты двери,
Мы открыть их не смеем.

Если сердце преданиям верно,
Утешаясь лаем, мы лаем.
Что в зверинце зловонно и скверно,
Мы забыли давно, мы не знаем.

К повторениям сердце привычно, —
Однозвучно и скучно кукуем.
Все в зверинце безлично, обычно,
Мы о воле давно не тоскуем.

Мы — плененные звери,
Голосим, как умеем.
Глухо заперты двери,
Мы открыть их не смеем.
1905

我们是被囚的动物……

我们是被囚的动物，
会用各腔各调叫唤，
凡是门，都不供出入，

打开门吗？我们岂敢？

若是说心还忠于传说，
我们就吠，以吠叫自慰。
若是说动物园污臭龌龊，
我们久已不闻其臭味。

只要长期反复，心就能习惯，
我们一齐无聊地唱着"咕咕"。
动物园里没有个性，只有平凡，
我们早已不把自由思慕。

我们是被囚的动物，
会用各腔各调叫唤。
凡是门，都不供出入，
打开门吗？我们岂敢。

1905 年

（飞白译）

Чертовы качели

В тени косматой ели,
Над шумною рекой
Качает черт качели
Мохнатою рукой.

Качает и смеется,
　　　Вперед, назад,
　　　Вперед, назад,
Доска скрипит и гнется,

О сук тяжелый трется
Натянутый канат.

Снует с протяжным скрипом
Шатучая доска,
И черт хохочет с хрипом,
Хватаясь за бока.

Держусь, томлюсь, качаюсь,
   Вперед, назад,
   Вперед, назад,
Хватаюсь и мотаюсь,
И отвести стараюсь
От черта томный взгляд.

Над верхом темной ели
Хохочет голубой:
—Попался на качели,
Качайся, черт с тобой! —

В тени косматой ели
Визжат, кружась гурьбой:
—Попался на качели,
Качайся, черт с тобой! —

Я знаю, черт не бросит
Стремительной доски,
Пока меня не скосит
Грозящий взмах руки,

Пока не перетрется,

Крутяся, конопля,
Пока не подвернется
Ко мне моя земля.

Взлечу я выше ели,
И лбом о землю трах!
Качай же, черт, качели,
Все выше, выше... ах!
1907

魔鬼的秋千

在毛茸茸的云杉树荫里头，
在水声潺潺的河岸旁，
魔鬼用毛蓬蓬的大手，
把我坐的秋千晃荡。

他一边晃荡，一边大笑，
　　向前，向后，
　　向前，向后。
秋千板晃荡得弓起了腰，
嘎嘎直响，紧缚的粗大绳条，
直磨到云杉稠密的枝头。

发出拉得长长的吱吱嘎嘎，
秋千板在来来回回地晃荡，
魔鬼哈哈大笑，声音嘶哑，
笑得捧着肚子直喊娘。

我痛苦地紧抓绳索摇晃，

　　　　向前，向后，
　　　　向前，向后，
我万分紧张地晃荡，
极力把疲惫的目光，
从魔鬼的脸上挪走。

在黑压压的云杉上方，
林神也在哈哈大笑，
　"你已陷身在秋千上，
荡吧，魔鬼伴你荡高！"

在毛茸茸的云杉荫幄，
树怪们转着圈尖叫，
　"你已陷身在秋千上，
荡吧，魔鬼伴你荡高！"

我知道，魔鬼绝不会放走
如飞晃荡的秋千板，
只要他还没挥动可怕的手
把我整个儿彻底打翻。

只要秋千绳还在来回晃荡，
还没有哗啦磨成两段，
只要我还没有头下脚上，
狠狠撞到我的地面。

我会荡飞得比云杉还高，
最后啪的一声摔得嘴啃泥巴！
魔鬼呀，请把这秋千晃荡，
晃荡得更高，更高……啊呀！
1907 年

　　　　　　　　（曾思艺译）

吉皮乌斯

季娜伊达·尼古拉耶夫娜·吉皮乌斯（Зинаида Николаевна Гиппиус，1869—1945）俄国象征派代表诗人之一，梅列日科夫斯基之妻，作家、批评家。像丈夫一样，把艺术的更新与寻神任务相联系，向往想象和非理性预感的世界，崇拜孤独，把诗视为文字的音乐和祈祷。诗歌善于表现女性的内心感受，讲究结构，工于语言和声律，富于音乐性与象征性。十月革命后与丈夫一起侨居国外。

Песня

Окно мое высоко над землею,
    Высоко над землею.
Я вижу только небо с вечернею зарею,
    С вечернею зарею.

И небо кажется пустым и бледным,
    Таким пустым и бледным...
Оно не сжалится над сердцем бедным,
    Над моим сердцем бедным.

Увы, в печали безумной я умираю,
    Я умираю,
Стремлюсь к тому, чего я не знаю,
    Не знаю...

И это желание не знаю откуда,
    Пришло откуда,
Но сердце хочет и просит чуда,
    Чуда!

О, пусть будет то, чего не бывает,
    Никогда не бывает:
Мне бледное небо чудес обещает,
    Оно обещает,

Но плачу без слез о неверном обете,
    О неверном обете...

Мне нужно то, чего нет на свете,
　　Чего нет на свете.
1893

歌

　我的窗口高悬在大地上空，
　　　高悬在大地上空。
　我看见的唯有夕阳西沉的天穹，——
　　　夕阳西沉的天穹。

　天穹呀，那么苍白而空寂，
　　　苍白而空寂……
　它不给可怜的心任何慰藉，
　　　不给任何慰藉。

　呜呼！我伤心欲狂，命在旦夕，
　　　我命在旦夕，
　我追求我一无所知的东西，
　　　一无所知的东西……

　这种愿望呀，我不知从何而来，
　　　不知从何而来，
　但是，心儿祈祷着将奇迹等待，
　　　将奇迹等待！

　哦，让虚无的东西成为现实，
　　　让虚无成为现实；
　苍白的天穹允诺显露奇迹，
　　　允诺显露奇迹，

而为这虚幻的许诺我已无泪可流，

　　我已无泪可流……

我追求的东西呀，这世界上没有，

　　这世界上没有。

1893 年

（汪剑钊译）

Бессилье

Смотрю на море жадными очами,

К земле прикованный, на берегу...

Стою над пропастью — над небесами, —

И улететь к лазури не могу.

Не ведаю, восстать иль покориться,

Нет смелости ни умереть, ни жить...

Мне близок Бог — но не могу молиться,

Хочу любви — и не могу любить.

Я к солнцу, к солнцу руки простираю

И вижу полог бледных облаков...

Мне кажется, что истину я знаю —

И только для нее не знаю слов.

1894

无力

我望着大海，用贪婪的目光，

紧紧地贴在海滨的地上……

我俯临深渊，像在高天之上，
却不能朝着那碧界飞翔。

我不知我该反叛还是屈服，
没有勇气死，也无勇气生……
上帝很近，但我不能祈求，
我想爱恋，却难以钟情。

我向着太阳伸出我的双臂，
看见苍白的云天的帷幕……
我好像觉得我已悟到真理——
但不知用哪些词来表述。
1894 年

（顾蕴璞译）

Любовь — одна

Единый раз вскипает пеной
　　И рассыпается волна.
Не может сердце жить изменой,
　　Измены нет: любовь — одна.

Мы негодуем иль играем,
　　Иль лжем — но в сердце тишина.
Мы никогда не изменяем:
　　Душа одна — любовь одна.

Однообразно и пустынно,
　　Однообразием сильна,
Проходит жизнь... И в жизни длинной

Любовь одна, всегда одна.

Лишь в неизменном — бесконечность,
　　Лишь в постоянном — глубина.
И дальше путь, и ближе вечность,
　　И все ясней: любовь одна.

Любви мы платим нашей кровью,
　　Но верная душа — верна,
И любим мы одной любовью...
　　Любовь одна, как смерть одна.
1896

爱情——只有一个

波浪汹涌，散成碎沫，
　　仅仅只有一个；
心灵不能过着背叛的生活，
　　没有背叛，爱情——只有一个。

尽管我们愤怒，或者游玩，
　　甚至撒谎——可心里静谧。
我们从来不会有所更改：
　　心只有一颗——爱情只有一个。

生活因为单调而十分强壮，
　　空虚乏味，枯燥单一……
生活的道路漫长又漫长，
　　爱情只有一个，永远只有一个。

唯有在不变中才见出无垠，
　　唯有在恒常里才见出深蕴。
道路越远，离永恒越近，
　　愈加清晰的是：爱情只有一个。

我们为爱情付出血的代价，
　　而忠实的心灵——依然忠实，
我们只拥有一次爱的权利……
　　爱情只有一个，好比只有一次的死。
1896 年

（汪剑钊译）

Снег

Опять он падает, чудесно молчаливый,
　　Легко колеблется и опускается...
Как сердцу сладостен полет его счастливый!
　　Несуществующий, он вновь рождается...

Все тот же, вновь пришел, неведомо откуда,
　　В нем холода соблазны, в нем забвение...
Я жду его всегда, как жду от Бога чуда,
　　И странное с ним знаю единенье.

Пускай уйдет опять — но не страшна утрата.
　　Мне радостен его отход таинственный.
Я вечно буду ждать его безмолвного возврата,
　　Тебя, о ласковый, тебя, единственный.

Он тихо падает, и медленный и властный...

Безмерно счастлив я его победою...
Из всех чудес земли тебя, о снег прекрасный,
　　Тебя люблю... За что люблю — не ведаю...
1897

雪

神奇地沉默，它重又飘飞，
　　轻轻地摇摆和降落……
幸福的飞行令心儿多快慰！
　　不存在的它又重新复苏……

依然是它，又从隐秘的来处降临，
　　它蕴含迷人的寒气和沉醉的忘却……
我永远等待它，仿佛等待上帝的奇迹，
　　我熟悉它身上奇异的同一。

任凭它再度离开，——分手并不可怕，
　　我欣赏它悄悄的远离，
我将永远等待它沉默的归期，
　　啊，等待你，甜蜜的你，唯一的你。

它静静地飘落，缓慢地，庄严地……
　　我因它的胜利而无限欣悦……
出自大地一切奇迹中的你！啊，美丽的雪，
　　我爱你……至于为什么——我不清楚……
1897 年

（汪剑钊译）

Круги

Я помню: мы вдвоем сидели на скамейке.
Пред нами был покинутый источник
и тихая зелень.
Я говорил о Боге, о созерцании и жизни...
И, чтоб понятней было моему ребенку,
я легкие круги чертил на песке.
И год минул. И нежная, как мать, печаль
меня на ту скамейку привела.
Вот покинутый источник,
та же тихая зелень,
те же мысли о Боге, о жизни.
Только нет безвинно-умерших, невоскресших слов,
и нет дождем смытых,
землей скрытых,
моих ясных, легких кругов.
1897

圆圈

我记得：我俩曾坐在这张长椅上。
我们面前是一泓被废弃了的泉眼
和宁静的绿荫。
我谈论过上帝，谈论过内省与生活……
为了使我的孩子更为明白些，
我在沙滩上画了些淡淡的圆圈。
一年过去了，母亲般温柔的悲哀

又把我送到了这张长椅上。
　　依然是一泓被废弃了的泉眼
　　和宁静的绿荫，
以及那些关于上帝和生活的思绪。
只是没有了死而不复醒的纯洁的话语，
　　没有了被雨水打湿
　　　为泥土掩没的
我那些清晰的，淡淡的圆圈。
1897 年

（汪剑钊译）

Электричество

Две нити вместе свиты,
Концы обнажены.
То «да» и «нет» не слиты,
Не слиты — сплетены.
Их темное сплетенье
И тесно, и мертво,
Но ждет их воскресенье,
И ждут они его.
Концов концы коснутся —
Другие «да» и «нет»
И «да» и «нет» проснутся,
Сплетенные сольются,
И смерть их будет — Свет.
1901

电

两根线在一起捻着，
两端裸露在外。
那个"正"和"负"——不融合，
不融合——却编到一块儿。
它们间不可理喻的编织，
又是拥挤，又是死寂。
但期待它们的是复活，
它们也对复活存希冀。
顶端和顶端——接触——
另外的"正"和"负"，
"正"与"负"又会苏醒，
编织了的定能融合，
它们的死便是——光。
1901 年

（顾蕴璞译）

До дна

Тебя приветствую, мое поражение,
тебя и победу я люблю равно;
на дне моей гордости лежит смирение,
и радость, и боль — всегда одно.

Над водами, стихнувшими в безмятежности
вечера ясного, — все бродит туман;
в последней жестокости — есть бездонность нежности,

и в Божией правде — Божий обман.

Люблю я отчаяние мое безмерное,
нам радость в последней капле дана.
И только одно здесь я знаю верное:
надо всякую чашу пить — до дна.
1901

干杯

我的失败，真诚地欢迎你！
我爱你，正如我对胜利的眷恋；
谦卑蛰伏在我高傲的杯底，
欢乐与痛苦原本是并蒂相连。

多么地安谧呵，明亮的黄昏！
平静的水面有轻雾在徘徊；
最后的残酷蕴含无限的温馨，
上帝的真理包藏上帝的欺骗。

我爱我那一无际涯的绝望，
最后一滴总令我们沉醉。
此刻唯有一事我永志不忘；
不论斟满的是什么，都要——干杯！
1901 年

（汪剑钊译）

Любовь — одна

...Не может сердце жить изменой:
Измены нет — любовь одна.
1896 г.

Душе, единостью чудесной,
Любовь единая дана.
Так в послегрозности небесной
Цветная полоса — одна.

Но семь цветов семью огнями
Горят в одной. Любовь одна,
Одна до века, и не нами
Ей семицветность суждена.

В ней фиолетовость, и алость,
В ней кровь и золото вина,
То изумрудность, то опалость...
И семь сияний — и одна.

Не все ль равно, кого отметит,
Кого пронижет луч до дна,
Чье сердце меч прозрачный встретит,
Чья отзовется глубина?

Неразделимая нетленна,
Неуловимая ясна,
Непобедимо-неизменна

Живет любовь, — всегда одна.

Переливается, мерцает,
Она всецветна — и одна.
Ее хранит, ее венчает
Святым единством — белизна.
1912

爱 —— 有一没有再……

……心不能靠不忠生活：
变心是不存在的：有一没有再。
1896 年

心灵是个奇妙的整体，
领受着唯一的爱，
有如雷雨后的天心里
只有一条七彩带。

但七个颜色内七种火焰，
一条带。爱，有一没有再。
爱到永远，且并非由我们
来注定这爱的七彩。

爱中含紫色，也含鲜红，
血红和酒金同纳于爱，
忽而是绿宝石，忽而是蛋白石……
爱有七色—— 但没有再。

不论爱所褒扬的是谁，
爱的光箭射穿谁的心怀，
透明的爱剑刺中谁的心扉，
谁的内心反响着爱。

不可分割的爱才不朽，
难以捉摸的爱才明白，
不可战胜的爱才长留
爱有生命——没有再。

时而流光，时而溢彩，
爱有多色，但没有再，
洁白用它圣洁的整体，
保存着爱，升华着爱。
1912 年

（顾蕴璞译）

勃
留
索
夫

　　瓦列里·雅科夫列维奇·勃留索夫（Валерий
Яковлевич Брюсов，1873—1924）俄国象征派领袖和重
要活动家。他博学多才，身兼诗人、小说家、戏剧家、
文学理论家、史学家和翻译家，甚至还讲授过数学史，
是"俄国最有文化修养的作家"（高尔基语）。其诗使人
感受到现代资本主义城市的呼吸，从象征逐渐走向现实，
但总体风格铜铸一般硬朗，形式灵活多样。十月革命后，
他是象征派族群中唯一的俄共党员。

Творчество

Тень несозданных созданий
Колыхается во сне,
Словно лопасти латаний
На эмалевой стене.

Фиолетовые руки
На эмалевой стене
Полусонно чертят звуки
В звонко-звучной тишине.

И прозрачные киоски,
В звонко-звучной тишине,
Вырастают, словно блестки,
При лазоревой луне.

Всходит месяц обнаженный
При лазоревой луне...
Звуки реют полусонно,
Звуки ластятся ко мне.

Тайны созданных созданий
С лаской ластятся ко мне,
И трепещет тень латаний
На эмалевой стене.

1895

创作

未创作的作品之影，
在睡梦中轻轻摇晃，
蒲葵叶子呈现铲形，
映在瓷砖砌的墙上。

紫罗兰的一双手掌，
映在瓷砖砌的墙上，
睡意蒙眬勾勒音响，
在嘹亮的寂静中萦荡。

透明的凉亭一座座，
在嘹亮的寂静中萦荡，
膨胀的斑点在闪烁，
沐浴着蓝色的月光。

裸体的月牙儿升起，
沐浴着蓝色的月光，
声音飞翔半含睡意，
正亲切地向我飞翔。

完成作品的神秘感，
正亲切地向我飞翔，
看蒲葵的影子抖颤，
映在瓷砖砌的墙上。
1895 年

（谷羽译）

Как царство белого снега...

Как царство белого снега,
Моя душа холодна.
Какая странная нега
В мире холодного сна!
Как царство белого снега,
Моя душа холодна.

Проходят бледные тени,
Подобны чарам волхва,
Звучат и клятвы, и пени,
Любви и победы слова...
Проходят бледные тени,
Подобные чарам волхва.

А я всегда, неизменно,
Молюсь неземной красоте;
Я чужд тревогам вселенной,
Отдавшись холодной мечте.
Отдавшись мечте — неизменно
Я молюсь неземной красоте.
1896

好似白雪皑皑的王国……

好似白雪皑皑的王国,
我的心田异常地冷漠。

一片安谧有多么奇特，
在这冷漠的梦的世界！
好似白雪皑皑的王国，
我的心田异常地冷漠。

眼前掠过苍白的幻象，
魔法师像施妖术一般，
誓词铿锵，歌调悠扬，
尽是爱和胜利的字眼……
眼前掠过苍白的幻象，
魔法师像施妖术一般。

我总是时时刻刻向往
把那非人间的美盼祷；
我早沉湎于冷漠的幻象，
不戚戚于这世间的烦恼。
无时无刻不沉湎于幻象，
我要把非人间的美盼祷。

1896 年

（顾蕴璞译）

Юному поэту

Юноша бледный со взором горящим,
Ныне даю я тебе три завета:
Первый прими: не живи настоящим,
Только грядущее — область поэта.

Помни второй: никому не сочувствуй,
Сам же себя полюби беспредельно.

Третий храни: поклоняйся искусству,
Только ему, безраздумно, бесцельно.

Юноша бледный со взором смущенным!
Если ты примешь моих три завета,
Молча паду я бойцом побежденным,
Зная, что в мире оставлю поэта.
1896

赠年轻的诗人

目光炯炯的苍白的青年，
我把三句遗言赠给你，
接下来一句：别指靠今天，
未来才是诗人的天地。

保存第二句：对谁也别同情，
你却要无限钟爱你自己。
把第三句"崇拜艺术！"记在心，
只崇拜它，不犹豫，无目的。

目光惶惑的苍白的青年，
如果你接受这三句遗言，
我就默默地像战士倒下，
自知把诗人留在了人间。
1896 年

（顾蕴璞译）

Отрады

Знаю я сладких четыре отрады.
Первая — радость в сознании жить.
Птицы, и тучи, и призраки — рады,
Рады на миг и для вечности быть.

Радость вторая — в огнях лучезарна!
Строфы поэзии — смысл бытия.
Тютчева песни и думы Верхарна,
Вас, поклоняясь, приветствую я.

Третий восторг — то восторг быть любимым,
Ведать бессменно, что ты не один.
Связаны, скованы словом незримым,
Двое летим мы над страхом глубин.

Радость последняя — радость предчувствий,
Знать, что за смертью есть мир бытия.
Сны совершенства! в мечтах и в искусстве
Вас, поклоняясь, приветствую я!

Радостей в мире таинственно много,
Сладостна жизнь от конца до конца.
Эти восторги — предвестие бога,
Это — молитва на лоне Отца.
1900

趣事

我有四件美滋滋的趣事。
头一件趣事是生命意识。
鸟儿、云儿、幽灵——都乐意,
乐意短暂或永久地在世。

第二件趣事是灯火辉煌,
诗章就是存在的意义。
丘特切夫的诗,维尔哈伦的思想,
我推崇你们至五体投地。

第三件趣事是受人爱的欢乐,
不断地知晓你,不觉着凄苦,
我们俩被无形的词语捆绑着,
飞越了内心深处的恐怖。

最后件趣事是预感的乐趣,
知道在死亡的背后有人寰,
完美的梦境!在幻想与艺术中
我虔诚地把你们呼唤!

世间的趣事多得不得了,
生活自始至终都美好。
这些欣喜是上帝的征兆,
这是神父怀抱中的祈祷。
1900 年

（顾蕴璞译）

Я имени тебе не знаю...

Я имени тебе не знаю,
    Не назову.
Но я в мечтах тебя ласкаю...
    И наяву!

Ты в зеркале еще безгрешней,
    Прижмись ко мне.
Но как решить, что в жизни внешней
    И чтб во сне?

Я слышу Нил... Закрыты ставни...
    Песчаный зной...
Иль это только бред недавний,
    Ты не со мной?

Иль, может, все в мгновенной смене,
    И нет имен,
И мы с тобой летим, как тени,
    Как чей-то сон?..
1900

我不知道你的名字……

我不知道你的名字，
    叫不上来。
但把你爱抚在幻想里……

也在梦外！

你在镜中更纯洁无比，
　　向我偎依。
但怎么判定：哪是现实，
　　哪在梦里？

我听见尼罗河……窗门紧闭……
　　沙漠的暑气……
也许只是不久前的梦呓，
　　你我在一起？

也许，一切都稍纵即逝，
　　不留名姓，
我和你似影子般飞驰，
　　像谁的梦？……
1900 年

（顾蕴璞译）

Дон Жуан

Да, я — моряк! Искатель островов,
Скиталец дерзкий в неоглядном море.
Я жажду новых стран, иных цветов,
Наречий странных, чуждых плоскогорий.

И женщины идут на страстный зов,
Покорные, с одной мольбой во взоре!
Спадает с душ мучительный покров,
Все отдают они— восторг и горе.

В любви душа вскрывается до дна,
Яснеет в ней святая глубина,
Где все единственно и неслучайно.

Да! Я гублю! Пью жизни, как вампир!
Но каждая душа — то новый мир,
И манит вновь своей безвестной тайной.
1900

唐璜

是的，我是水手！我寻觅海岛，
漂泊在茫茫大海，狂妄又大胆。
我渴望异域风情，别样的花草。
渴望怪诞的方言和陌生的高原。

女人们走来，听从情欲的呼唤，
目光中只有祈求，个个温驯。
把恼人的遮羞面纱抛在一边，
她们奉献一切：痛苦与亢奋。

恋爱的季节能彻底袒露心灵，
越圣洁深沉就越发看得分明，
每一次都属必然，经历独特。

不错！毁人性命，我像妖魔！
但每一颗心灵都是崭新的世界，
莫测的奥秘又一次产生诱惑。
1900 年

（谷羽译）

Лестница

Все каменней ступени,
Все круче, круче всход.
Желанье достижений
Еще влечет вперед.

Но думы безнадежней
Под пылью долгих лет.
Уверенности прежней
В душе упорной — нет.

Помедлив на мгновенье,
Бросаю взгляд назад:
Как белой цепи звенья —
Ступеней острых ряд.

Ужель в былом ступала
На все нога моя?
Давно ушло начало,
В безбрежности края,

И лестница все круче...
Не оступлюсь ли я,
Чтоб стать звездой падучей
На небе бытия?
1902

梯

石级嶙峋又嶙峋，
攀登陡险更陡险，
到达目标的心魂
仍引领着我向前。

但蒙了多年积尘，
意志萎靡更萎靡。
先前我满怀的信心，
消失在顽强的心里。

我迟疑片刻工夫，
回过头去看一眼：
一级级尖尖的台阶，
像环环白的锁链。

莫非从前我的腿
迈向一切不畏难？
无限辽阔的国土内
起步一去不回还？

梯子陡险更陡险。
莫非我会踩个空，
在这"存在"的高天
会变作一颗流星。
1902 年

（顾蕴璞译）

Поэту

Ты должен быть гордым, как знамя;
Ты должен быть острым, как меч;
Как Данту, подземное пламя
Должно тебе щеки обжечь.

Всего будь холодный свидетель,
На все устремляя свой взор.
Да будет твоя добродетель —
Готовность взойти на костер.

Быть может, все в жизни лишь средство
Для ярко-певучих стихов,
И ты с беспечального детства
Ищи сочетания слов.

В минуты любовных объятий
К бесстрастью себя приневоль,
И в час беспощадных распятий
Прославь исступленную боль.

В снах утра и в бездне вечерней
Лови, что шепнет тебе Рок,
И помни: от века из терний
Поэта заветный венок.
1907

致诗人

你应像旗帜那样高傲，
你应像宝剑那样锋利，
地火应烧灼你的双颊，
一如但丁所受的洗礼。

对一切应举起你的目光，
去充当万事冷峻的见证；
献身去增添篝火的光亮，
但愿也能成为你的美行。

也许生活中的一切不过是
写鲜明悠扬诗句的手段，
从无虑的童年你就开始
探寻词语搭配的方案。

在你为爱所拥抱的时辰，
你应保持自己的恬淡，
目睹十字架上的酷刑，
你应歌颂怒吼的苦难。

在夜的深渊，晨的梦境，
你应捕捉命运的表白，
记住吧，诗人的竖琴
来自荆棘丛生的年代。
1907 年

（顾蕴璞译）

Треугольник

Я,
еле
качая
веревки,
в синели
не различая
синих тонов
и милой головки,
летаю в просторе
крылатый как птица,
меж лиловых кустов!
Но в заманчивом взоре,
знаю, блещет, алея, зарница!
и я счастлив ею без слов!

1918

三角形

我
轻轻
摇晃着
那束细绳
由绒线搓成
没有费心猜测
它那深蓝的底色
和那些可爱的小线头
我在茫茫空间翩翩飞翔
像鸟儿一样轻轻扇动翅膀
穿越了紫巍巍的一片片灌木丛！
然而却陷身于诱人心魂的目光中
我知道，启明星已经发红，灼灼闪光！
它使我幸福无比，竟无法用言语加以形容！
1918 年

（曾思艺译）

Шорох

Шорох в глуши камыша,
Шелест — шуршанье вершин,
Шум в свежей чаще лощин,

Шепот души заглуша,
Шепот, смущенье и дрожь,
Ширью и тишью живешь.

Шумом в глуши камыша,
Шелестом вешних вершин,
Шорохом в чаще лощин.
Неизв. Годы

沙沙声

沙沙声传递在芦苇深处，
沙沙声飘荡在高高的山峰，
沙沙声喧响在谷地的新生树丛，

心灵窃窃地悄声低诉，
讷讷的话语惊慌而颤动，
哗哗在旷野和寂静中。

沙沙声传递在芦苇深处，
春天的沙沙声飘荡在山峰，
沙沙声喧响在谷地的密树丛。
写作时间不详

（曾思艺译）

别
雷

安德烈·别雷（Андрей Белый，真名为鲍里斯·尼古拉耶维奇·布加耶夫，Борис Николаевич Бугаев，1880—1934）诗人、小说家、理论家，俄国年轻一代象征派主要代表之一，他从实践到理论对象征主义艺术进行了大胆而深入的探索，往往把哲学思考、日常生活、男女私情等融为一体，诗歌风格多变，在形式方面探索颇多。长篇小说《彼得堡》成为现代主义长篇小说经典之一。对20世纪俄罗斯众多诗人产生过影响。

Мои слова — жемчужный водомет...

Мои слова — жемчужный водомет,
средь лунных снов бесцельный,
но вспененный, —
капризной птицы лет,
туманом занесенный.

Мои мечты — вздыхающий обман,
ледник застывших слез, зарей горящий, —
безумный великан.
на карликов свистящий.

Моя любовь — призывно-грустный звон,
что зазвучит и у летит куда-то, —
неясно-милый сон,
уж виданный когда-то.
1901

我的话语……

我的话语是一泓珍珠的喷泉，
在月夜梦中无为却飞沫四溅，——
是鸟儿任性的飞翔，
在云雾中穿梭来往。

我的幻想是一句叹息的谎言，
是泪水映着霞光凝成的冰川，——

是一个狂妄的巨人，
他恣意嘲笑侏儒们。

我的爱情是一声忧伤的呼唤，
它刚刚出声便飞得远远，——
是朦胧可爱的一梦，
我过去曾亲临其境。
1901 年

（顾蕴璞译）

Серенада

Ты опять у окна, вся доверившись снам, появилась...
Бирюза, бирюза
заливает окрестность...

Дорогая,
луна — заревая слеза —
где-то там в неизвестность
скатилась.

Беспечальных седых жемчугов
поцелуй, о пойми ты!..
Меж кустов, и лугов, и цветов
струй
зеркальных узоры разлиты...

Не тоскуй,
грусть уйми ты!

Дорогая,
о пусть
стая белых, немых лебедей
меж росистых ветвей
на струях серебристых застыла —
одинокая грусть нас туманом покрыла.

От тоски в жажде снов нежно крыльями плещут.
Меж цветов светляки изумрудами блещут.

Очерк белых грудей
на струях точно льдина:
это семь лебедей,
это семь лебедей Лоэнгрина —
лебедей
Лоэнгрина.
1904

小夜曲

你又出现在窗口，全身心地信赖梦幻……
绿松石，绿松石
注满了周围……

亲爱的人儿，
月亮是一滴亮晶晶的眼泪——
在某一个神秘的所在
滑落下来。

白珍珠无忧无虑的亲吻，

啊，你要明白！……
在灌木丛、草坪和鲜花中，
镜子似的水流
漫溢成许多花纹……

不要忧愁，
你要忍住哀伤！

亲爱的人儿，
啊，且让
一群沉默的白天鹅
在露水浸湿的树枝间
在银光闪闪的水流上冻僵——
我们被笼进雾霭似的孤独的忧伤。

由于忧郁地渴求梦境把翅膀扑闪，
萤火虫像绿宝石似的在花丛里隐现。

雪白的酥胸
在水面上恰似寒冰：
这是七只天鹅，
这是罗埃格林 ① 的七只天鹅——
罗埃格林的
天鹅。
1904 年

（汪剑钊译）

———————

① 　罗埃格林，天鹅武士，13 世纪末德国骑士史诗中的主人公。

Изгнанник

Покинув город, мглой объятый,
Пугаюсь шума я и грохота.
Еще вдали гремят раскаты
Насмешливого, злого хохота.

Там я года твердил о вечном —
В меня бросали вы каменьями.
Вы в исступленье скоротечном
Моими тешились мученьями.

Я покидаю вас, изгнанник, —
Моей свободы вы не свяжете.
Бегу — согбенный, бледный странник —
Меж золотистых, хлебных пажитей.

Бегу во ржи, межой, по кочкам —
Необозримыми равнинами.
Перед лазурным василечком
Ударюсь в землю я сединами.

Меня коснись ты, цветик нежный.
Кропи, кропи росой хрустальною!
Я отдохну душой мятежной,
Моей душой многострадальною.

Заката теплятся стыдливо
Жемчужно-розовые полосы.

И ветерок взовьет лениво
Мои серебряные волосы.
1904

流亡者

我离开夜雾笼罩的城市，
我惧怕喧哗与骚乱；
可那些恶毒的嘲笑声
还雷鸣般地从远方传来。

那里我多年坚持说永恒，
你们却向我投来无数石块，
你们发出一阵阵狂怒，
在我的痛苦中寻求快感。

而今我离开你们，成了流亡者，——
你们无法剥夺我的自由。
我是驼背的漂泊者，脸色苍白，
在金色的庄稼地里奔走。

我穿行在麦地、田垄和草丘上，
在一望无际的原野上奔波。
面对浅蓝色的矢车菊，
我以斑白的头颅将大地叩触。

抚摸我一下吧，温柔的小花，
请为我洒落一点晶莹的露滴。
我要让这颗命途多舛的灵魂、
这颗狂放不羁的灵魂有片刻安息。

落日余晖如同一串串珍珠,
向玫瑰红的地面羞怯地播撒,
微风懒洋洋地吹拂着
我那一根根银白的头发。
1904 年

(汪剑钊译)

Родина

В. П. Свентицкому

Те же росы, откосы, туманы,
Над бурьянами рдяный восход,
Холодеющий шелест поляны,
Голодающий, бедный народ;

И в раздолье, на воле — неволя;
И суровый свинцовый наш край
Нам бросает с холодного поля —
Посылает нам крик: «Умирай —

Как и все умирают...» Не дышишь,
Смертоносных не слышишь угроз: —
Безысходные возгласы слышишь
И рыданий, и жалоб, и слез.

Те же возгласы ветер доносит;
Те же стаи несытых смертей
Над откосами косами косят,
Над откосами косят людей.

Роковая страна, ледяная,
Проклятая железной судьбой —
Мать Россия, о родина злая,
Кто же так подшутил над тобой?
1908

祖国

献给 В.П.斯维基茨基

依旧是晨露、斜坡、雾障，
依旧是野蒿上的红日东升，
那林间空地寒颤的沙沙响，
那忍饥挨饿的贫穷的人民。

辽阔的原野，无处容自由，
我们这严峻的铅色的乡土，
远远地从那冰凉的田畴
朝我们传送来大声的呼吼：

"像大家一样死去吧……"不呼吸，
你便听不见那致死的威胁，
可现在只听到无穷的喊声，
在恸哭，有怨诉，也有呜咽。

风儿送来的依旧是那喊声；
依旧是那贪得无厌的死神
在斜坡的上空挥镰开割，
在斜坡的上空夺走无数人。

受到铁一样的命运诅咒的
命定不祥的冰冷的国家，
俄罗斯母亲，不幸的祖国，
到底是谁在如此奚落你呀？
1908 年

（顾蕴璞译）

Асе

I

Опять — золотеющий волос,
Ласкающий взор голубой;
Опять — уплывающий голос;
Опять я: и — Твой, и — с Тобой.

Опять бирюзеешь напевно
В безгневно зареющем сне;
Приди же, моя королевна, —
Моя королевна, ко мне!

Плывут бирюзовые волны
На веющем ветре весны:
Я — этими волнами полный,
Одетая светами — Ты!

II

В безгневном сне, в гнетуще-грустной неге
Растворена так странно страсть моя...

Пробьет прибой на белопенном бреге,
Плеснет в утес соленая струя.

Вот небеса, наполнясь, как слезами,
Благоуханным блеском вечеров,
Блаженными блистают бирюзами
И маревом моргающих миров.

И снова в ночь чернеют мне чинары
Я прошлым сном страданье утолю:
Сицилия... И — страстные гитары...
Палермо, Монреаль... Радес...
Люблю!..
1917

致阿霞

一

依然是——淡金色的发丝，
浅蓝色温柔的眼神；
依然是——漂游着的声音；
依然是我——属于你，——和你在一起。

依然是你，在徐徐飘起的静梦里
以悦耳的声音传入碧绿；
快来吧，我的小公主，——
快来到我身旁，我的小公主！

伴随春风的轻轻吹拂，

漂浮着碧绿的波浪：
我充满了万顷碧波，
你浑身浴满了光芒！

二

在安详的梦中，在苦恼、忧郁的安宁里，
我的激情是如此奇怪地敞开……
浪花向白沫粘附的海岸拍击，
咸涩的水流朝着礁石泼溅。

天空仿佛充满了泪水，
充满黄昏芬芳的闪光，
闪烁着美好的琥珀色光彩
——充满时隐时现的世界之幻象。

夜晚我觉得梧桐树重又变浓黑。
我以过去的梦将痛苦消解：
西西里岛……激情勃发的吉他……
巴列尔莫……莫尔娅里……拉丹斯 ①……
我爱！
1917 年

（汪剑钊译）

---

① 别雷与阿霞在地中海沿途旅行所住过的地名。

维·伊万诺夫

维亚切斯拉夫·伊万诺维奇·伊万诺夫（Вячеслав Иванович Иванов，1866 —1949）俄国象征派中的学者诗人，被称为"象征主义者中最具象征意味的"诗人，诗歌句式冗长，音韵滞重，把渊博的知识、玄学的思想、原型的意象等结合起来，深刻而费解。但这位被誉为俄国象征主义的"魔术师"和"神秘宗教仪式祭司"的诗人兼文论家，只是因37岁才有处女作诗集问世，才被归入"年轻一代象征派"，他把自己的象征主义称作"切合实际的象征主义"。1924年定居意大利。

Русский ум...

Своеначальный, жадный ум, —
Как пламень, русский ум опасен
Так он неудержим, так ясен,
Так весел он — и так угрюм.

Подобный стрелке неуклонной,
Он видит полюс в зыбь и муть,
Он в жизнь от грезы отвлеченной
Пугливой воле кажет путь.

Как чрез туманы взор орлиный
Обслеживает прах долины,
Он здраво мыслит о земле,
В мистической купаясь мгле.
1890

俄罗斯心智

独特的心智，贪婪的心智，——
俄罗斯心智，危险如火焰：
他这般快乐，这般忧郁，
他如此执拗，如此泰然。

他像根一往无前的指针，
能见的"极"直通涟漪和烟雾；
他向怯懦的意志展示

从抽象梦幻到生活的路途。

他像能穿雾障的鹰眼，
四处搜寻谷地的尸体，
它像沐浴在神秘的幽暗中，
正确合理地思索着大地。
1890 年

（顾蕴璞译）

Любовь

Мы — два грозой зажженные ствола,
Два пламени полуночного бора;
Мы — два в ночи летящих метеора,
Одной судьбы двужалая стрела!

Мы — два коня, чьи держит удила
Одна рука, — язвит их шпора;
Два ока мы единственного взора,
Мечты одной два трепетных крыла.

Мы — двух теней скорбящая чета
Над мрамором божественного гроба,
Где древняя почиет Красота.

Единых тайн двугласные уста,
Себе самим мы — Сфинкс единой оба.
Мы — две руки единого креста.
1901

爱

我们是两根被雷电烧着的树干，
是两团夜半针叶林点燃的火焰；
我们是两颗暗夜里飞驰的流星，
是一枝命运与共的双矢的利箭！

我们是两匹飞快奔跑的骏马，
由一只手牵引，一个马刺策赶；
我们是一双眼睛的两只眸子，
是同一幻想的两只颤抖的翅膀。

我们是一对悲痛欲绝的阴魂，
盘桓在长眠着古代美神的
神妙无比的大理石棺的上空。

我们是泄漏同一些秘密的双声的嘴，
我们俩本身就是同一狮身人面像。
我们是同一十字架伸出的两只臂膀。
1901 年

(顾蕴璞译)

Вечность и миг

Играет луч, на гранях гор алея;
Лучится дум крылатая беспечность...
Не кровью ль истекает сердце, млея?..

Мгновенью ль улыбнулась, рдея. Вечность?
Лобзаньем ли прильнуло к ней Мгновенье?..
Но всходит выше роковая млечность.

Пугливый дух приник в благоговенье:
Гость бледный входит в льдистый дом к Бессмертью,
И синей мглой в снегах легло Забвенье...

Молчанье! Вечность там, одна со Смертью!
1903

永恒与一瞬

阳光闪耀，把群山的轮廓染红；
我奔放的无虑的思想在发亮……
莫非我的心充满血，过于激动？

是永恒朝一瞬微笑时泛起了红晕？……
是一瞬贴近永恒凭靠了接吻？……
但不详的激动心情更高地升腾。

怯懦的灵魂投入了"崇敬"的胸怀；
苍白的客人走进"不朽"多冰的家门，
如蓝色雾霭，雪原上躺着"忘怀"……

沉默吧！永恒在那里，和死神在一起！
1903 年

（顾蕴璞译）

Поэты духа

Снега, зарей одеты
В пустынях высоты,
Мы — Вечности обеты
В лазури Красоты.

Мы — всплески рдяной пены
Над бледностью морей.
Покинь земные плены,
Воссядь среди царей!

Не мни: мы, в небе тая,
С землей разлучены, —
Ведет тропа святая
В заоблачные сны.
1904

性灵诗人

是一派皑皑的白雪，
是映着彩霞的高峰，
我们是"永恒"的誓约，
常置身在"美"的碧空。

我们是苍茫海域里
红色浪花的拍溅，
快摆脱人世的奴役，

就位在沙皇中间！

别以为在天空消融，
就能够和大地分离：——
一条圣洁的小径
引向悠悠的梦际。
1904 年

（顾蕴璞译）

Осень

Что лист упавший — дар червонный;
Что взгляд окрест — багряный стих...
А над парчою похоронной
Так облик смерти ясно-тих.

Так в золотой пыли заката
Отрадно изнывает даль;
И гор согласных так крылата
Голуботусклая печаль.

И месяц белый расцветает
На тверди призрачной — так чист!..
И, как молитва, отлетает
С немых дерев горящий лист...
1905

秋

落叶是什么——红色的礼物；
一瞥是什么——深红的诗章……
而在锦缎的尸衣之上，
死神的脸庞明朗而安详。

在那夕晖的金色光尘里，
远方正在欢快而忧虑；
从那协调的山间腾起了
暗蓝的哀思不绝如缕。

在那透明的苍穹之上，
皓月绽开着——这般纯洁！……
从那喑哑的树上，似祷词，
纷纷落下了燃烧的红叶……
1905 年

（顾蕴璞译）

勃洛克

亚历山大·亚历山德罗维奇·勃洛克（Александр
Александрович Блок，1880—1921）俄国年轻一代象征派
最杰出的代表，也是生前获得公认的唯一的全民族意义
的诗人，他的象征诗具有民族化、理想化、心灵化的特征，
把先锋精神与公民情怀结合起来，既富象征性又有现实
性，既有歌唱性又具戏剧性。"永恒女性"是他摆脱精
神危机的艺术手段（以《美妇人诗抄》为代表）。长诗《十二
个》对苏联诗歌产生了重大影响。

Ветер принес издалека...

Ветер принес издалека
Песни весенней намек,
Где-то светло и глубоко
Неба открылся клочок.

В этой бездонной лазури,
В сумерках близкой весны
Плакали зимние бури,
Реяли звездные сны.

Робко, темно и глубоко
Плакали струны мои.
Ветер принес издалека
Звучные песни твои.
1901

风儿从远方捎来……

风儿从远方捎来
暗示春歌的信息，
天的一角已敞开，
望去深邃而亮丽。

在那无底的碧空，
在这临春的黄昏，
哭泣着冬的暴风，

翱翔着星星的梦。

我的琴弦哭起来，
胆怯、忧郁而深沉。
风儿从远方捎来
你那悠扬的歌声。
1901 年

（顾蕴璞译）

Белой ночью месяц красный...

Белой ночью месяц красный
Выплывает в синеве.
Бродит призрачно-прекрасный,
Отражается в Неве.

Мне провидится и снится
Исполпенье тайных дум.
В вас ли доброе таится,
Красный месяц, тихий шум?
1901

白色的夜，红的月亮……

白色的夜，红的月亮
在蓝天里浮现，
美丽的幻影在徘徊，
倒映在涅瓦河面。

我从梦里预见到
充满了秘密的思想。
你们可蕴含着吉兆,
红的月亮,静的喧嚷?
1901 年

（汪剑钊译）

Сумерки, сумерки вешние...

Дождешься ль вечерней порой Опять
и желанья, и лодки,
Весла, и огня за рекой?

Фет

Сумерки, сумерки вешние,
Хладные волны у ног,
В сердце — надежды нездешние,
Волны бегут на песок.

Отзвуки, песня далекая,
Но различить — не могу.
Плачет душа одинокая
Там, на другом берегу.

Тайна ль моя совершается,
Ты ли зовешь вдалеке?
Лодка ныряет, качается,
Что-то бежит по реке.

В сердце — надежды нездешние,

Кто-то навстречу — бегу...
Отблески, сумерки вешние,
Клики на том берегу.
1901

黄昏，春天的黄昏⋯⋯

> 黄昏，你能否再一次
> 实现愿望，等到小舟、
> 船桨和彼岸的火光？
> ——费特

黄昏，春天的黄昏，
脚下是冰凉的波涛，
心底——非人间的憧憬，
浪花向着河滩奔跑。

我无法分辨：这是回音，
还是远处传来的歌声。
那里——河的彼岸，
抽泣着一颗孤独的灵魂。

莫非我的秘想已经实现，
莫非是你从远处发出呼唤？
小舢板时隐时显，
有什么东西奔驰在河面。

心底——非人间的憧憬，

有人迎面而来——我奔跑……
反光，春天的黄昏，
彼岸的喊叫。
1901 年

〔汪剑钊译〕

Встану я в утро туманное...

Встану я в утро туманное,
Солнце ударит в лицо.
Ты ли, подруга желанная,
Всходишь ко мне на крыльцо?

Настежь ворота тяжелые!
Ветром пахнуло в окно!
Песни такие веселые
Не раздавались давно!

С ними и в утро туманное
Солнце и ветер в лицо!
С ними подруга желанная
Всходит ко мне на крыльцо!
1901

我要在朦胧的早晨起床……

我要在朦胧的早晨起床，
明丽的阳光射向我脸庞，
我的朝思暮盼的女友啊，

莫非是你正走进我门廊？

沉重的大门已完全敞开！
晨风往窗里拂来了清香！
响起的歌声如此欢快，
它很久没在我耳畔回荡！

携着歌声在朦胧的早晨，
太阳和晨风射向我脸庞！
我的朝思暮盼的女友
踏着歌声正走进我门廊！
1901 年

（顾蕴璞译）

Вхожу я в темные храмы...

Вхожу я в темные храмы,
Совершаю бедный обряд.
Там жду я Прекрасной Дамы
В мерцаньи красных лампад.

В тени у высокой колонны
Дрожу от скрипа дверей.
А в лицо мне глядит, озаренный,
Только образ, лишь сон о Ней.

О, я привык к этим ризам
Величавой Вечной Жены!
Высоко бегут по карнизам
Улыбки, сказки и сны.

О, Святая, как ласковы свечи,
Как отрадны Твои черты!
Мне не слышны ни вздохи, ни речи,
Но я верю: Милая — Ты.
1902

我走进暗淡无光的教堂……

我走进暗淡无光的教堂，
举行一次简陋的礼仪，
趁闪烁的红色长明灯光，
我等候美妇人来到这里。

在那高高的圆柱的阴影里，
吱呀的开门声使我战栗不安。
但披着光彩正凝视我的，
只有那圣像和关于她的梦幻。

哦，我已爱看你这高傲的
永恒之妻身穿的法衣！
一个个笑容、童话和梦境
都沿着屋檐高高地飞驰。

啊，烛光多柔和，圣女，
你的面容多令人惬意！
我听不见叹息或话语，
但我相信，心上人是你！
1902 年

（顾蕴璞译）

Фабрика

В соседнем доме окна жолты.
По вечерам — по вечерам
Скрипят задумчивые болты,
Подходят люди к воротам.

И глухо заперты ворота,
А на стене — а на стене
Недвижный кто-то, черный кто-то
Людей считает в тишине.

Я слышу все с моей вершины:
Он медным голосом зовет
Согнуть измученные спины
Внизу собравшийся народ.

Они войдут и разбредутся,
Навалят на спины кули.
И в жолтых окнах засмеются,
Что этих нищих провели.
1903

工厂

毗邻的房屋窗户蜡黄。
每到傍晚——每到傍晚，
沉思的门闩轧轧一响，

人们便走向大门的跟前。

大门严严实实地锁着，
而在墙上——而在墙上，
有个不动的黑色人影
悄悄地数着多少人来厂。

我从头顶听得到一切：
他用铜一般的声音召唤，
让在下面集合好的人们，
把自己疲惫的腰背折弯。

他们一进门便各就各位，
把苦役压在了自己背上，
蜡黄的窗里有人笑起来：
竟然让穷光蛋们上了当。
1903 年

（顾蕴璞译）

Незнакомка

По вечерам над ресторанами
Горячий воздух дик и глух,
И правит окриками пьяными
Весенний и тлетворный дух.

Вдали, над пылью переулочной,
Над скукой загородных дач,
Чуть золотится крендель булочной,
И раздается детский плач.

И каждый вечер, за шлагбаумами,
Заламывая котелки,
Среди канав гуляют с дамами
Испытанные остряки.

Над озером скрипят уключины,
И раздается женский визг,
А в небе, ко всему приученный,
Бессмысленно кривится диск.

И каждый вечер друг единственный
В моем стакане отражен
И влагой терпкой и таинственной,
Как я, смирён и оглушен.

А рядом у соседних столиков
Лакеи сонные торчат,
И пьяницы с глазами кроликов
«In vino veritas!»кричат.

И каждый вечер, в час назначенный
(Иль это только снится мне?),
Девичий стан, шелками схваченный,
В туманном движется окне.

И медленно, пройдя меж пьяными,
Всегда без спутников, одна,
Дыша духами и туманами,
Она садится у окна.

И веют древними поверьями
Ее упругие шелка,
И шляпа с траурными перьями,
И в кольцах узкая рука.

И странной близостью закованный,
Смотрю за темную вуаль,
И вижу берег очарованный
И очарованную даль.

Глухие тайны мне поручены,
Мне чье-то солнце вручено,
И все души моей излучины
Пронзило терпкое вино.

И перья страуса склоненные
В моем качаются мозгу,
И очи синие бездонные
Цветут на дальнем берегу.

В моей душе лежит сокровище,
И ключ поручен только мне!
Ты право, пьяное чудовище!
Я знаю: истина в вине.
1906

陌生女郎

每晚，在家家餐馆的上空，
弥漫着浓烈沉闷的热气。

是腐味的春的气息在驱动，
传来了醉后叫嚷的声息。

远处，在小巷积尘之上，
当城郊别墅被寂寞笼罩，
那花形面包^① 刚闪出金光，
就传出一阵阵孩子的哭叫。

每晚，在拦路标杆之外，
总会有挑逗风月的老手。
他们把圆顶大礼帽歪戴，
带着女人在沟渠间浪游。

湖面上扬起吱吱的桨声，
夹杂着女人的尖细叫嚷，
天上那见过世面的月轮
竟也茫然地撇着嘴相望。

每晚，我唯一的朋友的身影，
总在我杯中呈现出映像，
也像我，被苦涩神秘的水分
直灌得温顺而又迷惘。

几个睡眼惺忪的仆人
在我邻近的小桌旁呆立，
醉汉们瞪着兔子眼睛
嚷着："真理就藏在酒里！"^②

---

① 革命前在俄国，面包铺的招牌上画有圆形面包的金色图画。这里喻指夕阳西
下的时刻。
② 原文为拉丁文。

每晚，在约定好的时间
（莫非我只是置身在梦乡？）
在朦胧的窗口定会浮现
身着绸衫的年轻女郎。

只身一人总不带男伴，
她慢慢穿过醉汉中间，
浑身频频将香雾飘散，
她走近并落坐在窗前。

她那身飘逸的丝衣锦绸，
她那顶插有丧羽的便帽，
她那只戴满戒指的纤手，
都如古代传说般奇妙。

对奇异的亲近感使我愕然，
透过她深色的面纱凝望，
我便看见了迷人的彼岸
看见了令人神往的远方。

我被告知了心底的隐私，
我被托付某个人的太阳，
我心灵的万般曲折变化，
都浸透了这苦涩的酒浆。

那帽上低垂的鸵鸟羽毛，
总在我的脑海里摇晃，
她那双深邃莫测的蓝眸，
正在遥远的彼岸闪亮。

我心灵深处有一箱宝贝，

宝箱钥匙只归我自己！
你这个醉鬼，说得很对！
我知道：真理就藏在酒里。
1906 年

（顾蕴璞译）

Россия

Опять, как в годы золотые,
Три стертых треплются шлеи,
И вязнут спицы росписные
В расхлябанные колеи…

Россия, нищая Россия,
Мне избы серые твои,
Твои мне песни ветровые, —
Как слезы первые любви!

Тебя жалеть я не умею
И крест свой бережно несу...
Какому хочешь чародею
Отдай разбойную красу!

Пускай заманит и обманет, —
Не пропадешь, не сгинешь ты,
И лишь забота затуманит
Твои прекрасные черты...

Ну что ж? Одной заботой боле —
Одной слезой река шумней

А ты все та же — лес, да поле,
Да плат узорный до бровей...

И невозможное возможно,
Дорога долгая легка,
Когда блеснет в дали дорожной
Мгновенный взор из-под платка,
Когда звенит тоской острожной
Глухая песня ямщика!..
1908

俄罗斯

仿佛又值那黄金的岁月，
三套马车的破后鞧摆动着，
彩绘辐条的车轮陷进了
一个个松动易塌的车辙……

俄罗斯，贫困的俄罗斯呵，
对于我，你那灰色的木屋，
你那随风飘动的歌声，
像初恋涌流的第一粒泪珠！

我不知道该怎样怜惜你，
只会小心地背负十字架……
你那种夺人心魄的美质
可交给不论哪个魔法家！

任凭他把你诱惑和欺骗，
你不会消失，不会覆亡，

只有那忧心忡忡的焦虑，
才能掩盖你美丽的脸庞……

没什么，哪怕焦虑肆虐，
哪怕河中只有泪水吼，
你依归是你，森林、田野、
齐眉的花巾全都依旧。

只要那转瞬即逝的目光
从头巾后在迢遥途中闪动，
只要马车夫那低沉的歌声
唱出满腔坐牢的痛苦，
不可能的事也变成可能，
漫长的旅途也变得轻松！……
1908 年

（顾蕴璞译）

Ночь, улица, фонарь, аптека...

Ночь, улица, фонарь, аптека,
Бессмысленный и тусклый свет.
Живи еще хоть четверть века —
Все будет так. Исхода нет.

Умрешь — начнешь опять сначала
И повторится все, как встарь:
Ночь, ледяная рябь канала,
Аптека, улица, фонарь.
1912

黑夜，街道，路灯，药店……

黑夜，街道，路灯，药店，
毫无意义而昏暗的灯光。
纵令再活上二十五年，
一切照旧。没了没完。

你一死，还将从头开始，
一切会重复，像往昔情景；
黑夜，河面冰冷的涟漪，
药店，街道，路灯。
1912 年

（顾蕴璞译）

О да, любовь вольна, как птица...

О да, любовь вольна, как птица,
  Да, все равно — я твой!
Да, все равно мне будет сниться
  Твой стан, твой огневой!

Да, в хищной силе рук прекрасных,
  В очах, где грусть измен,
Весь бред моих страстей напрасных,
  Моих ночей, Кармен!

Я буду петь тебя, я небу
  Твой голос передам!
Как иерей сверу я требу

За твой огонь — звездам!

Ты встанешь бурною волною
　　В реке моих стихов,
И я с руки моей не смою,
　　Кармен, твоих духов...

И в тихий час ночной, как пламя,
　　Сверкнувшее на миг,
Блеснет мне белыми зубами
　　Твой неотступный лик.

Да, я томлюсь надеждой сладкой,
　　Что ты, в чужой стране,
Что ты, когда-нибудь, украдкой
　　Помыслишь обо мне...

За бурей жизни, за тревогой,
　　За грустью всех измен, —
Пусть эта мысль предстанет строгой,
　　Простой и белой, как дорога,
Как дальний путь, Кармен!
1914

哦，是的，爱情像小鸟一样自由……

"哦，是的，爱情像小鸟一样自由"，
是的，无论怎样——我属于你！
是的，无论怎样我总会梦见
你烈焰一般燃烧的腰肢！

是的，你美丽双手有猛兽的膂力，
　　你的眼中，有背叛的忧伤，
有我夜晚的梦呓，我徒然的激情的
　　梦呓，我的卡门！

我要歌唱你，我要把你的声音
　　传递给高远的云霄！
我要像神甫一样，为你的火焰，
　　对着星辰举行祭祷！

在我诗歌流淌的江河中，
　　你像狂暴的波浪一般翻腾，
你留在我手掌的香水味儿，
　　我不想擦去，卡门……

在安谧的深夜，像一股火焰，
　　倏忽即逝，
哦，你那洁白的牙齿，
　　让我魂牵梦萦的容颜。

是的，甜蜜的希望折磨着我，
　　但愿有朝一日，
在另一个国度，你能够
　　悄悄地想到我……

　　为了生活的风暴，为了焦虑，
为了所有背叛的忧伤，——
　　让这个想法变得像一条道路，
规整、朴实而洁白，
　　像一条远方的大道，卡门！
1914 年

（汪剑钊译）

玛
尔
托
夫

　　埃尔·玛尔托夫（Эрл Мартов，真名为安德烈·埃
德蒙多维奇·布贡，Андрей Эдмондович Бугон，1871—
1911）俄国现代诗人，有诗歌编入勃留索夫的三卷本诗集
《俄国象征主义者》（«Русские символисты»，1894—
1895）。

Ромб

Мы —
Среди тьмы
Глаз отдыхает.
Сумрак ночи живой
Сердце жадно вздыхает.
Шепот звезд долетает порой,
И лазурные чувства теснятся толпой.
Все забылося в блеске росистом.
Поцелуем душистым
Поскорее блесни!
— Снова шепни,
Как тогда —
«Да!»

1894

菱形

我们——
黑暗里栖身
双眼获得了休息。
夜的朦胧云涌烟腾。
心灵在贪婪地呼吸。
有时传来繁星的喃喃语声
浅蓝的感觉狠狠压迫着芸芸众生
露水闪烁中一切昏昏欲睡。
让我们芬芳地吻醉。
转眼霞光熠熠！
再次细语。
像以往
那样！

1894 年

（曾思艺译）

安年斯基

伊诺肯基·费奥多罗维奇·安年斯基（Иннокентий Федорович Анненский，1856—1909）白银时代非常独特的俄国象征派诗人，他探索出"联想的心理的象征手法"来物化自己对人生的独特的悲剧感受，尝试用"悦耳的象征雨"来再造质朴而严谨的古典诗韵。受到读者，特别是诗人的高度评价，被誉为"诗人的诗人"。

Осенний романс

Гляжу на тебя равнодушно,
А в сердце тоски не уйму...
Сегодня томительно-душно,
Но солнце таится в дыму.

Я знаю, что сон я лелею,
Но верен хоть снам я, — а ты?..
Ненужною жертвой в аллею
Падут, умирая, листы...

Судьба нас сводила слепая:
Бог знает, мы свидимся ль там...
Но знаешь?.. Не смейся, ступая
Весною по мертвым листам!
1903

秋令浪漫曲

我神情淡漠地望着你，
可心里却止不住忧伤……
今天令人难熬地闷热，
太阳却在烟霭中躲藏。

我知道，我缱绻的只是一梦，
但毕竟忠实于梦，——可你呢？……
枯叶像谁也不要的祭品，

凋零中向林荫道纷纷坠落……

瞎眼的命运让我俩相识：
天知道，以后还能否重逢……
你要知道……别等来年春，
才去踩着枯叶觅芳踪！
1903 年

（顾蕴璞译）

Два паруса лодки одной

Нависнет ли пламенный зной,
Иль, пенясь, расходятся волны,
Два паруса лодки одной,
Одним и дыханьем мы полны.

Нам буря желанья слила,
Мы свиты безумными снами,
Но молча судьба между нами
Черту навсегда провела.

И в ночи беззвездного юга,
Когда так привольно-темно,
Сгорая, коснуться друг друга,
Одним парусам не дано...
1904

一船双帆

无论低垂着酷暑的幕帘，
还是涌溅着滔天的海浪，
我们是一条船上的双帆，
共同的气息溢满了胸膛。

暴风雨为我们合铸心愿，
我们由疯狂的梦线编成，
命运却悄然在我们之间，
永远地划上了一道界痕。

在那无星的南国夜空里，
呈现一望无际的幽暗，
上苍独不让帆和帆在一起
相互碰撞，起火焚燃……
1904 年

（顾蕴璞译）

Листы

На белом фоне все тусклей
Златится горняя лампада,
И в доцветании аллей
Дрожат зигзаги листопада.

Кружатся нежные листы
И не хотят коснуться праха...

О, неужели это ты,
Все то же наше чувство страха?

Иль над обманом бытия
Творца веленье не звучало,
И нет конца и нет начала
Тебе, тоскующее я?
1904

叶

明亮的空中高挂的灯盏
渐渐暗淡了金色的光焰，
那出现衰色的林荫道上，
缤纷的落叶在风中抖颤。

温柔的树叶正悬空盘旋，
它们不愿意和尘土沾边……
啊，难道这就是你吗，
仍是我们同样的恐惧感？

莫非造物主没发出指令
声讨对于生活的欺骗，
所以才让你，正发愁的"我"，
没有终了，也没有开端？
1904 年

（顾蕴璞译）

Я люблю...

Я люблю замирание эха
После бешеной тройки в лесу,
За сверканьем задорного смеха
Я истомы люблю полосу.

Зимним утром люблю надо мною
Я лиловый разлив полутьмы,
И, где солнце горело весною,
Только розовый отблеск зимы.

Я люблю на бледнеющей шири
В переливах растаявший цвет...
Я люблю все, чему в этом мире
Ни созвучья, ни отзвука нет.
1905

我爱……

我爱那狂奔的三套马车
洒下的回声在林中屏息,
我爱那爽朗的笑声闪亮后
在空间留下的一丝倦意。

我爱冬日在我的头顶上
雪青的昏暗春汛般荡漾,
我爱春天艳阳的朗照处

一缕严冬的玫瑰色反光。

我爱那面色苍白的旷原上
流光溢彩中消融的颜色……
我爱那得不到谐音和回声的
在这个世上存在过的一切。
1905 年

（顾蕴璞译）

Что счастье?..

Что счастье? Чад безумной речи?
Одна минута на пути,
Где с поцелуем жадной встречи
Слилось неслышное прости?

Или оно в дожде осеннем?
В возврате дня? В смыканьи вежд?
В благах, которых мы не ценим
За неприглядность их одежд?

Ты говоришь... Вот счастья бьется
К цветку прильнувшее крыло,
Но миг — и ввысь оно взовьется
Невозвратимо и светло.

А сердцу, может быть, милей
Высокомерие сознанья,
Милее мука, если в ней
Есть тонкий яд воспоминанья.
Неизв. Годы

幸福是什么?

幸福是什么？是狂热的话语？
是漫漫长途的一个瞬间，
由它把渴望重逢的亲吻
和听不见的告别声相连？

也许它就是绵绵的秋雨？
是白昼的回归？眼帘的紧闭？
是一宗衣衫褴褛的财富
而我们却并未对它珍惜？

你说着……那依偎着花儿的
幸福鸟正抖动翅膀想飞，
但转眼间——它升向高空，
晶亮耀眼，一去不回。

也许，对高傲的自我意识，
会使心灵更觉得亲切，
如果含有灵敏的回忆毒药，
痛苦也会使心灵倍感亲切。
（写作时间不详）

（顾蕴璞译）

Романс без музыки

В непроглядную осень туманны огни,
    И холодные брызги летят,

В непроглядную осень туманны огни,
  Только след от колес золотят,
В непроглядную осень туманны огни,
  Но туманней отравленный чад,
В непроглядную осень мы вместе, одни,
  Но сердца наши, сжавшись, молчат...
Ты от губ моих кубок возьмешь непочат,
  Потому что туманны огни...
Неизв. Годы

没有音符的浪漫曲

在那无际的秋空里灯火迷蒙，
  冷寂的光珠喷涌飞溅，
在那无际的秋空里灯火迷蒙，
  只映得车辙金光灿灿。
在那无际的秋空里灯火迷蒙，
  更迷蒙的是含毒的煤烟，
在那无际的秋空里我们相逢，
  但心儿发紧，默默无言……
你尽可舀杯美酒，从我的唇边，
  就因为灯火正迷迷蒙蒙……
（写作时间不详）

（顾蕴璞译）

Я думал, что сердце из камня...

Я думал, что сердце из камня,
Что пусто оно и мертво:
Пусть в сердце огонь языками

Походит — ему ничего.

И точно: мне было не больно,
А больно, так разве чуть-чуть.
И все-таки лучше довольно,
Задуй, пока можно задуть...

На сердце темно, как в могиле,
Я знал, что пожар я уйму...
Ну вот... и огонь потушили,
А я умираю в дыму.
Неизв. Годы

我曾想，心如果是用石制……

我曾想，心如果是用石制，
它虚空无灵，肉身死绝，
纵然大火用舌头舔食，
它也不会有半点感觉。

果然我不曾有痛的感觉，
即使有，也是微乎其微。
而如果能吹灭时把火吹灭，
毕竟不知要好出多少倍。

心如墓穴，漆黑一团，
我早知能把大火熄灭……
可如今……终于熄灭了火焰，
自己也将在烟雾中气绝。
（写作时间不详）

（顾蕴璞译）

В небе ли меркнет звезда...

В небе ли меркнет звезда,
Пытка ль земная все длится;
Я не молюсь никогда,
Я не умею молиться.

Время погасит звезду,
Пытку ж и так одолеем...
Если я в церковь иду,
Там становлюсь с фарисеем.

С ним упадаю я нем,
С ним и воспряну, ликуя...
Только во мне-то зачем
Мытарь мятется, тоскуя?..
Неизв. Годы

无论天上的星变得黯淡……

无论天上的星变得黯淡，
还是人世的苦令人难熬，
我永远不会去祷告上苍，
也根本不会为自己祈祷。

时间迟早要熄灭星光，
我们也总会把痛苦平息……
而假如我们要走进教堂，

便会和伪君子待在一起。

我和他一道默默跪下来，
我和他一道欢欣地跃起……
只不知为何在我的心怀
折腾着令我忐忑的忧郁……
（写作时间不详）

（顾蕴璞译）

Две любви

С. В. ф.—Штейн

Есть любовь, похожая на дым:
Если тесно ей — она дурманит,
Дай ей волю — и ее не станет...
Быть как дым — но вечно молодым.

Есть любовь, похожая на тень:
Днем у ног лежит — тебе внимает,
Ночью так неслышно обнимает...
Быть как тень, но вместе ночь и день...
Неизв. Годы

两种爱情

——献给谢尔盖·弗拉基米罗维奇·施泰因

有一种爱情，就像缕烟：
倘若受拘束，它令你销魂，
你如放纵它，就消逝不见……
存在如烟，但永远年轻。

有一种爱情，就像个影：
白天在身边——时刻听从你，
夜晚拥抱你，悄然无声……
存在如影，但日夜在一起……
（写作时间不详）

（顾蕴璞译）

Аромат лилеи мне тяжел...

Аромат лилеи мне тяжел,
Потому что в нем таится тленье...
Лучше смол дыханье, синих смол,
Только пить его без разделенья...

Оттолкнув соблазны красоты,
Я влюблюсь в ее миражи в дыме...
И огней нетленные цветы
Я один увижу голубыми...
Неизв. Годы

百合花的香味我感到难闻……

百合花的香味我感到难闻，
因为它在身上把腐朽隐藏……
还不如蓝色的焦油的气味，
只不过喝起来没什么两样……

抛却了物美的千种诱惑，
我爱上它海市蜃楼的幻景……
且只有我一人能把灯光的
不败花朵看作精美绝伦……
（写作时间不详）

（顾蕴璞译）

沃洛申

马克西米利安·亚历山德罗维奇·沃洛申（Максимилиан Александрович Волошин，1877—1932）年轻一代象征派诗人。他的诗饱含自然感，他的绘画才能使他的象征诗与印象派画有机交融，比其他象征派诗人的诗视感更清晰。

Зеленый вал отпрянул и пугливо...

Зеленый вал отпрянул и пугливо
Умчался вдаль, весь пурпуром горя...
Над морем разлилась широко и лениво
    Певучая заря.

Живая зыбь как голубой стеклярус.
Лиловых туч карниз.
В стеклянной мгле трепещет серый парус.
    И ветр в снастях повис.

Пустыня вод... С тревогою неясной
Толкает челн волна.
И распускается, как папоротник красный,
    Зловещая луна.
1904

绿森森的巨浪往后一跳……

绿森森的巨浪往后一跳，就怯生生地
疾驰而去，泛出漫漫一片紫红……
绚烂多姿的晚霞懒洋洋地，
    在无边无际的海面照影。

摇漾的微波像一串浅蓝的玻璃珠。
悬崖峭壁上挂着淡紫的云彩。
灰白的船帆拍打着透明的夜雾。

凉风在缆绳上摇摆。

烟波浩渺……满怀莫名的忧伤，
波浪向前推送着小船。
像一棵红蕨，不祥的月亮
在天边慢慢舒展。
1904 年

（曾思艺译）

Быть черною землей...

Быть черною землей. Раскрыв покорно грудь,
Ослепнуть в пламени сверкающего ока
И чувствовать, как плуг, вонзившийся глубоко
В живую плоть, ведет священный путь.

Под серым бременем небесного покрова
Пить всеми ранами потоки темных вод.
Быть вспаханной землей... И долго ждать, что вот
В меня сойдет, во мне распнется Слово.

Быть Матерью-Землей. Внимать, как ночью рожь
Шуршит про таинства возврата и возмездья,
И видеть над собой алмазных рун чертеж:
По небу черному плывущие созвездья.
1906

我愿作黑油油的土地……

我愿作黑油油的土地。温顺地敞开胸脯，
在火焰般闪闪发亮的目光中目眩神迷，
感觉到犁铧深深地扎进鲜活的躯体，
开掘出一条神圣的道路。

铅灰色的天空沉甸甸地低笼，
一道道伤口畅饮着黑乌乌的水流。
我愿作被翻耕的土地……我已等了很久，
话语进入我的胸膛，铭刻于我的心胸。

我愿作大地母亲。凝神细听
黑麦在夜间谈论关于还债和报应的秘密，
观看黑漫漫的天空漂游的星星，
仿佛是在用钻石的古文字绘制图纸。
1906 年

（曾思艺译）

Темны лики весны...

Темны лики весны. Замутились влагой долины,
Выткали синюю даль прутья сухих тополей.
Тонкий снежный хрусталь опрозрачил дальние горы.
　　Влажно тучнеют поля.

Свивши тучи в кудель и окутав горные щели,
Ветер, рыдая, прядет тонкие нити дождя.

Море глухо шумит, развивая древние свитки
    Вдоль по пустынным пескам.
1907

春天的面容愁戚戚的……

春天的面容愁戚戚的。峡谷里水汽迷蒙，
干枯枯的白杨树枝，一枝枝把远处的蓝天刺破。
戴雪的远山仿若一个个精美透明的水晶。
    田野湿漉漉地开始肥沃。

乌云蜷缩成麻纤维，遮蔽了群山间的缝隙，
风，一边号啕痛哭，一边纺织着雨水的细线。
大海闷沉沉地喧腾，敞开一连串古老的回忆，
    沿着那荒芜人迹的沙滩。
1907 年

（曾思艺译）

Она

В напрасных поисках за ней
Я исследил земные тропы
От Гималайских ступеней
До древних пристаней Европы.

Она — забытый сон веков,
В ней несвершенные надежды.
Я шорох знал ее шагов
И шелест чувствовал одежды.

Тревожа древний сон могил,
Я поднимал киркою плиты...
Ее искал, ее любил
В чертах Микенской Афродиты.

Пред нею падал я во прах,
Целуя пламенные ризы
Царевны Солнца — Таиах
И покрывало Моны-Лизы.

Под гул молитв и дальний звон
Склонялся в сладостном бессильи
Пред ликом восковых мадонн
На знойных улицах Севильи.

И я читал ее судьбу
В улыбке внутренней зачатья,
В улыбке девушек в гробу,
В улыбке женщин в миг объятья.

Порой в чертах случайных лиц
Ее улыбки пламя тлело,
И кто-то звал со дна темниц,
Из бездны призрачного тела.

Но, неизменна и не та,
Она сквозит за тканью зыбкой,
И тихо светятся уста
Неотвратимою улыбкой.
1909

她

我枉然到处把她寻找，
足迹踏遍了人世之路，
从喜马拉雅山的山脚，
直到欧洲古老的码头。

她是世代被遗忘的梦，
心里怀着未遂的希望，
我熟悉她那簌簌的脚步声
和她衣衫的窸窣声响。

我用镐头抬高石板，
惊动她墓中古老的梦……
我寻找她，将她爱恋，
通过阿弗洛狄忒的芳容。

我常常拜倒在她的脚下，
吻着火焰一般的华服，
太阳公主塔雅赫才配穿它，
还吻蒙娜丽莎的盖布。

在塞维利亚酷热的街道上，
祈祷声嗡嗡，钟声悠扬，
我在甜蜜的倦怠中遐想，
躬身面对玛利亚的蜡像。

我读出她的命运的征兆，
仅凭她受孕后会心的一笑，

仅凭墓中少女的一笑，
仅凭女人们拥抱时的一笑。

有时在邂逅相遇者脸上，
也依稀亮着她微笑的火焰，
于是有个人从监狱的底层
从幽灵肉体的深渊呼唤。

她恒定不变，又不易捉摸，
从起伏的衣衫中透露出来，
她的嘴角悄悄默默地
闪出无法遏制的微笑来。
1909 年

（顾蕴璞译）

古米廖夫

尼古拉·斯捷潘诺维奇·古米廖夫（Николай
Степанович Гумилев，1886—1921）阿克梅派的领袖，诗
人、批评家，公开批评象征派过于玄奥，力主返回人间，
开掘人的内心世界，但他在创作上往往与自己的文艺主
张相左，过于追逐异国情调和人的生物本能，善于表现
强有力的个性与冒险精神，把浪漫的灵魂与客观的形式
融为一体，富有浪漫主义激情，声色均富表现力。

Волшебная скрипка

(Валерию Брюсову)

Милый мальчик, ты так весел, так светла твоя улыбка,
Не проси об этом счастье, отравляющем миры,
Ты не знаешь, ты не знаешь, что такое эта скрипка,
Что такое темный ужас начинателя игры!

Тот, кто взял ее однажды в повелительные руки,
У того исчез навеки безмятежный свет очей,
Духи ада любят слушать эти царственные звуки,
Бродят бешеные волки по дороге скрипачей.

Надо вечно петь и плакать этим струнам, звонким струнам,
Вечно должен биться, виться обезумевший смычок,
И под солнцем, и под вьюгой, под белеющим буруном,
И когда пылает запад и когда горит восток.

Ты устанешь и замедлишь, и на миг прервется пенье,
И уж ты не сможешь крикнуть, шевельнуться и вздохнуть, —
Тотчас бешеные волки в кровожадном исступленьи
В горло вцепятся зубами, встанут лапами на грудь.

Ты поймешь тогда, как злобно насмеялось все, что пело,
В очи глянет запоздалый, но властительный испуг.
И тоскливый смертный холод обовьет, как тканью, тело,
И невеста зарыдает, и задумается друг.

Мальчик, дальше! Здесь не встретишь ни веселья, ни сокровищ!
Но я вижу — ты смеешься, эти взоры — два луча.
На, владей волшебной скрипкой, посмотри в глаза чудовищ
И погибни славной смертью, страшной смертью скрипача!
1907

神奇的小提琴

——献给瓦列里·勃留索夫

可爱的孩子，你那样快乐，笑容清澈，
不要追求这种使人世受折磨的幸福，
你还不懂，不懂这小提琴是什么玩艺儿，
弹奏的首倡者要受多么忧郁的恐怖！

谁一旦把它交到发号施令的手中，
他眼里就会永远失去安详的光，
地狱的魔鬼专爱听这庄严的声音，
疯狂的恶狼常出没在琴手的道上。

响亮的琴弦就该永远哀泣、欢唱，
发疯的弓子就该永远挣扎、飞旋，
不管烈日下，暴风中或浅滩浪花上，
也无论燃着了西陲，还是烧红了东天。

你一累，一迟疑，歌唱顿时一中断，
你便无法叫喊、动弹和叹息，——
疯狂的恶狼便在嗜血成性的狂怒中，
用利齿抓喉咙，用爪朝胸口扑去。

你便会恍悟：唱过的一切都在笑你，
迟到然而威慑的恐怖对你逼视。
撩人愁绪的严寒像衣服裹住身体，
新娘失声痛哭，朋友陷入沉思。

孩子，走下去！这里见不着欢欣和瑰宝，
但我看见你在笑，两道视线如两道光。
给，掌握这神奇的提琴吧，正视那魔爪，
做个小提琴手光荣而可怖地死亡！
1907 年

（顾蕴璞译）

Жираф

Сегодня, я вижу, особенно грустен твой взгляд
И руки особенно тонки, колени обняв.
Послушай: далеко, далеко, на озере Чад
Изысканный бродит жираф.

Ему грациозная стройность и нега дана,
И шкуру его украшает волшебный узор,
С которым равняться осмелится только луна,
Дробясь и качаясь на влаге широких озер.

Вдали он подобен цветным парусам корабля,
И бег его плавен, как радостный птичий полет.
Я знаю, что много чудесного видит земля,
Когда на закате он прячется в мраморный грот.

Я знаю веселые сказки таинственных стран

Про черную деву, про страсть молодого вождя,
Но ты слишком долго вдыхала тяжелый туман,
Ты верить не хочешь во что-нибудь кроме дождя.

И как я тебе расскажу про тропический сад,
Про стройные пальмы, про запах немыслимых трав.
Ты плачешь? Послушай... далеко, на озере Чад
Изысканный бродит жираф.
1907

长颈鹿

今天我发现你的眼神特别忧伤，
抱膝的双手特别纤美。
请听我说：在遥远、遥远的乍得湖旁，
一只美丽绝伦的长颈鹿在缓缓徘徊。

它体态匀称秀美风姿卓绝，
全身饰满了魔魅的斑纹，
能与之媲美的只有一轮圆月，
和空蒙湖面摇漾的重重月影。

远处长颈鹿恰似轮船的彩色船帆，
它那轻盈的奔跑就像鸟儿欢快的飞翔，
我知道，在地球上能看到许多异象奇观，
当日落时它躲进大理石岩洞里深藏。

我知道神秘国度许多快乐的故事，
讲那黑姑娘，讲那年轻酋长的激情，
但你太久地呼吸这沉浊的雾气，

除了雨，你不愿相信任何美景。

而我多么想给你讲讲那热带花园，
讲讲那挺拔的棕榈，讲讲那奇花异草的香味，
你哭了？请听我说……在遥远的乍得湖边，
一只美丽绝伦的长颈鹿在缓缓徘徊。
1907 年

（曾思艺译）

Современность

Я закрыл «Илиаду» и сел у окна.
На губах трепетало последнее слово.
Что-то ярко светило — фонарь иль луна,
И медлительно двигалась тень часового.

Я так часто бросал испытующий взор
И так много встречал отвечающих взоров,
Одиссеев во мгле пароходных контор,
Агамемнонов между трактирных маркеров.

Так, в далекой Сибири, где плачет пурга,
Застывают в серебряных льдах мастодонты,
Их глухая тоска там колышет снега,
Красной кровью — ведь их — зажжены горизонты.

Я печален от книги, томлюсь от луны,
Может быть, мне совсем и не надо героя...
Вот идут по аллее, так странно нежны,
Гимназист с гимназисткой, как Дафнис и Хлоя.
1911

当代生活

我合上《伊利亚特》，坐到窗户旁，
最后的诗句还在嘴唇上萦绕不去，
亮如白昼——是灯火还是月亮，
哨兵的身影在慢慢慢慢挪移。

我常常投出审视的目光，
也同样迎来回应的目光，
轮船昏暗账房中奥德修斯的目光，
小饭馆台球记分员中阿伽门农 ① 的目光。

在那暴风雪肆虐的遥远西伯利亚，
剑齿象被冻结在银灿灿的冰层中间，
它们那荒凉的忧郁徐徐轻拂着雪花，
正是它们——用鲜红的血点燃了地平线。

书本使我忧伤，月亮使我苦闷，
也许，我根本不需要什么英雄……
瞧，那林荫小径上，如此温柔如此情深，
像达夫尼斯与赫洛娅 ②，男中学生挽着女生。
1911 年

（曾思艺译）

---

① 奥德修斯（一译俄底修斯）和阿伽门农是希腊神话和《荷马史诗》（《伊利
亚特》《奥德赛》）中的人物，前者是希腊联军的智多星，是他最后用"木
马计"攻破了特洛伊城；后者是希腊远征特洛伊联军的统帅。

② 达夫尼斯与赫洛娅（一译赫洛亚）是古希腊列斯博斯岛上的一对青年男女。
他们青梅竹马，一起放牧，长大后经过多次磨难，终于有情人终成眷属。详
见［古希腊］朗戈斯、卢奇安《达夫尼斯和赫洛亚 真实的故事》，水建馥译，
人民文学出版社，1986 年版。

У камина

Наплывала тень... Догорал камин,
Руки на груди, он стоял один,

Неподвижный взор устремляя вдаль,
Горько говоря про свою печаль:

«Я пробрался в глубь неизвестных стран,
Восемьдесят дней шел мой караван;

Цепи грозных гор, лес, а иногда
Странные вдали чьи-то города,

И не раз из них в тишине ночной
В лагерь долетал непонятный вой.

Мы рубили лес, мы копали рвы,
Вечерами к нам подходили львы.

Но трусливых душ не было меж нас,
Мы стреляли в них, целясь между глаз.

Древний я отрыл храм из-под песка,
Именем моим названа река.

И в стране озер пять больших племен
Слушались меня, чтили мой закон.

Но теперь я слаб, как во власти сна,
И больна душа, тягостно больна;

Я узнал, узнал, что такое страх,
Погребенный здесь, в четырех стенах;

Даже блеск ружья, даже плеск волны
Эту цепь порвать ныне не вольны...»

И, тая в глазах злое торжество,
Женщина в углу слушала его.
1911

壁炉前

炉火暗淡……凝聚着一个阴影，
双手交叉胸前，他孤苦伶仃，

目光凝聚在一起投向远方，
他痛苦地讲述着自己的忧伤：

"我深入那些不为人知的国家内地，
有八十天在那里行进着我的商队；

那儿有巍峨起伏的山峦，森林，
有时远处还有奇异的城镇。

夜深人静，不止一次从那里，
令人不解的号叫传到我们营地。

我们挖掘沟壕，我们砍伐森林，
雄狮常常在晚间光顾我们。

在我们中间没有胆小鬼，
我们瞄准它的眉心射击。

我在沙土下发现了一座庙宇，
用我的名字命名了一条河流。

在这个湖泊之国有五个种族，
它们都听从我，尊重我的法律。

现在，我很软弱，仿佛受梦寐支配，
病魔已侵入心灵，心灵疼痛至极；

我已经晓得，晓得，什么是恐怖，
活活葬入这四壁之中就是恐怖。

即使枪的闪光，即使波涛的闪光，
如今要撕断这种锁链也无异梦想"……

一个妇女在角落里谛听他的讲述，
眼里却藏着一种幸灾乐祸的狠毒。
1911 年

（李海译）

Рассыпающая звезды

Не всегда чужда ты и горда
И меня не хочешь не всегда,

Тихо, тихо, нежно, как во сне,
Иногда приходишь ты ко мне.

Надо лбом твоим густая прядь,
Мне нельзя ее поцеловать,

И глаза большие зажжены
Светами магической луны.

Нежный друг мой, беспощадный враг,
Так благословен твой каждый шаг,

Словно по сердцу ступаешь ты,
Рассыпая звезды и цветы.

Я не знаю, где ты их взяла,
Только отчего ты так светла

И тому, кто мог с тобой побыть,
На земле уж нечего любить?
1917—1918

抛洒星星的女子

你并非总是高傲，和人疏远，
同我也并非总是不愿见面。

悄悄地，悄悄地，如同在梦里，
你有时也温情地同我相会。

你额头有一绺浓密的秀发，
我不能控制自己不去吻它。

而你的迷人的眼睛燃起
具有魔力的明月的光辉。

啊，我温情的朋友，我残酷的仇敌，
你的每一步都如此富于善意。

仿佛你就在我的心田迈步行走，
在我心里抛洒着星星和花束。

我不知道，你从何处得到这些东西，
我只知道，你因此才得以这样光辉，

我只知道，谁如果能同你在一起，
世上就再没有他可以去爱的东西。
1917 年至 1918 年间

（李海译）

Шестое чувство

Прекрасно в нас влюбленное вино
И добрый хлеб, что в печь для нас садится,
И женщина, которою дано,
Сперва измучившись, нам насладиться.

Но что нам делать с розовой зарей
Над холодеющими небесами,
Где тишина и неземной покой,

Что делать нам с бессмертными стихами?

Ни съесть, ни выпить, ни поцеловать.
Мгновение бежит неудержимо,
И мы ломаем руки, но опять
Осуждены идти все мимо, мимо.

Как мальчик, игры позабыв свои,
Следит порой за девичьим купаньем
И, ничего не зная о любви,
Все ж мучится таинственным желаньем;

Как некогда в разросшихся хвощах
Ревела от сознания бессилья
Тварь скользкая, почуя на плечах
Еще не появившиеся крылья;

Так век за веком — скоро ли, Господь? —
Под скальпелем природы и искусства
Кричит наш дух, изнемогает плоть,
Рождая орган для шестого чувства.
1921

第六感觉 ①

醇酒美妙地眷恋我们，
上等面包，炉火为我们烘烤香饷，
还有女人，先使我们备尝酸辛，
再让我们享受温柔的欢情。

但面对冷峭天穹玫瑰红的朝霞，
那里有赏心的安逸和超人间的宁静，
我们又能有什么作为，什么造化？
面对不朽的诗行，我们又何以应鸣？

来不及饮食，也来不及亲吻，
一切转眼飞逝，绝不停歇，
我们茫然无措，命中注定此生
会错过一切，并一再蹉跎岁月。

像个暂时忘却游戏的小男孩，
在一旁悄悄窥视沐浴的少女，
尽管丝毫不懂得什么是情爱，
却仍在隐秘的欲望中痛苦不已。

像那光溜溜的小动物，
躺在枝繁叶茂的树丛，
感觉到双翼尚未长出，

---

① 俄国当代著名诗人叶甫图申科指出："在思想浓度和诗体方面，像古米廖夫
的《第六感觉》一诗这样强有力的杰作，无论在哪儿都很难找到，它不仅属
于俄罗斯诗歌，而且属于世界诗歌……在这里，古米廖夫的诗有一种丘特切
夫甚至普希金的力量。是思想化成了音乐，抑或音乐化成了思想？"

意识到自己的无力而悲鸣。

世纪复世纪——上帝，不太快了吗？
灵魂大声呼喊，肉体疲惫不堪，
在大自然和艺术的解剖刀下，
正在诞生一个第六感觉的器官。
1921 年

（曾思艺译）

Заблудившийся трамвай

Шел я по улице незнакомой
И вдруг услышал вороний грай,
И звоны лютни, и дальние громы,
Передо мною летел трамвай.

Как я вскочил на его подножку,
Было загадкою для меня,
В воздухе огненную дорожку
Он оставлял и при свете дня.

Мчался он бурей темной, крылатой,
Он заблудился в бездне времен...
Остановите, вагоновожатый,
Остановите сейчас вагон.

Поздно. Уж мы обогнули стену,
Мы проскочили сквозь рощу пальм,
Через Неву, через Нил и Сену
Мы прогремели по трем мостам.

И, промелькнув у оконной рамы,
Бросил нам вслед пытливый взгляд
Нищий старик, — конечно тот самый,
Что умер в Бейруте год назад.

Где я? Так томно и так тревожно
Сердце мое стучит в ответ:
Видишь вокзал, на котором можно
В Индию Духа купить билет?

Вывеска... кровью налитые буквы
Гласят — Зеленная, — знаю, тут
Вместо капусты и вместо брюквы
Мертвые головы продают.

В красной рубашке с лицом, как вымя,
Голову срезал палач и мне,
Она лежала вместе с другими
Здесь в ящике скользком, на самом дне.

А в переулке забор дощатый,
Дом в три окна и серый газон...
Остановите, вагоновожатый,
Остановите сейчас вагон!

Машенька, ты здесь жила и пела,
Мне, жениху, ковер ткала,
Где же теперь твой голос и тело,
Может ли быть, что ты умерла!

Как ты стонала в своей светлице,
Я же с напудренною косой
Шел представляться Императрице
И не увиделся вновь с тобой.

Понял теперь я: наша свобода
Только оттуда бьющий свет,
Люди и тени стоят у входа
В зоологический сад планет.

И сразу ветер знакомый и сладкий
И за мостом летит на меня,
Всадника длань в железной перчатке
И два копыта его коня.

Верной твердынею православья
Врезан Исакий в вышине,
Там отслужу молебен о здравьи
Машеньки и панихиду по мне.

И все ж навеки сердце угрюмо,
И трудно дышать, и больно жить...
Машенька, я никогда не думал,
Что можно так любить и грустить.
1919

迷途的电车

我走的那条街道很陌生,
突然听到喳喳喳的鸦叫,

传来琴声和远处的雷鸣，
一辆电车在我面前飞跑。

怎样就跳上了它的踏板，
对我也无异是一个谜。
在白日朗朗的清空之间
它留下了一条火的轨迹。

它像黑色风暴一样飞驰，
在时间的深渊里迷失……
请你快刹住车，电车司机，
请你立刻停车，别再行驶。

为时已晚。已经绕过界墙，
我们穿越了棕榈树林，
横在涅瓦、尼罗、塞纳之上，
越过三座河桥向前驶行。

车子一闪而过，从车窗外
向我们投来探究的目光，
这当然是他——那个老乞丐，
一年前他在贝鲁特死亡。

我在哪里？回答我的，却是
心脏跳得惊恐而痛楚：
那不是车站，不是在那里
可以买车票去精神的印度① ？

---

① 这首诗反映了作者对十月革命后现实生活的不理解，用迷途的电车比喻自己
的生活也脱离了习以为常的轨道。精神的印度就是作者要找寻的那个可以获
得安宁和立脚的地方。

血污的字母……原来是招牌，
写的是——蔬菜店，——我清楚，
不是白菜，也不是冬油菜，
卖的全都是死人的头颅。

身穿红色衬衫的刽子手，
一副牲畜乳房似的面目，
举刀也将我的头颅切除，
也摆在光滑箱子的底部。

胡同里有一处木板围墙，
灰色草坪和三窗的房子……
电车司机，请你别着忙，
请你刹住车，请立即停驶。

玛申卡，你在此生活，歌唱，
为我，你的未婚夫，织毯子，
你的声音和躯体在何方？
这怎么可能，你已经去世！

当你在屋里痛苦地挣扎，
我却梳起扑过粉的发辫，
为了前去晋谒女皇陛下，
因而才没有再同你会面。

现在我明白，我们的自由
不过是从那里射出的光：
在行星动物园的入口处，
人们和影子正守卫站岗。

吹来一阵风，熟悉而甜蜜，

骑士戴着铁手套的手掌
以及座下那匹马的前蹄
突然从桥后面向我高扬。

东正教的柱石忠实可靠，
伊萨基的名字铭刻上天，
在那里我将为玛申卡祈祷，
也将为我举行死后追念。

但毕竟心里的愁闷难消，
呼吸很困难，生活很痛苦……
玛申卡，我从来没有想到，
竟可以这样爱，这样忧郁。
1919 年

〔李海译〕

阿
赫
玛
托
娃

安娜·安德烈耶芙娜·阿赫玛托娃（Анна Андреевна
Ахматова，原姓戈连科，一译高连柯，Горенко，1889—
1966）阿克梅派代表诗人，其诗以爱情、自然、友谊等
为主题，尤其善于表现爱情的悲剧。善于通过精心挑选
的细节、雕塑式的艺术形象，具有物质感、具象感、实
体感的词语和意象，表现细腻隐秘复杂的内心活动与情
感冲突，显形抽象的思想情绪，节奏匀称，诗句简洁凝
炼典雅，后期诗充满凝重的历史感，具有古典式的完美，
被公认为"诗歌语言的光辉大师"和20世纪的大诗人之一，
并被称为"俄罗斯诗歌的月亮"，与普希金组成俄罗斯
诗歌的"日月双璧"。

Сероглазый король

Слава тебе, безысходная боль!
Умер вчера сероглазый король.

Вечер осенний был душен и ал,
Муж мой, вернувшись, спокойно сказал:

«Знаешь, с охоты его принесли,
Тело у старого дуба нашли.

Жаль королеву. Такой молодой!..
За ночь одну она стала седой».

Трубку свою на камине нашел
И на работу ночную ушел.

Дочку мою я сейчас разбужу,
В серые глазки ее погляжу.

А за окном шелестят тополя:
«Нет на земле твоего короля...»
1910

灰眼睛的君主

光荣属于你，无穷尽的痛苦！
昨天死了那灰眼睛的君主。

秋天的傍晚闷热，天边泛红，
丈夫回家平静地讲给我听：

"要知道，是从打猎的地方将他运回的，——
在一棵老橛树旁找到他的躯体。

"君主那么年轻！……王后多么可怜，
她变得白发苍苍在一夜之间。"

丈夫在壁炉上找到烟斗，
于是为上夜班他离家而走。

我这就到床边把女儿唤醒，
凝眸观赏她那灰色的小眼睛。

窗外的白杨却在簌簌作响：
"你的君主已不再活在世上……"
1910 年

（王守仁、黎华译）

Любовь

То змейкой, свернувшись клубком,
У самого сердца колдует,
То целые дни голубком
На белом окошке воркует,

То в инее ярком блеснет,
Почудится в дреме левкоя...

Но верно и тайно ведет
От радости и от покоя.

Умеет так сладко рыдать
В молитве тоскующей скрипки,
И страшно ее угадать
В еще незнакомой улыбке.
1911

爱情

时而，小蛇似的蜷作一团，
在心灵深处施展魔法。
时而，整天地像只小鸽，
在洁白的小窗上面咕咕絮聒。

时而，在晶莹的寒霜里闪光，
又好像沉入了紫罗兰的梦……
然而一定会，而且悄悄地，
使你没有欢乐，没有安宁。

伴着忧郁的祈祷的琴声，
它的怨诉多么甜蜜；
可又多么可怕啊：若是把它猜出来，
——从那还很陌生的微笑里！
1911 年

（陈耀球译）

Сжала руки под темной вуалью...

Сжала руки под темной вуалью...
«Отчего ты сегодня бледна?»
— Оттого, что я терпкой печалью
Напоила его допьяна.

Как забуду? Он вышел, шатаясь,
Искривился мучительно рот...
Я сбежала, перил не касаясь,
Я бежала за ним до ворот.

Задыхаясь, я крикнула: «Шутка
Все, что было. Уйдешь, я умру.»
Улыбнулся спокойно и жутко
И сказал мне: «Не стой на ветру»
1911

深色的面纱下，我攥紧双手……

深色的面纱下，我攥紧双手……
　"你的脸色今天为何如此惨白？"
　——因为我用苦辣辣的忧愁，
把他醉得东倒西歪。

我怎能忘记？他走了，踉踉跄跄，
痛苦得扭歪了嘴唇……
我飞奔下楼，顾不上手扶栏杆，
紧追在他身后，直到大门。

我气喘吁吁地高喊："这一切
只是个玩笑。你要走了，我就会死亡。"
他平静而可怕地微露笑靥，
对我说："不要站在风口上。"
1911 年

（曾思艺译）

Песня последней встречи

Так беспомощно грудь холодела,
Но шаги мои были легки.
Я на правую руку надела
Перчатку с левой руки.

Показалось, что много ступеней,
А я знала — их только три!
Между кленов шепот осенний
Попросил: «Со мною умри!

Я обманут моей унылой
Переменчивой, злой судьбой».
Я ответила: «Милый, милый —
И я тоже. Умру с тобой!»

Это песня последней встречи.
Я взглянула на темный дом.
Только в спальне горели свечи
Равнодушно-желтым огнем.
1911

最后一次约会之歌

心儿无助地卷起寒潮，
可我的脚步仍旧轻盈。
我竟把左手的手套，
往右边的手上戴定。

台阶似乎多得走不完，
但我清楚记得——它仅只三级！
秋天的细语从枫林间
向我乞求："同我一起去死！

"我惨遭那变幻莫测的
阴郁、凶恶的命运欺骗。"
我回答："亲爱的，亲爱的——
我也一样。我死，和你做伴！"

这是最后一次约会的歌。
我瞥了一眼黑沉沉的楼房。
只有卧室里亮着的烛火，
冷冰冰地闪着黄惨惨的光。
1911 年

（曾思艺译）

Память о солнце...

Память о солнце в сердце слабеет,
Желтей трава,

Ветер снежинками ранними веет
Едва-едва.

В узких каналах уже не струится —
Стынет вода,
Здесь никогда ничего не случится, —
О, никогда!

Ива на небе кустом распластала
Веер сквозной.
Может быть, лучше, что я не стала
Вашей женой.

Память о солнце в сердце слабеет.
Что это? Тьма?
Может быть!.. За ночь прийти успеет
Зима.
1911

心灵减弱着对太阳的记忆……

心灵减弱着对太阳的记忆。
野草更加黄蔫。
寒冷的风轻轻吹动，飘起
最初的雪片。

狭窄的沟渠都在冰冻，
不会再流。
这里永远不会有什么事情发生，
啊，永远不会有。

一株柳树在空旷的天空铺成
一把剔透的扇子。
也许，好在，我没有成为
您的妻子。

心灵减弱着对太阳的记忆。
这到底是什么？黑暗吗？
很可能！……再过一夜，冬季
就要到啦。
1911 年

（陈耀球译）

Вечером

Звенела музыка в саду
Таким невыразимым горем.
Свежо и остро пахли морем
На блюде устрицы во льду.

Он мне сказал: «Я верный друг!»
И моего коснулся платья.
Так не похожи на объятья
Прикосновенья этих рук.

Так гладят кошек или птиц,
Так на наездниц смотрят стройных...
Лишь смех в глазах его спокойных
Под легким золотом ресниц.

А скорбных скрипок голоса

Поют за стелющимся дымом:
«Благослови же небеса —
Ты в первый раз одна с любимым».
1913

黄昏

花园里一阵阵琴声悠扬，
夹杂着莫名的忧思缕缕。
盘中那裹在冰里的牡蛎，
散发出扑鼻的海的清香。

他对我说："我忠实可靠！"
便撩起我的连衣裙来。
手臂跟我身躯的紧挨，
却是一点也不像拥抱。

像人们抚摸猫儿和小鸟，
像人们看苗条的驯马女。
只见那文静眼眸中的笑意
在轻佻的金色睫毛下闪耀。

在一片弥漫的烟雾之外，
哀伤的小提琴似歌如泣：
　"还得感谢上苍的安排：
你初次独自跟恋人在一起。"
1913 年

（顾蕴璞译）

Не будем пить из одного стакана...

Не будем пить из одного стакана
Ни воду мы, ни сладкое вино,
Не поцелуемся мы утром рано,
А ввечеру не поглядим в окно.
Ты дышишь солнцем, я дышу луною,
Но живы мы любовию одною.

Со мной всегда мой верный, нежный друг,
С тобой твоя веселая подруга.
Но мне понятен серых глаз испуг,
И ты виновник моего недуга.
Коротких мы не учащаем встреч.
Так наш покой нам суждено беречь.

Лишь голос твой поет в моих стихах,
В твоих стихах мое дыханье веет.
О, есть костер, которого не смеет
Коснуться ни забвение, ни страх.
И если б знал ты, как сейчас мне любы
Твои сухие, розовые губы!
1913

我们不会再同杯共饮……

我们不会再同杯共饮：
无论是白水，或者是佳酿，

不会再在黎明时同亲吻，
在黄昏前朝窗外共凝望，
你呼吸阳光，我呼吸月光，
但我们同靠着爱的力量。

总有温柔忠实的朋友伴我，
陪你的也总是快乐的女友。
但我明白你灰眸里的恐怖，
你就是我的病痛的根由。
我们不愿让短暂的相会频增，
命定要如此保持我们的平静。

你的声音还在我诗中荡漾，
我的气息还在你诗中洋溢，
啊，有一堆篝火，无论遗忘，
还是恐惧，都不敢将它触及，
你如能懂得，我此刻多想吻吻
你那干裂的玫瑰色的嘴唇！
1913 年

（顾蕴璞译）

Столько просьб у любимой всегда!..

Столько просьб у любимой всегда!
У разлюбленной просьб не бывает.
Как я рада, что нынче вода
Под бесцветным ледком замирает.

И я стану — Христос, помоги! —
На покров этот, светлый и ломкий,

А ты письма мои береги,
Чтобы нас рассудили потомки,

Чтоб отчетливей и ясней
Ты был виден им, мудрый и смелый.
В биографии славной твоей
Разве можно оставить пробелы?

Слишком сладко земное питье,
Слишком плотны любовные сети
Пусть когда-нибудь имя мое
Прочитают в учебнике дети,

И, печальную повесть узнав,
Пусть они улыбнутся лукаво...
Мне любви и покоя не дав,
Подари меня горькою славой.
1913

被钟情的女郎总有千百种请求!……

被钟情的女郎总有千百种请求!
失恋的姑娘却什么请求也没有。
我多么欣喜,今天淙淙的溪水
在无色的薄冰下已不再奔流。

我就站在——愿基督保佑!——
这透明而易碎的薄冰上。
为了让后辈判断我们的交谊,
请你把我的信札珍藏。

为了让他们更清楚、明晰地
了解你，一个聪慧而勇敢的人，
在你光辉的生涯里
难道能留下一大段空白？

哦，尘世的饮料太甘美了，
爱情的罗网可真密实。
但愿有一天孩子们
在教科书中读到我的名字。

但愿他们能读懂我忧伤的故事，
嘴角露出调皮的笑意……
你不赏给我情爱和安谧，
那就赐予我痛苦的荣誉。
1913 年

（王守仁、黎华译）

Разлука

Вечерний и наклонный
Передо мною путь.
Вчера еще, влюбленный,
Молил: «Не позабудь».
А нынче только ветры
Да крики пастухов,
Взволнованные кедры
У чистых родников.
1914

离别

黄昏中一条斜坡小路
展现在我的前方。
昨天哪，我的恋人儿，
还对我央求："别把我忘。"
而此刻唯有晚风，
牧人的吆喝声，
和伫立在清泉两旁
那激动的雪松。
1914 年

（王守仁、黎华译）

Реквием

«You cannot leave your mother an orphan. Joice»

Нет, и не под чуждым небосводом,
И не под защитой чуждых крыл, —
Я была тогда с моим народом,
Там, где мой народ, к несчастью, был.
1961

ВМЕСТО ПРЕДИСЛОВИЯ

В страшные годы ежовщины я провела семнад-
цать месяцев в тюремных очередях в Ленинграде.

Как-то раз кто-то «опознал» меня. Тогда стоящая
за мной женщина с голубыми губами, которая,
конечно, никогда не слыхала моего имени, очну-
лась от свойственного нам всем оцепенения и спро-
сила меня на ухо (там все говорили шепотом):
— А это вы можете описать?
И я сказала:
— Могу.
Тогда что-то вроде улыбки скользнуло по тому,
что некогда было ее лицом.

1 апреля 1957 года
Ленинград

ПОСВЯЩЕНИЕ

Перед этим горем гнутся горы,
Не течет великая река,
Но крепки тюремные затворы,
А за ними «каторжные норы»
И смертельная тоска.
Для кого-то веет ветер свежий,
Для кого-то нежится закат —
Мы не знаем, мы повсюду те же,
Слышим лишь ключей постылый скрежет
Да шаги тяжелые солдат.
Подымались как к обедне ранней,
По столице одичалой шли,
Там встречались, мертвых бездыханней,
Солнце ниже, и Нева туманней,
А надежда все поет вдали.

Приговор... И сразу слезы хлынут,
Ото всех уже отделена,
Словно с болью жизнь из сердца вынут,
Словно грубо навзничь опрокинут,
Но идет... Шатается... Одна...
Где теперь невольные подруги
Двух моих осатанелых лет?
Что им чудится в сибирской вьюге,
Что мерещится им в лунном круге?
Им я шлю прощальный свой привет.
1940

ВСТУПЛЕНИЕ

Это было, когда улыбался
Только мертвый, спокойствию рад.
И ненужным привеском качался
Возле тюрем своих Ленинград.
И когда, обезумев от муки,
Шли уже осужденных полки,
И короткую песню разлуки
Паровозные пели гудки.
Звезды смерти стояли над нами,
И безвинная корчилась Русь
Под кровавыми сапогами
И под шинами черных марусь.

1

Уводили тебя на рассвете,

За тобой, как на выносе, шла,
В темной горнице плакали дети,
У божницы свеча оплыла.
На губах твоих холод иконки.
Смертный пот на челе... Не забыть!
Буду я, как стрелецкие женки,
Под кремлевскими башнями выть.
1935

2

Тихо льется тихий Дон,
Желтый месяц входит в дом,

Входит в шапке набекрень,
Видит желтый месяц тень.

Эта женщина больна,
Эта женщина одна,

Муж в могиле, сын в тюрьме,
Помолитесь обо мне.
1938

3

Нет, это не я, это кто-то другой страдает.
Я бы так не могла, а то, что случилось,
Пусть черные сукна покроют,
И пусть унесут фонари...
Ночь.
1939

4

Показать бы тебе, насмешнице
И любимице всех друзей,
Царскосельской веселой грешнице,
Что случится с жизнью твоей —
Как трехсотая, с передачею,
Под Крестами будешь стоять
И своей слезою горячею
Новогодний лед прожигать.
Там тюремный тополь качается,
И ни звука — а сколько там
Неповинных жизней кончается...
1938

5

Семнадцать месяцев кричу,
Зову тебя домой.
Кидалась в ноги палачу,
Ты сын и ужас мой.
Все перепуталось навек,
И мне не разобрать
Теперь, кто зверь, кто человек,
И долго ль казни ждать.
И только пыльные цветы,
И звон кадильный, и следы
Куда-то в никуда.
И прямо мне в глаза глядит
И скорой гибелью грозит
Огромная звезда.
1939

6

Легкие летят недели,
Что случилось, не пойму.
Как тебе, сынок, в тюрьму
Ночи белые глядели,
Как они опять глядят
Ястребиным жарким оком,
О твоем кресте высоком
И о смерти говорят.
1939

7　ПРИГОВОР

И упало каменное слово
На мою еще живую грудь.
Ничего, ведь я была готова,
Справлюсь с этим как-нибудь.

У меня сегодня много дела:
Надо память до конца убить,
Надо, чтоб душа окаменела,
Надо снова научиться жить.

А не то... Горячий шелест лета,
Словно праздник за моим окном.
Я давно предчувствовала этот
Светлый день и опустелый дом.
1939

8　К СМЕРТИ

Ты все равно придешь — зачем же не теперь?
Я жду тебя — мне очень трудно.
Я потушила свет и отворила дверь
Тебе, такой простой и чудной.
Прими для этого какой угодно вид,
Ворвись отравленным снарядом
Иль с гирькой подкрадись, как опытный бандит,
Иль отрави тифозным чадом.
Иль сказочкой, придуманной тобой
И всем до тошноты знакомой, —
Чтоб я увидела верх шапки голубой
И бледного от страха управдома.
Мне все равно теперь. Клубится Енисей,
Звезда полярная сияет.
И синий блеск возлюбленных очей
Последний ужас застилает.
1939

9

Уже безумие крылом
Души закрыло половину,
И поит огненным вином
И манит в черную долину.

И поняла я, что ему
Должна я уступить победу,
Прислушиваясь к своему

Уже как бы чужому бреду.

И не позволит ничего
Оно мне унести с собою
(Как ни упрашивай его
И как ни докучай мольбою):

Ни сына страшные глаза —
Окаменелое страданье,
Ни день, когда пришла гроза,
Ни час тюремного свиданья,

Ни милую прохладу рук,
Ни лип взволнованные тени,
Ни отдаленный легкий звук —
Слова последних утешений.
1940

10 РАСПЯТИЕ

«Не рыдай Мене, Мати,
во гробе зрящи»

I

Хор ангелов великий час восславил,
И небеса расплавились в огне.
Отцу сказал: «Почто Меня оставил!»
А Матери: «О, не рыдай Мене...»
1938

II

Магдалина билась и рыдала,
Ученик любимый каменел,
А туда, где молча Мать стояла,
Так никто взглянуть и не посмел.
1940

ЭПИЛОГ

I

Узнала я, как опадают лица,
Как из-под век выглядывает страх,
Как клинописи жесткие страницы
Страдание выводит на щеках,
Как локоны из пепельных и черных
Серебряными делаются вдруг,
Улыбка вянет на губах покорных,
И в сухоньком смешке дрожит испуг.
И я молюсь не о себе одной,
А обо всех, кто там стоял со мною,
И в лютый холод, и в июльский зной,
Под красною ослепшею стеною.

II

Опять поминальный приблизился час.
Я вижу, я слышу, я чувствую вас:

И ту, что едва до окна довели,
И ту, что родимой не топчет земли,

И ту, что, красивой тряхнув головой,
Сказала: «Сюда прихожу, как домой».

Хотелось бы всех поименно назвать,
Да отняли список, и негде узнать.

Для них соткала я широкий покров
Из бедных, у них же подслушанных слов.

О них вспоминаю всегда и везде,
О них не забуду и в новой беде,

И если зажмут мой измученный рот,
Которым кричит стомильонный народ,

Пусть так же они поминают меня
В канун моего поминального дня.

А если когда-нибудь в этой стране
Воздвигнуть задумают памятник мне,

Согласье на это даю торжество,
Но только с условьем — не ставить его

Ни около моря, где я родилась:
Последняя с морем разорвана связь,

Ни в царском саду у заветного пня,
Где тень безутешная ищет меня,

А здесь, где стояла я триста часов
И где для меня не открыли засов.

Затем, что и в смерти блаженной боюсь
Забыть громыхание черных марусь,

Забыть, как постылая хлопала дверь
И выла старуха, как раненый зверь.

И пусть с неподвижных и бронзовых век
Как слезы, струится подтаявший снег,

И голубь тюремный пусть гулит вдали,
И тихо идут по Неве корабли.
1940

安魂曲

你不能留下你的母亲孤苦伶仃。①

——【英】乔伊斯

不，既不是在异国的天空下，
也不曾受他人的翅膀遮蔽，
在人民遭受不幸的国家，
我曾与我的人民站在一起。
1961 年

---

① 纽约 1969 年版的阿赫玛托娃《安魂曲》中没有这句题记式的英文引诗，此处
根据莫斯科 2002 年版的阿赫玛托娃《安魂曲》译出。

代序

在叶若夫①主义横行的恐怖岁月,我在列宁格勒的探监队列中度过了17个月。有一次,有个人"认出"了我。当时,一个站在我身后、嘴唇发青的女人,当然她从未听说过我的名字,她从我们全都习以为常的那种麻木状态中清醒过来,凑近我耳边问道(那里所有的人全都压低了声音说话):

"可您能描写这情景吗?"

我应声回答:

"能。"

于是一丝很久不曾有过的淡淡笑意从她脸上掠过。

1957 年 4 月 1 日于列宁格勒

献辞

面对这等痛苦,群山低下头颅,

大河停止流动,

但监狱的大门紧紧关住,

而门后是"苦役犯的洞窟"②,

和致命的苦痛。

清新的和风为谁轻拂,

一轮斜阳给谁以温情——

我们不知道,到处是同样的忧惧,

只有钥匙可恶的哗哗响传入耳中,

---

① 尼古拉·伊万诺维奇·叶若夫(Николай Иванович Ежов,1895—1940),苏联政治人物,曾任中央书记处书记、检查委员会主席、苏联内务部人民委员(即内务部长)。1936—1938 年在大清洗运动中,他主持的内务部逮捕了 150 万人,并处决了其中的半数。

② 用普希金《致西伯利亚囚徒》一诗语典:"我自由的歌声,会传进你们苦役犯的洞窟。"

还有士兵那重压压的脚步声。
我们像赶晨祷一般早起，
在变得野蛮的首都走过，
在那里我们遇到的一切比死人更无生气，
太阳更低暗，涅瓦河更弥漫起雾气，
但希望依旧在远处欢歌。
一声判决……顿时泪飞如雨，
从此便远离人境，
仿佛忍痛从心灵把生命摘取，
仿佛被粗暴地推翻在地，
但还得走……踉踉跄跄……孤身独行……
在我遭逢凶险的两年时刻，
我那失去自由的女友，如今在哪里？
在西伯利亚的暴风雪中她们会梦见什么？
在月亮的晕环中她们又会窥见什么？
我给她们捎去一份临别时的致意。
1940 年

序曲

这事发生时，唯有死者笑上双眉，
他为永远的安宁而心花怒放。
列宁格勒像画蛇添足似的累赘，
在自己的监狱旁悠悠游荡。
那时，走过已被判罪的一伙伙，
痛苦使他们痴呆笨拙，
火车的汽笛声远播，
吟唱着短促的离别之歌。
死亡之星在我们头顶高悬，
被鲜血淋淋的大皮靴践踏，

被玛鲁斯 ① 黑污污的车轮压碾，
无辜的罗斯在抽搐挣扎。

一

黎明时他们带走你 ②，
我跟在你身后，就像在送殡，
孩子们躲在黑沉沉的小屋里哭泣，
神龛前的蜡烛也热泪淋淋。
你的唇上挂着圣像的冷漠，
额上流着死亡的冷汗……无法忘记！ ——
我要以射击军 ③ 的妻子们为楷模，
到克里姆林宫塔楼下长号悲啼 ④。
1935 年

二

静静的顿河静静地流淌，
黄澄澄的月亮走进了住房。

歪戴着帽子走进了屋子，
黄澄澄的月亮看见了一个影子。

---

① 指黑色囚车。
② 此处的"你"，一般认为指阿赫玛托娃的第三任丈夫、艺术史家尼古拉·尼古拉耶奇·普宁（1888—1953），他于 1935 年 10 月 27 日被捕。
③ 射击军是伊万雷帝建立的近卫军部队，后发动兵变，1695 年被彼得大帝镇压，四千人中近一半被绞死于莫斯科红场和流放，他们的妻子、父母在等待判决时，曾在莫斯科克里姆林宫的塔楼下痛哭。
④ 俄国画家苏里科夫（1848—1916）的名画《近卫军临刑的早晨》以克里姆林宫的城墙为背景，展现了彼得大帝残酷镇压兵变的情景：近卫军的家属围绕在六个即将临刑的近卫军身旁悲痛地哭泣。

这女人重病在身，
这女人孤苦伶仃，

丈夫进坟墓，儿子在监牢 [1]，
请为我做做祈祷。
1938 年

三

不，这不是我，这是另一个在受苦受难。
我早已无能为力，至于已发生的所有，
就让他们用黑乎乎的帷幕牢牢遮掩，
并且把灯盏也一起拿走……
暗夜悠悠。
1939 年

四

愤世嫉俗的嘲讽者，
所有朋友的宠儿，
皇村学校快乐的叛逆者，
你的生活发生了什么，我来告诉你——
你是第三百号，探监送东西，

---

[1]　阿赫玛托娃的第一任丈夫尼古拉·斯捷潘诺维奇·古米廖夫（1886—1921），
著名诗人，阿克梅派的领袖人物，1921 年因莫须有的反革命罪被枪毙。儿子
列夫·尼古拉耶维奇·古米廖夫（1912—1992），20 世纪伟大的俄罗斯历史学家、
思想家、东方学家、民族学家和民族起源理论的创始人，1935 年 8 月因凭空
捏造的从事反苏活动而被捕，关押了几个月，因阿赫玛托娃给斯大林写信而获
释；1938 年 3 月他再次被捕，开始被关押在列宁格勒巴列尔街的内务部监狱里，
后又转到十字架监狱，直到 1939 年 8 月 17 日，列夫判刑后被流放外地，去北
极圈内的诺尔斯克劳改营。在这 17 个月里，诗人冒着严寒酷暑，不放过任何
一次探监的机会。

站在"十字架"监狱 ① 的大门前，
你用自己的热泪滴滴，
把新年的坚冰慢慢烧穿。
那里监狱的白杨在摇荡，
却毫无声响——而多少
无辜的生命却在那里消亡……
1938 年

五

整整十七个月，我都在高喊，
千呼万唤喊你回家。
我曾跪倒在刽子手脚前，
你是我的儿子，我的惧怕。
一切都已永远颠倒混乱，
究竟谁是野兽，谁是人，
而今，我已无法分辨，
判处死刑还要等待多少时辰。
只留下落满尘土的鲜花，
香炉叮当的声响，还有那
不知去向的足迹。
一颗巨大的星星
直逼逼地瞪着我的眼睛，
用压顶的毁灭把我威逼。
1939 年

---

① 1892 年建于彼得堡的一座监狱，形似十字架，因而得名，音译为"克列斯泰"
监狱，1905—1907 年后，主要关押政治犯。

六

一周又一周轻悄悄飞逝，
我都无法搞清发生了什么事。
你怎么样了，我的儿子，
一个又一个白夜紧盯着监狱，
它们又一次那样盯住你啦，
以鹞鹰般火炽的目光，
它们谈论着你的死亡，
和你那高高耸立的十字架。
1939 年

七　判决

那石头般的判决词
落到我苟延残喘的胸膛。
没什么，我早已准备就绪，
无论发生什么我都能承担。

今天，我有许多事情要经手：
我要连根铲除记忆，
我要把心灵变成石头，
我要重新学会生息。

否则……夏季热浪的沙沙，
在我的窗外仿若节庆一般。
我早已预感到了它——
这亮灿灿的日子和空荡荡的房间。
1939 年

八 致死神

你终究要来——为何不趁现在？
我在等着你——我活得太不容易。
我熄灭灯火，为你把门打开，
你是如此平凡，又如此神异。
快把你所有的手段一一使出，
像一颗毒气弹砰地钻进来，
或像惯偷手拿秤砣偷偷潜入，
或用伤寒病菌把我毒害。
或者用你瞎编的故事
烂熟得让所有人都心烦——
让我看到尖顶的蓝帽子
和房管员那吓得白煞煞的脸 ①。
而今我都已无所谓。叶尼塞河波翻浪卷，
北极星在晶晶闪亮 ②。
我钟爱的那双眼睛蓝光闪闪，
遮盖了最后的恐慌。
1939 年

九

疯狂早已振翅猛抖，

---

① 蓝帽子指身着蓝色制服、头戴蓝色帽子的国家政治保卫局（克格勃）的工作人员。在 20 世纪 30 年代，当时的逮捕行动必须有房屋管理员在场。因此，此处的蓝帽子和房屋管理员喻指逮捕者的到来。
② "北极星"在这里既是写实，指儿子流放之地，也是象征——19 世纪的十二月党人曾主办文学刊物《北极星》，因此此处北极星就象征着俄罗斯历史上捍卫自由和真理的知识分子们的灵魂之光，也可象征上帝默默注视人世的悲悯目光。

遮住了半个灵魂，
并灌进火辣辣的烈酒，
把它往黑蒙蒙的峡谷诱引。

于是，我猛然觉醒，
我应该向它让出胜利，
我凝神细听自己的声音，
仿若在细听别人的梦呓。

无论任何一点东西，
它都不允许我随身带走，
（不管我怎样向它央乞，
不管我怎样苦苦哀求）：

无论是儿子骇人的双眼——
那是变得麻木的饱受磨折，
无论是暴风雨袭来的那一天，
无论是探监相见的时刻，

无论是双手可爱的冰凉，
无论是椴树焦躁不安的荫庇，
无论是遥远的轻轻声响——
都是最后安慰的话语。
1940 年

十　钉上十字架

"别为我哭泣，母亲，
在我入殓的时分。"①

----

① 摘引自教堂圣歌。

1

天使们的合唱齐声礼赞伟大时刻，
天穹在熊熊烈火中慢慢熔化。
我对父亲说："为什么把我弃舍！"①
我对母亲说："哦，不要为我泪如雨下……"
1938 年

2

玛格达琳娜②颤抖着痛哭，
心爱的信徒已化成了石像③，
然而，母亲默默站立之处，
没有人敢投去自己的目光。
1940 年

---

① 此处暗用《新约全书·马太福音》第 27 章第 45、46 节"耶稣之死"的典故：
"从午正到申初，遍地都黑暗了。约在申初，耶稣大声喊着说：'以利！以利！
拉马撒巴各大尼？'就是说：'我的神！我的神！为什么离弃我？'"另外，
根据《圣经》中的记载，耶稣被钉死在十字架上是上帝耶和华的旨意，伴随
着天使高歌、苍穹在烈火中燃烧。
② 即圣母玛利亚·玛格达琳娜。
③ 此处似暗用《圣经·旧约·创世纪》第 19 章典故：上帝打算毁灭罪孽深重的
所多玛城，派两个天使去那里，受到义人罗得的盛情款待，天使便催促罗得
一家赶快出城，并吩咐无论发生任何事情都别回头张望。上帝降下硫黄和火
焰，毁灭了所多玛城，罗得妻子忍不住回头一看，结果变成了石像（一说盐柱）。

尾声

1

我知道，一张张面容怎样凋落，
惊恐怎样从眼睑下窥视，
痛苦怎样在脸颊上烙刻
一页页粗糙的楔形文字，
一绺绺鬓发从浅灰和乌黑
怎样刹那间变成一片银灿灿，
微笑怎样在温顺的唇间凋萎，
恐惧怎样在干涩的微笑中抖颤。
我并非只为自己一人祈祷，
而是为和我一起站立的所有人，
无论雪虐风饕，还是酷暑难熬，
我们站立在令人目眩的红墙根。

2

祭奠的时辰又一次临近，
我看见、听见、感觉到你们：

那一位，步履艰难被押到窗前，
那一位，再也无法踏回心爱的故园，

那一位，摇一摇美丽的脑袋瓜，
说："我来到这里，就像回家。"

我多想——报出大家的姓名，

但名单已被夺去，早已无从查清。

我就用偷听到的不幸话语，
为她们编织一幅巨大的幕布。

我时时处处都在把她们回忆，
即便陷身新的灾难，也绝不忘记，

假若有人要把我那饱经苦难的嘴巴封住，
它曾为亿万人民的苦难而大声疾呼，

那就在安葬我的前一天，
让她们也用同样的方式把我祭奠。

而假若有那么一天，在这个国度内，
有人想要为我建立一座纪念碑，

我会同意这一隆重的庆典，
只是必须满足这个条件——

不要建在我出生的海滨：
我与大海最后的联系已荡然无存，

也不要建在皇村花园珍秘的树墩旁，
在那里一个伤心欲绝的身影正在把我寻访，

而要建在这里，我站立过三百小时的地方，
而且他们怎么也不肯为我打开门闩。

因为，我害怕安乐的死亡，
会让我忘记黑色玛鲁斯的轰隆声响，

忘记令人厌恶的牢门砰地关上，
老太太悲号，像受伤的野兽那样。

就让静立的青铜塑像的眼睑，
融雪一般哗哗流下热泪涟涟，

就让监狱的鸽子在远处咕咕鸣唤，
就让轮船静静行驶在涅瓦河上。
1940 年

（曾思艺译）

曼德尔施坦姆

奥西普·埃米里耶维奇·曼德尔施坦姆（一译曼德里施塔姆，Осип Эмильевич Мандельштам，1891—1938）阿克梅派主要代表之一。对词的崇拜和对文化的珍视成就了他的诗歌视野，使他成为20世纪杰出的俄罗斯诗人之一，也导致他个人的悲剧（死于20世纪30年代肃反扩大化期间）。其诗把对文化的热爱与思索和对词语的挖掘结合起来，语言庄重、典雅，节奏优美、考究。

Silentium

Она еще не родилась,
Она и музыка и слово,
И потому всего живого
Ненарушаемая связь.

Спокойно дышат моря груди,
Но, как безумный, светел день,
И пены бледная сирень
В черно-лазоревом сосуде.

Да обретут мои уста
Первоначальную немоту,
Как кристаллическую ноту,
Что от рождения чиста!

Останься пеной, Афродита,
И слово в музыку вернись,
И сердце сердца устыдись,
С первоосновой жизни слито!
1910

沉默 ①

她还没有诞生到世间来，

---

① 原文为拉丁文。

就又是音乐，又是词语，
因此她是割不断的纽带，
把所有生命连结在一起。

平静地呼吸着大海的胸膛，
白日却像个狂人在辉耀，
浪花这一束束苍白的丁香
竟在深蓝的花瓶里逍遥。

但愿我们这张嘴巴
也获得混沌初开时的暗哑，
有如拥有水晶般的音符，
它与生俱来便纯净无瑕！

阿弗洛狄忒啊，你仍作浪花吧，
词语啊，请返回自己的音乐，
心灵啊，你与生命的本原是一体，
自当愧对心灵的本色！
1910 年

（顾蕴璞译）

Раковина

Быть может, я тебе не нужен,
Ночь; из пучины мировой,
Как раковина без жемчужин,
Я выброшен на берег твой.

Ты равнодушно волны пенишь
И несговорчиво поешь,

Но ты полюбишь, ты оценишь
Ненужной раковины ложь.

Ты на песок с ней рядом ляжешь,
Оденешь ризою своей,
Ты неразрывно с нею свяжешь
Огромный колокол зыбей,

И хрупкой раковины стены,
Как нежилого сердца дом,
Наполнишь шепотами пены,
Туманом, ветром и дождем...
1911

贝壳

也许，你并不需要我，
深夜；从宇宙的深渊，
好似一只没有珍珠的贝壳，
我被抛到了你的岸边。

你冷漠地任波浪泡沫喧喧，
你一意孤行执拗地歌唱，
但你终究会爱，你会正确估计
这只无用的贝壳所说的谎。

你会和它一起躺在沙滩上，
你会穿戴上自己的衣饰，
你会把波涛那洪钟般的声响，
和它密不可分地连结在一起。

于是，一只外壁易碎的贝壳，
就像一间无人居住的心的小屋，
你会让它充满泡沫的喃喃诉说，
盈盈薄雾，柔柔轻风，点点雨珠······
1911 年

（曾思艺译）

Не спрашивай: ты знаешь...

Не спрашивай: ты знаешь,
Что нежность безотчетна,
И как ты называешь
Мой трепет — все равно;

И для чего признанье,
Когда бесповоротно
Мое существованье
Тобою решено?

Дай руку мне. Что страсти?
Танцующие змеи.
И таинство их власти —
Убийственный магнит!

И, змей тревожный танец
Остановить не смея,
Я созерцаю глянец
Девических ланит.

1911

你不用问我，你自己清楚……

你不用问我，你自己清楚，
柔情原是不由自主，
至于你将怎样来称呼
我的战栗——我不在乎。

有什么必要倾诉心曲，
既然我的整个存在
明明已经无可挽回地
受到你的存在的主宰？

帮帮我吧。激情算什么？
是一群翩翩起舞的毒蛇。
他们逞能的奥秘之处——
一块置人死地的磁铁！

因为我没有胆量去阻止
毒蛇们令人不安的舞姿，
我便只好来静观细察
少女们脸上浮现的光泽。
1911 年

（顾蕴璞译）

Нет, не луна, а светлый циферблат...

Нет, не луна, а светлый циферблат
Сияет мне, — и чем я виноват,

Что слабых звезд я осязаю млечность?

И Батюшкова мне противна спесь:
Который час, его спросили здесь,
А он ответил любопытным: вечность!
1912

不，不是月亮，而是明亮的刻度盘……

不，不是月亮，而是明亮的刻度盘，
在对我发光，因此我有什么错可言，
当我只察觉到乳白色的微弱的星星？

我讨厌巴丘什科夫的傲慢：
这里人们曾问他："现在已几点？"
他却回答好奇的人们："永恒！"
1912 年

（顾蕴璞译）

Петербургские строфы

Н. Гумилеву

Над желтизной правительственных зданий
Кружилась долго мутная метель,
И правовед опять садится в сани,
Широким жестом запахнув шинель.

Зимуют пароходы. На припеке
Зажглось каюты толстое стекло.

Чудовищна, как броненосец в доке, —
Россия отдыхает тяжело.

А над Невой — посольства полумира,
Адмиралтейство, солнце, тишина!
И государства жесткая порфира,
Как власяница грубая, бедна.

Тяжка обуза северного сноба —
Онегина старинная тоска;
На площади Сената — вал сугроба,
Дымок костра и холодок штыка...

Черпали воду ялики, и чайки
Морские посещали склад пеньки,
Где, продавая сбитень или сайки,
Лишь оперные бродят мужики.

Летит в туман моторов вереница;
Самолюбивый, скромный пешеход —
Чудак Евгений — бедности стыдится,
Бензин вдыхает и судьбу клянет!
1913

彼得堡诗行

致尼·古米廖夫

在那黄色政府大厦的上空，
一场雾样的风雪久久飞旋，

法学家再次坐入雪橇之中，
粗犷地用手将大衣紧紧裹掩。

轮船停着在过冬。阳光下，
厚厚的船舱玻璃光闪闪。
俄罗斯像船坞里的装甲舰，
大得出奇，歇着都艰难。

涅瓦河畔有半个世界的使馆，
有海军部大厦、阳光和静谧！
有国家坚硬的紫红袍景观，
像粗陋寒酸的苦行僧外衣。

北方假斯文的负担有多重，
这就是奥涅金古老的忧郁；
参政院广场上雪堆如涛，
篝火吐烟，刺刀露寒意⋯⋯

小艇在戏水，一群海鸥
在造访大麻纤维的存贮场，
那里只有歌剧中的男人才逗留，
叫卖热蜜水和面包喊得震天响。

一大串马达驰入了雾霭；
一位自尊而谦逊的步行人——
怪人叶夫盖尼——穷得羞满怀，
边吸着汽油边诅咒命运。
1913 年

（顾蕴璞译）

Валькирии

Летают Валькирии, поют смычки —
Громоздкая опера к концу идет.
С тяжелыми шубами гайдуки
На мраморных лестницах ждут господ.

Уж занавес наглухо упасть готов,
Еще рукоплещет в райке глупец,
Извозчики пляшут вокруг костров...
«Карету такого-то!»— Разъезд. Конец.
1913 (？)

瓦尔基利亚 ①

瓦尔基利亚在飞翔，琴弓在歌唱。
一出大型歌剧正临近尾声。
一群跟班，静立在大理石楼梯旁，
身穿厚重的毛皮大衣，等候着主人。

唰啦一声严实地落下了大幕，
顶层楼座的一个傻瓜还在鼓掌，
车夫们围着一堆篝火在跳舞……
某某的四轮轿式马车！各自回家。散场。
1913 年（不详）

（曾思艺译）

---

① 斯堪的纳维亚神话中的战争女神。

Бессонница. Гомер. Тугие паруса...

Бессонница. Гомер. Тугие паруса.
Я список кораблей прочел до середины:
Сей длинный выводок, сей поезд журавлиный,
Что над Элладою когда-то поднялся.

Как журавлиный клин в чужие рубежи, —
На головах царей божественная пена, —
Куда плывете вы? Когда бы не Елена,
Что Троя вам одна, ахейские мужи?

И море, и Гомер — все движется любовью.
Кого же слушать мне? И вот Гомер молчит,
И море черное, витийствуя, шумит
И с тяжким грохотом подходит к изголовью.
1915

失眠。荷马。鼓得满满的帆⋯⋯

失眠。荷马。鼓得满满的帆。
我读完了一半战船的名册：
这长长的群队，这仙鹤的列车，
曾经升起在埃拉多斯 ① 的海面。

就像打入他人地界的鹤形楔子，——

---

① 埃拉多斯是古希腊人对其国家的自称。

神的泡沫在皇帝们头上溅喷，——
你们航向何方？假如不是海伦，
一个特洛伊对你算得了什么，阿开亚勇士？

大海，荷马——爱情是一切运动的动力源。
我究竟该听谁讲？荷马一声不吭，
黑漫漫的大海雄辩滔滔，喧声沸腾，
带着沉重的轰鸣声走近枕边。
1915 年

（曾思艺译）

Умывался ночью на дворе...

Умывался ночью на дворе, —
Твердь сияла грубыми звездами.
Звездный луч — как соль на топоре,
Стынет бочка с полными краями.

На замок закрыты ворота,
И земля по совести сурова, —
Чище правды свежего холста
Вряд ли где отыщется основа.

Тает в бочке, словно соль, звезда,
И вода студеная чернее,
Чище смерть, соленее беда,
И земля правдивей и страшнее.
1921

夜间，我在院子里清洗……

夜间，我在院子里清洗，——
天空闪耀着稀稀朗朗的星星。
星光——就像斧刃上的盐粒，
大圆桶整个边沿都结了一层冰。

大门已被关闭，还加上重锁，
坦白地说，大地很无情，——
不见得有地方能找到那样的准则，
比全新油画的真实更为纯净。

星星像盐粒在大圆桶里融没，
冷冰冰的水更加黑乌乌，
死亡更纯洁，灾难更咸涩，
而大地更真实也更恐怖。
1921 年

（曾思艺译）

Век

Век мой, зверь мой, кто сумеет
Заглянуть в твои зрачки
И своею кровью склеит
Двух столетий позвонки?
Кровь-строительница хлещет
Горлом из земных вещей,
Захребетник лишь трепещет

На пороге новых дней.

Тварь, покуда жизнь хватает,
Донести хребет должна,
И невидимым играет
Позвоночником волна.
Словно нежный хрящ ребенка
Век младенческой земли —
Снова в жертву, как ягненка,
Темя жизни принесли.

Чтобы вырвать век из плена,
Чтобы новый мир начать,
Узловатых дней колена
Нужно флейтою связать.
Это век волну колышет
Человеческой тоской,
И в траве гадюка дышит
Мерой века золотой.

И еще набухнут почки,
Брызнет зелени побег,
Но разбит твой позвоночник,
Мой прекрасный жалкий век!
И с бессмысленной улыбкой
Вспять глядишь, жесток и слаб,
Словно зверь, когда-то гибкий,
На следы своих же лап.

Кровь-строительница хлещет
Горлом из земных вещей,

И горячей рыбой мещет
В берег теплый хрящ морей.
И с высокой сетки птичьей,
От лазурных влажных глыб
Льется, льется безразличье
На смертельный твой ушиб.
1922

世纪

我的世纪，我的野兽，
有谁能窥探你的双眼，
并能用自己的一腔热血
把两个百年的脊柱粘连？
鲜血这黏合剂像通过喉咙
从人间万物哗哗地喷溅出，
只有不劳而食的人才会在
新岁月的门槛上瑟瑟发抖。

滚滚的浪涛尽情地汹涌着，
像一根有目共睹的脊柱，
生命体只要它一息尚存，
就该终生将这浪峰扛住。
我们逢上了生活的峰巅，
这个年幼的人间的世纪，
如婴儿身上柔嫩的软骨，
它又被人当作羊羔献祭。

为了让这世纪摆脱奴役，
为了让新世界开始起步，

必须吹奏起长笛来管束
这错综复杂的岁月的乱舞。
这是世纪在用人的悲痛
掀动着浪涛去滚滚不息,
连草丛中的毒蛇也吸到
世纪的金色诗韵的气息。

草木的幼芽还会长大,
它们的嫩枝还会吐绿,
但我美丽又可怜的世纪啊,
你的脊柱却软弱无力。
你面带一丝茫然的笑意,
向后怅望,柔弱而严厉,
像一只曾很灵活的野兽,
望着自己脚掌留下的足迹。

鲜血——建设者凭它的喉头,
从尘世的俗物里迸出来流淌,
像扫一群滚烫的鱼似的,
把温热的砾石扫到海岸上。
从那高高悬挂的捕鸟网,
从那湿漉漉的天蓝块状,
一派超然物外上的淡漠
流啊流,朝着你致命的创伤。
1922 年

（顾蕴璞译）

Мы живем, под собою не чуя страны...

Мы живем, под собою не чуя страны,
Наши речи за десять шагов не слышны,
А где хватит на полразговорца,
Там припомнят кремлевского горца.
Его толстые пальцы, как черви, жирны,
И слова, как пудовые гири, верны,
Тараканьи смеются усища
И сияют его голенища.

А вокруг него сброд тонкошеих вождей,
Он играет услугами полулюдей.
Кто свистит, кто мяучит, кто хнычет,
Он один лишь бабачит и тычет.
Как подкову, дарит за указом указ:
Кому в пах, кому в лоб, кому в бровь, кому в глаз.
Что ни казнь у него — то малина
И широкая грудь осетина.
1933

我们活着，感不到国家的存在……

我们活着，感不到国家的存在，
我们说话，声音传不到十步外，
哪里只要能发出悄悄的话音，
提到的定是克里姆林宫的山民。
他那粗大的手指肥壮如青虫，

他的话像量普特的秤砣那么准，
那一对蟑螂大眼露出了笑意，
那两只靴筒闪出了亮光熠熠。

细脖子的头头们对他众星拱月，
半人半妖的怪物任他戏弄取乐，
有的吱吱，有的咪咪或抽泣，
就让他一人厉声粗气地称呼"你"。
他送人一道道指令像给钉马掌——
朝大腿根，朝脑门，朝眉心或眼眶，
每判人一次死刑，他总觉美得很，
总要挺挺奥塞梯人特有的宽胸。
1933 年

（顾蕴璞译）

戈
罗
杰
茨
基

　　谢尔盖·米特罗凡诺维奇·戈罗杰茨基（Сергей
Митрофанович Городецкий，1884—1967）阿克梅派诗人，
善于从民歌和古代神话中汲取题材，语言新颖、鲜活而
自然。

Странник

Молвил дождику закапать,
Завернулась пыль.
Подвязал дорожный лапоть,
Прицепил костыль.

И по этой по дороге
Закатился вдаль,
Окрестив худые ноги,
Схоронив печаль.
1906

旅人

让细雨轻洒原野，
让尘土悄悄飞扬，
系紧旅行的树皮鞋，
手里紧握一根拐杖。

沿着这条大道走去，
慢慢慢慢没入远方。
朝着瘦腿画个十字，
深藏起满怀的忧伤。
1906 年

（曾思艺译）

Адам

Просторен мир и многозвучен,
И многоцветней радуг он.
И вот Адаму он поручен,
Изобретателю имен.

Назвать, узнать, сорвать покровы
И праздных тайн и ветхой мглы —
Вот подвиг первый. Подвиг новый —
Живой земле пропеть хвалы.
1911

亚当

世界广袤无垠，万声竞响，
比彩虹更斑斓七色，
它把自己付托给亚当——
这万物名称的发明者。

命名，认清，揭穿无聊的秘密，
驱散陈腐的烟雾蒙蒙——
这是第一件功绩。新的功绩——
就是把生机盎然的大地尽情歌颂。
1911 年

（曾思艺译）

格·伊万诺夫

格奥尔基·弗拉基米罗维奇·伊万诺夫（Георгий Владимирович Иванов，1894—1958）阿克梅派诗人，勃洛克称赞他的诗"形式上无可挑剔""富有智慧并饶有趣味""具有极大的文化颖悟"。1921年侨居国外。

Настанут холода...

Настанут холода,
Осыпятся листы —
И будет льдом — вода.
Любовь моя, а ты?

И белый, белый снег
Покроет гладь ручья
И мир лишится нег...
А ты, любовь моя?

Но с милою весной
Снега растают вновь.
Вернутся свет и зной —
А ты, моя любовь?
1925

寒冬快到了······

寒冬快到了，
树叶将飘落——
水要成冰了，
我的爱，你呢？

洁白的雪花，
将把涟漪覆盖，
世界会顿失温存，

你呢，我的爱？

待到阳春归，
雪又融化开。
光和热将返回，
你呢，我的爱？
1925 年

（顾蕴璞译）

Я не стал ни лучше и ни хуже...

Я не стал ни лучше и ни хуже.
Под ногами тот же прах земной,
Только расстоянье стало уже
Между вечной музыкой и мной.

Жду, когда исчезнет расстоянье,
Жду, когда исчезнут все слова
И душа провалится в сиянье
Катастрофы или торжества.
1943—1958

我并未变得好些或坏些……

我并未变得好些或坏些。
脚下还踩着那一片土地，
只是在永恒的音乐和我
之间变窄了相隔的距离。

我等待着距离的匿迹，
我等待着话语的销声，
在灾祸与凯旋的光华里，
我的心也将失去踪影。
1943 年至 1958 年间

（顾蕴璞译）

В тишине вздохнула жаба...

В тишине вздохнула жаба.
Из калитки вышла баба
В ситцевом платке.

Сердце бьется слабо, слабо.
Будто вдалеке.

В светлом небе пусто, пусто.
Как ядреная капуста,
Катится луна.

И бессмыслица искусства
Вся, насквозь, видна.
1943—1958

一只癞蛤蟆在寂静里叹息……

一只癞蛤蟆在寂静里叹息，
一个农妇走出了篱笆门，
头上系着花布的头巾。

心儿跳着，微弱地，微弱地，
仿佛正在远处搏动着。

晴朗的天空是空荡荡的，
像棵又大又新鲜的白菜，
一轮明月向前浮动着。

于是这艺术的荒谬
整个儿让你给看个透。
1943 年至 1958 年间

（顾蕴璞译）

Игра судьбы. Игра добра и зла...

Игра судьбы. Игра добра и зла.
Игра ума. Игра воображенья.
«Друг друга отражают зеркала,
Взаимно искажая отраженья...»

Мне говорят — ты выиграл игру!
Но все равно. Я больше не играю.
Допустим, как поэт я не умру,
Зато как человек я умираю.
1943—1958

命运的游戏。善与恶的游戏……

命运的游戏。善与恶的游戏。

智慧的游戏。想象的游戏。
"面面镜子你照我，我照你，
突然把彼此的影像给扭曲……"

有人对我说："你赢了游戏！"
反正都一样，我再也不玩游戏。
如果说，作为诗人，我将不朽，
可是，作为人，我正在死去。
1943 年至 1958 年间

（顾蕴璞译）

Мы не молоды. Но и не стары...

Мы не молоды. Но и не стары.
Мы не мертвые. И не живые.
Вот мы слушаем рокот гитары
И романса «слова роковые».

О беспамятном счастье цыганском,
Об угарной любви и разлуке,
И — как вызов бокалы — с шампанским
Подымают дрожащие руки.

За бессмыслицу! За неудачи!
За потерю всего дорого!
И за то, что могло быть иначе,
И за то — что не надо другого!
1949

我们已不年轻，但也不算老……

我们已不年轻，但也不算老。
我们不是死人，也不是活人。
我们赏听着婉转悠扬的吉他
和浪漫曲《不祥的话语》的歌音。

唱的是淡忘的茨冈式幸福，
唱的是狂热的情爱和离别，
有如挑战，那颤巍巍的手
举起斟满香槟的酒杯干杯：

为了无聊事，为了失败，
为了失落的一切珍品，
为了本来还可以不这样，
为了我已经不需要别人。
1949 年

（顾蕴璞译）

Повторяются дождик и снег...

Повторяются дождик и снег,
Повторяются нежность и грусть,
То, что знает любой человек,
Что известно ему наизусть.

И, сквозь призраки русских берез,
Левитановски — ясный покой

Повторяет все тот же вопрос:
«Как дошел ты до жизни такой?»
1956

重复又重复雨水和雪花……

重复又重复雨水和雪花，
重复又重复柔情和忧伤，
还有那人人皆知的事情，
知道得就像背熟的一样。

透过俄罗斯白桦的幻影，
列维坦的明澈和宁静，
重复又重复同一个问题：
"你怎么会落个这样的人生？"
1956 年

（顾蕴璞译）

Я жил как будто бы в тумане...

Я жил как будто бы в тумане.
Я жил как будто бы во сне.
В мечтах, в трансцендентальном плане,
И вот пришлось проснуться мне.

Проснуться, чтоб увидеть ужас,
Чудовищность моей судьбы.
...О русском снеге, русской стуже...
Ах, если б, если б... да кабы...
1958

我宛如生活在迷雾里……

我宛如生活在迷雾里。
我仿佛生活在美梦中。
在幻想里，以超验的方式，
但如今我已不得不苏醒。

苏醒，以便看一眼恐怖，
看一看我命运的荒谬怪诞。
……关于俄罗斯的雪，俄罗斯的严寒……
啊，假如，假如……但愿……
1958 年

（顾蕴璞译）

赫列勃尼科夫

维里米尔·赫列勃尼科夫（Велимир Хлебников，真名为维克托·弗拉基米洛维奇，Виктор Владимирович，1885—1922）俄国立体未来主义的重要诗人，诗歌极富实验性，以"词语创造"和"玄妙费解"著称，试图在民间神话与现代思想的结合中探索人的宇宙生存。他的诗歌语言实验不仅对俄国未来派，而且对整个俄国现代派产生了一定的影响。

Заклятие смехом

О, рассмейтесь, смехачи!

О, засмейтесь, смехачи!

Что смеются смехами, что смеянствуют смеяльно,

О, засмейтесь усмеяльно!

О, рассмешищ надсмеяльных — смех усмейных смехачей!

О, иссмейся рассмеяльно, смех надсмейных смеячей!

Смейево, смейево!

Усмей, осмей, смешики, смешики!

Смеюнчики, смеюнчики.

О, рассмейтесь, смехачи!

О, засмейтесь, смехачи!

1908—1909

笑的咒语

啊，放声大笑吧，爱笑的人！

啊，开口一笑吧，爱笑的人！

你们，笑声朗朗，笑口常开的人，

啊，嘲弄地笑上一笑吧！

啊，哈哈大笑的人的一笑——

捧腹大笑的人发出的笑声！

啊，尽情大笑者的笑，笑逐颜开吧！

嘻嘻地笑，哈哈地笑，

讥笑吧，嘲笑吧，爱笑的人，爱笑的人！

笑不离口的人，笑声不断的人。

啊，放声大笑吧，爱笑的人！

啊，开口一笑吧，爱笑的人！
1908 年至 1909 年间

（顾蕴璞译）

Бобэоби пелись губы...

Бобэоби пелись губы,
Вээоми пелись взоры,
Пиээо пелись брови,
Лиэээй — пелся облик,
Гзи-гзи-гзэо пелась цепь.
Так на холсте каких-то соответствий
Вне протяжения жило Лицо.
1908 — 1909

"鲍贝奥比"，嘴唇这么唱……

"鲍贝奥比"，嘴唇这么唱。
"维埃奥米"，眼睛这么唱。
"皮埃埃奥"，眉毛这么唱。
"利埃埃艾"，脸庞这么唱。
"格齐——格齐——格泽奥"，链子这么唱。
就这样，在由某些对应构成的画布上，
在长宽高之外还有个脸庞。
1908 年至 1909 年间

（顾蕴璞译）

Годы, люди и народы...

Годы, люди и народы
Убегают навсегда,
Как текучая вода.
В гибком зеркале природы
Звезды — невод, рыбы — мы,
Боги — призраки у тьмы.
1915

岁月、人们和各族人民……

岁月、人们和各族人民
正在永远地一去不回，
宛如一道长流的活水。
在大自然柔软的镜中，
星星是鱼网，鱼儿是我们，
神灵就是黑暗的幽灵。
1915 年

（顾蕴璞译）

Осенняя

Собор грачей осенний,
Осенняя дума грачей.
Плетня звено плетений,
Сквозь ветер сон лучей.
Бросают в воздух стоны
Разумные уста.

Речной воды затоны,
И снежный путь холста!
Три девушки пытали:
Чи парень я, чи нет?
А голуби летали,
Ведь им немного лет.
И всюду меркнет тень.
Ползет ко мне плетень.
Нет!
1919—1920

秋思

秋季白嘴鸦的聚会，
秋季白嘴鸦的思绪。
编织物一般的篱笆，
光的梦透过风编织。
一张张明理的嘴巴，
向空中抛扔着呻吟。
一道道深入的河湾，
画幅上积雪的小径！
三个姑娘正在探问：
莫非我是小伙不成？
然而鸽群还在飞翔，
因为它们还很年轻。
到处阴影渐渐暗淡，
篱笆正在向我爬近。
不！
1919 年至 1920 年间

（顾蕴璞译）

谢维里亚宁

伊戈尔·谢维里亚宁（一译谢维梁宁，Игорь Северянин，真名为伊戈尔·瓦西里耶维奇·洛塔列夫，Игорь Васильевич Лотарев，1887—1941）俄国自我未来主义代表诗人，后又退出以保持自己艺术上的独立。其诗善于表现自我，借鉴传统，表现新潮，在诗艺探索中采取复杂的韵脚和增强音响表现力的手段，宣泄浓烈的自我意识，既兼收并蓄，又具独特风格。但他过分热衷于创造新词，迷恋美词丽句和外来词汇。1917年后移居国外。

Я не лгал никогда никому...

Я не лгал никогда никому,
Оттого я страдать обречен,
Оттого я людьми заклеймен,
И не нужен я им потому.

Никому никогда я не лгал.
Оттого жизнь печально течет.
Мне чужды и любовь, и почет
Тех, чья мысль — это лживый закал.

И не знаю дороги туда,
Где смеется продажная лесть.
Но душе утешение есть:
Я не лгал никому никогда.
1909

我从来没有对谁说过谎……

我从来没有对谁说过谎，
因此我注定要受折磨，
因此我遭人们的痛斥，
因此他们都不需要我。

我从来没有对谁说过谎，
因此生活过得凄凄然。
有些人费尽心机去撒谎，

他们的敬爱跟我不相干。

我不知道哪条路可通往
靠卖身投靠谄媚的地方，
不过心灵倒有了点安慰，
我从来没有对谁说过谎。
1909 年

（顾蕴璞译）

Солнце и море

Море любит солнце, солнце любит море...
Волны заласкают ясное светило
И, любя, утопят, как мечту в амфоре;
А проснешься утром — солнце засветило!

Солнце оправдает, солнце не осудит,
Любящее море вновь в него поверит...
Это вечно было, это вечно будет,
Только силы солнца море не измерит.
1910

太阳与大海

大海爱着太阳，太阳恋着大海……
波浪极力爱抚着这明亮的巨星，
爱潮淹没了太阳，仿若幻想被双耳罐掩埋，
但一早醒来，——太阳又大放光明！

太阳不记人过，心胸宽宏，
热恋的大海又对它信任如常，
它过去永恒，将来仍会永恒，
只是它的神力大海无法测量。
1910 年

（曾思艺译）

Мои похороны

Меня положат в гроб фарфоровый,
На ткань снежинок яблоновых,
И похоронят (...как Суворова...)
Меня, новейшего из новых.

Не повезут поэта лошади —
Век даст мотор для катафалка.
На гроб букеты вы положите:
Мимоза, лилия, фиалка.

Под искры музыки оркестровой,
Под вздох изнеженной малины —
Она, кого я так приветствовал,
Протрелит полонез Филины.

Все будет весело и солнечно,
Осветит лица милосердье...
И светозарно, ореолочно
Согреет всех мое бессмертье!
1910

我的葬礼

人们把我放进了瓷棺里，
让我躺在苹果树雪花的织物上，
并把我这个新人中的新人
（像埋葬苏沃洛夫那样）埋葬。

马车根本拉不动诗人
时代将给灵车安马达。
你们给我的棺材会献上
一束束含羞草、紫罗兰、百合花。

伴着乐队的音乐火花，
伴着柔弱的悬钩子的叹息，
我如此热烈期盼的她
尖唱着费丽娜的波洛涅兹曲。

人人都将快活和明朗，
善心将焕发他们的容光……
我的不朽将温暖人心，
灿烂得像神像的光环那样！
1910 年

（顾蕴璞译）

Весенний день

Дорогому К. М. Фофанову

Весенний день горяч и золот, —

Весь город солнцем ослеплен!
Я снова — я: я снова молод!
Я снова весел и влюблен!

Душа поет и рвется в поле.
Я всех чужих зову на «ты»...
Какой простор! Какая воля!
Какие песни и цветы!

Скорей бы — в бричке по ухабам!
Скорей бы — в юные луга!
Смотреть в лицо румяным бабам,
Как друга, целовать врага!

Шумите, вешние дубравы!
Расти, трава! Цвети, сирень!
Виновных нет: все люди правы
В такой благословенный день!
1911

春日

献给亲爱的福法诺夫

春日好热烈，处处都闪金，
全城给阳光照得多耀眼！
我又是我了，我又变年轻！
我又欢快了，又受人爱恋！

心儿唱着歌，直奔田野飞。

我用"你"称呼所有的外人……
天地多么广！自由多么美！
歌声多动听！花儿多迷人！

真想快点驱车去颠一颠！
真想快点到青青的草地上！
看看女人粉红的脸蛋，
吻敌人像吻朋友一样！

喧闹吧，春日茂密的树林！
生长吧，青草！盛开吧，丁香！
谁都无辜，谁都是好人，
沐浴着这幸福美好的春光！
1911 年

（顾蕴璞译）

Поэза странносей жизни

Встречаются, чтоб разлучаться…
Влюбляются, чтоб разлюбить…
Мне хочется расхохотаться
И разрыдаться — и не жить!

Клянутся, чтоб нарушить клятвы…
Мечтают, чтоб клянуть мечты…
О, скорбь тому, кому понятны
Все наслаждения тшеты!

В деревне хочется столицы…
В столице хочется глуши…

И всюду человечьи лица
Без человеческой души...

Как часто красота уродна
И есть в уродстве красота...
Как часто низость благородна
И злы невинные уста.

Так как же нерасхохотаться,
Не разрыдаться, как же жить,
Когда возможно расставаться,
Когда возможно разлюбить?!
1916

古怪人生之诗

人们相识只是为了离散，
人们热恋只是为了分手。
我既想哈哈大笑又不禁涕泪涟涟，
我真不想再在人世停留。

人们发誓只是为了背叛誓言，
人们幻想只是为了诅咒梦想，
啊，谁若明白所有享乐都是空幻，
他就会从此后满怀忧伤！

住在乡村却渴想着都市……
身处都市又焦盼着山林……
人的面孔一张张触目都是，
却怎么也找不到人的灵魂……

一如美中往往有丑蕴藏，
丑中往往也有美的成色，
一如卑鄙有时也很高尚，
天真的口舌有时很邪恶。

因此怎能不哈哈大笑又涕泪涟涟，
因此怎能再在这人世停留，
当人们随时都可能离散，
当人们随时都可能分手？
1916 年

（曾思艺译）

马雅可夫斯基

弗拉基米尔·弗拉基米罗维奇·马雅可夫斯基
（Владимир Владимирович Маяковский，1893—1930）
20世纪最有影响力的俄罗斯诗人和苏联诗歌奠基人之一。
早期属于未来派。十月革命后，风格有明显转变，融入
了革命的浪漫主义激情。其诗歌，包括抒情诗、爱情诗、
儿童诗、讽刺诗、政治诗、广告诗、宣传画题诗、叙事诗，
内容包罗万象，大至整个宇宙，小至日常生活中的一切，
都是其题材对象。但揭露资本主义的黑暗与丑恶，歌颂无
产阶级革命事业，是最重要的主题。他在诗歌形式和语
言运用上不断探索，大胆创新，形成了不落俗套的楼梯诗，
激情澎湃，风格豪放，句式独特，语言新颖，在世界各
国产生了颇大的影响。

Ночь

Багровый и белый отброшен и скомкан,
в зеленый бросали горстями дукаты,
а черным ладоням сбежавшихся окон
раздали горящие желтые карты.

Бульварам и площади было не странно
увидеть на зданиях синие тоги.
И раньше бегущим, как желтые раны,
огни обручали браслетами ноги.

Толпа — пестрошерстая быстрая кошка —
плыла, изгибаясь, дверями влекома;
каждый хотел протащить хоть немножко
громаду из смеха отлитого кома.

Я, чувствуя платья зовущие лапы,
в глаза им улыбку протиснул; пугая
ударами в жесть, хохотали арапы,
над лбом расцветивши крыло попугая.
1912

夜

血红和苍白被抛开后揉成团块；
朝黛绿投来了一把把威尼斯金币，
像把一张张亮闪闪的金黄纸牌，

发到聚拢来的窗户的黑手掌里。

林荫道和广场一个个全无惧色，
望着一幢幢大楼上披搭的托加 ①，
而灯光，宛如一道道焦黄的伤痕，
给最早奔忙的行人把脚镯佩挂。

人群这只毛色斑驳的灵巧的猫，
在浮动，在蜷曲，被吸进一扇扇大门；
从铸成一团的笑声的庞然大物
每个人都想拽出一点来开开心。

我觉着连衣裙的召唤的利爪，
便朝它们塞过去一个笑容；
骗子们敲洋铁皮唬人笑哈哈，
额上的鹦鹉翅膀五色缤纷。
1912 年

（顾蕴璞译）

Утро

Угрюмый дождь скосил глаза.
А за
решеткой
четкой
железной мысли проводов —
перина.
И на

---

① 古罗马的男上衣，以一块布从左肩搭过，缠在身上。

нее
встающих звезд
легко оперлись ноги.

Но ги —
бель фонарей,
царей
в короне газа,
для глаза
сделала больней
враждующий букет бульварных проституток.

И жуток
шуток
клюющий смех —
из желтых
ядовитых роз
возрос
зигзагом.

За гам
и жуть
взглянуть
отрадно глазу:
раба
крестов
страдающе-спокойно-безразличных,
гроба
домов
публичных
восток бросал в одну пылающую вазу.

1912

晨

阴郁
的雨
飞着斜的目光。
电线流着铁的思想，——
像铁窗一样
清清楚楚。
而铁窗后
是鸭绒褥。
脚
轻轻巧巧
踩在褥子上，——
星星们正在起床。
可是路灯——
这批头戴煤气王冠的
帝王
一齐灭
亡，
于是马路花园中的一束花——
一群互相敌视的卖淫女郎
刺得人眼睛
更疼。
戏谑的
钻心的笑
从
黄色的毒玫瑰丛
弯弯曲曲
长出，

令人汗毛直竖。
越过喧声
越过恐怖
远景
安慰眼睛：
那受难而心安、麻木不仁的
十字架的
奴仆
同花街柳巷中
淫窟的
棺木
都被东方投入同一个火光熊熊的花瓶。
1912 年

（飞白译）

А вы могли бы?

Я сразу смазал карту будня,
плеснувши краску из стакана;
я показал на блюде студня
косые скулы океана.
На чешуе жестяной рыбы
прочел я зовы новых губ.
А вы
ноктюрн сыграть
могли бы
на флейте водосточных труб?
1913

您能吗?

我把一杯颜料泼出,
立即涂掉了日常生活的地图。
我只用小小一碟鱼冻,
能塑造大海突出的颧骨。
我细读调色板——这洋铁鱼,
明白了新诞生的嘴唇的呼吁。
您能吗?
难道您能用排水管作长笛,
吹一支
小夜曲?
1913 年

(飞白译)

Любовь

Девушка пугливо куталась в болото,
ширились зловеще лягушечьи мотивы,
в рельсах колебался рыжеватый кто-то,
и укорно в буклях проходили локомотивы.

В облачные пары сквозь солнечный угар
врезалось бешенство ветряной мазурки,
и вот я — озноенный июльский тротуар,
а женщина поцелуи бросает — окурки!

Бросьте города, глупые люди!

и Идите голые лить на солнцепеке
пьяные вина в меха-груди,
дождь-поцелуи в угли-щеки.
1913

爱情

姑娘怯生生地裹进了沼泽，
不祥地扩散着青蛙的鸣奏，
浅棕头发的人在铁轨上踌躇，
满头卷发的机车嗔怪地开过。

风的玛祖卡狂舞透过骄阳的光，
深深印入了漫天的云雾，
如今我——七月暑热的林荫道，
而女人扔来了吻——烟屁股！

抛弃城市吧，愚蠢的人们！
光着身子到太阳地去吧，
把醉人的美酒注入胸皮囊里，
把雨的吻注入炭火般的脸颊。
1913 年

（顾蕴璞译）

Адище города

Адище города окна разбили
на крохотные, сосущие светами адки.
Рыжие дьяволы, вздымались автомобили,

над самым ухом взрывая гудки.

А там, под вывеской, где сельди из Керчи —
сбитый старикашка шарил очки
и заплакал, когда в вечереющем смерче
трамвай с разбега взметнул зрачки.

В дырах небоскребов, где горела руда
и железо поездов громоздило лаз —
крикнул аэроплан и упал туда,
где у раненого солнца вытекал глаз.

И тогда уже — скомкав фонарей одеяла —
ночь излюбилась, похабна и пьяна,
а за солнцами улиц где-то ковыляла
никому не нужная, дряблая луна.
1913

城市大地狱

窗户把城市大地狱分割成
一座座吸吮着灯光的小地狱，
汽车像红发的魔鬼在升腾，
石人们耳畔爆炸出汽笛声。

出售刻赤 ① 青鱼的招牌底下，
健壮的老家伙在搜寻眼镜，
竟哭了，因为在傍晚的旋风中

---

① 城市名。

电车跑几步就像要把眼珠抛扔。

摩天楼的洞窟亮着炼矿的火光，
一列列火车的铁料把出入孔堵上——
一架飞机大吼着俯冲向
从残阳里流出目光的地方。

这时候，夜揉皱街灯的床单，
尽情做爱，烂醉而放荡，
某处，在街市的太阳后蹒跚的
是谁也不需要的衰老的月亮。
1913 年

（顾蕴璞译）

Нате!

Через час отсюда в чистый переулок
вытечет по человеку ваш обрюзгший жир,
а я вам открыл столько стихов шкатулок,
я — бесценных слов мот и транжир.

Вот вы, мужчина, у вас в усах капуста
где-то недокушанных, недоеденных щей;
вот вы, женщина, на вас белила густо,
вы смотрите устрицей из раковин вещей.

Все вы на бабочку поэтиного сердца
взгромоздитесь, грязные, в калошах и без калош.
Толпа озвереет, будет тереться,
ощетинит ножки стоглавая вошь.

А если сегодня мне, грубому гунну,

кривляться перед вами не захочется —и вот

я захохочу и радостно плюну,

плюну в лицо вам

я — бесценных слов транжир и мот.

1913

拿去吧！

你们这些皮肤松弛的肥油

一小时后随着人流流向空巷，

我却为你们打开这么多诗的宝盒，

挥霍浪费词语这无价的宝藏。

你们，爷儿们，胡须上留着一片

不知哪儿没喝完的菜汤里的洋白菜，

你们，娘儿们，脸上厚厚的白粉，

活像只牡蛎从衣服的贝壳里探脑袋。

你们这群穿套鞋或不穿套鞋的

肮脏的人们想爬上诗心的蝶蕊。

人群将兽性勃发，相互磨蹭，

这只一百个头的虱子将倒竖细腿。

如果说今天我这个野蛮的匈奴人

并不想在你们面前扭捏装腔，

那么我就要哈哈大笑，并高兴地

朝你们啐口唾沫，

挥霍浪费词语这无价的宝藏。

1913 年

(顾蕴璞译)

А все-таки

Улица провалилась, как нос сифилитика.
Река — сладострастье, растекшееся в слюни.
Отбросив белье до последнего листика,
сады похабно развалились в июне.

Я вышел на площадь,
выжженный квартал
надел на голову, как рыжий парик.
Людям страшно — у меня изо рта
шевелит ногами непрожеванный крик.

Но меня не осудят, но меня не облают,
как пророку, цветами устелят мне след.
Все эти, провалившиеся носами, знают:
я — ваш поэт.

Как трактир, мне страшен ваш страшный суд!
Меня одного сквозь горящие здания
проститутки, как святыню, на руках понесут
и покажут богу в свое оправдание.

И бог заплачет над моею книжкой!
Не слова — судороги, слипшиеся комом;
и побежит по небу с моими стихами под мышкой
и будет, задыхаясь, читать их своим знакомым.
1914

尽管

像梅毒病人的鼻梁，街塌成了沟。
淫欲之河馋涎四溢，色情横流。
花园脱光了内衣，一叶不挂，
懒懒地躺在六月里，毫不知羞。

我走上广场，
把烧焦的市区
戴在头上，好像赤红的假发。
人们很害怕——从我嘴里冒出
一个没咀嚼好的呐喊，蹬着腿儿挣扎。

但人们不会骂我，不把我当罪人，
却把我当先知，用鲜花铺我的脚印。
这些塌鼻子的人全都承认，
我是他们的诗人。

我怕他们严厉的评判，像怕下等酒馆！
妓女们把我当作神圣，用手来抬，
抬过燃烧的房子——一片火海，
呈献给上帝，以证明自己的清白。

上帝被我的小书感动得泪流满面：
这哪儿是语言，这是一团痉挛！
上帝夹着我的诗在天上东跑西颠，
气喘吁吁地找他的熟人去念。
1914 年

（飞白译）

Лунная ночь

Пейзаж

Будет луна.
Есть уже
немножко.
А вот и полная повисла в воздухе.
Это Бог, должно быть,
дивной
серебряной ложкой
роется в звезд ухе.
1916

月夜即景

明月将上。
微露银光。
看哪，一轮满月
已经在空中浮荡。
这想必是
上帝在上
用一把神妙的银勺
捞星星熬的鱼汤。
1916 年

（飞白译）

Весна

Город зимнее снял.

Снега распустили слюнки.

Опять пришла весна,

глупа и болтлива, как юнкер.

1918

春

城市脱下了冬装。

积雪吐的口水满地淌流。

春天又来到了人间，

像士官生那样愚蠢和喋喋不休。

1918 年

（顾蕴璞译）

Прозаседавшиеся

Чуть ночь превратится в рассвет,

вижу каждый день я:

кто в глав,

кто в ком,

кто в полит,

кто в просвет,

расходится народ в учрежденья.

Обдают дождем дела бумажные,

чуть войдешь в здание:

отобрав с полсотни —
самые важные! —
служащие расходятся на заседания.

Заявишься:
«Не могут ли аудиенцию дать?
Хожу со времени она». —
«Товарищ Иван Ваныч ушли заседать —
объединение Тео и Гукона».

Исколесишь сто лестниц.
Свет не мил.
Опять:
«Через час велели придти вам.
Заседают:
покупка склянки чернил
Губкооперативом».

Через час:
ни секретаря,
ни секретарши нет —
голо!
Все до 22-х лет
на заседании комсомола.

Снова взбираюсь, глядя на ночь,
на верхний этаж семиэтажного дома.
«Пришел товарищ Иван Ваныч?» —
«На заседании
А-бе-ве-ге-де-е-же-зе-кома».

Взъяренный,

на заседание

врываюсь лавиной,

дикие проклятья дорогой изрыгая.

И вижу:

сидят людей половины.

О дьявольщина!

Где же половина другая?

«Зарезали!

Убили!»

Мечусь, оря.

От страшной картины свихнулся разум.

И слышу

спокойнейший голосок секретаря:

«Они на двух заседаниях сразу.

В день

заседаний на двадцать

надо поспеть нам.

Поневоле приходится раздвояться.

До пояса здесь,

а остальное

там».

С волнения не уснешь.

Утро раннее.

Мечтой встречаю рассвет ранний:

«О, хотя бы

еще

одно заседание

относительно искоренения всех заседаний!»

1922

开会迷

当黑夜刚刚向黎明交班，
这种景象每天司空见惯：
有的到某部，
有的到某委，
有的到文教，
有的到政宣，
人流滚滚奔赴机关。

刚刚走进大楼内，
劈头盖脑文件一大堆。
匆匆挑出五十来份，
（份份都是特急件！）
干部们分头去开会。

我找上了门：
"今天总该接见了吧？
我来了多少趟，已经数不清！"
"伊凡·凡内奇同志开会去了，
研究戏剧处和饲马局的合并。"

爬了整整一百部楼梯，
使我觉得连活着都乏味！
但答复仍然是：
"让你一小时后再来，
现在正在开会，
议题是省合作总社
打算买一瓶墨水。"

过了一小时再去，——
既找不到男秘书，
也找不到女秘书，
剩下的只有空气！
二十二岁以下的人
统统在开共青团会议。

眼看天色快断黑，
我又爬到七层楼上去：
"伊凡·凡内奇有没有回？"
"他正在出席
甲、乙、丙、丁、戊、己、庚、辛委员会。"

我大发雷霆，像火山爆发，
我冲进会场，
一路上喷出野蛮的咒骂。
我看见：会议桌旁
坐着的全是半截子的人。
啊呀呀，见鬼啦！
还有半截子在哪呀？
"砍人了！
杀人了！"
我东奔西窜，大叫大喊，
被恐怖景象吓得精神错乱。
忽听得秘书向我解释，
他的语气极其平淡：
"他们同时要参加两个会。
一天之内
起码要赶二十个会议。
不得不采用分身法——

上半身在这里，
下半身在那里。"

我激动得一夜睡不安生。
到了早晨，
我抱着希望迎接新的黎明：
"啊，但愿能
再召开
一次会议，
专门讨论
把一切会议扫除干净！"
1922 年

〔飞白译〕

帕斯捷尔纳克

鲍利斯·列昂尼德维奇·帕斯捷尔纳克（Борис
Леонидович Пастернак，1890—1960）诗人、小说家，
白银时代即负盛名，参加过未来派。他的诗语言清新，
句构多变，前期奇诡，后期蕴藉，但都饱含现代意识。
1958年因"在现代抒情诗和继承俄罗斯优秀小说传统方
面所取得的杰出成就"，主要因长篇小说《日瓦戈医生》
而荣获诺贝尔文学奖。

Февраль. Достать чернил и плакать!

Февраль. Достать чернил и плакать!
Писать о феврале навзрыд,
Пока грохочущая слякоть
Весною черною горит.

Достать пролетку. За шесть гривен,
Чрез благовест, чрез клик колес,
Перенестись туда, где ливень
Еще шумней чернил и слез.

Где, как обугленные груши,
С деревьев тысячи грачей
Сорвутся в лужи и обрушат
Сухую грусть на дно очей.

Под ней проталины чернеют,
И ветер криками изрыт,
И чем случайней, тем вернее
Слагаются стихи навзрыд.
1912

二月。一碰墨水就哭泣！……

二月。一碰墨水就哭泣 [①]！

[①] “提笔便悲从中来”的隐喻化表达。

哽噎着书写二月的诗篇，
恰逢到处轰隆响的稀泥
点燃起一个黑色的春天①。

掏六十戈比雇一辆马车，
穿越祈祷前钟声和车轮声，
朝着下大雨的地方驰去，
雨声比墨水的哭泣更闹腾。

这里成千上万只白嘴鸦，
像一只只晒焦的秋梨，
从枝头骤然掉进了水洼，
把枯愁抛进我的眼底。

愁眼中融雪处黑乎乎呈现，
风满身被鸦噪声割切②，
当你哽噎着书写诗篇，
越来得偶然，越显得真切。
1912 年

（顾蕴璞译）

Плачущий сад

Ужасный!— Капнет и вслушивается,
Все он ли один на свете
Мнет ветку в окне, как кружевце,

---

① 俄国象征派诗人安年斯基所写《黑色的春天》的借用。作者自己在 1914 年写
　过 "二月正熊熊燃烧着，/有如呛了酒精的棉花" 的诗句。本诗节把还暖、融雪、
　稀泥、春天四个环节营造成冬末春初极富想象空间的一串意象链。
② 这里用听觉（风、鸦噪声）与视觉、触觉（割切）相融的通感手法。

Или есть свидетель.

Но давится внятно от тягости
Отеков — земля ноздревая,
И слышно: далеко, как в августе,
Полуночь в полях назревает.

Ни звука. И нет соглядатаев.
В пустынности удостоверясь,
Берется за старое — скатывается
По кровле, за желоб и через.

К губам поднесу и прислушаюсь,
Все я ли один на свете, —
Готовый навзрыд при случае, —
Или есть свидетель.

Но тишь. И листок не шелохнется.
Ни признака зги, кроме жутких
Глотков и плескания в шлепанцах
И вздохов и слез в промежутке.
1917

哭泣的花园

可怕的雨点！它一滴落就听一听：
只有它独自在这世上
揉花边般在窗口揉树枝，
还是有个目击者在一旁。

张开鼻孔的大地不堪积水的重负，
正抽抽搭搭地哭泣，
但听得在远处，像是在八月，
午夜正萌动在田野里。

万籁无声。旁无目击者。
它确信四周一片寂寥，
便接着干——滚滚而下，
沿屋顶，穿越流水槽。

我把它举到唇边并谛听：
只有我独自在这世上——
我准备伺机哽咽一番——
还是有个目击者在一旁。

但寂寂无声。树叶纹丝不动。
没有任何征象，除去
可怕的吞咽声、拖鞋的溅水声
和夹在中间的叹息和哭泣。
1917 年

（顾蕴璞译）

Зеркало

В трюмо испаряется чашка какао,
　　Качается тюль, и — прямой
Дорожкою в сад, в бурелом и хаос
　　К качелям бежит трюмо.

Там сосны враскачку воздух саднят

Смолой; там по маете
Очки по траве растерял палисадник,
Там книгу читает Тень.

И к заднему плану, во мрак, за калитку
В степь, в запах сонных лекарств
Струится дорожкой, в сучках и в улитках
Мерцающий жаркий кварц.

Огромный сад тормошится в зале
В трюмо — и не бьет стекла!
Казалось бы, все коллодий залил,
С комода до шума в стволах.

Зеркальная все б, казалось, нахлынь
Непотным льдом облила,
Чтоб сук не горчил и сирень не пахла, —
Гипноза залить не могла.

Несметный мир семенит в месмеризме,
И только ветру связать,
Что ломится в жизнь и ломается в призме,
И радо играть в слезах.

Души не взорвать, как селитрой залежь,
Не вырыть, как заступом клад.
Огромный сад тормошится в зале
В трюмо — и не бьет стекла.

И вот, в гипнотической этой отчизне
Ничем мне очей не задуть.

Так после дождя проползают слизни
　　Глазами статуй в саду.

Шуршит вода по ушам, и, чирикнув,
　　На цыпочках скачет чиж.
Ты можешь им выпачкать губы черникой,
　　Их шалостью не опоишь.

Огромный сад тормошится в зале,
　　Подносит к трюмо кулак,
Бежит на качели, ловит, салит,
　　Трясет — и не бьет стекла!
1917

镜子

　　窗间镜里一杯可可袅袅冒着热气，
　　　　窗纱摇曳着，突然窗间镜
　　沿笔直的小径朝花园的方向，
　　　　趁风折树的混乱朝秋千飞奔。

　　花园里有三棵松树摇摇晃晃，
　　　　松脂把空气刺痒得怪难受；
　　篱笆因烦心事把眼镜 ① 丢遍草地，
　　　　阴影却在那里悄悄读书。

　　在枝头和蜗牛身上闪闪烁烁的
　　　　灼热的石英像一条小径流淌，

---

① 喻指日光通过篱笆的空隙落地的光点。

朝后方，朝暗处，朝篱笆门外的草原，
　　朝着散发催眠药气味的方向。

巨大的花园在厅外的窗间镜里
　　乱爬乱动——但打不碎玻璃！
从抽屉柜到柱子的响动声
　　仿佛一切都淹没在胶棉里。

仿佛镜光的汹涌袭来，
　　用不淌汗的水浇洒一切，
好让树枝不发苦，丁香不飘香，——
　　却无法将催眠状态淹灭。

无数的世人竞相用麦斯麦催眠法①，
　　但只有风才能够约束
那闯入生活，在棱镜中受挫，
　　又愿在泪光中闪耀的万物。

心灵②不似矿藏用硝石可炸开，
　　也不像挖宝使铁锹就可以。
巨大的花园在厅内的窗间镜里
　　乱爬乱动，但打不碎玻璃。

如今在处于催眠状态的祖国，
　　用什么也吹不灭我的眼睛。
恰似雨后花园中那些蜓蚰
　　凭迟钝冷漠者的眼睛爬行。

---

①　18 世纪末奥地利医生麦斯麦（1734—1818）提出的学说。
②　本诗以镜子喻心灵，按作者的习惯，喻体（镜子）先行，本体（心灵）后续。

谁在耳边潺潺响，黄雀啁啾着，
　　踮着脚尖蹦蹦跳跳，
你能用黑果越橘蹭脏黄雀的嘴，
　　却无法用戏谑把它们醉倒。

巨大的花园在厅内乱爬乱动，
　　把拳头朝窗间镜伸将过去，
直奔秋千，捕捉着，玷污着，
　　晃动着，却打不碎玻璃！
1917 年

（顾蕴璞译）

Определение поэзии

Это — круто налившийся свист,
Это — щелканье сдавленных льдинок.
Это — ночь, леденящая лист,
Это — двух соловьев поединок.

Это — сладкий заглохший горох,
Это — слезы вселенной в лопатках,
Это — с пультов и с флейт — Figaro
Низвергается градом на грядку.

Все, что ночи так важно сыскать
На глубоких купаленных доньях,
И звезду донести до садка
На трепещущих мокрых ладонях.

Площе досок в воде — духота.

Небосвод завалился ольхою,

Этим звездам к лицу б хохотать,

Ан вселенная — место глухое.

1917

诗的定义

这是大悲大喜的狂啸，

这是冰块挤撞的放歌，

这是树叶凝霜的寒宵，

这是两只夜莺的决斗。

这是已经蔫了的甜豌豆，

这是豆荚中宇宙的泪水 ①，

这是费加罗 ② 从乐谱架和长笛

下冰雹般把音符撒落在心扉。

这是黑夜在海滨浴场

深深的底部迫切寻求的东西，

这是用颤抖而潮湿的手掌

将星星掬进了养鱼池里。

比水中木板更单调的是闷热。

天穹仿佛已坍塌，像棵赤杨。

星星们不妨相视大笑，

宇宙本是个荒僻的地方。

1917 年

（顾蕴璞译）

---

① 指残留在夜的天幕内壁上的星星状宇宙的泪珠。

② 指莫扎特的歌剧《费加罗的婚礼》。

Степь

Как были те выходы в тишь хороши!
Безбрежная степь, как марина,
Вздыхает ковыль, шуршат мураши,
И плавает плач комариный.

Стога с облаками построились в цепь
И гаснут, вулкан на вулкане.
Примолкла и взмокла безбрежная степь,
Колеблет, относит, толкает.

Туман отовсюду нас морем обстиг,
В волчцах волочась за чулками,
И чудно нам степью, как взморьем, брести —
Колеблет, относит, толкает.

Не стог ли в тумане? Кто поймет?
Не наш ли омет? Доходим. — Он.
— Нашли! Он самый и есть. — Омет,
Туман и степь с четырех сторон.

И Млечный Путь стороной ведет
На Керчь, как шлях, скотом пропылен.
Зайти за аты, и дух займет:
Открыт, открыт с четырех сторон.

Туман снотворен, ковыль как мед.
Ковыль всем Млечным Путем рассорен.

Туман разойдется, и ночь обоймет
Омет и степь с четырех сторон.

Тенистая полночь стоит у пути,
На шлях навалилась звездами,
И через дорогу за тын перейти
Нельзя, не топча мирозданья.

Когда еще звезды так низко росли
И полночь в бурьян окунало,
Пылал и пугался намокший услин,
Льнул, жался и жаждал финала?

Пусть степь нас рассудит и ночь разрешит.
Когда, когда не: — В Начале
Плыл Плач Комариный, Ползли Мураши,
Волчцы по Чулкам Торчали?

Закрой их, любимая! Запорошит!
Вся степь ак до грехопаденья:
Вся — миром объята, вся — как парашют,
Вся — дыбящееся виденье!
1917

草原

通向寂静的出口处多美啊！
无边的草原像幅海景画，
针茅草在叹息，蚂蚁发出沙沙声，
蚊子的哼鸣在空中飘洒。

草垛和云朵排成了长链，
渐渐暗淡，像火山上的火山，
无边的草原在无语中浸湿，
它像在摇晃、推搡你挪向前。

雾霭像大海环绕着我们，
在棘草中像拖在马的小腿后边，
在海滨般的草原上缓行真好玩，
它像在摇晃、推搡你挪向前。

雾中难道是草垛？谁晓得？
是我家的禾秸垛？走近，正是它。
我们找到了！它正是禾秸垛，
雾和草原从四面八方包围着它。

银河朝刻赤方向延伸开去，
像条蒙尘于牲口的大路。
一过茅舍，惊得你上气不接下气：
我从四面八方全被敞露。

雾气催人眠，针茅草香似蜜。
针茅草被银河洒遍各处。
雾气会散去，夜幕也会把
禾垛和草原从四下罩住。

背阴的午夜站在大路边，
用满天星星朝大路袭降，
如果你不踩踏宇宙，
就不可能穿大路越板墙。

曾几何时啊，星星还那么低垂，

夜半时分还在野蒿中浸泡，
像打湿的薄纱，紧贴在一起，
又热烈，又畏惧，渴望结局来到。

让草原评判和黑夜裁决我们吧。
创始初，蚂蚁爬行，蚊鸣飘洒，
棘草挂在一只只长袜子上
到了何时，到了何时才没有它们？

亲爱的，闭上一切，草原迷住我的眼！
整个草原仿佛接近堕落的边沿：
整个草原被宇宙环抱，像降落伞，
整个草原像竖立起来的梦幻！
1917 年

（顾蕴璞译）

Без названия

Недотрога, тихоня в быту,
Ты сейчас вся огонь, вся горенье,
Дай запру я твою красоту
В темном тереме стихотворенья.

Посмотри, как преображена
Огневой кожурой абажура
Конура, край стены, край окна,
Наши тени и наши фигуры.

Ты с ногами сидишь на тахте,
Под себя их поджав по-турецки.

Все равно, на свету, в темноте,
Ты всегда рассуждаешь по-детски.

Замечтавшись, ты нижешь на шнур
Горсть на платье скатившихся бусин.
Слишком грустен твой вид, чересчур
Разговор твой прямой безыскусен.

Пошло слово любовь, ты права.
Я придумаю кличку иную.
Для тебя я весь мир, все слова,
Если хочешь, переименую.

Разве хмурый твой вид передаст
Чувств твоих рудоносную залежь,
Сердца тайно светящийся пласт?
Ну так что же глаза ты печалишь?
1956

无题

你平素娇滴滴而言寡语少，
如今却浑身像一团火燃烧。
让我用幽暗的诗的闺房，
把你的美丽锁得牢牢。

请你看看吧：我们的陋室、
我们的墙角、我们的窗框、
我们的影子、我们的身姿
怎样因火层般的灯罩而变样。

你像土耳其人盘起了腿，
端坐在一张沙发床上，
不论在暗中，还是在亮处，
你总像个孩子说短道长。

你沉入一番幻想之后，
把连衣裙上滚落的珠子穿上线。
你的面容太忧郁，你那
直率的谈吐过于平淡。

你说得对，恋爱一词太庸俗，
我要想出另一个代号来，
只要你愿意，为了你我愿把
整个世界、词语的名称更改。

莫非你阴沉的神态会泄露出
你尚未开采的情感的矿藏，
你那隐隐闪光的心的岩层？
那为何还让你的眼满含哀伤？
1956 年

（顾蕴璞译）

Дорога

То насыпью, то глубью лога,
То по прямой за поворот
Змеится лентою дорога
Безостановочно вперед.

По всем законам перспективы

За придорожные поля
Бегут мощеные извивы,
Не слякотя и не пыля.

Вот путь перебежал плотину,
На пруд не посмотревши вбок,
Который выводок утиный
Переплывает поперек.

Вперед то под гору, то в гору
Бежит прямая магистраль,
Как разве только жизни в пору
Все время рваться вверх и вдаль.

Чрез тысячи фантасмагорий,
И местности и времена,
Через преграды и подспорья
Несется к цели и она.

А цель ее в гостях и дома —
Все пережить и все пройти,
Как оживляют даль изломы
Мимоидущего пути.
1957

路

时而上堤基，时而下谷底，
时而急转弯后又直线向前，
道路宛如一条飘带，

永不停顿地向前蜿蜒。

按照远近配置的规律铺筑,
这一条条弯弯曲曲的路,
奔向路边田野的远方,
不溅污泥,不扬尘土。

眼看道路穿过了堤坝,
连旁边的池塘都不看一眼,
一群刚孵出不久的小鸭,
正在泅过池塘的水面。

时而下山,时而上坡,
笔直的干线飞奔向前,
只有生命之物才能这样,
总往高处攀,总往远方赶。

跨越空间,穿过时间,
饱览人间的光怪陆离,
超越障碍,通过帮助,
干线也在朝目标奔去。

居家和做客时的目标都是:
历尽万难,力挫艰险,
恰似岔向一旁的道路,
急转弯后山外有山。
1957 年

（顾蕴璞译）

Быть знаменитым некрасиво...

Быть знаменитым некрасиво.
Не это подымает ввысь.
Не надо заводить архива,
Над рукописями трястись.

Цель творчества — самоотдача,
А не шумиха, не успех.
Позорно, ничего не знача,
Быть притчей на устах у всех.

Но надо жить без самозванства,
Так жить, чтобы в конце концов
Привлечь к себе любовь пространства,
Услышать будущего зов.

И надо оставлять пробелы
В судьбе, а не среди бумаг,
Места и главы жизни целой
Отчеркивая на полях.

И окунаться в неизвестность,
И прятать в ней свои шаги,
Как прячется в тумане местность,
Когда в ней не видать ни зги.

Другие по живому следу
Пройдут твой путь за пядью пядь,

Но пораженья от победы
Ты сам не должен отличать.

И должен ни единой долькой
Не отступаться от лица,
Но быть живым, живым и только,
Живым и только до конца.
1956

一心当名人不大正派……

一心当名人不大正派，
并不能让你平步青霄，
无须把你的档案编排，
为你的手稿心惊肉跳。

创作的宗旨是自我献身，
不图功名，不为炫耀，
若变成人人谈论的话柄
而不值一提，非常糟糕。

活着不要靠自吹自擂，
要如此活着：到生命末端，
博得空间对你的关爱，
听见未来对你的召唤。

空白要在命运里留藏，
而不是留在纸张中间，
整个生命的位置和篇章，
要标在你的书稿的眉边，

快沉入默默无闻中去，
在那里藏起你的脚步，
像那遁入迷雾的景区，
茫然失落自己的面目。

别人会亦步亦趋跟你走，
踩着你刚踏出的脚印，
然而你自己却不能够
把失败和成功分得太清。

你还应当一丁点儿也不
把你自己的面孔丢弃。
要保持本色，只保持本色，
只保持本色到最后一息。
1956 年

（顾蕴璞译）

Душа

Душа моя, печальница
О всех в кругу моем,
Ты стала усыпальницей
Замученных живьем.

Тела их бальзамируя,
Им посвящая стих,
Рыдающею лирою
Оплакивая их,

Ты в наше время шкурное

За совесть и за страх
Стоишь могильной урною,
Покоящей их прах.

Их муки совокупные
Тебя склонили ниц.
Ты пахнешь пылью трупною
Мертвецких и гробниц.

Душа моя, скудельница,
Все, виденное здесь,
Перемолов, как мельница,
Ты превратила в смесь.

И дальше перемалывай
Все бывшее со мной,
Как сорок лет без малого,
В погостный перегной.
1956

心灵

我的心灵，为我圈子里
所有的人们惴惴不安着，
你竟成了所有活生生地
被折磨致死的人的墓穴。

给他们的尸体涂上防腐剂，
为他们献上自己的诗章，
伴着号啕痛哭的诗情，

为他们的惨死落泪心伤。

在我们这个只顾自己的时代，
你凭靠那个能使他们的
遗骸得到安息的骨灰盒，
来捍卫良心，捍卫恐惧。

他们加在一起的痛苦，
使你低下头以额触地。
你身上散发出医院太平间
和棺材里尸体上灰土的气息。

我的心灵，公共墓地，
你好比一架粉碎机，
把在这里所见的一切
重新磨碎成为混合剂。

继续把我所经历的往事，
这不到四十年的过去
一而再再而三地磨碎吧，
使它变成墓地的腐殖质。
1956 年

（顾蕴璞译）

Единственные дни...

На протяженье многих зим
Я помню дни солнцеворота,
И каждый был неповторим
И повторялся вновь без счета.

И целая их череда
Составилась мало-помалу —
Тех дней единственных, когда
Нам кажется, что время стало.

Я помню их наперечет:
Зима подходит к середине,
Дороги мокнут, с крыш течет
И солнце греется на льдине.

И любящие, как во сне,
Друг к другу тянутся поспешней,
И на деревьях в вышине
Потеют от тепла скворешни.

И полусонным стрелкам лень
Ворочаться на циферблате,
И дольше века дwлится день,
И не кончается объятье.
1959

绝无仅有的时日……

在漫漫严冬的季节里，
我记得冬至前后的日子。
每个日子都不可重复，
却又重复了不知多少次。

那些绝无仅有的日子
慢慢组成了整个时段，

在那绝无仅有的日子，
我们似觉停住了时间。

我把这些日子全都记在心：
严冬过了将近一半，
道路湿起来，屋顶滴起水，
太阳晒得大冰块发暖。

相爱的人们，如在梦中，
迫不及待地相拥相亲，
在探身高空的大树的枝头，
个个椋鸟窝热得汗水流渗。

昏昏欲睡的时针和分针
已懒得在刻度盘上旋转，
可是一日长于百年，
拥抱永远没了没完。
1959 年

（顾蕴璞译）

舍尔舍涅维奇

　　瓦季姆·加布里埃列维奇·舍尔舍涅维奇（Вадим Габриэлевич Шершеневич，1893—1942）俄国意象派始终如一的活动家和理论家，发表过八部诗集和两部诗剧。其抒情诗充满城市的意象，喜用富有动感的动词，充斥着隐喻，运用独特的重音诗体。

Лирический динамизм

Звонко кричу галеркою голоса ваше имя,
Повторяю его
Партером баса моего.
Вот ладоням вашим губами моими
Присосусь, пока сердце не навзничь мертво.

Вас взвидя и радый, как с необитаемого острова,
Заметящий пароходного дыма струю,
Вам хотел я так много, но глыбою хлеба черствого
Принес лишь любовь людскую
Большую
Мою.

Вы примите ее и стекляшками слез во взгляде
Вызвоните дни бурые, как пережженный антрацит.
Вам любовь, — как наивный ребенок любимому
дяде
Свою сломанную игрушку дарит.
И внимательный дядя знает, что это
Самое дорогое ребенок дал.
Чем же он виноват, что большего
Нету,
Что для большего
Он еще мал?!

Это вашим ладоням несу мои детские вещи:
Человечью поломанную любовь и поэтину тишь.
И сердце плачет и надеждою блещет,
Как после ливня железо крыш.

1918

抒情动感

我要用顶层楼座般的高音呼喊您的名字
我要用正厅后排般的低音
把您的名字再一次重复
只要我的心还没有向后躺倒
我就要用我的嘴唇和您的掌心贴住。

我见到您很高兴，犹如从荒无人烟的岛上
望见了轮船喷吐的缕缕黑烟
我想给您的是那么多，但像干面包块似的
只是带给您我的
巨大的
人的爱。

您接受它吧，并用眼中的颗颗泪珠
重新敲醒如燃尽的无烟煤般的褐色的岁月
爱情对于您——就像一个天真的孩子
给可爱的叔叔
赠送他损坏了的玩具。
关心备至的叔叔懂得
这是孩子所赠的最珍贵的东西。
没有分量更大的东西对他有什么
可怪罪的
谁让他对于它来说
岁数还小呢？

这是我给您的掌心带去的我的儿童玩具
被损坏了的人的爱情和静幽的诗境。

心儿在哭泣，闪着希望之光
恰似阵雨过后的铁皮屋顶。

1918 年

（顾蕴璞译）

Ритмический ландшафт

Дома —
Из железа и бетона
Скирды.
Туман —
В стакан
Одеколона
Немного воды.

Улица аршином портного
В перегиб, в перелом.
Издалека снова
Дьякон грозы — гром.
По ладони площади — жилки ручья.
В брюхе сфинкса из кирпича
Кокарда моих глаз,
Глаз моих ушат.
С цепи в который раз
Собака карандаша.
И зубы букв слюною чернил в ляжку бумаги.
За окном водостоков краги,
За окошком пудами злоба.

И слово в губах, как свинчатка в кулак.
А семиэтажный гусар небоскреба
Шпорой подъезда звяк.

1919

形象一览

楼房——
用钢铁水泥制成的
大垛堆。
浓雾——
往香精杯里
加进
不多的一点水。

街道是裁缝用的尺子。
尺子转折，弯曲。
从远处又
传来大雷雨的执事——响雷。
在广场的手掌上——溪流的脉管。
砖块制作的斯芬克司肚子里
是我双目的帽徽，
我的一大堆眼睛。
铅笔狗
多次要挣脱锁链，而且
字母牙齿带着墨水唾液扑向纸的波兰女。
窗外是排水管手套的圆筒部分，
小窗外面凶狠有很多普特重。

而堵在唇里的话，像握在拳中带铅头的皮鞭。
而摩天大楼七层楼高的骠骑兵
马刺叮当作响在大门入口处。

1919 年

（李海译）

蒲
宁

　　伊万・阿列克谢耶维奇・蒲宁（一译布宁，Иван
Алексеевич Бунин，1870—1953）杰出的诗人和小说家。
他以现实主义传统为本，在现代主义的影响下，对诗的
语言韵律和小说的题材有所革新，但不变的是歌唱美和
宁静。1920 年起流亡法国，但他为俄罗斯文学再造辉煌，
1933 年获诺贝尔文学奖，代表作为长篇小说《阿尔谢尼
耶夫的人生》等。

Гаснет вечер, даль синеет...

Гаснет вечер, даль синеет,
　　Солнышко садится,
Степь да степь кругом — и всюду
　　Нива колосится!
Пахнет медом, зацветает
　　Белая гречиха...
Звон к вечерне из деревни
　　Долетает тихо...
А вдали кукушка в роще
　　Медленно кукует...
Счастлив тот, кто на работе
　　В поле заночует!

Гаснет вечер, скрылось солнце,
　　Лишь закат краснеет...
Счастлив тот, кому зарею
　　Теплый ветер веет;
Для кого мерцают кротко,
　　Светятся с приветом
В темном небе темной ночью
　　Звезды тихим светом;
Кто устал на ниве за день
　　И уснет глубоко
Мирным сном под звездным небом
　　На степи широкой!

1892

暮色渐渐暗，远天渐渐蓝……

　　暮色渐渐暗，远天渐渐蓝，
　　　太阳缓缓地落下，
　　四周尽是草原，到处是
　　　地里抽穗的庄稼！
　　闻得到蜜的芳香，盛开着
　　　一片白色的荞麦……
　　召唤人们做晚祷的钟声
　　　从村里悄悄传来……
　　在远处的小树林中间
　　　布谷鸟不停地咕咕……
　　谁干活后在田野里过夜，
　　　谁就会感到幸福！

　　暮色渐渐暗，太阳落下山，
　　　只剩晚霞的红晕……
　　谁领受暖风散发的晚霞情，
　　　谁就是个幸福人；
　　谁感知暗夜的幽暗天际
　　　繁星在温顺地闪烁
　　宁静的光对他致意，
　　　谁就会感到幸福；
　　谁白天在地里累了就熟睡，
　　　在星空下的辽阔草原上
　　做一个深沉的安宁的梦，
　　　谁就会幸福无疆！
1892 年

（顾蕴璞译）

Счастлив я, когда ты голубые...

Счастлив я, когда ты голубые
Очи поднимаешь на меня:
Светят в них надежды молодые —
Небеса безоблачного дня.

Горько мне, когда ты, опуская
Темные ресницы, замолчишь:
Любишь ты, сама того не зная,
И любовь застенчиво таишь.

Но всегда, везде и неизменно
Близ тебя светла душа моя...
Милый друг! О, будь благословенна
Красота и молодость твоя!
1896

我感到十分幸福，只要你……

我感到十分幸福，只要你
抬起浅蓝的眼睛朝我看，
眼中闪亮着青春的希望——
那万里无云之日的蓝天。

我感到十分痛苦，只要你
垂下深色的睫毛不言语，
你不知不觉地在爱着我，

却羞羞答答地把爱情藏起。

但无论何时、何地，只要
我的心靠近你就有光明……
啊，心爱的朋友，祝愿你
永远拥有美丽和青春！
1896 年

（顾蕴璞译）

Ночь

Ищу я в этом мире сочетанья
Прекрасного и вечного. Вдали
Я вижу ночь: пески среди молчанья
И звездный час над сумраком земли.

Как письмена, мерцают в тверди синей
Плеяды, Вега, Марс и Орион.
Люблю я их теченье над пустыней
И тайный смысл их царственных имен!

Как ныне я, мирьяды глаз следили
Их древний путь. И в глубине веков
Все, для кого они во тьме светили,
Исчезли в ней, как след среди песков:

Их было много, нежных и любивших,
И девушек, и юношей, и жен,
Ночей и звезд, прозрачно-серебривших
Евфрат и Нил, Мемфис и Вавилон!

Вот снова ночь. Над бледной сталью Понта
Юпитер озаряет небеса,
И в зеркале воды, до горизонта,
Столпом стеклянным светит полоса.

Прибрежья, где бродили тавро-скифы,
Уже не те, — лишь море в летний штиль
Все так же сыплет ласково на рифы
Лазурно-фосфорическую пыль.

Но есть одно, что вечной красотою
Связует нас с отжившими. Была
Такая ж ночь — и к тихому прибою...
Со мной на берег девушка пришла.

И не забыть мне этой ночи звездной,
Когда печь мир любил и для одной!
Пусть я живу мечтою бесполезной,
Туманной и обманчивой мечтой, —

Ищу я в этом мире сочетанья
Прекрасного и тайного, как сон.
Люблю ее за счастие слиянья
В одной любви с любовью всех времен!
1901

夜

我在这个世界上寻找
美和永恒结合的征象。

我遥望黑夜：静穆中的沙地，
和苍茫大地上空的星光。

织女星、火星、猎户星等星座
像文字闪烁在蓝色的堡垒里，
我爱它们在沙漠上空的流动，
和它们威严名字的神秘含义。

亿万双眼睛曾像我今天这样
注视过它们亘古不变的行程，
多少世纪曾被他们照亮的人们
都在黑暗中消失，如沙漠中的脚印：

他们人很多，温柔而钟情，
有姑娘、小伙子，也有为人妻的人，
还有曾在闪光的星夜笼罩下的
幼发拉底河和尼罗河，孟菲斯和巴比伦！

如今又逢夜。在苍白如钢的攸克辛海
之上，宙斯使天庭豁然大亮，
映在海水的镜中，直到水天线
一道光带玻璃柱般闪闪发光。

塔夫拉人、西徐亚人游荡过的海滨
已今非昔比，只有大海在夏季的
无风天把闪烁着磷光的蓝色水尘
一如当年温存地往礁石上洒落。

但有一样东西在用永恒的美
把我们和故去的人们连上了纽带。
也是这样一个夜，有一位姑娘

为观赏轻轻的击岸浪伴我到海岸来。

我忘不了这个繁星漫天的夜，
当时我为一个女人爱整个世界，
哪怕我只生活在无益的幻想中，
只靠朦胧的虚假的幻想支撑——

我在这个世界上寻找
美的永恒结合如美梦。
我爱她，是为寻求一种幸福：
在一种爱中和历代的爱相交融！
1901 年

（顾蕴璞译）

В поздний час мы были с нею в поле...

В поздний час мы были с нею в поле.
Я дрожа касался нежных губ...
«Я хочу объятия до боли,
Будь со мной безжалостен и груб!»

Утомясь, она просила нежно:
«Убаюкай, дай мне отдохнуть,
Не целуй так крепко и мятежно,
Положи мне голову на грудь».

Звезды тихо искрились над нами,
Тонко пахло свежестью росы.
Ласково касался я устами
До горячих щек и до косы.

И она забылась. Раз проснулась,
Как дитя, вздохнула в полусне,
Но, взглянувши, слабо улыбнулась
И опить прижалася ко мне.

Ночь царила долго в томном поле,
Долю милой сон я охранял...
А потом на золотом престоле,
На востоке тихо засиял

Новый день, — в полях прохладно стало...
Н ее тихонько разбудил
И в степи, сверкающей и алой,
По росе до дому проводил.
1901

我很晚仍和她待在田野里……

我很晚仍和她待在田野里，
我颤抖地触碰她柔嫩的唇……
"我要你拥抱我抱到疼痛，
你对我尽可粗暴和无情！"

疲惫了她便温柔地求我：
"哄我睡吧，让我歇息片刻，
别吻得这样猛，这样不安分，
把你的头放在我胸口。"

星星朝我们悄悄闪亮，
微微嗅得出露水的新鲜，

我用我的嘴温存地触及
她滚烫的双颊和她的发辫。

她已忘情。一次醒过来，
她像个小孩在朦胧中叹口气，
看我一眼，她微微笑了笑，
又朝我胸口偎依。

夜色久久笼罩着田野，
我久久捍卫她的好梦……
然后在那金色的神座上，
在东天，新的一天通明

田野里开始凉了起来……
我轻轻地把她叫醒，
并在闪亮和殷红的草原上
踏露送她一直到家门。
1901 年

（顾蕴璞译）

Надпись на чаше

Древнюю чашу нашел он у шумного синего моря,
В древней могиле, на диком песчаном прибрежье.
Долго трудился он; долго слагал воедино
То, что гробница хранила три тысячи лет, как святыню,
И прочитал он на чаше
Древнюю повесть безмолвных могил и гробниц:

«Вечно лишь море, безбрежное море и небо,

Вечно лишь солнце, земля и ее красота,
Вечно лишь то, что связует незримою связью
Душу и сердце живых с темной душою могил».
1903

古樽上的铭文

这古樽他发现于喧闹的蓝海边
荒野的沙岸上的一座古墓,
他花费很长时间由碎片修复
墓内保存三千年的这一圣物。
他在这一古樽上读到了如下
无家可归的棺墓中古老的记述:

"只有海,无边的海和天空才永生。
只有太阳,大地和它的美才永生,
只有用无形的纽带把生者的心灵
和墓中的幽灵相联结的人才永生。"
1903 年

（顾蕴璞译）

Русская весна

Скучно в лощинах березам,
Туманная муть на полях,
Конским размокшим навозом
В тумане чернеется шлях.

В сонной степной деревушке

Пахучие хлебы пекут.
Медленно две побирушки
По деревушке бредут.

Там, среди улицы, лужи,
Зола и весенняя грязь,
В избах угар, а снаружи
Завалинки тлеют, дымясь.

Жмурясь, сидит у амбара
Овчарка на ржавой цепи.
В избах — темно от угара.
Туманно и тихо — в степи.

Только петух беззаботно
Весну воспевает весь день.
В поле тепло и дремотно,
А в сердце счастливая лень.
1905

俄罗斯的春天

白桦树在浅谷感到寂寞，
田野上笼罩着蒙蒙烟雾，
那泡胀了的一堆堆马粪，
把雾中大路变得黑乎乎。

在昏昏欲睡的草原小村
正在烘烤着香喷喷的面包。
这时有两个要饭的女丐

沿小村吃力地走着乞讨。

那边，在街心，水洼、灰烬
和春天的污泥随处可见，
家家农舍有烟焦味，从外面
土台腐烂着，如袅袅生烟。

役犬拴在生锈的锁链上，
皱着眉守在谷仓门口。
家家农舍内因烟熏而发暗，
草原上一片朦胧与平和。

唯有公鸡无忧无虑地
成天在歌唱春的到来。
田野上暖融融，令人瞌睡，
心田里溢满幸福的慵懒。
1905 年

（顾蕴璞译）

Песня (Я— простая девка на баштане...)

Я — простая девка на баштане,
Он — рыбак, веселый человек.
Тонет белый парус на Лимане,
Много видел он морей и рек.

Говорят, гречанки на Босфоре
Хороши... А я черна, худа.
Утопает белый парус в море —
Может, не вернется никогда!

Буду ждать в погоду, в непогоду...
Не дождусь — с баштана разочтусь,
Выйду к морю, брошу перстень в воду
И косою черной удавлюсь.
1903—1906

歌

我是瓜园里的一名村姑，
他是渔夫，人很快乐。
一只白帆在利曼沉没，
它见过许多大海和江河。

博斯普鲁斯海峡的希腊姑娘们，
人说很美……我却黑又瘦。
白帆正淹没在大海之中了——
也许，它再也返不回故土！

好天坏天我都将等待……
等不到他，就告别瓜园，
去海边把戒指投进水里，
并将自缢于乌黑的发辫。
1903 年至 1906 年间

（顾蕴璞译）

Вечер

О счастье мы всегда лишь вспоминаем.
А счастье всюду. Может быть, оно —

Вот этот сад осенний за сараем
И чистый воздух, льющийся в окно.

В бездонном небе легким белым краем
Встает, сияет облако. Давно
Слежу за ним... Мы мало видим, знаем,
А счастье только знающим дано.

Окно открыто. Пискнула и села
На подоконник птичка. И от книг
Усталый взгляд я отвожу на миг.

День вечереет, небо опустело.
Гул молотилки слышен на гумне...
Я вижу, слышу, счастлив. Все во мне.
1909

日暮

对幸福我们总一味思忆。
但幸福处处在。也许，它也是
板棚后边的满园秋色，
和流进窗扉的纯净的空气。

深邃的天空浮起了一片白云，
辉耀着它那轻淡洁白的边缘，
我久久注视它……我们一知半解，
而幸福只和理解它的人才有缘。

窗户敞开着。一只小鸟

小声尖叫后飞落在窗台，
我立刻把困倦的目光从书本移开。

暮色沉沉，天空无片云，
打谷场上脱粒机轰鸣声可闻……
我看着，听着，很幸福。一切在我心。
1909 年

（顾蕴璞译）

Слово

Молчат гробницы, мумии и кости, —
　　Лишь слову жизнь дана:
Из древней тьмы, на мировом погосте,
　　Звучат лишь Письмена.

И нет у нас иного достоянья!
　　Умейте же беречь
Хоть в меру сил, в дни злобы и страданья,
　　Наш дар бессмертный — речь.
1915

语言

陵墓、木乃伊和尸骨沉默无声——
　　唯独语言被赋予生命；
自茫茫远古，在宁静的乡村古坟，
　　只有文字才发出声音。

我们再也没有更贵重的财产，
　岁月充满了忧患！
我们对文字务必要加倍爱护，
　语言——是不朽的财富。
1915 年

〔谷羽译〕

У птицы есть гнездо, у зверя есть нора...

У птицы есть гнездо, у зверя есть нора.

Как горько было сердцу молодому,

Когда я уходил с отцовского двора,

Сказать прости родному дому!

У зверя есть нора, у птицы есть гнездо.

Как бьется сердце, горестно и громко,

Когда вхожу, крестясь, в чужой, наемный дом

С своей уж ветхою котомкой!

1922

鸟有巢窠，兽有洞穴……

鸟有巢窠，兽有洞穴。
当我离开家园的时候，
把"别了"的话儿一说，
年轻的心多么难受！

兽有洞穴，鸟有巢窠。

当我背着破烂的行囊，
划着十字走进陌生的客舍，
我的心跳得激越而悲伤！
1922 年

（顾蕴璞译）

克留耶夫

尼古拉·阿列克谢耶维奇·克留耶夫（Николай Алексеевич Клюев，1887—1937）"新农民诗派"最有影响的代表，他的诗富有宗法制农民生活气息和宗教色彩，对叶赛宁产生过影响。他因供认"认为工业化政策破坏了俄罗斯人们生活的基础和美"而在1937年的肃反运动中被镇压。

Безответным рабом...

«Безответным рабом
Я в могилу сойду,
Под сосновым крестом
Свою долю найду».

Эту песню певал
Мой страдалец-отец
И по смерть завещал
Допевать мне конец.

Но не стоном отцов
Моя песнь прозвучит,
А раскатом громов
Над землей пролетит.

Не безгласным рабом,
Проклиная житье,
А свободным орлом
Допою я ее.
1905

就像奴隶温顺听话……

"就像奴隶温顺听话,
我将走进坟茔,
在那松木的十字架下,

我会找到自己的宿命。"

我那受苦受难的父亲，
曾把这首歌儿哼唱，
临终前他对我遗言殷殷：
一定要把它唱完。

但我的歌儿却震耳欲聋，
不像父亲那痛苦的哼哼，
而是那轰隆隆的雷声，
飞滚过大地的上空。

绝不学那奴隶哑默无声，
只是默默地诅咒生活，
而要像那自由自在的雄鹰，
尽情地唱完这首歌。
1905 年

（顾宏哲、曾思艺译）

Александру Блоку

1

Верить ли песням твоим —
Птицам морского рассвета, —
Будто туманом глухим
Водная зыбь не одета?

Вышли из хижины мы,
Смотрим в морозные дали:

Духи метели и тьмы
Взморье снегами сковали.

Тщетно тоскующий взгляд
Скал испытует граниты, —
В них лишь родимый фрегат
Грудью зияет разбитой.

Долго ль обветренный флаг
Будет трепаться так жалко?..
Есть у нас зимний очаг,
Матери мерная прялка.

В снежности синих ночей
Будем под прялки жужжанье
Слушать пролет журавлей,
Моря глухое дыханье.

Радость незримо придет,
И над вечерними нами
Тонкой рукою зажжет
Зорь незакатное пламя.

2

Я болен сладостным недугом —
Осенней, рдяною тоской.
Нерасторжимым полукругом
Сомкнулось небо надо мной.

Она везде, неуловима,

Трепещет, дышит и живет:
В рыбачьей песне, в свитках дыма,
В жужжанье ос и блеске вод.

В шуршанье трав — ее походка,
В нагорном эхо — всплески рук,
И казематная решетка —
Лишь символ смерти и разлук.

Ее ли косы смоляные,
Как ветер смех, мгновенный взгляд...
О, кто Ты: Женщина? Россия?
В годину черную собрат!

Поведай: тайное сомненье
Какою казнью искупить,
Чтоб на единое мгновенье
Твой лик прекрасный уловить?
1910

致亚历山大·勃洛克

1

每当我相信你的歌曲——
海上黎明中的小鸟儿，——
是否水面荡起的涟漪，
没有披上浓雾的外衣？

我们走出简陋的农舍小门，

凝望着冷森森的远方无垠：
暴风雪和漠漠黑暗的灵魂，
用漫漫冰雪覆盖了海滨。

徒自伤悲的目光悄悄
审视着峭壁上的花岗岩，
花岗岩里只有可爱的军舰鸟，
敞露着胸膛，满是伤残。

四面受风的旗幅，
还能如此可怜地抖动几何？
我们有冬日的火炉，
和母亲那节奏动听的纺车。

在蓝幽幽的雪夜里，
让我们就着纺车的吱吱咿咿，
倾听路过仙鹤的声声鹤唳，
和大海那闷沉沉的呼吸。

欢乐悄然闪现，
并于黄昏时在我们头上，
用纤纤素手袅袅点燃
晚霞那不灭的火焰。

2

我患上了一种甜蜜的病——
红艳艳的秋日愁怨。
天空在我的头顶合拢，
就像一个牢不可破的半圆。

这愁怨无处不在，难以缚絷，
它在颤抖，它在呼吸，充满活力：
在渔夫的歌声里，在缭绕的烟雾里，
在黄蜂的嗡嗡里，在流水的叮咚里。

小草的沙沙里——有它的脚步声，
远山的回音里——有它的拍击声，
而单人囚室的牢笼——
只不过是死亡与分离的象征。

莫非是她那乌黑油亮的辫子，
那阵风般的笑声，一闪而过的目光……
哦，你是谁：女人？还是俄罗斯？
你是黑暗时代的同行！

请告诉我：该用什么样的惩判
来把心灵的疑问赎净，
以便在那唯一的瞬间，
捕捉到你美丽的面影？
1910 年

（顾宏哲、曾思艺译）

Бегство

Я бежал в простор лугов
Из-под мертвенного свода,
Где зловещий ход часов —
Круг замкнутый без исхода.

Где кадильный аромат

Страстью кровь воспламеняет
И бездонной пастью ад
Души грешников глотает.

Испуская смрад и дым,
Всадник-смерть гнался за мною,
Вдруг провеяло над ним
Вихрем с серой проливною —

С высоты дохнул огонь,
Меч, исторгнутый из ножен, —
И отпрянул Смерти конь,
Перед Господом ничтожен.

Как росу с попутных трав,
Плоть томленья отряхнула,
И душа, возликовав,
В бесконечность заглянула.

С той поры не наугад
Я иду путем спасенья,
И вослед мне: свят, свят, свят, —
Шепчут камни и растенья.
1911

逃

我逃往广袤的草原，
自死气沉沉的穹隆下面，
那里钟表不祥的滴答运转——

一个没有出路的封闭死圈。

那里手提香炉的神香，
点燃了滚滚热血的激情，
而地狱的无底深渊，
吞噬着犯罪者的灵魂。

散发着浓烟和恶臭气，
死亡骑士紧追着我，
一阵旋风卷着倾盆硫黄雨，
突然从他的头顶掠过。

宝剑唰地出鞘，
高空喷出火焰，
死亡之马啪地后跳，
毁灭在上帝面前。

仿若路边青草抖落露珠，
肉体抖落掉重重苦痛，
于是灵魂欢欣鼓舞，
期望着进入永恒。

从那时起，目标明确，
我走上救赎之路，
石头和植物在细语喋喋，
声音传自身后：圣徒，圣徒，圣徒。
1911 年

（顾宏哲、曾思艺译）

Дремны плески вечернего звона...

Дремны плески вечернего звона,
Мглистей дали, туманнее бор.
От закатной черты небосклона
Ты не сводишь молитвенный взор.

О туманах, о северном лете,
О пустыне моленья твои,
Обо всех, кто томится на свете
И кто ищет ко Свету пути.

Отлетят лебединые зори,
Мрак и вьюги на землю сойдут,
И на тлеюще-дымном просторе
Безотзывно молитвы замрут.
1912

黄昏的声响拍得人睡意沉沉……

黄昏的声响拍得人睡意沉沉，
远方越发迷蒙，松林更烟雾迷离。
你祈祷的目光瞄准
落日余晖的天际。

你祈祷，为了晚雾，
为了沙漠，为了北方的夏令，
为了所有在世上受苦的人，

为了寻找光明之路的人。

天鹅般的晚霞会消散，
黑暗和风雪会降临大地，
雾气迷蒙的昏暗空间，
没有回应的祈祷也会停息。
1912 年

（顾宏哲、曾思艺译）

Я молился бы лику заката...

Я молился бы лику заката,
Темной роще, туману, ручьям,
Да тяжелая дверь каземата
Не пускает к родимым полям —

Наглядеться на бора опушку,
Листопадом, смолой подышать,
Постучаться в лесную избушку,
Где за пряжею старится мать...

Не она ли за пряслом решетки
Ветровою свирелью поет...
Вечер нижет янтарные четки,
Красит золотом треснувший свод.
1912

我愿对着这些祈祷……

我愿对着这些祈祷：红红落日，
黑色丛林，袅袅白雾，潺潺小溪，
可单人牢房沉重的大门紧闭，
不让我去到可爱的原野里——

不让我尽情欣赏边缘的松林，
不让我呼吸落叶和树脂的香气，
不让我敲响林中木屋的小门，
而屋中纺线的母亲正在老去……

一定是她在十字绣花纺锤轮旁歌唱，
歌声像风铃一样动听……
黄昏把一粒粒琥珀念珠穿成一串，
为有裂缝的拱门镀上一层金。
1912 年

（顾宏哲、曾思艺译）

Я дома...

Я дома. Хмарой-тишиной
Меня встречают близь и дали.
Тепла лежанка, за стеной
Старухи ели задремали.

Их не добудится пурга,
Ни зверь, ни окрик человечий...

Чу! С домовихой кочерга
Зашепелявили у печи.

Какая жуть. Мошник-петух
На жердке мреет, как куделя,
И отряхает зимний пух —
Предвестье буйного апреля.
1913

我在家里……

我在家里。无论近和远，
迎接我的都是昏黑的寂静。
火坑暖烘烘，墙那边
一群老妪刚刚睡意沉沉。

暴风雪无法吵醒她们，
哪怕野兽，哪怕人声也无能为力……
听！火钩同女家神
在火炉边喃喃不清地细语。

真不得了。恰似纺线的亚麻坯
——雄松鸡在木杆上振翅扑跳，
它抖落冬日的绒毛细细——
充满生机的四月的先兆。
1913 年

（顾宏哲、曾思艺译）

Я люблю цыганские кочевья...

Я люблю цыганские кочевья,
Свист костра и ржанье жеребят,
Под луной как призраки деревья
И ночной железный листопад.

Я люблю кладбищенской сторожки
Нежилой, пугающий уют,
Дальний звон и с крестиками ложки,
В чьей резьбе заклятия живут.

Зорькой тишь, гармонику в потемки,
Дым овина, в росах коноплю...
Подивятся дальние потомки
Моему безбрежному «люблю».

Что до них? Улыбчивые очи
Ловят сказки теми и лучей...
Я люблю остожья, грай сорочий,
Близь и дали, рощу и ручей.
1914

我喜欢茨冈人的游牧生活……

我喜欢茨冈人的游牧生活,
篝火欢唱,马驹嘶鸣,
溶溶月色下树木仿若妖魔,

铁灰色的晚间落叶随风。

我喜欢墓地里护墓的小屋子，
不适合居住、令人恐惧的舒适，
遥远的钟声和画着小十字的汤匙，
门窗上刻着辟邪的神秘咒语。

我喜欢黎明的静谧，黑暗中飘传的手风琴声，
谷物烘干房的袅袅轻烟，大麻上的露珠闪闪……
遥远的后代会大大吃惊，
对我这无穷无尽的"喜欢"。

但与他们何干？含笑的眼睛
捕捉着黑暗与光明的故事……
我喜欢干草垛，喜鹊的喳喳叫声，
远方和近处，丛林和小溪。
1914 年

（顾宏哲、曾思艺译）

Пашни буры, межи зелены...

Пашни буры, межи зелены,
Спит за елями закат,
Камней мшистые расщелины
Влагу вешнюю таят.

Хороша лесная родина:
Глушь да поймища кругом!..
Прослезилася смородина,
Травный слушая псалом.

И не чую больше тела я,
Сердце — всхожее зерно...
Прилетайте, птицы белые,
Клюйте ярое пшено!

Льются сумерки прозрачные,
Кроют дали, изб коньки,
И березки — свечи брачные —
Теплят листьев огоньки.
1914

耕地褐灰灰，阡陌绿莹莹……

耕地褐灰灰，阡陌绿莹莹，
夕阳沉落在云杉那方，
岩石缝中的苔藓茸茸，
折射出润滋滋的春光。

遍地森林的故乡多么美，
到处是密林和河滩地！……
茶藨子满脸珠泪，
聆听着青草吟唱的圣诗。

我似乎忘记了自己的存在，
我的心——一颗能发芽的种子……
白绒绒的鸟儿，快快飞来，
啄食这粒饱满的黍米！

朦胧的暮色开始漫布，
遮掩了远方和木屋屋顶，

白桦树——这婚礼的蜡烛，
绿叶上腾炽着点点火星。

1914 年

（曾思艺译）

Зима изгрызла бок у стога...

Зима изгрызла бок у стога,
Вспорола скирды, но вдомек
Буренке пегая дорога
И грай нахохленных сорок.

Сороки хохлятся — к капели,
Дорога пега — быть теплу.
Как лещ наживку, ловят ели
Луча янтарную иглу.

И луч бежит в переполохе,
Ныряет в хвои, в зыбь ветвей...
По вечерам коровьи вздохи
Снотворней бабкиных речей:

«К весне пошло, на речке глыбко,
Буренка чует водополь...»
Изба дремлива, словно зыбка,
Где смолкли горести и боль.

Лишь в поставце, как скряга злато,
Теленье числя и удой,
Подойник с кринкою щербатой

Тревожат сумрак избяной.
1916

隆冬啃掉了干草垛的一边……

隆冬啃掉了干草垛的一边，
草垛散开了，但褐色母牛知道，
冰冻的道路就要冰消雪散，
竖起羽毛的喜鹊会喳喳欢叫。

喜鹊竖起羽毛——是因为声声檐滴，
道路冰消雪散——是因为温暖日烈。
就像鳊鱼吞食诱饵，
云杉逮住琥珀色的针叶。

光线急急忙忙加入万物的忙乱，
钻进针叶丛，藏入树枝的微波……
每天黄昏母牛们的长叹，
比老奶奶的话语更加枯燥啰唆：

"春天来了，满河都是冰块，
褐色母牛已预感到春潮漫江……"
木屋里忧伤和痛苦早已散若烟霭，
木屋睡意沉沉，像一只摇篮。

只是在餐具柜里，像顶级守财奴，
挤奶桶和有缺口的陶壶，
计算着产奶量和小牛的头数，
惊扰了黄昏时的木屋。
1916 年

（曾思艺译）

Домик Петра Великого...

Домик Петра Великого,
Бревна в лапу, косяки аршинные,
Логовище барса дикого,
Где тлеют кости безвинные!

Сапоги — шлюзы амстердамские,
С запахом ила, корабельного якоря,
Пакля в углах — седины боярские,
Думы столетий без песни и бахоря.

Правнуки барсовы стали котятами,
Топит их в луже мальчонко — история...
Глядь, над сивушными, гиблыми хатами
Блещет копье грозового Егория!

Домик Петровский не песня Есенина,
В нем ни кота, ни базара лещужного,
Кружка голландская пивом не вспенена:
Ала Россия без хмеля недужного.

Песня родимая — буря знаменная,
Плач за курганами, Разин с персидкою,
Индия-Русь — глубина пододонная
Стала коралловой красною ниткою.

Выловлен жемчуг, златницы татарские,
Пестун бурунный — добыча гербария,
Стих обмелел... Сапоги амстердамские
Вновь попирают земли полушария.

Барсова пасть и кутья на могилушке,
Кто породнил вас, турбина с Егорием?
Видно, недаром блаженной Аринушке
Снилися маки с плакучим цикорием!
1920

彼得大帝的小屋……

彼得大帝的小屋，
巴掌大的原木，斗大的窗框，
野性雪豹的兽窟，
无辜的白骨在那里腐烂！

靴子像是阿姆斯特丹的船闸，
散发着淤泥和铁锚的气息，
角落里的麻絮仿若贵族的白发，
千百年的思索，没有歌声和故事。

雪豹的子孙变成了一只只小猫，
小小的故事把它们淹没在水洼里……
瞧，那是呼风唤雨的叶戈里的长矛 ①，
在散发着劣质白酒味道的破屋上寒光熠熠！

彼得的小屋不是叶赛宁的诗歌，
其中既无猫儿，也没有干草垛，

---

① 叶戈里即基督教著名烈士、圣人圣乔治，他因为成功杀死一条危害当地人的毒龙而深受
爱戴，常以屠龙英雄的形象出现于西方的文学、雕塑、绘画作品中。圣乔治是巴勒斯坦
人，传说出生在公元 260 年前后，后来成为一名罗马骑兵军官。他骁勇善战，屡战屡胜，
屡建奇功。公元 303 年，在一次阻止罗马皇帝戴克里先迫害基督徒时被杀，年仅 43 岁。
公元 494 年，教皇格拉修一世为其封圣。后来他被引进俄国，成为莫斯科的守护神。

荷兰杯中一滴泛着泡沫的啤酒都见不着——
远离病态的酒醉，俄罗斯的主圣明如昨！

可爱的歌曲——象征的暴风雨，
古墓后面的哭泣，带着波斯女人的拉辛。
位于地层深处的印度—罗斯，
也是珊瑚般红艳的细线一根。

被取出的珍珠，鞑靼人的金币，
躁动的幼熊——标本的牺牲品，
诗歌已毫无意义……阿姆斯特丹的靴子，
重又把半个地球的土地蹂躏。

雪豹的嘴巴和小坟包上的蜜粥，
涡轮机和叶戈里，是谁把你们拉到了一起？
看来，幸福的阿丽努什卡并非没有缘由，
竟梦见罂粟和哭泣的菊苣！
1920 年

（顾宏哲、曾思艺译）

克
雷
奇
科
夫

谢尔盖·安东诺维奇·克雷奇科夫（Сергей Антонович
Клычков，1889—1937）和克留耶夫、叶赛宁齐名的"新
农民诗派"诗人。其诗歌颂农民的劳动、乡村世代相继
的古老的自然与风俗，善用极富特色的象征和色调鲜明
的多神教形象，笔调细腻，有轻唱低吟的乐感，错落有
致的层次感，色彩丰润的图画感。1937年被以莫须有的
罪名处决。

Осень

У деревни вдоль тропинок
В старой роще над лужком
Ходит тихий грустный инок,
Подпираясь подожком.

Вкруг него стоят березы
Все в щебечущих синицах...
А роса в лесу, как слезы.
На серебряных ресницах.

Что за звон в его лукошке?
Это падают с осинок
Бусы, кольца и сережки,
Бисер утренних росинок.

Опустилась непогода
Над опавшими ветвями...
Лес — как грозный воевода
С опаленными бровями...

Скатный жемчуг скромный инок
Красным девушкам собрал
— По родителям поминок —
Да дорогой растерял.
1911

秋

村边俯临牧场处古木森森，
延伸在密林深处的小路上，
一位修士姗姗地走着，
他沉静、忧伤，拄着木杖。

他四周伫立的棵棵白桦，
总被山雀的啾啾声盖住……
林中垂挂的颗颗清露，
宛如银亮睫毛边的泪珠。

他的提筐里是什么声响？
是山杨树落下的一地丁当，
那里有项链、戒指和耳环，
还有珍珠像朝霞般闪亮。

秋风渐起，秋雨也飘零，
光秃的枝杈左摇右晃……
树林像是个暴戾的长官，
烧焦的眉毛留在他脸上……

淳厚的修士为了美少女
采撷了硕大圆润的珍珠——
对他先父母的一番追忆，
然而把他们失落在路途。
1911 年

（杨怀玉译）

Монастырскими крестами...

Монастырскими крестами
Ярко золотеет даль,
За прибрежными кустами
Спит речной хрусталь.

За чудесною рекою
Вижу: словно дремлет Русь.
И разбитою рукою
Я крещусь, крещусь.

Вижу: скошенные нивы.
По буграм седой костырь.
Словно плакальщицы, ивы
Склонены в пустырь.

По лесам гуляет осень.
Мнет цветы, стряхает лист.
И над нею синь и просинь,
И синичий свист.

Та же явь и сон старинный,
Так же высь и даль слились;
В далях, в высях журавлиный
Оклик: берегись!

Край родной мой (все как было!)
Так же ясен, дик и прост, —

Только лишние могилы
Сгорбили погост.

Лишь печальней и плачевней
Льется древний звон в тиши
Вдоль долин родной деревни
На помин души, —

Да заря крылом разбитым,
Осыпая перья вниз,
Бьется по могильным плитам
Да по крышам изб...
1923

远处辉耀着一派金黄……

远处辉耀着一派金黄，
是修道院十字架的闪光，
傍水而生的灌木丛后，
是一河水晶沉浸在梦乡。

那条神奇的河的彼岸，
我看到昏昏似睡的罗斯，
于是我用我残破的手
祈愿祝福，划着十字。

我看到刈割后的农田，
灰白的雀麦长遍岗丘，
垂柳像是哭灵的女人，
向着空地号哭垂首。

秋蹒跚于树木林间，
揉皱黄花，摇落枯叶，
秋空是深深浅浅的蓝，
和山雀的啾啾悲咽。

依旧是现实与久远的幻梦，
依旧是高阔与辽远的交融；
从迢迢远方，渺渺高空
传来仙鹤的叮咛："保重。"

我亲爱的故乡景象依旧，
依旧是荒蛮、质朴、明朗，
只有那些多余的坟丘，
压弯了乡间墓地的脊梁。

愈加悲切，愈加哀怨，
静穆中古远的钟韵，
流泻于村边的幽涧，
专为追念哀哀的亡灵。

落霞抖动折断的羽翼，
飘坠下乱羽扬扬纷纷，
击打着墓地的青石板，
击打着农户木屋的房顶……
1923 年

（杨怀玉译）

叶赛宁

谢尔盖·亚历山德罗维奇·叶赛宁（Сергей Александрович Есенин，1895—1925）20世纪俄罗斯最杰出的抒情诗人之一，俄国意象派的领袖，其诗以歌颂农村的大自然风光和爱情著称，温柔、清新中透露出真诚、忧郁。在内容方面，具有强烈的生命意识、突出的宇宙意识、浓厚的公民意识的特征。在形式方面，则具有鲜明的直觉性、复杂的形象性、独特的情感性及抒情的音乐性等特点。

Выткался на озере алый свет зари...

Выткался на озере алый свет зари.
На бору со звонами плачут глухари.

Плачет где-то иволга, схоронясь в дупло.
Только мне не плачется — на душе светло.

Знаю, выйдешь к вечеру за кольцо дорог,
Сядем в копны свежие под соседний стог.

Зацелую допьяна, изомну, как цвет,
Хмельному от радости пересуду нет.

Ты сама под ласками сбросишь шелк фаты,
Унесу я пьяную до утра в кусты.

И пускай со звонами плачут глухари.
Есть тоска веселая в алостях зари.
1910

朝霞在湖面织出红艳艳的锦衣……

朝霞在湖面织出红艳艳的锦衣，
大雷鸟在针叶林中呜呜哭泣。

黄莺也躲在树洞里大放悲声，
只有我不伤感——心里喜气盈盈。

我知道，黄昏前你会绕路来相会，
我俩将依偎着坐进邻近的新鲜干草堆。

我吻得酩酊大醉，揉你像揉一朵鲜花，
欢乐的醉鬼可不怕别人闲话。

你在抚爱中主动摘下丝织的头纱，
我把陶醉的你抱进树丛直到满天朝霞。

就让大雷鸟去放声呜呜哭泣，
红艳艳的朝霞里忧愁也变成了欣喜。
1910 年

（曾思艺译）

Ночь

Тихо дремлет река.
Темный бор не шумит.
Соловей не поет,
И дергач не кричит.

Ночь. Вокруг тишина.
Ручеек лишь журчит.
Своим блеском луна
Все вокруг серебрит.

Серебрится река.
Серебрится ручей.
Серебрится трава
Орошенных степей.

Ночь. Вокруг тишина.
В природе все спит.
Своим блеском луна
Все вокруг серебрит.
1911—1912

夜

河水悄悄流入梦乡，
幽暗的松林失去喧响，
夜莺的歌声沉寂了，
长脚秧鸡不再欢嚷。

夜来临，四下一片寂静，
只听得溪水轻轻地歌唱。
明月洒下它的光辉，
给周围的一切披上银装。

大河银星万点，
小河银波微漾。
浸水的原野上的青草，
也闪着银色光芒。

夜来临，四下一片寂静，
大自然沉浸在梦乡。
明月洒下它的光辉，
给周围的一切披上银装。
1911 年至 1912 年间

（顾蕴璞译）

Я пастух, мои палаты...

Я — пастух, мои палаты —
Межи зыбистых полей,
По горам зеленым — скаты
С гарком гулких дупелей.

Вяжут кружево над лесом
В желтой пене облака.
В тихой дреме под навесом
Слышу шепот сосняка.

Светят зелено в сутемы
Под росою тополя.
Я — пастух; мои хоромы —
В мягкой зелени поля.

Говорят со мной коровы
На кивливом языке.
Духовитые дубровы
Кличут ветками к реке.

Позабыв людское горе,
Сплю на вырублях сучья.
Я молюсь на алы зори,
Причащаюсь у ручья.
1914

我是牧人；我的宫殿……

我是牧人；我的宫殿——
块块田亩正绿波荡漾，
青山的斜坡映入眼帘，
鹬鸣声声在耳边回响。

云儿聚在树林的上空，
用黄色飞沫将花边织造，
我在那凌空的悬崖下，
朦胧地静听低语的松涛。

白杨披着露珠的衣衫，
在沉沉暮霭中绿光莹莹。
我是牧人；我的宫殿——
是田野一片柔软的绿茵。

母牛同我侃侃谈心，
用点头示意的语言。
一片芬芳的阔叶树林，
用树枝唤我来到河边。

我忘却人世间的不幸事，
在砍倒了的树枝上安眠。
面对殷红的朝霞划十字，
还在小溪旁进着圣餐。
1914 年

（顾蕴璞译）

Песнь о собаке

Утром в ржаном закуте,
Где златятся рогожи в ряд,
Семерых ощенила сука,
Рыжих семерых щенят.

До вечера она их ласкала,
Причесывая языком,
И струился снежок подталый
Под теплым ее животом.

А вечером, когда куры
Обсиживают шесток,
Вышел хозяин хмурый,
Семерых всех поклал в мешок.

По сугробам она бежала,
Поспевая за ним бежать...
И так долго, долго дрожала
Воды незамерзшей гладь.

А когда чуть плелась обратно,
Слизывая пот с боков,
Показался ей месяц над хатой
Одним из ее щенков.

В синюю высь звонко
Глядела она, скуля,

А месяц скользил тонкий
И скрылся за холм в полях.

И глухо, как от подачки,
Когда бросят ей камень в смех,
Покатились глаза собачьи
Золотыми звездами в снег.
1915

狗之歌

清晨，在黑麦秆搭成的狗窝里，
在一排金灿灿的蒲席上，
母狗生下了七只幼儿，
七只小狗全都毛色棕黄。

从早到晚母狗都在把它们亲舔，
用舌头一一把它们全身清洗。
在它那暖乎乎的肚皮下面，
淌流着融雪般的一股股乳汁。

可到了傍晚，当鸡群
纷纷蹲上了炉台，
走出了满脸愁云的主人，
七只小狗全都装进了麻袋。

母狗飞跑过一个个雪堆，
紧紧追踪着自己的主人……
而那还没有结冰的河水
就这样久久、久久地颤漾着波纹。

当它踉踉跄跄往回走，
边走边舔着两肋的热汗，
屋顶上空的新月一钩，
它也看成了自己的小小心肝。

它凝神望着幽蓝的高空，
悲戚戚地大声哀号，
纤纤月牙溜下天穹，
躲进山丘后田野的怀抱。

当人们嘲笑地向它投掷石头，
它却无声地接受，当作奖赏，
只是眼中潸潸泪流，
仿若一颗颗金星洒落在雪地上。
1915 年

（曾思艺译）

Тучи с ожереба...

Тучи с ожереба
Ржут, как сто кобыл.
Плещет надо мною
Пламя красных крыл.

Небо словно вымя,
Звезды как сосцы.
Пухнет божье имя
В животе овцы.

Верю: завтра рано,

Чуть забрезжит свет,
Новый под туманом
Вспыхнет Назарет.

Новое восславят
Рождество поля,
И, как пес, пролает
За горой заря.

Только знаю: будет
Страшный вопль и крик,
Отрекутся люди
Славить новый лик.

Скрежетом булата
Вздыбят пасть земли...
И со щек заката
Спрыгнут скулы-дни.

Побегут, как лани,
В степь иных сторон,
Где вздымает длани
Новый Симеон.
1916

乌云仿佛在产驹……

乌云仿佛在产驹，
像百匹母马嘶鸣，
火焰般的红色双翅

　　啪啪响在我头顶。

　　天穹像一只乳房，
　　繁星是奶头满天。
　　上帝的名字怀胎了，
　　在母羊腹中繁衍。

　　我相信明天清晨，
　　当晨曦刚刚迸射，
　　迷雾下即将降临
　　一个新的拿撒勒①。

　　田野定将会讴歌
　　这一次新的降生。
　　朝霞像一只公狗，
　　在山后汪汪不停。

　　不过我知道将有
　　可怕的呼喊号哭，
　　人们都将会拒绝
　　为新的圣像庆祝。

　　当宝剑铿锵一响，
　　大地的嘴便倒竖……
　　将从晚霞的脸庞
　　跳下岁月的颧骨。

　　它们宛如扁角鹿，

---

① 是加利利的一个小城。据《圣经》故事，天使加伯列向玛利亚预言，她将在这里生下耶稣。新的拿撒勒喻指新的信仰的预言家。

向异国草原逃遁，
那里有新的西面 ①，
举起双手来欢迎。
1916 年

（顾蕴璞译）

Я по первому снегу бреду...

Я по первому снегу бреду,
В сердце ландыши вспыхнувших сил.
Вечер синею свечкой звезду
Над дорогой моей засветил.

Я не знаю, то свет или мрак?
В чаще ветер поет иль петух?
Может, вместо зимы на полях
Это лебеди сели на луг.

Хороша ты, о белая гладь!
Греет кровь мою легкий мороз!
Так и хочется к телу прижать
Обнаженные груди берез.

О лесная, дремучая муть!
О веселье оснеженных нив!..
Так и хочется руки сомкнуть
Над древесными бедрами ив.
1917

---

① 据《圣经》载，西面受圣灵感动，进入圣殿时遇见耶稣的父母抱着孩子来，
他马上进去抱过孩子，向他们祝福。

我踏着初雪信步向前……

我踏着初雪信步向前，
心潮激荡如铃兰怒放。
在我的道路上空，夜晚
点燃了星星的蓝色烛光。

我不知道，那是黑暗还是光明？
密林中是风在吟唱还是鸡在清啼？
也许，田野上并非冬天降临，
而是无数天鹅落满了草地。

啊，你多美，莹白如镜的大地！
阵阵轻寒使我血液奔流加速！
多么想把我那火热的躯体，
紧贴住白桦那裸露的胸脯。

啊，遮天蔽日的森林绿雾！
白雪轻笼的原野令人心旷神怡！……
多想在柳树那木头的腿部，
嫁接上我的一双手臂！
1917 年

（曾思艺译）

Я покинул родимый дом...

Я покинул родимый дом,
Голубую оставил Русь.

В три звезды березняк над прудом
Теплит матери старой грусть.

Золотою лягушкой луна
Распласталась на тихой воде.
Словно яблонный цвет, седина
У отца пролилась в бороде.

Я не скоро, не скоро вернусь!
Долго петь и звенеть пурге.
Стережет голубую Русь
Старый клен на одной ноге,

И я знаю, есть радость в нем
Тем, кто листьев целует дождь,
Оттого, что тот старый клен
Головой на меня похож.
1918

我离别了可爱的家园……

我离别了可爱的家园，
把淡蓝色的罗斯抛下。
白桦林像三颗星临照水池，
把老母亲的愁思融化。

月亮像金色的青蛙，
在静静的水面趴着。
宛如流岚的苹果花，
父亲的胡须斑白了。

我不会很快就回去的！
暴风雨将久久地喧鸣，
年老的枫树单腿独立着，
守卫着淡蓝色罗斯的大门。

凡爱吻落叶之雨的人，
看到老枫树都会欣喜，
就为那棵老枫树的树冠，
和我的头发一样美丽。
1918 年

（顾蕴璞译）

Я последний поэт деревни

Мариенгофу

Я последний поэт деревни,
Скромен в песнях дощатый мост
За прощальной стою обедней
Кадящих листвой берез.

Догорит золотистым пламенем
Из телесного воска свеча,
И луны часы деревянные
Прохрипят мой двенадцатый час.

На тропу голубого поля
Скоро выйдет железный гость,
Злак овсяный, зарею пролитый,
Соберет его черная горсть.

Не живые, чужие ладони,
Этим песням при вас не жить!
Только будут колосья-кони
О хозяине старом тужить.

Будет ветер сосать их ржанье,
Панихидный справляя пляс
Скоро, скоро часы деревянные
Прохрипят мой двенадцатый час!
1920

我是乡村最后一个诗人

献给马里延果夫 ①

我是乡村最后一个诗人，
在诗中歌唱简陋的木桥，
站在落叶缤纷的白桦间，
参加它们诀别前的祈祷。

用身体的蜡点燃的烛光，
将烧尽它那金色的火苗，
明月这木制的时钟就要
把我的十二点闷声鸣报。

不久将走出个铁的客人，
踏上这蓝色田野的小道。

---

① 马里延果夫·安纳托利·鲍利索维奇（1897—1962）系俄国意象派团体的创
始人和理论家之一。叶赛宁一度与他关系密切，后与他断交。

这片注满霞光的燕麦，
将被黑色的掌窝收掉。

这就是无生命异类的手掌，
有你们我的诗就难生存！
只有这一匹匹的谷穗骏马，
还在为旧日的主人伤心。

当风儿跳起追荐的舞蹈，
它就要吞没它们的嘶叫，
快了，快了，这架木钟
把我的十二点闷声鸣报！
1920 年

（顾蕴璞译）

Не жалею, не зову, не плачу...

Не жалею, не зову, не плачу,
Все пройдет, как с белых яблонь дым
Увяданья золотом охваченный,
Я не буду больше молодым.

Ты теперь не так уж будешь биться,
Сердце, тронутое холодком,
И страна березового ситца
Не заманит шляться босиком.

Дух бродяжий! ты все реже, реже
Расшевеливаешь пламень уст
О моя утраченная свежесть,

Буйство глаз и половодье чувств.

Я теперь скупее стал в желаньях,
Жизнь моя, иль ты приснилась мне?
Словно я весенней гулкой ранью
Проскакал на розовом коне.

Все мы, все мы в этом мире тленны,
Тихо льется с кленов листьев медь...
Будь же ты вовек благословенно,
Что пришло процвесть и умереть.
1921

我不悔恨、呼唤和哭泣……

我不悔恨、呼唤和哭泣，
一切会消逝，如苹果树的烟花，
金秋的衰色在笼罩着我，
我不再有芳春的年华。

我这被寒意袭过的心哪，
如今你不会再激越地跳荡，
白桦花布编织的国家啊，
你不再引诱我去赤脚游逛。

流浪汉的心魂哪，你越来越少
点燃起我口中语言的烈焰。
啊，我失却了的清新、
狂暴的眼神和潮样的情感！

生活啊，如今是我倦于希望了，
还是你只是我的一场春梦？
仿佛在那回音尤响的春晨
我骑匹玫瑰色骏马在驰骋。

在世间我们谁都要枯朽，
黄铜色败叶悄然落下枫树……
生生不息的天下万物啊，
愿你们永远地美好幸福。
1921 年

（顾蕴璞译）

Шаганэ ты моя, Шаганэ!..

Шаганэ ты моя, Шаганэ!
Потому, что я с севера, что ли,
Я готов рассказать тебе поле,
Про волнистую рожь при луне.
Шаганэ ты моя, Шаганэ.

Потому, что я с севера, что ли,
Что луна там огромней в сто раз,
Как бы ни был красив Шираз,
Он не лучше рязанских раздолий.
Потому, что я с севера, что ли.

Я готов рассказать тебе поле,
Эти волосы взял я у ржи,
Если хочешь, на палец вяжи —
Я нисколько не чувствую боли.

Я готов рассказать тебе поле.

Про волнистую рожь при луне
По кудрям ты моим догадайся.
Дорогая, шути, улыбайся,
Не буди только память во мне
Про волнистую рожь при луне.

Шаганэ ты моя, Шаганэ!
Там, на севере, девушка тоже,
На тебя она страшно похожа,
Может, думает обо мне...
Шаганэ ты моя, Шаганэ.
1924

莎甘奈呀我的莎甘奈!……

莎甘奈呀我的莎甘奈!
莫非我生在北国心向北,
愿把那田野向你来描绘:
月光下的黑麦浪一样摇摆。
莎甘奈呀我的莎甘奈。

莫非我生在北国心向北,
那里月亮也要大一百倍,
无论设拉子有多么的美,
不会比梁赞的沃野更可爱。
莫非我生在北国心向北。

愿把那田野向你来描绘,

我的头发从黑麦里撷采，
你愿意，就往手指上缠起来！
我一点也不会觉得疼痛。
愿把那田野向你来描绘。

月光下黑麦浪一样摇摆，
从我的卷发你猜得出来。
亲爱的，开个玩笑，微笑吧，
只是别唤醒我忆旧的情怀：
月光下黑麦浪一样摇摆。

莎甘奈呀我的莎甘奈！
在北国也有一个姑娘在，
她长得跟你出奇地相像，
也许，她正在把我怀想……
莎甘奈呀我的莎甘奈。

1924 年

（顾蕴璞译）

霍达谢维奇

弗拉季斯拉夫·费利奇安诺维奇·霍达谢维奇
(Владислав Фелицианович Ходасевич, 1886—1939) 波
兰裔俄罗斯人，1922 年流亡国外，成为第一次侨民文学
浪潮的代表诗人，也是 19—20 世纪之交风格独特的俄国
诗人，其诗既富古典韵味，又有现代气息，致力于把象征
主义、阿克梅主义和传统诗歌的因素融为一体，诗思深邃，
诗艺高超，诗风冷峻，语言深刻，充满哲理与伦理内涵，
手法怪异且常用矛盾修饰法，受到高尔基、别雷、纳博
科夫等的高度评价。

Звезда

Выходи, вставай, звезда,
Выгибай дугу над прудом!
Вмиг рассечена вода
Неуклонным изумрудом.

Ты, взнесенная свеча,
Тонким жалом небо лижешь,
Вкруг зеленого меча
Водяные кольца движешь.

Ты вольна! Ведь только страсть
Неизменно цепи множит!
Если вздумаешь упасть,
Удержать тебя кто может?

Лишь мгновенная струя
Вспыхнет болью расставанья.
В этот миг успею ль я
Прошептать мои желанья?
1907

星儿

拱出地面，跃上天幕，
池面上划下你弓状的行图！
池水瞬间成了碎片，

留下一抹浓浓的祖母绿。

你是一支高擎的巨烛，
温柔的烛炷将苍穹亲吻，
倚着一柄弓形的绿剑
将泛起的水圈驱拨。

你，自由女神！
唯有欲念才铸就致命的枷锁！
若是你闪过沉沦的念头，
还有谁能将你撑托？

只有那即逝的水纹
猝发诀别的痛苦。
此时此刻我是否能够
低语尽我心中的希求？
1907 年

（王立业译）

Пролог неоконченной пьесы

Андрею Белому

Самая хмельная боль — Безнадежность,
Самая строгая повесть — Любовь.
В сердце Поэта за горькую нежность
С каждым стихом проливалась кровь.

Жребий поэтов — бичи и распятья.
Каждый венчался терновым венцом.

Тот, кто слагал вам стихи про объятья,
Их разомкнул и упал — мертвецом!

Будьте покойны! — все тихо свершится.
Не уходите! — не будет стрельбы.
Должен, быть может, слегка уклониться
Слишком уверенный шаг Судьбы.

В сердце Поэта за горькую нежность
Темным вином изливается кровь...
Самая хмельная боль — Безнадежность,
Самая строгая повесть — Любовь!
1907

一幕未完成剧本的序言

——致安德烈·别雷

最陶醉的痛苦是无奈，
最为严酷的故事是爱。
诗人的心盛满痛苦的柔情，
每一诗行都渗透着血印。

诗人的命运——鞭笞与酷刑，
带刺的花环冠于每个人头顶。
谁向你写出亲昵的诗句，
就会因你斩首，丧失性命。

毫无疑问，一切都会悄无声息完结。
别走开，不会再有刺人的痛楚。

轻盈闪开的也许该是
命运过于自信的脚步。

诗人的心盛满痛苦的柔情，
鲜血似深红色甜酒浸润……
最陶醉的痛苦是无奈，
最为严酷的故事是爱。
1907 年

（王立业译）

Мышь

Маленькая, тихонькая мышь.
Серенький, веселенький зверок!
Глазками давно уже следишь,
В сердце не готов ли уголок.

Здравствуй, терпеливая моя,
Здравствуй, неизменная любовь!
Зубок изостренные края
Радостному сердцу приготовь.

В сердце поселяйся наконец,
Тихонький, послушливый зверок!
Сердцу истомленному венец —
Бархатный, горяченький комок.
1908

耗子

小巧玲珑的，轻手轻脚的耗子，
灰不溜秋的，活泼伶俐的幼兽！
你早已用你小眼睛紧瞅，
心中的一角是否筑就。

你好，我默默忍耐的宠物，
你好，我忠贞不渝的爱情！
请在一页喜悦的心扉
噬咬出小牙的锋利尖锐。

到头来，你就在心头安家，
轻手轻脚的小家兽，乖乖听话！
你是疲惫心头的一顶花冠——
天鹅绒般，热烘烘的一个毛团。
1908 年

（王立业译）

Путем зерна

Проходит сеятель по ровным бороздам.
Отец его и дед по тем же шли путям.

Сверкает золотом в его руке зерно,
Но в землю черную оно упасть должно.

И там, где червь слепой прокладывает ход,
Оно в заветный срок умрет и прорастет.

Так и душа моя идет путем зерна:
Сойдя во мрак, умрет — и оживет она.

И ты, моя страна, и ты, ее народ,
Умрешь и оживешь, пройдя сквозь этот год, —

Затем, что мудрость нам единая дана:
Всему живущему идти путем зерна.
1917

走种子的路

播种者将种子撒入匀整的犁沟。
他的父辈祖辈同样在这里走过。

种子在他手里闪耀着金光，
但它必须落入黑色的土壤。

在那里，瞎眼的蛆虫洞开通道，
种子再度发芽必先在期盼中死掉。

就这般，我的灵魂重蹈种子的路，
先是遁入黑暗死去，重又复苏。

无论是你，我的国度，还是你，我的手足，
穿过这一年轮，先是死亡，后是复活。

然后我们拥有同样的智慧，
所有的生物都走种子的路。
1917 年

（王立业译）

Ищи меня

Ищи меня в сквозном весеннем свете.
Я весь — как взмах неощутимых крыл,
Я звук, я вздох, я зайчик на паркете,
Я легче зайчика: он — вот, он есть, я был.

Но, вечный друг, меж нами нет разлуки!
Услышь, я здесь. Касаются меня
Твои живые, трепетные руки,
Простертые в текучий пламень дня.

Помедли так. Закрой, как бы случайно,
Глаза. Еще одно усилье для меня —
И на концах дрожащих пальцев, тайно,
Быть может, вспыхну кисточкой огня.
1917—1918

寻我来吧

请在晶莹的春光里寻我。
我整个身心似无形奋振的双翮，
我是声响，我是叹息，
我是留在路面的光点一颗，

我比光点更轻捷：它停在我驻足过的这里，那处。

可我们中间没有别离，我至死不渝的朋友！
听，我在这里，
你动情的颤抖的双手，
伸进白昼的流焰将我触抚。

这般轻缓，仿佛不经意闭合你的双眸。
在隐约抖动的手指尖头
还有一份对我的执着，
也许，我会像火苗一样猝然勃跃。
1917 年至 1918 年间

（王立业译）

Душа

Душа моя — как полная луна:
Холодная и ясная она.

На высоте горит себе, горит —
И слез моих она не осушит;

И от беды моей не больно ей,
И ей невнятен стон моих страстей;

А сколько здесь мне довелось страдать —
Душе сияющей не стоит знать.
1921

灵魂

我的灵魂似一轮圆月，
它清冷而又明澈。

它在高空径自燃烧，发热——
可它烘不干我的泪珠颗颗。

它不为我的悲苦而心痛，
它听不懂我情欲的呻吟。

在这里我要遭受多少痛苦——
我明亮的灵魂不屑知晓这一切。
1921 年

（王立业译）

Горит звезда, дрожит эфир...

Горит звезда, дрожит эфир,
Таится ночь в пролеты арок.
Как не любить весь этот мир,
Невероятный Твой подарок?

Ты дал мне пять неверных чувств,
Ты дал мне время и пространство,
Играет в мареве искусств
Моей души непостоянство.

И я творю из ничего
Твои моря, пустыни, горы,
Всю славу солнца Твоего,
Так ослепляющего взоры.

И разрушаю вдруг шутя
Всю эту пышную нелепость,
Как рушит малое дитя
Из карт построенную крепость.
1921

星星在燃烧，太空在颤栗……

星星在燃烧，太空在颤栗，
黑夜在拱门的孔道中消隐；
如何能不爱上这整个世界，
你那不可思议的馈赠。

你赋予我五种虚伪的感官，
你赋予时间和空间，
我灵魂的无常变幻，
在艺术的蜃景中游戏。

从一片虚无里，我创造出
你的海洋、沙漠和高山，
你太阳的整个荣誉，
它们曾令多少目光晕眩。

突然，又如同一场儿戏，
将整个华丽的蜃景毁掉，

恰似一个幼小的孩子
拆除积木搭成的城堡。
1921 年

（汪剑钊译）

Ни жить, ни петь почти не стоит...

Ни жить, ни петь почти не стоит:
В непрочной грубости живем.
Портной тачает, плотник строит:
Швы расползутся, рухнет дом.

И лишь порой сквозь это тленье
Вдруг умиленно слышу я
В нем заключенное биенье
Совсем иного бытия.

Так, провождая жизни скуку,
Любовно женщина кладет
Свою взволнованную руку
На грузно пухнущий живот.
1922

既不值得生存，也不值得歌吟……

我们在粗鄙中苟活，似乎
既不值得生存，也不值得歌吟。
裁缝制衣，木匠造屋，
接缝会开裂，房屋将坍塌。

只是偶尔，透过这种腐朽，
突然，我深受感动地听到
一种被禁锢的搏动，
它来自迥然不同的生活。

怀孕的女人也是如此，
一边排遣生活的寂寞，
一边用激动的手充满爱意地
抚摩臃肿地隆起的小腹。
1922 年

（汪剑钊译）

茨维塔耶娃

玛丽娜·伊万诺夫娜·茨维塔耶娃（Марина
Ивановна Цветаева，1892—1941）独树一帜的女诗人，
她一方面注重借鉴、学习此前与同时代的各种文学经验，
另一方面又大胆创新，形成了适合自己独特个性的独特
艺术风格：寓言的格言化与句法的变体化相重合，联想的
多变性与乐感的稳定性相交织，造词的新奇感与设喻的
立体感相辉映，把如火的激情、大度的跳跃、灵活的修辞、
多变的音乐融为一体，因此其诗歌成就是俄国和外国传
统多种流派尤其是现代主义流派手法的综合。1987 年诺
贝尔文学奖得主、大诗人布罗茨基认为，茨维塔耶娃是
20 世纪最伟大的诗人（一译 20 世纪的第一诗人）。

Моим стихам, написанным так рано...

Моим стихам, написанным так рано,
Что и не знала я, что я — поэт,
Сорвавшимся, как брызги из фонтана,
Как искры из ракет,

Ворвавшимся, как маленькие черти,
В святилище, где сон и фимиам,
Моим стихам о юности и смерти,
— Нечитанным стихам! —

Разбросанным в пыли по магазинам
(Где их никто не брал и не берет!)
Моим стихам, как драгоценным винам,
Настанет свой черед.
1913

我的诗……

我的诗啊写得那样早，
连我都不晓得自己是诗人，
情思涌动像喷泉水花飞溅，
又像是焰火绚丽缤纷；

我的诗像闯进圣殿的小鬼，
殿堂里缭绕着梦幻与神香，
我的诗赞美青春与死亡——

无人诵读，无人吟唱；

散落在各家书店积满灰尘，
过去和现在都无人购买，
我的诗像珍贵的陈年佳酿，
总有一天会受人青睐。
1913 年

（谷羽译）

Спят трещотки и псы соседовы...

Спят трещотки и псы соседовы, —
Ни повозок, ни голосов.
О, возлюбленный, не выведывай,
Для чего развожу засов.

Юный месяц идет к полуночи:
Час монахов — и зорких птиц,
Заговорщиков час — и юношей,
Час любовников и убийц.

Здесь у каждого мысль двоякая,
Здесь, ездок, торопи коня.
Мы пройдем, кошельком не звякая
И браслетами не звеня.

Уж с домами дома расходятся,
И на площади спор и пляс...
Здесь, у маленькой Богородицы,
Вся Кордова в любви клялась.

У фонтана присядем молча мы
Здесь, на каменное крыльцо,
Где впервые глазами волчьими
Ты нацелился мне в лицо.

Запах розы и запах локона,
Шелест шелка вокруг колен...
О, возлюбленный, — видишь, вот она —
Отравительница! — Кармен.
1915

饶舌的人和邻家的狗……

饶舌的人和邻家的狗都睡了，——
没有车马，没有声音。
哦，亲爱的人儿，别再问我，
怎么拉开门闩悄悄开门。

一钩新月，时近午夜，
僧人和枭鸟的时辰，
健谈者和年轻人的时辰，
情侣和凶手的时辰。

这里每个人都忐忑不安，
这里的骑手催促马匹。
我们蹑手蹑脚悄悄走过，
钱包、手镯无声无息。

看街道两边楼房林立，
广场上有人跳舞争执……

这里有座圣母小教堂，
科尔多瓦城在为爱情盟誓。

喷泉旁边有个小小台阶，
我们坐下来不声不响，
你头一次用饿狼的眼睛
死死盯住我的面庞。

玫瑰的香味儿，头发的香味儿，
膝盖上的丝绸窸窣有声……
哦，亲爱的人儿，快看，是她，
卡门，勾魂摄魄的小妖精！
1915 年

〔谷羽译〕

Два солнца стынут, — о Господи, пощади...

Два солнца стынут, — о Господи, пощади!—
Одно — на небе, другое — в моей груди.

Как эти солнца — прощу ли себе сама? —
Как эти солнца сводили меня с ума!

И оба стынут — не больно от их лучей!
И то остынет первым, что горячей.
1915

两个太阳结了冰……

两个太阳结了冰——啊，上帝保佑！
一个悬在天空，另一个就在我心头……

两个太阳怎么办？能否饶恕我的罪行？
两个太阳怎么办？我可会因此而发疯？

两个太阳冷漠了，它们的光不带来疼痛！
哪一个太阳更温暖，哪一个会更快变冷。
1915 年

（谷羽译）

Откуда такая нежность?..

Откуда такая нежность?
Не первые — эти кудри
Разглаживаю, и губы
Знавала темней твоих.

Всходили и гасли звезды,
Откуда такая нежность? —
Всходили и гасли очи
У самых моих очей.

Еще не такие гимны
Я слушала ночью темной,
Венчаемая — о нежность! —

На самой груди певца.

Откуда такая нежность,
И что с нею делать, отрок
Лукавый, певец захожий,
С ресницами — нет длинней?
1916

哪儿来的这似水柔情？……

哪儿来的这似水柔情？
我并非初次把卷发抚弄，
发绺蓬松，吻过的嘴唇
比你的更红、味儿更浓。

星星升起来又熄灭，
哪儿来的这似水柔情？
眸子亮了随即暗淡，
我瞳孔里的那双眼睛。

我还不曾在沉沉黑夜，
侧耳聆听这样的歌声，
哪儿来的这似水柔情？
我依在歌手的怀抱中。

远来的歌手，无人可比，
睫毛修长，调皮的后生！
这情怀你教我如何了结？
哪儿来的这似水柔情？
1916 年

（谷羽译）

Имя твое — птица в руке...

Имя твое — птица в руке,
Имя твое — льдинка на языке.
Одноединственное движенье губ.
Имя твое — пять букв.
Мячик, пойманный на лету,
Серебряный бубенец во рту.

Камень, кинутый в тихий пруд,
Всхлипнет так, как тебя зовут.
В легком щелканье ночных копыт
Громкое имя твое гремит.
И назовет его нам в висок
Звонко щелкающий курок.

Имя твое — ах, нельзя! —
Имя твое — поцелуй в глаза,
В нежную стужу недвижных век.
Имя твое — поцелуй в снег.
Ключевой, ледяной, голубой глоток...
С именем твоим — сон глубок.
1916

你的名字……

你的名字是手中的小鸟儿，
你的名字是舌尖上一块冰，

你的名字是嘴唇唯一的动作，
你的名字由五个字母构成……
飞行的皮球忽然被人接住，
又像是含在嘴里的银铃。

石头沉入平静的清水塘，
鸣溅的水声仿佛把你呼唤。
夜深人静轻轻的马蹄声
呼唤你的名字如雷鸣一般。
扣动的扳机对准太阳穴，
喊你的名字，高声呐喊。

你的名字——噢，不可能！
你的名字——是亲吻眼睛，
凝滞的眼帘里温柔已趋寒冷。
你的名字——是亲吻白雪，
是一口冰凉的泉水咽下喉咙。
想你的名字，沉入香甜的梦。
1916 年

〔谷羽译〕

О, Муза плача, прекраснейшая из муз!

О, Муза плача, прекраснейшая из муз!
О ты, шальное исчадие ночи белой!
Ты черную насылаешь метель на Русь,
И вопли твои вонзаются в нас, как стрелы.

И мы шарахаемся и глухое: ox! —
Стотысячное — тебе присягает: Анна

Ахматова! Это имя — огромный вздох,
И в глубь он падает, которая безымянна.

Мы коронованы тем, что одну с тобой
Мы землю топчем, что небо над нами-то же!
И тот, кто ранен смертельной твоей судьбой,
Уже бессмертным на смертное сходит ложе.

В певучем граде моем купола горят,
И Спаса светлого славит слепец бродячий...
И я дарю тебе свой колокольный град,
— Ахматова! — и сердце свое в придачу.
1916

哀泣的缪斯啊……

哀泣的缪斯啊，缪斯中最美的缪斯！
哦，你呀，白夜之精灵自由放任！
你让黑色的暴风雪席卷了整个罗斯，
你的哭声利箭般穿透了我们的心。

我们急忙躲闪，唉！深深地感叹，
千万声呼唤：安娜·阿赫玛托娃！
这名字——就是巨大的叹息声，
向下坠落，跌进了无名的深渊。

我们将得到桂冠，因为我和你
脚踏同一块土地，头顶同一片蓝天！
因为你可怕的命运而受牵连的人，
将名垂不朽，躺在灵床上永世长眠。

我的城市歌声缭绕，金顶亮闪闪，
赞美上帝神圣的是流浪的盲人……
我把这钟声回荡的城市送给你，
阿赫玛托娃！附带献上我这颗心！
1916 年

〔谷羽译〕

В огромном городе моем — ночь...

В огромном городе моем — ночь.
Из дома сонного иду — прочь
И люди думают: жена, дочь, —
А я запомнила одно: ночь.

Июльский ветер мне метет — путь,
И где-то музыка в окне — чуть.
Ах, нынче ветру до зари — дуть
Сквозь стенки тонкие груди — в грудь.

Есть черный тополь, и в окне — свет,
И звон на башне, и в руке — цвет,
И шаг вот этот — никому — вслед,
И тень вот эта, а меня — нет.

Огни — как нити золотых бус,
Ночного листика во рту — вкус.
Освободите от дневных уз,
Друзья, поймите, что я вам — снюсь.
1916

我的大都市里一片黑夜……

我的大都市里一片黑——夜。
我从昏沉的屋里走上——街。
人们想的是：妻，女，——
而我只记得一个字：夜。

为我扫街的是七月的——风。
谁家窗口隐约传来音乐——声。
啊，通宵吹到天明吧——风，
透过薄薄胸壁吹进我——胸。

一棵黑杨树，窗内是灯——火，
钟楼上钟声，手里小花——朵，
脚步啊，并没跟随哪一——个，
我是个影子，其实没有——我。

金灿灿念珠似的一串——灯，
夜的树叶味儿在嘴里——溶。
松开吧，松开白昼的——绳。
朋友们，我走进你们的——梦。
1916 年

（飞白译）

Я тебя отвоюю у всех земель, у всех небес...

Я тебя отвоюю у всех земель, у всех небес,
Оттого что лес — моя колыбель, и могила — лес,

Оттого что я на земле стою — лишь одной ногой,
Оттого что я тебе спою — как никто другой.

Я тебя отвоюю у всех времен, у всех ночей,
У всех золотых знамен, у всех мечей,
Я ключи закину и псов прогоню с крыльца —
Оттого что в земной ночи я вернее пса.

Я тебя отвоюю у всех других — у той, одной,
Ты не будешь ничей жених, я — ничьей женой,
И в последнем споре возьму тебя — замолчи! —
У того, с которым Иаков стоял в ночи.

Но пока тебе не скрещу на груди персты —
О проклятие! — у тебя остаешься — ты:
Два крыла твои, нацеленные в эфир, —
Оттого что мир — твоя колыбель, и могила — мир!
1916

我要从所有的大地，从所有的天国夺回你……

我要从所有的大地，从所有的天国夺回你，
因为我的摇篮是森林，森林也是墓地，
因为我站立在大地上——只用一条腿，
因为没有任何人能够像我这样歌唱你。

我要从所有的时代，从所有的黑夜那里，
从所有的金色的旗帜下，从所有的宝剑下夺回你，
我要把钥匙扔掉，把狗从石级上赶跑——
因为在大地上的黑夜里我比狗更忠贞不渝。

我要从所有其他人那里——从那个女人那里夺回你，
你不会做任谁的新郎，我也不会做任谁的娇妻，
从黑夜与雅各处在一起的那个人身边，
我要决一雌雄把你带走——你要屏住气息！

但是在我还没有把你的双手交叉放在胸前——
啊，真该诅咒！——你先独自留在那里：
你的两只翅膀已经指向太空跃跃欲飞，——
因为你的摇篮是世界，世界也是墓地！
1916 年

（苏杭译）

Стихи растут, как звезды и как розы...

Стихи растут, как звезды и как розы,
Как красота — ненужная в семье.
А на венцы и на апофеозы —
Один ответ: — Откуда мне сие?

Мы спим — и вот, сквозь каменные плиты,
Небесный гость в четыре лепестка.
О мир, пойми! Певцом — во сне — открыты
Закон звезды и формула цветка.
1918

诗句生长……

诗句的生长，像星星，像玫瑰，
像家庭不需要的动人之美。

至于桂冠及那些壮丽的颂歌——
我只回答：要这些干什么？

我们酣睡，天外来客化作四叶草，
穿过石板缝隙出现在大地。
世人啊！你可知道，诗人在梦中
发现星星的公式及花朵的规律。
1918 年

（谷羽译）

Тебе — через сто лет

К тебе, имеющему быть рожденным
Столетие спустя, как отдышу, —
Из самых недр — как на смерть осужденный,
　　Своей рукой пишу:

— Друг! не ищи меня! Другая мода!
Меня не помнят даже старики.
— Ртом не достать! — Через летейски воды
　　Протягиваю две руки

Как два костра, глаза твои я вижу,
Пылающие мне в могилу — в ад, —
Ту видящие, что рукой не движет,
　　Умершую сто лет назад.

Со мной в руке — почти что горстка пыли —
Мои стихи! — я вижу: на ветру
Ты ищешь дом, где родилась я — или
　　В котором я умру.

На встречных женщин — тех, живых, счастливых, —
Горжусь, как смотришь, и ловлю слова:
— Сборище самозванок! Все мертвы вы!
　　　Она одна жива!

Я ей служил служеньем добровольца!
Все тайны знал, весь склад ее перстней!
Грабительницы мертвых! Эти кольца
　　　Украдены у ней!

О, сто моих колец! Мне тянет жилы,
Раскаиваюсь в первый раз,
Что столько я их вкривь и вкось дарила, —
　　　Тебя не дождалась!

И грустно мне еще, что в этот вечер,
Сегодняшний — так долго шла я вслед
Садящемуся солнцу, — и навстречу
　　　Тебе — через сто лет.

Бьюсь об заклад, что бросишь ты проклятье
Моим друзьям во мглу могил:
— Все восхваляли! Розового платья
　　　Никто не подарил!

Кто бескорыстней был?! — Нет, я корыстна!
Раз не убьешь, — корысти нет скрывать,
Что я у всех выпрашивала письма,
　　　Чтоб ночью целовать.

Сказать? — Скажу! Небытие — условность.

Ты мне сейчас — страстнейший из гостей,
И ты окажешь перлу всех любовниц
　　Во имя той — костей.
1919

致一百年以后的你

作为一个命定长逝的人，
　我从九泉之下亲笔
写给在我谢世一百年以后，
　　降临到人世间的你——

　"朋友！不要把我寻觅！物换星移！
　即便年长者也都早已把我忘记。
　我够不着亲吻！隔着忘川
　　把我的双手伸过去。

我望着你那宛若两团篝火的明眸，
　它们照耀着我的坟茔——那座地狱，
注视着手臂不能动弹的伊人——
　　她一百年前已经死去。

我手里握着我的诗作——
　几乎变成了一抔尘埃！我看到你
风尘仆仆，寻觅我诞生的寓所——
　　或许我逝世的府邸。

你鄙夷地望着迎面而来的欢笑的女子，
　我感到荣幸，同时谛听着你的话语：
　'一群招摇撞骗的女子！你们全是死人！
　　活着的唯有她自己！'

'我曾经心甘情愿地为她效劳！一切秘密
我全了解，还有她珍藏的戒指珠光宝气！
这帮子掠夺死者的女人！——这些指环
　　　全都是窃自她那里！'

啊，我那成百枚戒指！我真心疼，
我还头一次这样地感到惋惜，——
那么多戒指让我随随便便赠给了人，
　　　只因为不曾遇到你！

我还感到悲哀的是，直到今天黄昏——
我久久地追随西沉的太阳的踪迹，——
经历了整整的一百年啊，
　　　我才最终迎来了你！

我敢打赌，你准会出言不逊——
冲着我那帮伙伴们的阴森的墓地：
　'你们都说得动听！可谁也不曾
　　　送她一件粉色罗衣！'

'有谁比她更无私?！'——不，我可私心很重！
既然不会杀我，——隐讳大可不必——
我曾经向所有的人乞求书信——
　　　好在夜晚相亲相昵。

说不说呢？——我说！无生本是一种假定。
如今在客人当中你对我最多情多意，
你拒绝了所有情人中的天姿国色——
　　　只为伊人那骸骨些许。"
1919 年

　　　　　　　　　　　　　　（苏杭译）

波普拉夫斯基

鲍里斯·尤利安诺维奇·波普拉夫斯基（Борис Юлианович Поплавский, 1903—1935）俄国著名侨民诗人，1921年随父亲侨居巴黎，开始写诗，逐步确立自己的写作风格。早期诗歌带有比较明显的未来主义色彩，歌颂城市的崛起，对机械文明进行诗意的渲染，宣传自我中心和强力主义。后期诗歌关注现代社会的发展与个性的危机之间的冲突，表现出明显的超现实主义写作倾向，主张用非逻辑的手段来反映世界之偶然性和荒诞性，努力发掘梦幻与潜意识的合理性，把日常生活中看似无法结合在一起的事物相联结，寻找出世界隐秘的同一性。

Весна в аду

Георгу фон Гуку

Это было в тот вечер, в тот вечер.

Дома закипали как чайники.

Из окон рвалось клокотанье любви.

И «любовь не картошка»

И «твои обнаженные плечи»

Кружились в паническом вальсе,

Летали и пели как львы.

Но вот грохнул подъезд и залаял звонок.

Весна подымалась по лестнице молча.

И каждый вдруг вспомнил что он одинок.

Кричал, одинок! задыхаясь от желчи.

И в пении ночи и в реве утра,

В глухом клокотании вечера в парке,

Вставали умершие годы с одра

И одр несли как почтовые марки.

Качалась, как море асфальта, река.

Взлетали и падали лодки моторов,

Акулы трамваев завидев врага

Пускали фонтаны в ноздрю коридоров.

И было не страшно поднявшись на гребень

Нестись без оглядки на волнах толпы

И чувствовать гибель в малиновом небе

И сладкую слабость и слабости пыл.

В тот вечер, в тот вечер описанный в книгах

Нам было не страшно галдеть на ветру.

Строенья склонялись и полные краков

Валились, как свежеподкошенный труп
И полные счастья, хотя без науки.
Бил крыльями воздух в молочном окне
Туда, где простерши бессмертные руки
Кружилась весна как танцор на огне.
1926

地狱里的春天

致格奥尔格·冯·古克

这发生在那一个黄昏，那一个黄昏。
屋子像茶壶一样在沸腾。
爱情的亢奋从窗口迸涌而出。
可"爱情不是儿戏"，
可"你赤裸的肩膀"
在惊惶的华尔兹中旋转，
像狮子一般飞驰和歌唱。
可是，大门轰然倒塌，门铃开始吠叫。
春天沿着台阶默默走上来。
突然，每个人都记起自己多么孤独。
高喊：孤独！无比地憋闷。
而在黑夜的歌声里，在清晨的咆哮中，
在公园黄昏沉闷的亢奋里，
死去的岁月从卧榻上站起来，
携带着卧榻，仿佛携带着邮票。
河流摇晃，仿佛沥青的海洋。
摩托艇时而上窜，时而下沉，
电车鲨鱼远远地看见敌人，
对着走廊的鼻孔喷出一道道喷泉。

不加考虑地冲进人群的波涛
登上浪尖，无所畏惧地奔跑，
去感受在马林果色天空中的毁灭
和甜蜜的衰弱与激情之衰弱。
在那一个黄昏，在那一个书籍有记载的黄昏，
我们不再害怕风中的喧嚷。
房屋，仿佛死去不久的尸体，
弯下身子，充满了喧嚣，
倒塌，充满幸福，尽管不合乎科学。
空气用翅膀扑击牛奶的窗口，
春天仿佛火光里的舞蹈家，
在那里旋转，张开不朽的双手。
1926 年

（汪剑钊译）

Роза смерти

Г. Иванову

В черном парке мы весну встречали,
Тихо врал копеечный смычок.
Смерть спускалась на воздушном шаре,
Трогала влюбленных за плечо.

Розов вечер, розы носит ветер.
На полях поэт рисунок чертит.
Розов вечер, розы пахнут смертью
И зеленый снег идет на ветви.

Темный воздух осыпает звезды,
Соловьи поют, моторам вторя,

И, в киоске над зеленым морем.
Полыхает газ туберкулезный.

Корабли отходят в небе звездном,
На мосту платками машут духи,
И сверкая через темный воздух
Паровоз поет на виадуке.

Темный город убегает в горы,
Ночь шумит у танцевальной залы
И солдаты покидая город
Пьют густое пиво у вокзала.

Низко-низко, задевая души,
Лунный шар плывет над балаганом.
А с бульвара под орган тщедушный,
Машет карусель руками дамам.

И весна, бездонно розовея,
Улыбаясь, отступая в твердь,
Раскрывает темно-синий веер
С надписью отчетливою: смерть.
1928

死亡的玫瑰

致格奥尔格·伊万诺夫

在黑色的公园我们迎接春天，
便宜的琴弓悄悄地走了调，

死亡降临到气球上，
触碰恋人们的肩膀。

玫瑰的黄昏，风吹送玫瑰。
诗人在田野上勾勒素描。
玫瑰的黄昏，玫瑰散发死亡的气息，
绿色的雪在树枝上走动。

幽暗的空气播撒着星星，
在绿色海洋上空的售货亭，
应和着马达声，夜莺在歌唱。
结核病的瓦斯火势正猛。

轮船朝向星空驶去，
精灵们在桥头挥舞头巾，
透过幽暗的空气闪现，
火车头在高架桥上歌唱。

幽暗的城市向着群山逃跑，
黑夜在舞厅旁喧闹，
士兵们即将离开城市，
在车站旁喝着高浓度的啤酒。

月球在简易舞台上空飘浮，
很低——很低，触及灵魂，
但从林荫道那边，伴随微弱的管乐声，
旋转木马挥手招呼贵妇们。

被无限的玫瑰映衬着的春天，
微笑着退向穹苍，
黑黢黢地张开——蓝色的扇子，

上书清晰的题词：死亡。

1928 年

（汪剑钊译）

Флаги

В летний день над белым тротуаром
Фонари висели из бумаги.
Трубный голос шамкал над бульваром,
На больших шестах мечтали флаги.

Им казалось море близко где-то,
И по ним волна жары бежала,
Воздух спал, не видя снов как Лета,
Всех нас флагов осеняла жалость.

Им являлся остов корабельный,
Черный дым что отлетает нежно,
И молитва над волной безбрежной
Корабельной музыки в сочельник.

Быстрый взлет на мачту в океане,
Шум салютов, крик матросов черных,
И огромный спуск над якорями
В час паденья тела в ткани скорбной.

Первым блещет флаг над горизонтом
И под вспышки пушек бодро вьется
И последним тонет средь обломков
И еще крылом о воду бьется.

Как душа. что покидает тело,

Как любовь моя к Тебе. Ответь!
Сколько раз Ты в летний день хотела
Завернуться в флаг и умереть.
1928

旗帜

夏日，在白色的人行道上空，
高挂着纸糊的路灯。
在林荫道上空，喇叭的声音含混不清，
旗帜在粗大的杆子上进行幻想。

它们觉得大海就在附近的某处，
而热浪正围绕着它们奔跑，
空气安睡无梦，仿佛无忧的忘川，
旗帜的怜悯将我们所有人笼罩。

它们仿佛是海船的骨骼，
一缕黑烟温柔地向远方飞飘，
在海船音乐那无边波浪的上空，
响起圣诞节前夜的祈祷。

疾速地爬向露出海面的桅杆，
礼炮的喧响，黑水手的叫嚷，
海船在铁锚的上头笨重地下沉，
穿着悲伤衣衫的身体逐渐没入海水。

旗帜在地平线上显现最初的闪烁，
在大炮的轰鸣声中勇敢地翻卷，
在各种残片中最后沉没，
却依然如同鸟翅击打水面。
仿佛告别躯体的灵魂，

仿佛我对你的爱情。回答呀！
在夏日里，你有过多少次
渴望能翻卷成旗帜，然后去死。
1928 年

〔汪剑钊译〕

Снова в венке из воска

В казарме день встает. Меж голыми стенами
Труба поет фальшивя на снегу,
Восходит солнца призрак за домами,
А может быть я больше не могу.

Зачем вставать? Я думать не умею.
Встречать друзей? О чем нам говорить?
Среди теней поломанных скамеек
Еще фонарь оставленный горит.

До вечера шары стучат в трактире,
Смотрю на них, часы назад идут.
Я не участвую, не существую в мире,
Живу в кафе, как пьяницы живут.

Темнеет день, зажегся газ над сквером.
Часы стоят. Не трогайте меня,
Над лицеистом ищущим Венеру
Темнеет, голубея, призрак дня.

Я опоздал, я слышу кто-то где-то
Меня зовет, но победивши страх,
Под фонарем вечернюю газету

Душа читает в мокрых башмаках.
1931—1934

又一次在蜡制花环中

白昼在营房里站起来。在赤裸的墙壁之间，
小号在雪花上假声歌唱，
太阳的幽灵在楼房背后升起来，
而或许我不再有可能站起来。

为什么站起来？我不能去设想。
莫非是会见朋友？我们应该交谈什么？
在断裂的长椅的阴影中间，
仍然有残存的一盏路灯在闪烁。

直到黄昏，台球一直在小酒馆里碰撞，
我凝视着它们，挂钟在向后移动。
我没有加入，也不曾在世界上存在，
我在咖啡馆里生活，像醉鬼一般生存。

白昼暗下去，街心公园的路灯亮起来。
挂钟停摆不动。请你们别触动我，
在寻找维纳斯的中学生的头顶上空，
白昼的幽灵闪烁蓝光，逐渐暗下去。

我迟到了，我听见某人在某个地方
正在呼唤我，但已战胜了恐惧，
灵魂穿着一双湿漉漉的皮鞋，
在路灯下，将一份晚报阅读。
1931 年至 1934 年间

（汪剑钊译）

扎鲍洛茨基

尼古拉·阿列克谢耶维奇·扎鲍洛茨基（Николай Алексеевич Заболоцкий, 1903—1958）诗人，用怪诞手法反映新经济政策时期的生活，长诗《农业的胜利》遭不公平批判，晚期抒情诗饱含哲理。

Прогулка

У животных нет названья.
Кто им зваться повелел?
Равномерное страданье —
Их невидимый удел.

Бык, беседуя с природой,
Удаляется в луга.
Над прекрасными глазами
Светят белые рога.

Речка девочкой невзрачной
Притаилась между трав,
То смеется, то рыдает,
Ноги в землю закопав.

Что же плачет? Что тоскует?
Отчего она больна?
Вся природа улыбнулась,
Как высокая тюрьма.

Каждый маленький цветочек
Машет маленькой рукой.
Бык седые слезы точит,
Ходит пышный, чуть живой.

А на воздухе пустынном
Птица легкая кружится,
Ради песенки старинной
Нежным горлышком трудится.

Перед ней сияют воды,
Лес качается, велик,
И смеется вся природа,

Умирая каждый миг.
1929

散步

动物没有名字。
谁吩咐过给它们命名？
重量相同的痛苦——
是它们看不见的命运。
公牛远远地走进草地，
去和大自然对话。
在一对美丽眼睛的上方，
白色的牛角在闪亮。
小溪像模样平常的女孩，
隐没在草丛中，
时而大笑，时而痛哭，
双脚被埋进了泥土。
为什么哭泣？为什么忧伤？
她为什么如此痛苦？
整个自然露出微笑，
就像一座高大的监狱。
每一枝小小的花朵
都被一只小手所拂动。
厚皮的公牛滴下灰白的
泪水，奄奄一息。
而在开阔的空中，
轻盈的小鸟在旋转；
为了一支古老的小曲，
温柔的喉咙在劳动。
小溪在它面前闪着水光，

高大的树林在晃动，
每一刻，整个大自然
在缓缓死亡，却依然微笑。
1929 年

（汪剑钊译）

Утренняя песня

Могучий день пришел. Деревья встали прямо,
Вздохнули листья. В деревянных жилах
Вода закапала. Квадратное окошко
Над светлою землею распахнулось,
И все, кто были в башенке, сошлись
Взглянуть на небо, полное сиянья.

И мы стояли тоже у окна.
Была жена в своем весеннем платье,
И мальчик на руках ее сидел,
Весь розовый и голый, и смеялся,
И, полный безмятежной чистоты,
Смотрел на небо, где сияло солнце.

А там, внизу, деревья, звери, птицы,
Большие, сильные, мохнатые, живые,
Сошлись в кружок и на больших гитарах,
На дудочках, на скрипках, на волынках
Вдруг заиграли утреннюю песню,
Встречая нас. И все кругом запело.

И все кругом запело так, что козлик

И тот пошел скакать вокруг амбара.
И понял я в то золотое утро,
Что счастье человечества — бессмертно.
1932

晨歌

强壮的白昼来临。树木笔直地站起来，
叶子在叹息。水在树木的脉管里
流滴。正方形的窗户整个儿
敞开在明亮的大地上空，
小小塔楼上的人们，不约而同地
抬眼仰望那晨光满布的天空。

我们也同样站立在窗户旁，
妻子穿着自己春天的连衣裙，
小男孩坐在她的臂弯上，
他赤裸似玫瑰，笑吟吟地，
充满了安谧的纯洁，
仰望那太阳在闪烁的天空。

而窗下，树木、走兽和飞禽，
高大的、强壮的、毛茸茸的和鲜活的，
围成了一个圆圈，伴随大吉他，
伴随木笛，伴随小提琴，伴随风笛，
突然演奏起一支晨歌，
欢迎我们。周围溢满了歌声。

一片欢歌，唱得公山羊快乐地
绕着龙涎香奔走。

这个金色的早晨，我蓦然醒悟：
没有死亡，我们的生活就是不朽。
1932 年

（汪剑钊译）

Метаморфозы

Как мир меняется! И как я сам меняюсь!
Лишь именем одним я называюсь,
На самом деле то, что именуют мной, —
Не я один. Нас много. Я — живой
Чтоб кровь моя остынуть не успела,
Я умирал не раз. О, сколько мертвых тел
Я отделил от собственного тела!
И если б только разум мой прозрел
И в землю устремил пронзительное око,
Он увидал бы там, среди могил, глубоко
Лежащего меня. Он показал бы мне
Меня, колеблемого на морской волне,
Меня, летящего по ветру в край незримый,
Мой бедный прах, когда-то так любимый.

А я все жив! Все чище и полней
Объемлет дух скопленье чудных тварей.
Жива природа. Жив среди камней
И злак живой и мертвый мой гербарий.
Звено в звено и форма в форму. Мир
Во всей его живой архитектуре —
Орган поющий, море труб, клавир,
Не умирающий ни в радости, ни в буре.

Как все меняется! Что было раньше птицей,
Теперь лежит написанной страницей;
Мысль некогда была простым цветком,
Поэма шествовала медленным быком;
А то, что было мною, то, быть может,
Опять растет и мир растений множит.

Вот так, с трудом пытаясь развивать
Как бы клубок какой-то сложной пряжи,
Вдруг и увидишь то, что должно называть
Бессмертием. О, суеверья наши!
1937

变形

世界变幻莫测！我也变幻莫测！
我仅仅只有一个名字，
的确，我被命名的存在，——
非我独有。我们有很多。我活着。
在我的血液尚未凝固之前，
我死过不止一次。哦，从自己的躯体
我剥离过多少死者的躯体！
倘若我的理智能够恢复视力，
把锐利的目光向大地凝注，
它会发现，在坟墓深处
躺着的我。它会向我展示
我，在海浪中晃荡的我，
随风飘向看不见的远方的我，
我可怜的骨灰，曾经如此可爱的遗骸。

但我依然活着！精神也越来越纯洁、
更圆满地笼罩神奇的造物。
大自然活着。新鲜的牧草
和死的标本还活在石头中间。
环环相扣，形式套着形式。世界
在它整个鲜活的建筑学中——
是奏响的管风琴，小号的海洋，无论
在快乐、在风暴都不死的键盘乐器。

万物变幻莫测！从前的一只鸟
如今躺着，成为书写过的一张纸。
我往昔的思想是一朵普通的小花，
叙事诗蠕动，像缓步的老牛；
我过去的一切，或许，
会再度生长，植物世界日益繁茂。

就这样，仿佛费力地拆解
一个非常复杂的线团，
你突然会发现应该被命名为不朽的
存在。哦，我们的迷信！
1937 年

（汪剑钊译）

Бетховен

В тот самый день, когда твои созвучья
Преодолели сложный мир труда,
Свет пересилил свет, прошла сквозь тучу туча,
Гром двинулся на гром, в звезду вошла звезда.

И яростным охвачен вдохновеньем,
В оркестрах гроз и трепете громов,
Поднялся ты по облачным ступеням
И прикоснулся к музыке миров.

Дубравой труб и озером мелодий
Ты превозмог нестройный ураган,
И крикнул ты в лицо самой природе,
Свой львиный лик просунув сквозь орган.

И пред лицом пространства мирового
Такую мысль вложил ты в этот крик,
Что слово с воплем вырвалось из слова
И стало музыкой, венчая львиный лик.

В рогах быка опять запела лира,
Пастушьей флейтой стала кость орла,
И понял ты живую прелесть мира
И отделил добро его от зла.

И сквозь покой пространства мирового
До самых звезд прошел девятый вал...
Откройся, мысль! Стань музыкою, слово,
Ударь в сердца, чтоб мир торжествовал!
1946

贝多芬

就在那一天，当你的和音
战胜了复杂的劳动世界，

光明战胜光明，乌云穿透乌云，
惊雷推动着惊雷，星星进入星星。

你获得一种狂暴的灵感，
在雷雨乐队中有着惊雷的颤动，
你攀缘云彩的梯蹬站起来，
去触碰各个世界的音乐。

运用铜管的密林和旋律的湖泊
你战胜不和谐的飓风，
你对着大自然的面孔呼喊，
透过管风琴伸进狮子的脸庞。

在广袤的世界之脸跟前，
你将那样的思想放进这呼喊，
伴随哀号，一个词脱离另一个词，
成为一种音乐，给狮脸加冕。

竖琴再一次在公牛角上奏响，
雄鹰的骨头变成了牧人的长笛，
你深谙世界生动的魅力，
从恶之中剔出它的善。

透过广袤的世界之平静，
九级巨浪上蹿，直抵星辰……
请打开吧，思想！词，请变成音乐，
请击打心脏，让世界为胜利而欢庆！
1946 年

（汪剑钊译）

Читая стихи

Любопытно, забавно и тонко:
Стих, почти непохожий на стих.
Бормотанье сверчка и ребенка
В совершенстве писатель постиг.

И в бессмыслице скомканной речи
Изощренность известная есть.
Но возможно ль мечты человечьи
В жертву этим забавам принесть?

И возможно ли русское слово
Превратить в щебетанье щегла,
Чтобы смысла живая основа
Сквозь него прозвучать не могла?

Нет! Поэзия ставит преграды
Нашим выдумкам, ибо она
Не для тех, кто, играя в шарады,
Надевает колпак колдуна.

Тот, кто жизнью живет настоящей,
Кто к поэзии с детства привык,
Вечно верует в животворящий,
Полный разума русский язык.
1948

读诗

好奇、忘情、细致地读：
一行看来几乎不像诗的诗。
作家在完成的作品里去猜度
蟋蟀与儿童的嘟哝。

言辞零乱的废话
存在着众所周知的敏感。
但是，难道可以用人的幻想
作为这些消遣的供品？

难道俄语的一个单词
可以转化成金翅雀的啁啾，
意义那一个活的基础
难道不能因此引起回响？

不！诗歌不会给我们的
想象力设置藩篱，因为它
不为猜字谜的人存在，
女巫师头戴一顶椭圆帽。

谁自童年就习惯读诗，
永远信赖创造性的劳动，
他拥有的就是真正的生活，
俄罗斯语言充满智慧。
1948 年

（汪剑钊译）

涅
斯
梅
洛
夫

阿尔谢尼·涅斯梅洛夫（Арсений Иванович
Несмелов，真名为阿尔谢尼·伊万诺维奇·米特罗波里斯
基，Арсений Иванович Митропольский，1889—1947）
俄罗斯旅侨诗人，也是俄罗斯白银时代诗人。1924年，
他以白军中尉的身份逃往中国，二十多年从事诗歌和散
文创作，取得丰硕的成果，有"旅华第一诗人"的美誉。

В закатный час

Сияет вечер благостностью кроткой.
Седой тальник. Бугор. И на бугре
Костер, и перевернутая лодка,
И чайник закипает на костре.

От комаров обороняясь дымом, —
Речь русская слышна издалека, —
Здесь на просторе этом нелюдимом
Ночуют три веселых рыбака.

Разложены рыбацкие доспехи,
Плащи, котомки брошены в ковыль,
И воткнутые удочки, как вехи,
И круговая булькает бутыль.

И кажется, опять былое с нами.
Где это мы в вечерний этот час?
Быть может, вновь на Иртыше, на Каме,
Опять на милой Родине сейчас?

Иль эта многоводная река
Былинный Волхов, древняя Ока?

Краса чужбины, горы, степи, реки,
Нам не уйти от Родины навеки,
И как бы вам ни виться, ни блистать,
Мы край родной все будем вспоминать!

Но сладок ваш простор, покой, уют,
Вам наша благодарность за приют!
1931

日落时分

暮色辉耀着柔和的安谧。
灰色的柳丛。土丘。土丘上
点着篝火，底朝天的小船，
篝火上一壶水沸沸扬扬。

熏着烟对蚊子进行自卫，
从远处飘来俄罗斯的话音，
在这个荒无人烟的旷野上，
过夜的是三个快乐的渔民。

渔民们的铠甲摆了一地，
雨衣、背囊被扔进茅草丛。
插入地的钓竿有如路标，
长颈圆玻璃瓶汩汩有声。

仿佛往事和我们重遇，
黄昏此刻我们在何处？
莫非重又在额尔齐斯河、卡马河，
此刻重又在亲爱的祖国？

莫非这浩浩荡荡的大江，
是壮士歌中的沃尔霍河、古老的奥卡河？

异国的美景：山河、草原啊，

我们永远离不开祖国，
不管你们怎样盘旋、闪耀，
我们总会想起祖国！

但你们多辽阔、宁静、舒适！
让我们栖留，对你们感激。
1931

〔顾蕴璞译〕

Стихи о Харбине

I

Под асфальт сухой и гладкий,
Наледь наших лет, —
Изыскательской палатки
Канул давний след...

Флаг Российский. Коновязи.
Говор казаков.
Нет с былым и робкой связи, —
Русский рок таков.

Инженер. Расстегнут ворот.
Фляга. Карабин.
«Здесь построим русский город,
Назовем — Харбин».

Без тропы и без дороги
Шел, работе рад.

Ковылял за ним трехногий
Нивелир-снаряд.

Перед днем Российской встряски,
Через двести лет,
Не Петровской ли закваски
Запоздалый след?

Не державное ли слово
Сквозь века: приказ.
Новый город зачат снова,
Но в последний раз.

II

Как чума, тревога бродит, —
Гул лихих годин...
Рок черту свою проводит
Близ тебя, Харбин.

Взрывы дальние, глухие,
Алый взлет огня, —
Вот и нет тебя, Россия,
Государыня!

Мало воздуха и света,
Думаем, молчим.
На осколке мы планеты
В будущее мчим!

Скоро ль кануть иль не скоро —

Сумрак наш рассей...
Про запас Ты, видно, город
Выстроила сей.

Сколько ждать десятилетий,
Что, кому беречь?
Позабудут скоро дети
Отческую речь.

III

Милый город, горд и строен,
Будет день такой,
Что не вспомнят, что построен
Русской ты рукой.

Пусть удел подобный горек, —
Не опустим глаз:
Вспомяни, старик историк,
Вспомяни о нас.

Ты забытое отыщешь,
Впишешь в скорбный лист,
Да на русское кладбище
Забежит турист.

Он возьмет с собой словарик
Надписи читать...
Так погаснет наш фонарик,
Утомясь мерцать!
1938

哈尔滨的诗

一

我们时代的冰泉正流向
干燥而光滑的柏油马路附近，
当年勘探者病房的遗痕
已经消失得无踪无影……

俄罗斯国旗。系马桩。
哥萨克们的口音。
和往昔了无联系，——
这就是俄罗斯的厄运。

工程师。领子解开着。
军用水壶。卡宾。
"这里我们要兴建俄罗斯城，
给它起个名——哈尔滨。"

没有大路，没有小径，
他走着，心里对工作高兴。
一个三脚鼎立的水准仪，
一瘸一拐地跟着他跛行。

在俄罗斯震动①之日面前，
经过了两百年的时日，
这莫非是彼得大帝气质的

---

① 指暴力革命。

姗姗来迟的足迹？

命令难道不是个穿越
世世代代的有威力的词。
一座座新城重新妊娠了，
只不过是在最后一次。

二

像一场瘟疫，惊恐游荡着——
不祥年代的隆隆声……
命运划下了自己的界线，
在你的附近，哈尔滨。

遥远的闷声的阵阵爆炸，
大红的火焰迸发——
就是没有你在，俄罗斯，
我的女皇陛下！

空气和光线都不够，
我们默想口不开。
驾着命运的残片，
我们驰向未来！

是不是我们快要消失了，
快把我们的黑暗驱散……
显然，你建立这个城市，
是为了将它备用于一旦。

还得等待几十年，
得为谁爱护些什么？

孩子们是否很快就会
把祖国的语言忘却。

三

亲爱的城市，你高傲、匀称，
这样的一天将会来临。
人们不会再记起这史实：
你是用俄罗斯的手建成。

纵然这样的命运很苦涩，
但我们不会垂下眼睛：
请记起我们，历史老人，
请记起我们这一群人。

你将会找到遗忘的一切，
把它写进你的病历，
旅游者将会从远处跑来，
踏上这块俄罗斯墓地。

他将随身携带小词典，
把墓碑题词诵读……
犹如我们的信号灯快熄灭了，
它已经疲于闪烁！
1938 年

（顾蕴璞译）

Потомку

Иногда я думаю о том,
На сто лет вперед перелетая,
Как, раскрыв многоречивый том
«Наша эмиграция в Китае», —
О судьбе изгнанников печальной
Юноша задумается дальний.

На мгновенье встретятся глаза
Сущего и бывшего, котомок,
Страннических посохов стезя...
Скажет, соболезнуя, потомок:

«Горек путь, подслеповат маяк,
Душно вашу постигать истому.
Почему ж упорствовали так,
Не вернулись к очагу родному?»

Где-то упомянут — со страницы
Встану. Выжду. Подниму ресницы:

«Не суди. Из твоего окна
Не открыты канувшие дали,
Годы смыли их до волокна,
Их до сокровеннейшего дна
Трупами казненных закидали!

Лишь дотла наш корень истребя,

Грозные отцы твои и деды
Сами отказались от себя,
И тогда поднялся ты, последыш!

Вырос ты без тюрем и без стен,
Чей кирпич свинцом исковыряли,
В наше ж время не сдавались в плен,
Потому что в плен тогда не брали!»

И не бывший в яростном бою,
Не ступавший той стезей неверной,
Он усмешкой встретит речь мою
Недоверчиво-высокомерной.

Не поняв друг в друге ни аза,
Холодно разъединим глаза,
И опять — года, года, года,
До трубы Последнего суда!
1942

致后代

有时我想起这样的情景：
往后再过一百个年头，
打开那篇长篇大论的
《我们在中国的侨居》之后，
遥远未来的青年定将要
把悲惨流放犯的命运思考。

两种目光顿时相接——

现存的一切和原先的一切：
徒步者负囊携杖的路途……
后代将深表同情地说：

"路途苦涩，灯塔暗淡，
见你们疲惫，令人憋得慌，
为什么你们这样倔强，
为什么你们不返回故乡？"

在某处有人会提到——从书页上，
我会站起来，等得到，把睫毛一扬：

"别责怪我们。从你的窗口
并未发现沉没的远方：
岁月已把远方彻底清除，
当作被处决者的尸骨扔过去，
直到它们最隐秘的底部！

只不过你严酷的父、祖两辈，
把我们的根彻底灭绝，
他们自己都摒弃自己，
这样，你才会崛起，余孽！

你成长，没有监狱，没有墙，
墙砖被子弹抠出许多纹，
在我们时代没有投降过，
因为当年不纳降敌人！"

没有参加过疯狂的战斗，
没有走那条不牢靠的道路，
他将用一种将信将疑

而傲慢的讥笑给我答复。

我们彼此都互不理解，
冷冷地抬起眼皮相望，
于是又一年、一年、一年，
直到最后审判号吹响！
1942 年

（顾蕴璞译）

后　记

　　2015 年年初，我向商务印书馆俄文编审冯华英女士提出一个纪念俄罗斯诗人叶赛宁 120 周年诞辰的新选题：《叶赛宁书信集（附文论）》，只过了两天，我就接到冯编审热情洋溢的回复电话，她开门见山地说她想改请我接受另一个更大的非我莫属的选题，即俄汉对照的《俄罗斯抒情诗选》，她认为这将能更好地发挥我在俄罗斯诗歌翻译和研究方面的专长。我当时听了很兴奋，认定这是个不可多得的约稿良机，未经深思熟虑就一口答应了下来。放下电话后，我的脑子不由自主地根据要求估算起工作量来，啊？担子真不轻啊！此刻突然又想起一位中医向我提出过我的年龄不允许再接过重的任务的忠告，我便更觉得不安了。但是，虽然古人说过"轻诺寡信"，我却轻诺而不能寡信。必须物色一位年富力强的人才来接替我这副重担，自己只配站在背后，为他提供一些仅供参考的实践经验而已。经过反复考虑，我便毅然向冯编审推荐了一个人：集诗人、诗译者、诗评家于一身，名校中文系科班出身，俄语在名师培育下功底很扎实的博士生导师曾思艺教授。令人欣慰和感动的是曾思艺教授不惜推掉别的重任而挺身帮我解围，冯编审竟毫无保留地接受了我的推荐，但同时恳切地希望我仍留在编选人的行列中。后来虽几经推辞，但在冯编审和曾主编的共同劝说下，我只能违心地徒负此虚名了。

　　本书原拟收入 17—21 世纪尽量多的各个流派各种风格有代表性的俄罗斯抒情诗，但考虑到出版方在与俄联邦洽谈诗人逝世 50 年内的版权问题时所遇到的诸多困难，只得随遇而安，便忍痛割腕似的删去了已经编选好的 20 世纪后半期至 21 世纪的近百首诗歌，局限于纳入 1966 年以前去世而不存在版权问题的诗，同时也扩大了 17—18 世纪国内介绍较少的诗的篇幅，在这过程中，我们有幸获得著名古俄语专家左少兴老师的把关，在此谨向他表示诚挚的感谢。此外，本书还借机纳入了波普拉夫斯基、涅斯梅洛夫、霍达谢维奇等人的侨民抒情诗，这与本书一开始就把介绍的重心不是放在点（限定每个诗人不超过 10 首诗）上，而是放在面上的初衷是相吻合的，以便把 17—20 世纪这 300 年间的好诗尽可能多地介绍给广大读者，可惜好事往往多磨，给关注本书的人们留下不小的遗憾。

考虑到必须重视格律的形式问题，特别是复制原诗的韵脚（在双语对照中要求更严），也考虑到减少出版社分发稿酬的麻烦，我们本拟纳入尽量多的各种风格的译诗的初衷只得放弃，通过相应地增加主编的译诗来平衡篇幅。

在这里我们还要特别感谢曾在俄罗斯卡尔梅克国立大学留学、工作多年的内蒙古大学王业副教授，她不辞辛苦地从头到尾为本书仔细筛查出不少原、译文之间的差错或疑点，给我们极大的鞭策和鼓舞。

本书的诗人简介中，有相当一部分是曾思艺参考了本人为他提供的有关资料写成（极个别的用的就是本人的原文）。全书的统稿由曾思艺统一负责（他虚心接受了本人的建议和对原文与译文文本对应的核查）。前言由曾思艺分工撰写，后记由本人分工完成。

顾蕴璞

2016 年 6 月于北京大学承泽园

图书在版编目（CIP）数据

俄罗斯抒情诗选：俄汉对照 / 顾蕴璞，曾思艺主
编 .—北京：商务印书馆，2017（2018.10 重印）
ISBN 978 - 7 - 100 - 12697 - 7

Ⅰ.①俄…　Ⅱ.①顾…②曾…　Ⅲ.①抒情诗—
诗集—俄罗斯—俄、汉　Ⅳ.①I512.2

中国版本图书馆 CIP 数据核字（2016）第 262481 号

俄罗斯抒情诗选

顾蕴璞　曾思艺　主编

商 务 印 书 馆 出 版
（北京王府井大街 36 号　邮政编码 100710）
商 务 印 书 馆 发 行
北京市松源印刷有限公司印刷
ISBN　978 - 7 - 100 - 12697 - 7

2017 年 1 月第 1 版　　　　开本 880×1230　1/32
2018 年 10 月北京第 2 次印刷　　印张 26 3/4
定价：78.00 元